# 모산 마을

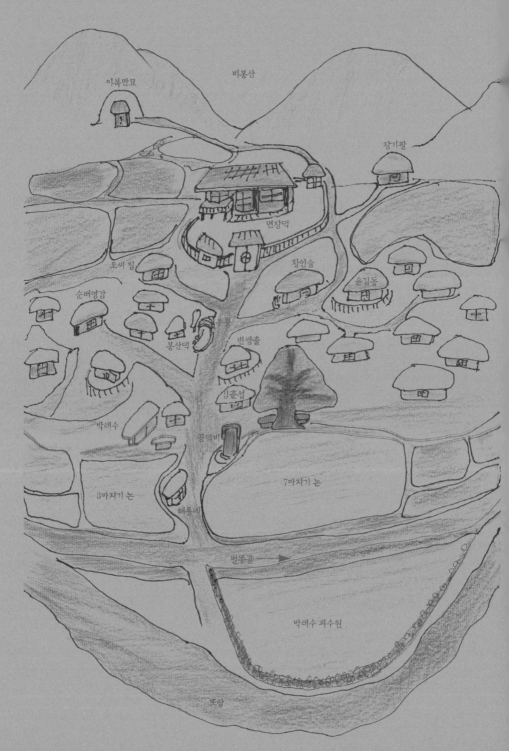

금강

⑧

구름을 벗어나려는 달

제3부

금강

한만수 대하장편소설

8

글누림

1. **언어** : 충청북도 영동은 남으로는 경상북도 김천, 남서쪽으로는 전라북도 무주와 접해있
   다. 그래서 이 지역의 언어는 경북 사투리와 전라도 사투리가 혼용되어 있는 특징
   을 갖고 있다. 세월이 흐르면서 이 지역의 언어도 요즈음은 표준어에 가깝게 변화
   되어 가고 있지만, 리얼리즘을 살리기 위해 50~60년대는 토속적 사투리를 그대
   로 살렸다.
2. **시대사** : 한국 근·현대사를 사실 그대로 재현하여 주요 사건과 주요 인물을 그려냈다.
3. **물가** : 당시의 물가를 고증하여 실제적으로 적용했다.
4. **지리** : 지역과 지명은 있는 그대로 드러냈다.
5. **문화 및 풍속** : 시대적 흐름에 따라 변화하는 문화 및 풍속을 사실대로 묘사했다.

# 차
# 례

제3부
## 구름을 벗어나려는 달

제3부
•
구름을 벗어나려는 달

# 새벽 댓바람

아! 사긴 뭘 사, 사기로 했다고 하드만.
난 또 멧돼지가 쫓아오나 했지.
예펜네가 좀 조신하게 행동하지 못하고,
새벽 댓바람부터 미친년처럼 이렇게 설쳐 대니게 되는 거이 없지.
에이! 새벽부터 잠만 설쳤네.


영동에서 무주행 버스를 탄 박태수는 학산 삼거리에서 내렸다. 차부상회 안은 환하게 불이 켜져 있었다. 영동이나 양산으로 가려는 버스를 타려는 사람 몇이 차부상회 안에 있는 벤치에 정물처럼 앉아 있는 것이 보였다. 버스에서 내린 몇몇은 바쁘게 제 갈 길로 걸어가고 있었다.

"양산 가는 뻐스 몇 시에 있슈?"

"한 시간 반은 너끈히 기다려야 할 뀨."

박태수는 차부상회 주인의 말을 뒤로 하고 돌아섰다. 버스를 기다리는 것보다 슬슬 걸어가는 것이 좋을 것 같았다.

딱, 한 잔만 하고 갈까?

차부상회와 붙어 있는 충남식당 안에는 불이 켜져 있는데 문은 닫혀 있었다. 대왕산에서 초가을 바람이 불어와 파출소 앞의 플라타너스 나무를 후려갈겼다. 플라타너스 나뭇잎이 우수수 떨며 공중으로 휘몰아쳐 올라갔다가 바람과 함께 맥없이 차부상회 마당 겸 주차장 앞으로 떨어졌다.

"거기 태수 아녀?"

박태수는 충남식당 문을 막 열려다 뒤에서 누군가 부르는 소리에 돌아섰다.

"태수가 맞구면. 아까 그 뻐스에서 내렸구면."

황인술이 실장갑을 벗어서 손바닥을 탁탁 치면서 하얗게 웃었다.

"구장님이 웬일유?"

"면장이 보자고 해서 나왔구면. 볼일 끝나고 강 서기하고 야기 좀 하다가 인지 나오는 질여."

"그람, 안직 저녁 전이겠네유."

"그렇지 않아도 경운기 끌고 휑 하니 집에 가서 저녁을 먹을까, 태화루 가서 짜장면이나 우동 한 그릇 먹고 갈까, 생각을 하다가 봉게 충남식당 앞으로 가고 있는 사람이 꼭 자네처럼 뵈여서 불러 봤구면."

"잘됐네유. 지두 버스를 기다리니 혼자 십 리 길을 걸어 갈랑게 속이 심심해서 충남식당에서 막걸리 배라도 채우고 갈라고 하든 중유."

"그람, 태화루로 가자고 충남식당에야 밥밖에 안 팔잖여. 밥이야 집에서 맨날 먹는 경게, 태화루에서 짜장이나 우동 한 그릇 먹음서 간단하게 반주나 하지 머. 난도 경운기 몰고 댕김서 그전처럼 술을 많이 안 먹잖아."

황인술은 박태수의 의중도 묻지 않고 태화루가 있는 쪽으로 돌아섰다.

"그라고 봉께, 짜장면 먹어 본 지도 오래됐구먼."

"정미소 소장님이야, 맨날 먼지 마신다는 핑계로 하루 세 끼 돼지고기 떨어질 날이 읎겄지."

황인술은 태화루 문을 열고 들어갔다. 정면으로 보이는 벽시계가 8시를 가리키고 있다. 여름 같았으면 한참 장사를 할 시간인데 홀 안에 서늘한 냉기만 고여 있다.

"왜 이렇게 식당이 썰렁하댜?"

황인술은 아무 말 없이 의자에 앉았다. 박태수가 의자에 앉아 주방 쪽을 바라보며 주인 들으라는 목소리로 말했다.

"아이구, 이기 뉘여. 합동정미소 소장님이 이렇게 누추한 곳에 웬일여?"

진 사장이 장락이와 함께 주방에서 나오며 너스레를 떨었다.

"합동정미소 소장은 약과여. 이 사람 처가 사과 과수원을 얼매나 크게 하는 줄 알아? 올게도 솔찮게 벌었지?"

황인술이 진심 반 농담 반이 섞인 목소리로 말하며 실장갑을 바지 뒷주머니에 쑤셔 넣었다.

"진 사장은 사람 민망하게 맨드는 데 선수여, 우리 구장님이 짜장면 생각난다고 해서 왔슈. 짜장면 꼽빼기로 둘하고, 아까 소주 드신다고 했쥬? 소주 한 병 줘유. 소주 안주 하게 짬뽕 국물 좀 얼큰하게 내오고"

"아따, 합동정미소는 영동, 옥천, 보은 삼군에서 젤로 크잖여. 그렇게 큰 정미소 소장님이 쩨쩨하게 짜장이 머여."

"잘못 걸렸구먼……"

박태수는 진 사장의 말을 듣고 나니까 오랜만에 밖에서 만난 황인술에게 달랑 짜장면 한 그릇 사주는 것도 멋쩍은 일이라는 생각에 벽에 걸려 있는 메뉴를 읽었다. 우동, 짜장면은 50원, 짬뽕이 70원, 삼선간짜장과 삼선짬뽕이 100원씩이다.

"삼선짬뽕 한번 먹어볼 텨? 우리 주방장 요리 솜씨가 요새 일취월장해서 영동서도 역부러 먹으러 온당께."

"재료도 아주 싱싱해유. 오늘 특별히 맛있고 푸짐하게 해 드릴 팅께 한번 잡사봐유."

식당 꼬마부터 시작해서 지금은 주방장 일을 하고 있는 장락이 손바닥을 비비며 박태수를 바라봤다.

"그람, 오늘 장락이가 해 주는 삼선짬뽕 좀 먹어 볼까. 이왕이면 술도 고량주로 줘유. 쓰는 김에 화끈하게 써 보지 머."

"자네 복권 당첨된 겨? 너무 무리하는 거 아녀?"

황인술이 입맛을 다시며 건성으로 물었다.

"구장님이 복권 야기하싱께 생각나는 말이 있구먼유. 신문 보셨는지 모르겠지만 별일이 다 있슈. 아 글씨, 어떤 시골 사람이 오백만 원짜리 주택복권에 당첨이 됐대유."

"뉜지 모르겠지만 팔자 고쳤구먼. 오백만 원이믄 집이 및 채여. 영동 같은 데 나가서 번듯한 가게가 딸린 집 한 채 사고도 남을 돈 아녀."

"조선 말은 끝까지 들어 보라는 말이 있잖유. 근데 그 사람이 복권 금액을 타고 나서 세금을 안 냈다는 거유. 나중에 세무서에서 고지서가 날아 왔는데 원천징수액이다, 종합소득세다, 신고를 안 한 가산세를 합해서 무려 사백팔십사만 원의 세금을 냈다고 하던데 그기 말이나 되는 야기유?"

"그람 지우 십육만 원 탔단 말여?"

"아녀유. 되려 빚을 졌대유."

"오라! 오백만 원짜리 복권 됐다고, 돼지 잡고 소 잡고 잔치를 했구
먼."

"내 말이 바로 그 말유."

"에이, 그건 사기다. 그런 식으로 세금을 떼면 어떤 미친놈이 백 원씩
주고 복권을 산댜."

황인술은 말과 다르게 다음에 영동 나가는 일이 있으면 꼭 은행에 가
서 복권을 사야겠다고 생각했다.

"그래도 복권 사는 사람들이 흔해유. 방앗간에도 월급날마다 오백 원,
천 원어치씩 복권을 사는 사람들이 대여섯 명이나 돼유."

"그라고 봉께, 오늘 쉬는 날이 아니잖여. 집에 먼 일이 생긴 겨?"

"아뉴, 이동하 국회의원님이 오늘 갑자기 좀 보자고 해서, 의원님 사
무실에 들렀다가 집으로 가는 길유."

"의원님이? 자넬 보자고 했단 말여?"

진 사장이 짬뽕 국물하고 고량주를 들고 왔다. 황인술이 박태수가 고
량주 뚜껑을 여는 모습을 바라보며 급하게 물었다.

"그렇다니께유."

박태수는 이동하를 만난 걸 생각하면 웃음이 나왔다. 자신도 모르게
터져 나오려는 웃음을 참으며 황인술에게 고량주를 따랐다.

"먼 일이댜? 상규는 올게 팔월에 정식 공무원이 됐고…… 인자는 농
협서기가 됐고…… 또 먼 존 일이 생긴 겨?"

황인술은 박태수가 안 좋은 일로 이동하를 만났을 것이라고는 상상할 수 없었다. 또 배가 아파서 몇 날 며칠 잠을 못 잘 정도로 좋은 일이 생겼을 것을 상상하니까 은근히 화가 치밀었다. 고량주를 홀짝 비워 버리고 박태수를 바라봤다.

"머, 존 일이라믄 존 일이고……."

박태수는 또 웃음이 나오려고 했으나 참았다. 하지만 술잔을 드는 순간 참았던 웃음이 터져 나왔다. 이왕 웃을 바에는 실컷 웃겠다는 생각에 술잔을 내려놓고 배가 아프도록 웃었다.

"왜 그래유?"

주방 안에 있던 진 사장이 갑작스러운 박태수의 웃음소리에 밖으로 나와서 물었다.

"내가 알면 경운기를 끌고 왔으면서 이렇게 고량주를 연거푸 마시고 있겠어."

"내, 내 정신 좀 봐. 구장님 경운기 끌고 왔다면서 그렇게 드셔도 괜찮아유?"

박태수가 간신히 웃음을 참고도, 웃음을 지우지 않은 얼굴로 물었다.

"의원님이 정미소를 통째로 넘겨주기라도 한 겨?"

"구장님도 언젠가 방앗간 와 봤잖유. 거기는 학산에 있는 방앗간 열 배가 넘어유. 말이 방앗간이지 큰 공장이나 마찬가지유."

"그람, 배가 터지도록 웃을 만한 일이 머여? 사람 애태워 죽일 생각 읎으면, 어여 말 좀 해 봐."

"오늘 아침에 방앗간으로 전화가 왔잖유. 의원님께서 직접 말유. 그래서 얼른 전화를 받았더니, 저하고 상의할 일이 있담서 오후 여섯 시까지 사무실로 와 달라고 하데유……."

장락이가 삼선짬뽕 두 그릇을 들고 왔다. 박태수는 잠깐 말을 끊고 장락이가 자기 앞에 삼선짬뽕 그릇을 내려놓기를 기다렸다.

"그래서?"

장락이는 장담을 했던 대로 삼선짬뽕을 푸짐하게 만들었다. 황인술은 삼선짬뽕의 매캐한 냄새가 코끝을 잠깐 스쳐 갔을 뿐 식욕을 잃어버렸다. 삼선짬뽕은 바라보지도 않고 단무지를 씹으며 반문했다.

"둥구나무거리에 있는 땅 열 마지기를 넘기겠데유."

박태수는 젓가락 한 짝씩을 양손으로 들어서 홍합이며, 갑오징어, 마른 해삼 등으로 버무려져 있는 짬뽕을 휘저었다.

"누구한테?"

황인술은 이동하가 둥구나무거리에 있는 문전옥답 열 마지기를 넘긴다고 해도 농협에서 강도질을 하지 않는 이상 사들일 재간이 없었다. 그런데도 가슴이 덜컹 내려앉았다.

"누구긴, 누구유. 구장님 앞에 앉아 있는 박태수한테 넘기겠다고 하데유."

"시방, 합동정미소 박 소장이 하는 말이 먼 말이유?"

진 사장이 박태수 옆에 앉아서 황인술에게 물었다.

"진 사장, 시방 우리찌리 중요한 야기가 있단 말여. 그랑께, 진 사장은 어여 들어가서 날 장사 할 다마네기나 까고 있어. 내가 볼 때 시방까지 주방에서 다마네기 까고 있었던 거 가텨. 그렇지 않으면 다마네기 냄새가 코를 찌를 리 읎지."

"알았슈. 잘 하면 한 대 치겠네."

진 사장은 오랜 단골인 황인술의 비위를 상하게 해서 좋을 것이 없다
는 생각에 선선히 일어섰다.

"그래서?"

"구장님도 오늘 참 이상하시네, 의원님이 어채피 농사 안 지을 건데,
문전옥답이 뭔 소용이냐. 태수 자네 요새 돈이 좀 돌아가는 거 같응께,
그 논을 인수해 버려라. 난 어채피 정치로 끝장을 볼 사람이다. 이왕 정
치에 발을 들여놓았응께, 최소한 국회부의장은 해 먹고 관둬도 관둬야
할 것 아니냐고 말씀하시데유."

황인술이 진 사장을 타박하는 동안 부지런히 짬뽕을 먹던 박태수는
고량주 잔을 들었다. 쭉 소리가 나도록 비워 버리고 황인술에게 잔을 권
했다.

"그렇구면……."

황인술은 박태수가 따라 주는 잔을 받아서 단숨에 비워 버렸다. 잔을
되돌려 주고 술을 따라 줄 생각은 안 하고 두 손으로 짬뽕 그릇을 잡았
다. 뜨거운 국물을 찔끔찔끔 마셔 안주를 했다.

"옛말에 부자를 따라 댕기믄 떡고물이라도 생긴다는 말이 바로 태수
를 두고 하는 말이구면."

"에이, 내가 따라 댕긴 것이 아니고, 원래 아부지가 옛날부텀 면장님
이나 의원님 말씀이라믄 껌북하시는 승질이잖유."

"춘섭이를 두고 하는 말일세. 춘섭이도 자네 같은 친구를 뒀응께 자네
가 부쳐 먹든 알짜배기 열 마지기를 인수 받았잖여. 인지 자네가 땅 쥔
이니께, 춘섭이가 자네한테 면장님이라고 불러야 되는 거여?"

황인술은 너무 배가 아파서 눈물이 왈칵 쏟아질 것 같았다. 그것을 감

추려고 고개를 숙였다. 오늘따라 홍합이니, 마른 해삼이니, 오징어 뒷다리에, 버섯을 오랄지게 많이 넣었다. 그것을 헤집고 면 가닥을 후루룩 먹는데 기어이 눈물 한 방울이 짬뽕 국물에 뚝 떨어진다.

"친구찌리 먼 놈의 면장님유. 춘셉이는 암만해도 친구니께 구장님이나 길동이 형님보담은 먼저 생각이 나잖유. 그것이 그렇게 서운하셨다믄 이해해줘유. 근데, 면장님이 왜 부르신 거유?"

"나만 부른 것이 아니고, 각 동리 구장들을 죄다 불렀어……."

황인술은 사촌도 아닌 박태수가 알토란 같은 문전옥답 열 마지기를 샀다는 것이 배가 아프다 못해 쓰렸다. 사람의 입만큼 간사한 것이 없다더니 독한 고량주 몇 잔을 마시니까, 얼큰한 짬뽕 면을 맛본 위장이 어서 음식을 넘겨 달라고 요동쳤다. 내가 언지 눈물을 찔끔 흘렸느냐는 얼굴로 삼일 굶은 해룡이가 형님, 형님 할 정도로 면을 입안으로 끌어넣었다.

"면장이 구장들을 왜 불렀는데유?"

박태수가 황인술이 고개를 들기 기다렸다가 물었다.

"으, 응. 요새 새마을운동인가 먼가를 한다고 떠들어 대잖여. 그 운동에 구장이며 동장들은 무조건 위원장이 되야 한다능 겨."

황인술은 젓가락으로 홍합이며, 건삼들 찌꺼기까지 하나씩 건져먹느라 건성으로 대답했다.

"새마을운동이라믄 그 머셔, 동리로 들어가는 길을 넓히고, 공동 퇴비장을 맨들고, 공동 빨래터나, 쥐 없는 마을 맨들기 같은 운동을 말하는 거 아뉴?"

"잘 알고 있구먼."

황인술은 건성으로 대답하며 연신 짬뽕을 먹었다.

"경운기 운전할 수 있겠슈?"

짬뽕은 박태수가 먼저 먹기 시작했는데, 국물 한 방울까지 남김없이 비워 버리고 젓가락을 먼저 놓은 쪽은 황인술이다. 벌겋게 달아오른 얼굴로 짬뽕의 뒷맛을 음미하듯 남냠거리면서 박태수를 바라봤다. 박태수가 국물을 대충 마신 후에 젓가락을 내려놓으며 물었다.

"태수, 부자 된 기념으로 영동 가서 한잔 살 텨?"

"날 논다믄 막차라도 타고 나갈 수 있지만, 날 일하는 날이잖유. 담에 언지 영동서 봐유. 구장님하고 같이 갔던 태평관에 모시고 가서 그때처럼 신나게 마셔 보쥬."

박태수는 말과 다르게 태평관을 생각하면 옴팡 바가지를 쓴 기분을 버릴 수가 없어서 입맛이 썼다. 주머니에서 돈을 꺼내며 진 사장을 불렀다.

"그려, 기대하겠네. 담에 꼭 한잔 사야 햐. 내가 치부책에 태수가 읍내서 술 산다고 적어 놓을 팅게."

황인술은 외상값 받는 얼굴로 말하며 박태수보다 먼저 밖으로 나갔다. 목구멍이 간질간질 한 것이 딱 한 잔만 더 했으면 좋겠는데, 그놈의 경운기가 문제다. 담배를 피우면서 삼거리를 바라보니까 차부상회 불빛이 환하다.

구장님이 저길 왜 간댜. 경운기는 저쪽에 있는데⋯⋯.

박태수는 차부상회로 가고 있는 황인술을 바라보며 경운기가 있는 쪽으로 갔다. 경운기는 양산 가는 방향의 신작로 가장자리에 세워 놓았다.

돈이 좋기는 좋드만⋯⋯.

경운기 옆에서 황인술이 오길 기다리고 있는데 무주 가는 막차가 도착했다. 내릴 손님이 없는데도 차부상회 앞 주차장 안에까지 들어갔다가 후진하여 밖으로 나왔다. 무주 가는 쪽으로 방향을 바꾸는 버스 창문으로 20대 초반의 여자가 보인다. 버스 안의 환한 불빛을 받고 있는 여자는 태평관의 기생들처럼 예쁘다.

황인술만 믿고 돈 만원이면 뒤집어 쓸 줄 알고 태평관에 갔다가, 술값만 해도 만 삼천 원이 나갔다. 기생들 팁은 현금으로 주라고 해서 오백 원씩 해서 네 명에 이천 원, 황인술이 조합장하고 전무한테는 기생을 한 명씩 붙여 줘야 한다고 해서 또 이천 원, 여관까지 따라 들어가서 계산해 준 여관비가 팔백 원에, 내일 아침에 택시 타고 나오라고 이백 원을 보태서 만 칠천 원, 황인술이 기생을 품지 못할 바에 술이나 더 마셔야 되는 거 아니냐고 생떼를 쓰는 통에, 영동역 앞 포장마차에 가서 또 얼마를 쓰고, 모산까지 택시비로 삼백 원을 썼다.

그 다음 날 외상값을 갚으러 갔더니 서비스라면서 소주 한 병에 쇠갈비 한 접시를 내놓고, 기생을 한 명 붙여 주었다. 나는 혼자 마시겠다고 손사래를 쳤더니 색시가 소장님이 좋아서 그냥 술을 따라 주고 싶어 하는 데야 거절을 할 명분이 없었다.

"어쩌면 이렇게 허벅지가 마른 장작처럼 단단해요?"

기생은 술만 따라 주는 것에 그치지 않았다. 금방이라도 저고리를 풀어헤치고 가슴에 안겨 들 것처럼 몸을 찰싹 붙이고 허벅지를 더듬는 통에 그놈의 물건이 요동치기 시작했다. 이걸, 그냥 확 방바닥으로 밀어붙여 버리고 치마를 올려 버려 하는 생각이 벌떡벌떡 고개를 들었다. 어느 순간 창문 밖으로 한복을 곱게 차려 입은 정 마담이 수대를 들고 마당에서 꽃밭에 물을 주는 모습이 한눈에 들어왔다. 그 모습에 옥천댁의 얼굴이 겹쳐지는 순간 정신이 번뜻 들었다.

"잘 먹었구먼."

고샅 쪽을 향해 들어오는 기생의 손을 매정하도록 차갑게 뿌리치고 벌떡 일어났다. 그 뒤로는 어떻게 태평관을 나왔는지 기억이 나지 않았다. 몸서리치도록 옥천댁이 보고 싶은 생각이 들어서 발길 닿는 대로 선술집에 들어가서 술을 마셨다.

"가세."

황인술이 가까이 다가와서 박태수의 등을 툭 쳤다.

"거긴 뭐하러 갔다 왔슈?"

"으, 응. 담배가 떨어져서."

황인술은 차부상회에서 담배를 사면서 소주도 한 병 사서 잠바 안주머니에 쑤셔 넣었다. 아무래도 이대로는 잠이 오지 않을 것 같았다. 집에 가서 광일네를 상대로 한 병을 비워야 잠이 올 것 같아서 샀다.

"암만해도 알 수가 읎어."

황인술은 경운기에 올라탔다. 박태수는 그의 옆자리에 앉아서 손을 뒤로 뻗어 적재함의 모서리를 잡았다. 황인술이 시동을 걸자 경운기가 부르르 떨었다. 브레이크를 푸니까 덜덜거리며 서서히 앞으로 나갔다. 엔진에 달려 있는 라이트가 스산한 바람이 불어대는 신작로를 역삼각형으로 비췄다. 황인술이 엔진이 덜덜덜 떠는 소리를 감안해서 큰 소리로 말했다.

"뭐가유?"

박태수는 경운기가 보기와는 다르게 빨리 달린다고 생각했다. 떨어지지 않으려고 적재함을 꼭 움켜쥐고 큰 소리로 반문했다.

"세월이 오래된 것도 아니잖여. 불과 십 년 이쪽저쪽 사이에 때부자가 될 수 있는 비결이 머냔 말여?"

"에이, 구장님도 누가 때부자유? 때부자는 강원도에서 뗏목을 끌고 서울까지 와서 판 사람이 돈을 가마니로 받아 가는 통에 생긴 말이잖유."

"젠장, 나도 인지라도 태수 처 같은 여자를 은어 볼까?"

"능력 있으믄 은으세유."

경운기는 금방 학산을 벗어나서 학산교 다리 위로 진입했다. 학산천을 가로지르는 다리라서 바람이 차가웠다. 박태수는 바람 부는 반대 방향으로 고개를 돌렸다.

"해 보는 말이지. 이 나이에 먼 여자를 은어. 그런 능력이 있으면 나도 진작 부자 됐지."

경운기가 앞으로 달려가면서 신작로의 자갈들이 파편처럼 길 양쪽으로 튕겨져 나가서 미루나무 때리는 소리가 나기도 했다. 황인술은 쓴웃음을 지으면서 박태수에게 담뱃불을 붙여 달라는 시늉을 했다.

"산소를 잘 써서 그런지도 모르겠슈."

박태수는 담배를 입에 물었다. 성냥불을 긋는 순간 양손으로 바람막이를 만들어 담뱃불을 붙였다. 길게 한 모금 빤 후 황인술 입술에 꽂아 주었다.

"참말여?"

황인술이 한 손으로 핸들을 잡고 담배를 피우며 반문했다.

"특별하게 머 한 것이 읎응께, 조상님이 보살펴서 잘 살게 되는개비구나, 라고 생각할 수벆에 읎잖유."

"아녀, 인지 생각해 봉께, 자네 벌똥골 끄트머리에 있는 자네 할아부지 뫼를 할머하고 합장했잖여."

경운기가 그릿고개 앞에 도착했다. 황인술은 담배를 버리고 양손으로 핸들을 잡았다. 기어를 변속하고 어둠 속에 쌓여 있는 정상 쪽을 바라봤다.

"내가 그냥 해 보는 말이지. 골짜기 옆에 붙어 있는 산소잖유."

"아녀, 자네 할아부지 매장할 때도 그랬고, 할머 합장할 때도 같은 말이 나왔어. 산소가 골짜기 옆에 붙어 있기는 하지만, 산소에서 멀리 바라보이는 주봉이 참 잘생겼다고 말여. 내가 한 말이 아니고, 지금은 죽었지만 학산에서 풍수로 밥 먹고 사는 고 풍수 말이라서, 동리 어른들도 인정했었단 말여……."

황인술은 그릿고개 위에서 내갈기는 맞바람을 맞으며 달렸더니 취기가 모두 바람에 날아가 버렸다. 소주 한 병을 사 오길 잘했다고 생각하며 고개 위로 올라서는 순간 다시 기어를 변속해서 속도를 늦췄다.

"그 말이라믄 아부지한테 몇 번 들었슈. 고 풍수가 느 할아부지 산소는 참말로 좋다고 했응께, 언젠가 우리도 형편이 필 거라구 말유."

경운기는 내리막길을 질주하듯 달렸다. 박태수는 수백 번도 더 다녀 본 밤길이지만 이렇듯 거침없이 달려 내려가는 것이 은근히 무서워 두 손으로 적재함의 난간을 꼭 붙잡았다.

"나도 이장을 하든지 해야지, 언지 시간을 내서 학산 꼬막네한테 한븐가 봐야겄어. 아부지 산소가 문지가 있는지 물어보든지 해야지 이거야 원……."

"내가 볼 때는 산소는 문지 없는 거 가튜. 광일이 군청에 근무하고 있지, 그 밑에 뉘여? 광성이 대전서 양복 기술 잘 배우고 있지, 광배도 군대 지대하면 즈 누나한테 가서 다시 미용 기술 배울 거잖유. 삼남 일녀가 몸 건강하고 탄탄한 직장 갖고 있으믄 잘 나가는 거 아뉴?"

"허긴, 그런 쪽으로 보믄 아부지 산소를 잘 쓴 거 같기도 하고……."

경운기는 단숨에 다리거리에 도착했다. 황인술은 모산 쪽으로 핸들을 트느라 잠시 입을 다물었다. 모산 들어가는 방향으로 직진해 가면서 다시 입을 열었다.

"광순이도 나이가 찼응께 시집을 보내야 하는데, 즈 어머도 안 그렇고, 나도 고집이 있다는 말은 못 들었는데, 영 말을 들어 처먹어야지……."

황인술은 박태수가 잘나가고 있다고 말하는데, 굳이 산소 자리가 나쁘다고 할 수는 없었다. 마음속으로는 언제 시간을 내서 꼬막네를 찾아봐야겠다고 생각하며 화제를 돌렸다.

"아따, 걱정하실 걸 걱정해유. 미장원 갖고 있겄다, 미용기술 있겄다, 돈 잘 벌겄다, 이장님이 중신을 안 서도, 서울에도 신랑감들이 줄을 서 있을 건데……."

"서울은 순 사기꾼들이 득실거리는 데여. 두 눈 똑바로 뜨고 있어도 코 베가는 데가 서울이여. 서울에서 암만 착하게 살아도 그 밥에 그 나물이라고, 사기 기질이 있을 거 아녀."

"그래두, 촌에서 장사나 하고, 면 같은 데 다니는 사람보다는, 서울에서 중국집 뽀이를 해도 먹고살기가 괜찮다고 하잖유."

"모르는 소리여. 난도 서울에 가 봤잖여. 고물상 하는 경훈이하고, 철용이가 사는 집도 가 봤구먼. 그기 사람 사는 집여, 학산 같은 데는 걸어지도 그런 데 안 살아. 시방도 면서기보담은 돈을 많이 번다니께, 나중에 돈을 얼매나 더 벌지는 몰라도 나 같으믄 그렇게 안 살겄네."

"춘셉이 말 들어봉께, 요새는 고물상 옆에 있는 양옥집을 독채로 전세내서 산다고 하대유. 고물상에서 일하는 아들 몇몇하고 말여유."

"시방은 몰라도, 내가 가서 내 눈으로 직접 봤을 때는 우습지도 않았어……."

경운기가 둥구나무거리로 들어가는 길목에 도착했다. 황인술은 능숙하게 핸들을 틀었다. 경운기 불빛 안으로 멀리 해룡네 집이 들어온다. 속도를 줄여서 우마차 한 대가 겨우 다닐 정도의 길로 접어들었다.

"오늘 구장님 만나서 편하게 왔네유."

박태수의 집은 안채나 사랑채도 불이 꺼져 있었다. 박태수는 습관처럼 면장 댁을 바라봤다. 불이 꺼져있지 않은 것으로 봐서 동네는 쥐 죽은 듯 캄캄하지만 10시도 안 된 것 같았다. 황인술이 둥구나무 밑에서 경운기를 멈추고 시동을 껐다. 기다렸다는 듯이 골목 여기저기서 개 짖는 소리가 들려왔다.

"언지 읍내서 한잔 사겠다는 거 잊어뻐리면 안 되야."

"아이구, 알았슈. 언지 읍내 나올 일 있으면 학산우체국에서 영동 합동정미소 대 달라고 해서 즌화해유. 특별하게 바쁜 일이 읎으면 나올 팅게유."

박태수는 어둠 속에서 손을 흔들며 자기 집이 있는 쪽으로 돌아섰다.

"며칠 내로 즌화할 겨."

황인술은 가슴으로 와 닿는 소주병의 감촉을 느끼며 담배를 입에 물었다. 불을 붙이고 집이 있는 방향으로 슬슬 걸어갔다. 등 뒤로 박태수가 헛기침하는 소리가 들렸다. 이어서 안채며 사랑채 문이 동시에 열리는 소리도 들렸다.

내가 오는 걸 알고 있나?

골목으로 막 접어들려고 할 때였다. 공동우물 옆에 있는 봉산댁의 초가집 안방 문이 희미하게 밝아졌다. 봉산댁이 등잔불을 붙였다는 증거다. 골목으로 들어가려던 걸음을 돌려서 발자국 소리를 죽이며 걸었다.

"자는 거여?"

황인술은 안방 문 앞에 바짝 붙었다. 바깥 동정을 살피며 귓속말로 속삭였다.

"구장님?"

"그려."

"이 시간에 웬일이데유?"

봉산댁은 얼른 문을 열었다. 황인술이 고무신을 신은 채 토끼처럼 방으로 뛰어들었다. 바깥 동정을 재빠르게 살피고 나서 문을 닫았다.

"왜 불을 킨 겨?"

"오줌이 매려와서……."

봉산댁은 방 안을 두리번거리다가 벽에 걸려 있는 무명치마를 벗겨서 방문을 가렸다. 불빛이 바깥으로 새어 나가지 않으면서 방 안이 한결 아늑해졌다.

"안주나 좀 갖고 와"

황인술이 품 안에서 소주병을 꺼내 방바닥에 내려놓았다.

"안주가 머 있겄슈. 짐치나 있으믄 됐지."

봉산댁은 윗목에 있는 저녁밥상을 덮어놓은 밥보자기를 벗겼다. 설거지하기 귀찮아서 그냥 둔 밥상에서 밥그릇만 내려놓았다.

"뭐햐?"

황인술이 물그릇에 소주를 따르면서 물었다.

"여기 앉아 있쥬."

"오줌 안 눠? 오줌 매려와서 불 켰다고 했잖여."

"내 정신 좀 봐, 몇 년 만에 서방님이 오시니께 너무 반가워서 오줌 매려운 것도 잊어버렸구먼."

봉산댁은 살풋 웃으면서 일어났다. 윗목 구석에 있는 요강 앞에 주저 앉으며 속곳을 내렸다. 치마로 하체를 가리고 뱅글뱅글 웃으며 황인술을 바라봤다.

"젠장, 어떤 놈은 가만히 있어도 땅이 저절로 굴러들어 오는데, 나 같은 놈은 구장질을 십 년 넘게 해도 사는 것이 늘 요 모양 요 꼴이니……"

황인술은 봉산댁이 오줌을 갈기는 소리에 맞춰서 소주를 꿀꺽꿀꺽 마셨다.

"누가 땅을 사서 우리 서방님 배를 그릏게 아프게 했슈?"

봉산댁이 요강 뚜껑을 덮으며 물었다.

"이동하 그 인간이 태수한테 둥구나무거리에 있는 일곱 마지기하고, 해룡네 집 뒤에 있는 스 마지를 넘겼다잖여. 솔직히 박태수 그 인간보다 내가 못한 것이 머가 있어? 저는 가진 땅이라고는 자갈밭 서너 마지기가 전부였지만, 나는 네 마지기나 있었잖여. 게다가 봄 가실에는 구장 수곡도 받았잖여. 저는 십 리 길을 걸어서 범골에서 나무 해다, 또 십 리 길을 걸어 학산에 장작 팔러 다닐 때 나는 면서기 만나고 농협서기 만

나서 정치했잖여……."

황인술은 생각하면 생각할수록 배가 아파서 견딜 수가 없었다. 말을 하다 말고 소주병을 들었다.

"혼자만 마실 뀨?"

봉산댁이 황인술 앞에 있는 물그릇을 들이댔다.

"이럴 줄 알았으믄 두어 병 사올걸."

황인술이 봉산댁의 잔에 절반 정도 따라 주며 투덜거렸다.

"아따, 술은 우리 집에도 있슈. 잠이 안 올 때 한 잔씩 하느라 정지에서 탁주가 안 떨어져유. 아마 반 되 이상은 남아 있을 뀨."

"탁주까지 마실 시간은 읎어……."

황인술은 봉산댁이 술잔을 내려놓고 김치를 먹을 사이도 없이 와락 달려들었다.

"아이구. 이렇게 급한 사람이, 그동안은 워티게 참았댜!"

황인술이 거칠게 치마를 걷어 올렸다. 봉산댁이 기다렸다는 얼굴로 엉덩이를 흔들며 얼른 속곳을 끌어내렸다.


광일네는 어젯밤 늦게 술에 취해 들어온 황인술을 생각해서 콩나물동이에서 콩나물을 뽑아 소쿠리에 담고, 따바리를 찾아서 물동이에 바가지를 넣어, 이고 정지를 나섰다. 감나무 가지를 바라보니까 서리는 내리지 않았는데 새벽바람은 손이 시릴 정도로 찼다.

골목에는 새벽안개가 뿌옇게 내려앉아 있었다. 순배 영감 집이 있는 쪽에서 게으른 장닭이 우는 소리가 새벽안개를 쪼아 먹었다. 부지런히 걸어서 우물가로 가니까 상규네가 먼저 와서 무언가를 씻고 있다.

"날이 왜 이렇게 차댜. 오늘은 배추를 뽑아다 소금에 절여놔야겠구먼."

광일네는 먼저 물동이에 물을 가득 채웠다. 바가지로 물을 퍼서 소쿠리에 들어 있는 콩나물을 다듬기 시작했다.

"어지만 해도 날이 이렇게 춥지 않더니, 하룻밤 새 겨울이 온 거 가튜."

상규네는 어제 배추밭에서 뽑아 온 배춧잎을 한 개씩 따서 물에 헹궈 소쿠리에 담갔다. 새벽안개 사이로 봉산댁이 방에서 바가지를 들고 마당으로 내려서는 모습이 보인다.

"상규네가 둥구나무거리에 있는 면장 댁 땅을 샀다며?"

봉산댁은 우물이 가까워서 우물가에서 쌀을 씻는다. 쌀 두어 줌이 들어 있는 바가지를 들고 광일네 옆에 쪼그려 앉으며 말을 걸었다.

"상규네가 둥구나무거리에 있는 면장 댁 땅을 샀단 말여?"

상규네는 이 여자가 지금 무슨 말을 하는 거냐는 표정으로 바라봤다. 광일네는 귀가 번쩍 떠지는 것 같았다. 콩나물을 다듬다 말고 봉산댁을 향해 돌아앉았다.

"누가 그래유?"

상규네는 어젯밤에 박태수가 봉산댁을 만나서 땅 자랑을 했을 리는 없다고 생각하며 봉산댁을 바라봤다.

"누, 누가 그라긴."

봉산댁은 깜짝 놀라서 쌀이 들어 있는 바가지를 우물에 빠트릴 뻔했다.

"봉산댁이 시방 그랬잖여. 상규네가 둥구나무거리에 있는 땅을 샀다고 말여?"

기온이 내려갈수록 우물물은 따뜻하다. 냇물이 꽁꽁 얼면 우물물은 미지근할 정도로 따뜻해서 세수를 할 정도가 된다. 콩나물을 씻어 놓은 광일네가 바가지로 물을 퍼서 얼굴을 닦다 말고 물었다.

"내, 내가 언지유?"

"아! 시방 그 자리에서 그랬잖여. 상규네, 상규네는 못 들었남?"

"우리가 둥구나무거리 땅을 사기로 한 것은 맞는 말유. 근데 그 말을 어디서 들었어? 상규 애비가 봉산댁한테 그런 말을 할 리는 읎을 텐데……."

"머여? 그람 참말루 상규네가 그 땅을 샀단 말여?"

광일네는 느닷없이 왕복으로 따귀를 얻어맞은 기분이었다. 이건 또 무슨 조화냐는 표정으로 상규네에게 물었다.

"어지, 의원님이 상규애비를 부르데유. 그래서 가 봤드니, 느닷읎이 그 땅은 상규네가 짓고 있는 땅잉께 인수를 하라고 하셨대유. 그래서……."

"무시라……. 내 꿈이 어짜믄 그리 신통방통하댜. 난 하도 꿈이 생생하길래 그냥 물어본 말인데, 진짜로 그 땅을 샀단 말여?"

봉산댁은 가만히 있으면 어젯밤에 박태수가 황인술하고 술을 마셨다는 말이 이어져 나올 것 같았다. 은근슬쩍 상규네의 말을 막아 끊으며 말을 돌렸다.

"진짜로, 봉산댁이 그런 꿈을 꿨단 말여?"

"내가 꿈을 안 꿨으믄 워티게 상규네가 그 땅을 샀는지 알았겠슈?"

봉산댁은 광일네의 시선이 와 닿는 것을 느끼는 순간 마음속으로 안

도의 한숨을 내쉬며 능청을 떨었다.

"봉산댁도 향숙이처럼 신들린 거 아녀? 원래 혼자 사는 여자는 귀신에 약해서, 홀애비 귀신들이 잘 달라붙는다고 하던데……"

광일네는 어서 이 비보를 황인술에게 알려야 한다는 생각에 서둘러 바가지를 물동이 위에 띄웠다. 그래야 물이 출렁거려도 밖으로 흘러넘치지 않는다. 봉산댁이 다듬다가 만 콩나물 소쿠리를 집어주는 것을 받아 들고 종종걸음으로 걸었다.

세상에……

우물에 갈 때만 해도 물동이를 잡은 손이 시려서 오그리고 갔었다. 황인술이 이 소식을 알게 되면 새벽 댓바람부터 얼마나 배 아파할까를 생각하며 걸으니까 손이 조금도 시렵지가 않았다.

"광일이 아부지. 어여 인나 봐유. 어여!"

물동이를 정지까지 갖다 놓을 시간도 아까워서 들마루에 내려놓자마자 들마루로 냅다 뛰어 오르는 찰나에 치맛자락이 발가락에 걸리면서 뒤뚱거렸다. 넘어지지 않으려고 물동이를 잡는 순간, 물동이가 뜨럭으로 떨어져서 박살이 났다.

"뭔 소리여!"

방 안에서 잠자고 있던 황인술이 깜짝 놀라며 방문을 열어 제쳤다.

"에그머니나!"

광일네는 박살이 난 물동이 조각 위로 털썩 주저앉으며 치마를 흥건하게 적셨다.

"이, 여펜네가 새벽부텀 미쳤나? 재수 없게스리 새벽부텀 물동이를 깨고 지랄여!"

황인술은 벌떡 일어서기는 했지만 바깥 기온이 너무 차서 들마루로 나가지 않았다. 방 안에서 깨진 물동이며 흥건한 물을 바라보며 고함을 질렀다.

"잠깐 나 좀 봐유."

광일네는 물동이며 치마 젖은 것이 문제가 아니었다. 물기를 털어내며 방으로 들어가서 황인술의 손을 잡고 방바닥에 앉았다.

"이, 여편네가 새벽부터 못 먹을 걸 처먹었나? 왜 안 하던 짓을 하고 야단이여?"

광일네가 너무 설쳐대니까 황인술은 자신도 모르게 목소리를 줄이며 방문을 닫고 앉았다.

"글쎄, 상규네가 둥구나무거리에 있는 땅을 샀대유. 면장 댁 땅 말유. 해룡네 집 뒤에 있는 것까지 열 마지기를 다 샀대유."

"아! 사긴 뭘 사. 사기로 했다고 하드만. 난 또 멧돼지가 쫓아오나 했지. 예편네가 좀 조신하게 행동하지 못하고, 새벽 댓바람부터 미친년처럼 이렇게 설쳐대니께 되는 게 없지. 에이! 새벽부터 잠만 설쳤네."

황인술은 새벽바람을 흠뻑 맞아서 더 이상 잠이 오지 않을 거 같았다. 등잔 밑을 더듬어 담배와 라이터를 찾아 들고 문 앞을 향해 앉았다.

"어머머! 그람 당신도 알고 있었단 말유?"

"당신두라니?"

"아! 글쎄, 봉산댁이 그러잖아유. 내가 물을 뜨러 샴에 갔더니 상규네가 배추를 씻고 있대유. 나도 물동이에 물을 퍼 놓고, 콩나물을 다듬고 있는데 봉산댁이 쌀을 일러 나오드니, 상규네가 둥구나무거리에 있는 면장 댁 땅을 샀다면서? 라고 묻데유?"

"보, 봉산댁이?"

황인술은 불을 붙인 담배 연기를 빨아들이다가 봉산댁이라는 말에 목이 콱 맥혔다. 숨이 막혀서 얼굴이 시뻘겋게 달아오르도록 캑캑거리다가 간신히 진정을 하고 더듬거렸다.

"당신이 왜 그리 놀래유?"

광일네가 거칠게 황인술의 어깨를 잡아당기며 물었다.

"아! 이, 이기 놀랠 일이지. 놀랠 일이 따로 있어? 그 여자가 귀신이 들리지 않는 이상, 그걸 워티게 알았겄어?"

황인술은 평소에 광일네가 느닷없이 어깨를 잡아당겼으면 말 대신 귀빰을 올려붙였을 것이다. 지은 죄가 있어서 우물쭈물 얼버무렸다.

"그렇지 않아도 내가 볼 때 향숙이마냥 신이 들린 거 가튜. 아, 글씨 엊지녁 꿈에서 상규네가 면장 댁 땅을 사는 걸 봤다잖아유. 족집게로 흰 머리카락을 찝어 내는 것처럼 꾼 꿈도 신통방통하지만, 새벽 댓바람에 상규네가 거기 앉아 있다는 것도 참말로 신기하잖아유."

"그려, 나도 그 말을 듣고 깜짝 놀랐잖여."

"근데, 당신은 상규네가 그 땅을 산 걸 워티게 알았데유?"

"아! 내가 엊지녁에 내동 말할 때는 벤소간에 가 있었남? 내가 그랬잖여. 삼거리에서 태수를 만나서 태화루에 가설랑, 비싼 삼선짬뽕에 고량주를 은어 마셨다고 말여."

"그 말은 들었지만, 땅 샀다는 말은 안 했잖유……."

"이기, 새벽부텀 한 대 맞을라고 작정을 했나? 새벽부터 염장을 지르고 지랄여? 내가 먼 자랑을 한다고, 그런 말을 햐!"

황인술이 금방이라도 광일네의 뺨을 후려갈길 것처럼 손을 치켜들고 노려보았다.

"아, 알았슈. 그 여편네 땜시 비싼 물동이만 깨졌네. 요새 단지 금이 올라서, 저만한 단지 한 개 살라믄 못 줘도 및백 원은 줘야 할긴데……"

봉산댁은 황인술이 때리지도 않는데 얼른 몸을 피하며 일어섰다. 황인술도 알고 있는 사실을, 나 혼자 북 치고 장구 치느라 부산을 떨었던 걸 생각하니까 은근히 봉산댁이 원망스러웠다. 봉산댁이 새벽부터 꿈 타령만 안했더라면 물동이를 깨트리지 않았을 것이기 때문이다.


승우가 내미는 흑백사진 속 풍경에는 가을이 짙게 물들어 있었다. 하얗고 넓은 칼라로 목을 두른 동복을 입은 인숙은 활짝 웃는 얼굴로 턱을 살짝 치켜올리고 단풍나무 가지를 휘어잡은 손을 보고 있다.

"여기가 워딘지 알아?"

인숙이 사진을 승우에게 보여주며 물었다.

"츠, 내가 찍어 줬는데, 나한테 물어보는 등신이 워딨냐?"

인숙이 넘겨주는 사진을 한 장씩 유심히 바라보고 있던 승우가 고개를 돌렸다. 인숙이 내민 사진을 바라보며 콧방귀를 뀄다.

"워딘데?"

인숙이 혀를 낼름 하는 표정으로 물었다.

"워디긴 워디여. 작년 가을에 영국사 올라가던 길에 찍은 사진이잖여."

"그람 이건?"

인숙이 다른 사진을 내밀었다.

"글쎄?"

승우는 인숙이 내민 사진을 들여다봤다. 단발머리에 팔이 짧은 티셔츠를 입은 인숙이 어디서 구했는지 짙은 선글라스를 쓰고 있는 모습이다. 등 뒤로는 잎이 짙푸른 감나무가 서 있다. 감나무 가지 사이로 빠져나오는 햇살을 받고 있는 인숙은 활짝 웃고 있었다. 고르고 하얀 치아에 햇살이 부서지고 있었다.

"이 라이방 생각 안 나?"

"생각 안 나는데?"

"의원님한테 선물 들어온 건데, 니가 갖고 나왔잖여. 내가 까만색 라이방을 쓰면 이쁠 거라고 말여."

"맞아, 아부지 라이방여. 근데 여기가 워디여?"

"알아맞혀 봐. 맞히면 내가 뭐 줄 모양잉께, 그 대신 셋 셀 동안 네가 못 알아맞히면 니가 나 뭐 해줄 텨?"

들창 뒤로 보이는 비봉산 자락에는 싸락눈이 소리 없이 내리고 있었다. 연탄불 아궁이를 열어 놓아서 방이 뜨끈뜨끈했다. 인숙이가 기억을 더듬고 있는 승우를 바라보며 눈웃음을 지었다.

"음……. 내가 지면 한 번 업어 줄게."

승우가 인숙이를 업는 흉내 내며 장난스럽게 말했다.

"머여!"

"아, 아녀. 너는 뭐 줄 건데?"

인숙이 화가 난 얼굴로 꼬집으려고 하자 승우가 뒤로 물러나며 물었다.

"응, 니가 좋아하는 사진 두 장 줄게. 넌 니가 지면 뭐 줄 텨?"

"나는 형이 사준 트랜지스터라디오 줄게."

"그건 니가 좋아하는 거잖여."

"나는 집에 라디오 있잖여."

"우리 집에도 라디오 두 대여. 큰오빠가 월남에서 사서 부친 거는 미제고, 작은오빠가 할아부지 들으시라고 사다 주신 거는 금성라디오여. 큰오빠가 월남에서 텔레비전도 사 왔구먼."

"그래도 너 혼자 들을 수 없잖어. 문화방송에서 열한 시 십오 분에 <한밤의 음악 편지>라는 방송을 하거든. 시청자들이 엽서에 사연하고 듣고 싶은 노래 제목을 적어서 보내면 틀어주는 프로여, 얼매나 재미있는지 몰라."

"나도 친구들한테 한밤의 음악편지 방송이 재미있다는 말 들어 봤어. 이종환인가 하는 남자가 디제이를 본다고 하드라. 너도 엽서 보내 봤어?"

"응, 한 이 주일 됐나? 잘하면 오늘이나 내일쯤 나올지도 모르지. 확실하게 나온다는 보장은 없고."

"누구하고 같이 듣고 싶다고 했는데? 나?"

"츠, 너 아녀. 내 친구하고 같이 듣기로 했구먼."

"그럴 줄 알았어."

인숙이 실망했다는 얼굴로 입술을 삐죽거렸다.

"너는 내가 이기면 뭐 줄 건데?"

"니가 좋아하는 사진 두 장."

"좋아. 그럼 시방부터 센다. 하나, 두울, 세……"

"스톱, 알아냈구먼. 영동 집 마당에서 찍은 거잖여. 작년 여름에……"

"그렇게 쉬운 건데 아까는 왜 몰랐어?"

인숙이 재미없다는 얼굴로 물었다.

"아까는 생각이 안 났어. 참말여, 내가 사진 두 장 고른다. 아니, 니가 골라 줘."

"젤 안 이쁜 걸로 골라 줘야지……."

"난 괜찮아. 이쁘든, 안 이쁘든 박인숙 얼굴잉께."

"츠, 난 솔직히 이쁜 걸로 골라주고 싶었는데……. 암만해도 이 사진보다 좋은 거는 읎는 거 가텨."

"이건 우리 둘이 찍은 거잖여."

인숙이가 내민 사진은 교복을 입고 영국사에서 찍은 사진과 승우와 둘이서 마당에 앉아서 과꽃을 바라보고 있는 사진이다. 작년 여름방학 때 학교에 가서 8·15 기념식에 참석하고 온 날 승철이 찍어준 것이다. 하얀색 하복에 검정치마를 입은 인숙이 빨간색 꽃잎에 노란수술이 수북한 과꽃 한 송이를 살짝 쥐고 있는 모습니다. 그 옆에 찍힌 승우는 과꽃을 바라보지 않고 인숙이 얼굴을 바라보고 있었다. 승우는 부끄러웠다.

"나도 똑같은 사진이 한 장 있구먼."

"아, 내가 두 장을 빼서 죄다 너한테 줬능개비구먼. 위녕 나한테는 이런 사진이 읎어……."

승우는 방문쪽에서 나는 인기척에 말꼬리를 흐리며 고개를 들었다. 옥천댁이 작은 소쿠리에 담은 홍시를 들고 들어왔다.

"홍시가 아주 크고, 맛있구먼. 어여 먹어 봐. 사진 보고 있었구먼. 어디 나도 좀 보자."

옥천댁은 홍시 소쿠리를 내려놓고 인숙이 들고 있는 사진을 받아서 한 장씩 넘겨보기 시작했다.

"안 이쁘게 나왔쥬?"

인숙이 홍시를 반으로 쪼개며 얼굴을 붉혔다.

"어머, 인숙이 사진 잘 받지?"

인숙이 반으로 자른 홍시를 승우에게 내밀었다. 승우가 홍시를 받으며 옥천댁에게 물었다.

"인숙이는 처녀 다 됐구먼. 참말로 이쁘게 컸어. 우리 승우는 안직 어린아여. 인숙이에 비하면……."

옥천댁은 새삼스럽게 사진 속의 승우 얼굴을 유심히 바라봤다. 인숙의 얼굴을 바라보고 있는 승우의 얼굴에 어딘지 모르게 태수의 이미지가 숨어 있는 것 같은 느낌이 드는 순간 숨이 멎어 버리는 것 같았다.

"어머는 별말 다하는구먼. 내가 인숙이보다 키는 더 크잖아."

승우가 볼멘소리로 투덜거렸다.

"아녀, 너는 내가 볼 때 어린아여."

인숙은 일부러 승우를 바라보지 않고 들창문 쪽으로 시선을 돌렸다. 싸락눈이 어느 사이에 함박눈으로 변해서 펑펑 내리고 있다.

"인숙이는 고등학교는 영동여고 갈 테지?"

옥천댁은 사진을 더 이상 보고 싶지가 않았다. 방바닥에 흩어진 사진을 끌어 모아서 인숙이에게 내밀었다.

"예."

인숙은 소담스럽게 내리는 함박눈을 바라보고 있다가 옥천댁에게 시선을 옮겼다.

"우리 승우는 서울에 있는 고등학교로 갈 거여."

옥천댁이 조용한 목소리로 말했다.

"어머, 내가 언지 서울에 있는 고등핵교로 간다고 했어?"

승우가 처음 듣는 말이라는 표정으로 물었다.

"아부지하고, 매형이 꼭 서울에 있는 고등핵교에 댕겨야 된다고 말했구먼. 그랑께, 딴생각하지 말고 공부 열심히 해서 서울에 있는 고등핵교에 갈 생각하고 있어. 딴 때는 아부지가 뭐라고 해도, 어머가 승우 편을 들어줬지만 이번에는 못 들어줘. 왜 그런 줄 알아?"

"뭣 때문에?"

"아부지는 우리 승우가 어떤 일이 있어도 서울대학교에 들어가야 한다고 생각하고 있구먼. 서울대학교에 갈라믄 암만해도 영동이나 대전에 있는 고등핵교보다 서울이 낫잖여. 서울 누나 집에 살든지, 아부지 집에 살면서 공일에는 매형 사는 아파트에 가서 과외도 배우고"

"그람, 어머한테 물어볼 것이 아니고, 아부지한테 물어봐야겠구먼."

옥천댁의 목소리에 다른 날과 다르게 힘이 들어가 있었다. 승우는 화가 난 얼굴로 벽에 붙어 앉으며 입을 다물었다.

"인숙아, 놀다가 저녁 먹고 가. 아줌마가 맛있는 괴기국 끓여 줄 팅게."

옥천댁은 승우한테 말을 할 때와 다르게 부드럽게 웃는 얼굴로 인숙이를 바라봤다.

"어머가 밥은 집에 와서 먹으라고 했는데……."

"어머한테 아줌마가 저녁 먹고 가라 해서 먹고 왔다믄 머라고 안 할겨."

옥천댁은 인숙의 얼굴을 쓰다듬어 주고 일어섰다.

"고맙습니다. 아줌마."

인숙은 일어나서 밖으로 나가는 옥천댁 등 뒤에서 가볍게 고개를 숙여 인사했다.

"너도 서울로 갈 거지?"

승우가 옥천댁이 문을 닫기를 기다렸다가 작은 목소리로 속삭였다.

"아녀, 난 서울에 못 가. 니가 서울로 가면, 나는 학산에서 버스로 댕길 겨. 언니가 학산농협 댕기잖여. 학산에는 우리 학교 통학하는 아들이 몇 명 되는구먼. 여고에도 몇 명 된댜."

"그람, 난도 서울 안 가. 여기서 영동고등학교 들어갈 거여."

승우는 이동하와 고현수가 결정했다면 서울로 올라가는 수밖에 없을 것이라고 생각했다. 영동고등학교를 다녀도 열심히 공부하면, 고현수처럼 서울대학교에 들어갈 수 있다고 고집을 피우면 통할 것 같기도 했지만 혼란스러웠다.

"고집 피울 걸, 고집 피워. 나는 우리 어머가 서울 가서 고등학교 댕기라고 하믄, 고맙습니다 하고 두말 안 하고 서울 올라가겠다."

인숙이는 승우를 이해할 수가 없다는 얼굴로 바라봤다.

"에이, 어른들은 참말로 이해를 못하겠당게. 꼭 서울대학교를 나와야 사람 구실하는 거는 아니잖여. 니 생각은 어뗘?"

승우는 인숙이마저 옥천댁과 한패라는 생각이 드는 순간 혼란스러웠다. 머리를 박박 긁으며 눈을 감고 벽에 기댔다.

"우리 작은오빠가 그라는데 사람은 모든 동물 중에서 환경을 극복하는 동물이랴. 무슨 말인가 하면, 아무리 안 좋은 환경에서 살아도 사람은 얼매든지 이겨 나갈 수 있다는 거여. 서울대학교가 아니라, 국민학교만 나와도 똑똑하게 사는 사람들 많아. 우리 작은오빠는 검정고시 봐서 충남대학교 들어갔잖여. 그리고 봉께, 작은오빠도 군대에서 제대할 날이 엔간히 되어가는 거 같네……."

인숙이는 일부러 승우의 고민 따위는 나하고 상관없다는 목소리로 말하며 사진을 들여다보기 시작했다.

"참, 아까 내가 트랜지스터라디오 준다고 했지."

승우는 일어서서 책상 앞으로 갔다.

"그건 내기에서 니가 졌을 때 주기로 한 거잖여."

"아녀, 아까는 너 줄라고 한번 해 본 말여. 건전지도 새로 갈았응께 한 달 정도 약을 안 갈아도 될 거여."

승우는 트랜지스터라디오의 안테나를 폈다. 전원 스위치를 누르자 정훈희의 '안개'가 흘러나오기 시작했다.

"이거 비쌀 텐데……."

"승철이 형이 사천오백 원 주고 샀다고 하드라. 하지만 내가 오랫동안 썼응께, 시방은 중고잖여. 중고라서 싫어?"

승우가 트랜지스터라디오를 인숙의 손에 얹어주며 다정하게 물었다.

"아녀, 나도 사실 트랜지스터라디오가 있었으면 밤에 이불 뒤집어쓰고 <한밤의 음악 편지> 듣고 싶었거든. 근데, 진짜로 이거 내가 받아도 되는 거여?"

인숙은 트랜지스터라디오를 쓰다듬으며 승우를 바라봤다.

"그 대신, 방송국으로 엽서 보내. 같이 듣고 싶은 사람은 영동의 이승우, 같이 듣고 싶은 노래는……. 음, 너 먼 노래 좋아하는데?"

"치, 한집에 살면서 방송국으로 엽서 보내란 말여? 같이 듣고 싶은 노래가 있으면 같이 들으면 되지."

"전축이 읎잖여. 전축이 있으면 듣고 싶은 레코드 사다가 들으면 좋은데. 그지? 아부지한테 전축 한 대 사 달라고 할까?"

"넌 누구 노래 좋아하는데?"

"너부텀 말해 봐."

승우가 기대된다는 얼굴로 인숙의 눈을 바라본다.

"나는, 음······. 너 놀리믄 안 되는 거여?"

인숙이 뜸 들이다 말고 얼굴을 붉히며 승우를 바라봤다.

"내가 왜 놀리는데?"

"나는 사이먼 앤 가펑클의 '브릿지 오버 트라블 워러'라는 노래를 좋아햐. 영어선생님이 알켜 줬거든. 가사가 너무 좋아······."

"나도 그 노래 알아. 험한 세상의 다리가 되어라는 노래잖아. 작은누나가 그 노래 엄청 좋아하거든. 대전 작은누나하고 셋째 누나가 사는 집에 전축이 있어. 작은누나 어쩔 때는 그 노래 들으면서 눈물을 흘리더라."

"나도 노래 들어 봤거든. 이상하게 슬프드라."

"그람, 나도 한밤의 음악편지에 그 노래 신청할 팅게, 너도 그 노래 신청햐. 나하고 같이 듣고 싶다고 말여."

"그러다 학교에 소문 나믄? 우리 반에도 한밤의 음악편지 맨날 듣는 아들이 얼매나 많은데······."

"등신, 영동의 박인숙이, 친구 케이와 같이 듣고 싶다고 신청하란 말여?"

"그람 되겄네. 알았어. 내가 엽서 이쁘게 그려서 꼭 방송에 나오게 할게. 약속해도 좋아."

　인숙이 새끼손가락을 내밀었다. 승우는 얼굴을 붉히며 인숙의 새끼손
가락에 자기 손가락을 걸었다.

# 제16장

## 1971년

# 박카스

황인술은 이동하가 박카스 뚜껑까지 따주니까 마시지 않을 수가 없었다.
약간 신맛이 섞인 단맛이 날 뿐 별 맛도 없다.
인삼 뿌리가 들어 있는 것도 아니다.
홍삼을 고아서 만든 것도 아닌 것이 십 원도 아니고
육십 원씩이라니까 너무 비싸다는 생각이 들기도 하지만,
다른 한편으로는 자랑스러웠다.


황인술의 사랑방 아궁이는 대낮인데도 불이 훨훨 타고 있었다. 뜰팡
에는 고무신이 어지럽게 널려 있었다. 비봉산 계곡의 얼음기를 먹은 바
람이 휘파람 소리를 내며 불어왔다. 앙상한 감나무 가지를 후려갈기자,
겨울바람에 갈기갈기 찢겨진 채 매달려 있던 감나무 잎 몇 개가 휘날려
빠르게 하늘로 비상했다. 바람이 주저앉으며 햇살이 마당을 환하게 비
추었다. 감나무 잎은 힘없이 고무신 위로 내려앉았다.

"그랑께, 새마을운동이라는 것이……."

"팔봉이 아부지, 및 번이나 말씀을 디려야겄슈. 아까 춘셉이가 말한
것츠름, 쉽게 말해서 흔 마을을 새마을로 만들자 이거유. 그랄라믄 워티
게 해야겄슈. 우선 동리로 들어오는 길을 차가 들어올 수 있도록 넓혀야

한다는 거유. 우리 동리도 간신히 제무시가 들어올 정도는 되지만, 더 넓혀야 한다는 거유. 골목도 지게만 갱신히 들어갈 정도가 아니라 차가 드나들 수 있도록 넓히라는 거유. 벤소도 뜯어 고치고, 지붕도 초가를 뜯어내고 스레튼가 그걸로 해야 하고…… 좌우지간 할 일이 엄청나게 많아유."

황인술은 입술에 침을 발라가면서 말을 하고 나서 답답하다는 표정으로 변쌍출을 바라봤다.

"내 참, 콩으로 말을 하믄 팥으로 알아듣고 있응께 사람 돌겠구먼. 내 말은, 그 새마을운동이라는 것을 굳이 할 필요가 있냐는 거여? 우리 동리에 제무시가 맨날 들어오는 것도 아니고, 주야장천 골목에 소구루마가 댕겨야 하는 일이 있는 것도 아니잖여. 벤소도 그려. 딴 동리는 누구 집 어린아가 벤소에 빠져 죽었다는 야기가 있어도, 내가 알기루는 우리 동네는 하다못해 벤소에 강아지가 빠져 죽었다는 말도 일절 읎었잖여. 한마디로 먹고사는 데 아무런 지장이 읎는데, 왜 사서 고생을 하냐 이거여. 아여, 평래, 내 말이 틀렸남?"

황인술이 말하는 동안 멀뚱멀뚱한 표정을 짓고 있던 변쌍출이 침을 튀기며 열변을 토했다.

"어허! 딴 동리는 새마을운동을 하고 싶어도, 시범 부락으로 지정이 안 되서 못하고 있다는데 배부른 소리 하고 있구먼. 아! 우리 동리는 이동하 의원님이 군청에 특별히 부탁을 하셔서 시범부락으로 지정이 됐다능 겨. 그람, 고맙습니다 하고 열 일 제쳐 놓고 새마을운동을 해야 하는 거 아녀?"

"그건 태수 아부지 말이 맞는 말유. 동리 가구 수가 팔십호가 넘는 시범부락은 간이 상수도도 설치해 준대유."

"간이 상수도라믄, 수도를 설치해 준다는 거여?"

오 씨가 김춘섭의 말꼬리를 물었다.

"수도라믄, 그 머서. 영동군청 마당에 있는 그런 거를 말하는 거여? 꼭지를 틀면 빠이프에서 물이 나오는 그런 거?"

변쌍출이 내가 언제 흥분했느냐는 얼굴로 오 씨에게 물었다.

"시방 학산면 소재지는 공사를 하고 있슈. 또랑에 있는 물을 전기를 이용해서 뒷동산 중간에 있는 물탱크로 물을 끌어올렸다가, 압력을 이용해서 아래에 있는 동네 수도로 나가게 하는 원리라고 하대유."

"그람, 또랑물을 먹는다는 거여, 드럽게?"

변쌍출이 얼굴을 찡그리며 고개를 돌렸다.

"서울 사람들은 한강물을 먹는다잖여. 약을 치면 괜찮다. 드럽기로 치믄, 학산 또랑물보다 한강물이 더 드럽지."

순배 영감이 벽에 기대어 무릎에 얼굴을 묻고 있다가 조용히 말했다.

"중요한 거는, 남 동리 야기가 아뉴. 당장 우리 동리로 들어오는 길을 더 넓혀야 한다는 거유. 이 여편네는 술 받아 오라고 한 지가 언진데 여즉 함흥차사여, 해룡네하고 앉아서 콩이야, 메주야 주야장천 시간 보내고 있을 여자는 아닌데……."

황인술은 말을 하다 말고 방문을 열었다. 바람이 쌩 소리를 내면서 둥구나무 우는 소리가 멀리서 들려왔다. 엇 춰! 순배 영감이 우르르 떠는 소리에 얼른 방문을 닫으며 투덜거렸다.

"질을 워티게 넓힌댜?"

박평래가 입안으로 들어간 담뱃가루를 혀로 꺼내서 손가락으로 떼어

내며 황인술을 바라봤다.

"워티게 넓히긴유, 뚝방길에서 동리로 들어오는 길을 위떤 방향이든지, 다섯 자 정도는 넓히고 그 위에 시멘트를 깔아야 제무시가 시방보다 안전하게 들어올 수가 있잖유."

"질만 넓히는 것이 아니고 시멘트까지 깐다믄 돈이 솔찮게 들어가겠는데?"

변쌍출이 물었다.

"시멘트는 정부에서 공짜로 나눠 준대유. 우리 동리도 며칠 내로 시멘트가 제무시로 한 대 분은 올 规. 하지만 문제는 길을 넓혀야 시멘트를 깔든지, 신작로처름 자갈을 깔든지 할 수 있는 거이지……."

황인술은 슬그머니 말꼬리를 흐리며 시선을 돌려 달력을 바라봤다. 이동하 사진이 붙어 있는 연력이다. 하단에는 일 년 열두 달이 나와 있고, 위에는 양복 차림의 이동하 사진이다. 사진 양쪽에는 '몸과 마음을 바쳐 영동 발전에 노력하겠습니다', '민주공화당 국회의원 이동하'라는 글씨가 써져 있다. 작년 12월에 학산 면사무소에서 받아다 집집마다 나눠 준 달력이다.

"질을 넓힐라믄 의원님 논하고 태수네가 작년에 산 일곱 마지기 논이 일부 들어가게 되겠구면. 해룡네 집 쪽으로 넓힌다고 해도, 그쪽에 스 마지기가 있응게 어채피 논이 들어가는구면. 하지만 해룡네 쪽으로 질을 넓힐라믄 해룡네 집도 뜯어야 된다는 말이 됭께, 그건 힘들고……."

장기팔이 손바닥에 그림을 그려가며 말했다.

"기팔이가 먼 말을 하는지 모르겠구면. 질 내는데 우리 논이 왜 들어가? 우리 논이 동리 논인가? 며느리가 뼈가 빠지도록 과수원 맨들어서 돈 주고 산 논여."

박평래는 어림도 없다는 표정을 지으며 꽁초를 눌러 끄고 침을 뱉었
다.

"태수 아부지, 이 방에 앉아 있는 사람들 중에 길 넓히는 데, 태수네
논을 내놓으라고 하는 사람은 아무도 읎슈. 그런 말할 자격이 있는 분도
읎슈."

황인술은 말을 끊고 순배 영감을 바라봤다. 순배 영감은 해를 넘기면
서 폭삭 늙어 보인다. 하지만 아직도 제 손으로 끼니를 끓여 먹고, 막걸
리도 곧장 마시는 걸 보면 오늘낼 중으로 비봉산 자락으로 거처를 옮길
정도로 건강이 위험하지는 않은 것처럼 보였다.

"구장 말이 맞는 말여. 하지만 춘셉이 말대로, 우리 동리만 질을 확장
하는 거이 아니고, 전국적으로 새마을운동이 벌어진다면 먼 수를 내도
내야겠지."

"형님, 나는 누가 머라고 해도 새마을운동을 꼭 해야 된다고 믿는 사
람유. 하지만 우리 땅에 질을 내고 싶은 생각은 요만큼도 읎슈."

박평래가 순배 영감을 향해 돌아앉아서 엄지손톱 끝으로 두 번째 손
가락의 손톱을 가리켰다. 박평래를 바라보는 사람들은 모두 이해할 수
있다는 얼굴로 고개를 끄덕거렸다. 문이 갑자기 확 열리는 기척에 모두
밖으로 시선을 돌렸다. 광일네가 두 되짜리 술 주전자를 방문턱 안에 내
려놓았다. 허리를 돌려 들마루 위에 있는 술상을 들었다.

"해룡이 아들 이름이 머여? 찬수라고 했던가. 그놈 여간내기가 아녀
유. 말을 여간 잘하는 거이 아니랑께, 즈 할머보담 똑똑하믄 똑똑하지,
들 똑똑하지는 않을 거유. 아, 글씨……"

"아여! 그까짓 해룡이 아들내미 땜시, 여기 순배 영감님이며, 팔봉이 아부지랑 태수 아부지가 목이 타도록 탁주를 기달리게 했단 말여?"

황인술이 일어서서 술상을 받으며 이가 갈리는 목소리로 말했다.

"해룡이도, 얼굴은 여간 잘생긴 얼굴이 아니잖여. 해룡이 처도 학산 장날 같은 날 얌전히 서 있으믄 누가 모지란 여자라고 말하겠어."

장기팔이 입맛을 다시며 주전자를 들었다.

"시훈이 아들내미는 핵교 들어갔지?"

순배 영감은 점심을 부실하게 먹었더니 노랗게 구운 배추전을 보니까 군침이 돌았다. 마른침을 삼키며 장기팔을 바라봤다.

"우리 영호는 올게 국민핵교 삼 학년으로 올라가고, 그 밑에 여동생 선미가 유치원 댕기다가 올게 입학하잖유."

장기팔이 순배 영감의 잔에 술을 따르면서 자랑스럽게 말했다.

"어이구, 시훈이 돈 잘 버능개비구먼. 딸내미를 유치원도 보내고. 그런 걸 보믄 농사 쪄봤자, 빚 안 지믄 다행이고, 장사를 해야 뭔 수가 나드래도 나는데……."

"춘셉이 자네도 작년부텀 우리 땅 열 마지기를 부칭께 행편이 좀 나아졌잖여."

박평래가 은근히 우리 땅이라는 말에 힘주어 말하며 젓가락으로 배추전을 찢었다.

"그 땅을 부치기 전보담은 많이 좋아졌슈. 하지만 농사라는 것이, 지논이 아닌 이상 암만 농사를 잘 져도 잘해야 보릿고개 때 안 굶고 넘어가기뻬에 안 되니께, 그냥 해 본 말유."

춘셉이 장기팔이 들고 있는 주전자를 받아서, 장기팔의 잔에 술을 따랐다. 이어서 황인술의 잔에 술을 채우고 오 씨를 바라봤다.

"길동이는 워디 갔다?"

구석에 앉아 있던 오 씨가 얼른 막걸리 잔을 김춘섭 앞으로 내밀었다.

"아까 소리를 했응게 쪼끔 있으면 올 겨. 어지 비를 맞으면서 학산서 걸어왔드니 몸살 증세가 있다는 겨."

황인술이 젓가락으로 막걸리를 저으며 말했다.

"오 씨는 길동이한테 할 말이 있는 겨?"

"이 동리에서 오 씨 친구해 주는 사람은 길동이뱆에 읎잖어…… 가만 있어봐, 길동이 오능개비구먼."

황인술이 장기팔의 말을 거들다가 마당에 누가 들어서는 인기척에 방문을 열었다. 길동이 한겨울처럼 목도리를 하고 마당 안으로 들어서고 있다.

"길동이도 양반되기는 틀렸구먼."

박평래는 막걸리 잔을 들었다. 시선은 건너편 벽을 바라보면서 천천히 막걸리를 들이키기 시작했다.

"양력 삼월에 몸살감기 걸리는 놈은 나뱆에 읎을 겨……."

윤길동이 방으로 들어섰다. 앉을 곳을 찾아 두리번거리니까 구석에 앉아 있던 오 씨가 자리를 터 줬다.

"몸살 난 얼굴이 아닌데? 무슨 보약을 먹었는지 얼굴색은 아주 좋은 데유? 탁주 한잔해도 괜찮쥬?"

김춘섭이 술 주전자를 들고 윤길동을 바라봤다.

"아녀, 집에서 생강을 넣은 배를 푹 쌂아 먹고 나오는 길여. 회의는 끝났슈? 새마을 회원가 뭐를 한다고 했잖유."

윤길동은 양반다리를 하고 앉아서 가랑이 사이에 두 손을 넣고 어깨를 움츠렸다.

"회의를 하믄 뭐햐. 밤새도록 해 봤자 결론이 안 날 것 같은데……."

"내 생각도 이 자리에서는 결론이 안 날 것 가튜. 동리 사람들찌리 돈을 얼매씩 걷어서 땅을 산다고 해도, 땅 쥔이 안 판다믄 말짱 도루묵이잖유. 그랑께 길 넓히는 거는 담에 의논하기로 하고, 딴 걸로 넘어가유. 지가 알기루는 시범부락으로 지정이 된 동리는 농민 복지회관도 져 준다고 하던데……."

"나도 라디오 뉘우스에서 들었구먼. 전국에 만 팔천육백 및 개의 농민 복지관을 져 준다는 겨."

윤길동이 김춘섭의 말을 이어 받았다.

"농민복지관이 머여?"

"한마디로 말해서 새마을 회관여. 동리에 회관을 맨들어서, 그 안에 목욕탕도 맨들고, 동리 사람들이 공동으로 출자해서 장사를 하는 구판장이랑, 오늘처럼 회의가 있을 때는 회의를 할 수 있는 회의실이 있는 것이 복지관유. 근데 춘섭이 그 말을 워디서 들었는지 몰라도, 그건 내년부텀 져 주기 시작한다는 거여."

박평래가 묻는 말에 오 씨가 대답했다.

"우리 집에 길동이 형님이나 오 씨 형님처름 라디오가 있는 것이 아니고, 이발소에 댕기는 철준이한테 들은 말유."

"그라고 봉께, 철준이 군대 갈 때도 된 거 같구먼."

"그렇지 않아도 면사무소 병사계한테 언지쯤 영장이 나올란지 물어봤슈. 그랬드니, 요새는 입대 병력이 많아서 우리 철준이는 방위로 빠질

거 같다고 하대유."

김춘섭은 황인술이 묻는 말에 대답하고 나서 막걸리 잔을 달게 비웠다.

"방위라니?"

순배 영감이 양쪽 얼굴에 메추리알 크기의 홍조 띤 얼굴로 물었다.

"우리는 군대에서는 나이가 차믄 무조건 받아 주는 줄 알았슈. 그란데 병사계가 하는 말이, 우리나라 전체 군인을 몇 명을 유지해야 하는 법이 있대유. 그래서 무조건 군대를 가는 것이 아니고, 몇 명이 제대를 해야, 몇 명이 군대를 갈 수 있대유. 그래도 인원이 남아 동께, 군대를 안 가고, 파출소나 면사무소나 예비군중대본부 같은 데서 이 년 동안 집에서 출퇴근을 함서 군인처럼 생활하는 것이 방위라고 하데유."

"그람, 방위도 월급이 나오능가?"

박평래가 몇 올 나지 않은 턱수염을 문지르며 김춘섭을 바라봤다.

"월급이 문제가 아니고, 집에서 이 년 동안 출퇴근을 할라믄 이런저런 돈만 갖다 쓰게 생겼슈. 아싸리 군대 가서 삼 년 동안 근무하는 게 낫지."

"춘셉이 말도 일리가 있구먼. 하지만 군대에서도 집이 돈 갖다 쓰는 아들이 많댜. 우리 진규는 군대에 나오는 월급을 한 푼도 쓰지 않고 저금을 했다가 휴가 나올 때 괴기를 사 왔지만 말여……."

"그 집에는 워짜믄 며느리부텀 시작해서 손자들까지 죄다 돈 벌 궁리만 한댜. 상규 가도 월남 가서 돈 벌어 왔잖여. 근데 대학교 댕기다 군대 간 진규도 쥐꼬리만큼 나오는 월급을 모아서 괴기를 사 왔단 말이지? 허! 되는 집은 개가 집을 나가도 새끼를 배서 들어온다고 하드니. 그 말이 틀린 말은 아니구먼."

"팔봉이도 요새는 돈을 잘 번다며?"

박평래가 우쭐한 표정으로 변쌍출에게 물었다.

"가도, 뭔가 평생 들고 갈 직업을 잡아야 하는데…… 지난 음력설에 와서 하는 말이, 저 사는 동리서 포장마차를 한다는데 벌이는 그런대로 되는 거 같은데, 심이 들어서 딴 걸 하고 싶다드만. 오늘 술이 참말로 달구먼, 형님, 한 잔 더 하실 텨?"

변쌍출이 남모르게 한숨을 내쉬며 순배 영감에게 잔을 돌렸다.

"그람, 의원님을 한번 찾아가 보라고 햐. 딴 사람도 아니고, 같은 동리 사람이 취직을 부탁하믄, 먹고살 만한 자리를 안 잡아 주겄어?"

박평래는 턱을 쓰다듬다가 주머니에 손을 넣었다. 새마을 담배를 꺼내서 입에 물고 어깨를 으쓱거렸다.

"맞아! 옛말에 머리가 나쁜 놈은 몸이 고생한다고 하드니, 그 말이 딱 맞는 말이구먼. 내가 왜 진작 그 생각을 못했을까? 의원님 즌화번호 좀 알 수 있남?"

"즌화번호가 있으믄?"

"팔봉이한테 즌화 한븐 해 보고 찾아가 보라고 하게."

"답답하구먼. 팔봉이가 즌화를 하믄 의원님이 즌화 주셔서 고맙습니다 하고 잘도 받으시겄다."

박평래의 말에 순배 영감을 비롯한 사람들이 일제히 숨을 죽이고 시선을 돌렸다. 박평래는 사람들의 시선을 은근히 즐기며 잘게 찢은 배추전을 간장에 묻혔다.

"그람 워티게 해야 하는데?"

"쇠괴기 근이나 끊어서 정종하고 들고 면장 댁으로 찾아가는 것이 순서라는 말씀잉게비구먼."

"구장은 그래도 사람들을 많이 상대해 봐서, 도리를 알고 있구먼. 내 말이 바로 그 말이여. 그렇지 않아도 요새 선거 땜시 영동 내려와 계시는 눈치드라고 그랑께, 날이라도 영동 나가서 쇠괴기나 끊고 정종도 한 병 사 들고 면장 댁 마님을 찾아가 봐. 그람 먼 말이 나올 거 아녀. 영동에 시방 계시니게, 언지쯤 찾아가서 말씀을 디려 보라든지, 내가 언지 영동 나갈 생각이 있응게, 그때 내가 팔봉이 야기를 꺼내 보겠다는 둥, 무슨 말씀이 계실 거 아녀. 구장, 어뗘? 내 말이 틀렸남?"

박평래가 마치 아랫사람 부르듯 구장을 바라보고 물었다.

"아! 아뉴. 그렇지 않아도 저도 수일 내로 읍내 나가 볼 생각유. 면사무소 갔드니 면장님이 그라시는데, 의원님이 각 동리 구장들을 한 번씩 보자고 하셨대유."

"대통령 선거가 담 달 아녀, 국회의원 선거도 오월 달잉께, 의원님께서 막걸리 값이나 찔러 줄랑개비구먼."

박평래가 귀를 후비며 혼잣말로 중얼거렸다.

"아여, 대통령 선거를 언지 하든, 국회의원 선거를 일 년에 및 번씩 하든 나하고는 상관이 읎어. 나는 우리 팔봉이만 지때 월급 나오는 데 취직만 하면 장땡인 사람여, 구장, 영동 나갈 때 나도 델고 가 줘. 내가 즘심 때 짜장이라도 한 그릇 낼 모양잉께."

장기팔이 주전자를 찾아서 황인술에게 술을 따라 주었다.

"짜장이야 누가 사든 같이 나가쥬 뭐. 그라고 말이 나온 김에, 요번에도 누가 머래도 박정희 대통령을 찍어야 해유. 학산 가서 봉께, 시방까지는 박정희를 찍어 줬지만, 도시 사람들한테만 존 일 해 준 꼴잉께, 요번에는 신민당의 김대중을 찍어야 된다고 나불대던데 세상 물정 모르는 야기만 늘어놓고 있드라구유. 모산 사람들은……."

"구장님, 우리 철준이도 그라는데, 요번에는 김대중을 찍어야 한대유. 시방 김대중이 논도 갈고 밭도 갈고 대통령도 갈아보자는 구호가 서울에서는 엄청 인기래유. 박정희가 우리나라 경제를 발전시킨 것은 맞는 야기지만, 아까 구장님이 말한 것처름 농촌은 외려 후퇴를 했다고 하대유. 김대중이가 되믄 예비군도 읎엔다고 그라든데."

"춘셉이 말이 맞는 말유. 시훈이 아부지 요새 쌀 한 가마니에 얼매유? 우리는 당최 쌀 사 먹을 일이 읎어서, 이날 입때까지 쌀값이 을맨지 모르고 사네. 쌀값은 십 년 전이나 시방이나 장 그대론데, 월급쟁이 봉급은 십 년 전보다 서너 배는 올랐을 규. 근데 이번에 김대중은 이중고가 젠가 머를 한다고 하대유. 농민들한테는 쌀을 제값으로 사서 싼 가격에 파는 정책을……."

윤길동 옆에 앉아 있던 오 씨가 김춘섭이 말하는 모습을 가만히 지켜보다가 이어서 말했다.

"아여, 오 씨. 오 씨는 굿이나 보고 떡이나 먹어. 김대중이가 대관절 나이가 및 살여. 정치에 정자도 모르는 사람한테 뭔 기대를 걸고 있남. 정치도 해 본 사람이 잘하는 벱여. 내가 날이라도 오 씨 코가 삐뜰러 지도록 한잔 살 팅게 입 닫고 박정희 대통령 찍어. 내 말을 들으믄 자다가도 떡이 생기는 법잉께."

황인술이 반은 윽박지르고, 반은 달래는 목소리로 말하니까 오 씨는 손바닥으로 입을 쓱 닫는 흉내를 내보였다. 그 모습을 사람들이 맥없이 웃었다.

"구장 말이 백번 옳아. 그라고 팔이 안으로 굽는다고, 이 동리 사람들은 만에 하나라도 김대중 운운하면 안 되는 거여. 당장 이동하 국회의원님이 민주공화당이잖여. 박정희 대통령은 민주공화당 총재잖여. 그럼 우리도 민주공화당 당원이 된 거나 마찬가지여. 암."

박평래는 더 이상 말할 필요가 없다는 얼굴로 단정 짓고 잔을 들었다. 잔에 살짝 깔린 막걸리를 쪽 소리가 나도록 빨아들이자, 황인술이 얼른 주전자를 들었다.


황인술은 넥타이를 매고 벽에 걸려 있는 거울 앞에 섰다. 아침 날씨를 보면 양복만 입고 가면 될 것 같기도 하지만 읍내 나가서 벌벌 떠는 것보다는 코트를 걸치고 가는 것이 좋을 것 같았다.

"요새 오바 입고 댕기는 사람들이 있나, 낼 모리면 사월인데……"

광일네가 밥상 앞에 앉아서 황인술의 뒷모습을 바라보며 중얼거렸다.

"길동이마냥 감기몸살 걸리는 것보담은 낫지."

황인술은 말과 다르게 가만히 생각해 보니 영동까지 나가서 혼자 코트를 입고 다니다가는 모산 촌에서 온 촌놈이라고 티를 내는 것 같았다. 좀 춥기는 하지만 낮에 날씨가 풀릴지도 모른다는 생각에 코트를 벗었다.

"양복만 입고 벌벌 떠는 것보담은, 잠바를 입고 가유. 언진가 봉께 넥타이 매고 잠바를 입어도 새신랑처름 젊어 보이든데……"

광일네는 일어서서 벽에 걸려 있던 겨울 잠바를 걷었다. 손으로 툭툭 털어서 황인술 앞으로 내밀었다.

"이동하 의원님을 만나러 가는데 잠바때기나 걸치고 가도 괜찮을까?"

"아이구, 츰 보는 사이도 아니잖유. 모산서 볼 때는 흙 묻은 잠뱅이 차림으로도 잘도 만나면서, 먼 낯을 가린대유."

"다 그만한 이유가 있구먼."

황인술은 오늘 이동하에게 가면 동네 사람들에게 막걸리라도 받아 주라고 돈을 줄 것이라고 믿었다. 잠바때기나 걸치고 가는 것보다는 품위 있게 양복을 걸치고 가면 내미는 돈의 액수가 다를 것이라고 생각하며 광일네가 내미는 잠바를 받지 않았다.

"아여, 구두는 왜 안 닦아 논 겨?"

황인술은 마루 밑에 고이 모셔 둔 구두를 꺼냈다. 구두코며 뒷굽에 흙이 말라붙어 있다. 뒤따라 나오는 광일네를 노려보며 구두를 내밀었다.

"내동 잘 닦아 신고 댕김서, 오늘따라 투정이랴……."

광일네는 황인술을 흘겨보며 구두를 받아 들었다. 구둣솔이 어딘가 있을 건데 눈에 띄지 않았다. 마루 구석에 있는 걸레로 흙을 문질렀다. 마른 흙이 뿌옇게 번지기만 할 뿐 광이 나지 않는다.

"하여튼 그놈의 주둥이는 말대꾸를 안 하면 곰팽이가 쓰나, 오늘 내가 영동에 무슨 일 땜시 나간다는 걸 뻔히 알면서도 꼬박꼬박 말대꾸네. 인냐!"

황인술은 광일네가 닦고 있는 구두를 빼앗았다. 주변을 두리번거리다 기둥에 걸려 있는 수건에 침을 퉤 뱉어서 구두를 박박 문질렀다.

"멀쩡한 수건 한 개 다 버리는구먼."

수건은 학산국민학교 운동회 기념으로 황인술이 받아온 것이다. 아침에만 세수 수건으로 쓰던 멀쩡한 것이라는 생각에 팔짱을 끼며 노려보았다.

"이깐, 수건 한 장 얼매나 한다고."

황인술이 보기에 구둣솔로 문지른 것보다는 못했지만 아쉬운 대로 윤이 나는 것처럼 보였다. 수건을 마루에 던지며 구두를 신었다. 광일네에게 다녀오겠다는 말도 안 하고 담배를 입에 물며 마당으로 내려섰다.

변쌍출은 두루마기에 중절모를 쓴 차림으로 둥구나무 밑에 서 있었다. 박평래와 순배 영감도 바람이 제법 찬데도 무슨 배웅이나 하러 나온 사람들처럼 서 있다.

"무슨 부탁할 말이라도 있슈?"

황인술은 둥구나무 밑에 있는 경운기 앞에서 멈춰 순배 영감을 바라봤다.

"팔봉이 아부지 영동 나가는 길에, 상추씨 좀 사 달라고 부탁했구먼."

"영동 농약방 가믄 상추씨며, 쑥갓씨 같은 거 팔아유. 어여, 타유."

"의원님 만나믄 안부 좀 전해줘. 내가 그라는데 요번에도 꼭 당선되길 빈다고 말여."

황인술이 경운기 시동을 걸기 전에 박평래가 뒷짐을 지고 다가가서 말했다.

"예, 꼭 전해 드릴께유."

황인술은 기분 좋게 대답하고 변쌍출이 적재함에 올라타기를 기다렸다.

"바람이 차도 서 있어야 해유."

"난 앉아서 가는 것이 편햐."

황인술이 해룡네 집 쪽으로 핸들을 돌리며 말했다. 변쌍출은 적재함에 있는 가마니 위에다 미리 준비를 해 가지고 온 보자기를 깔고 앉았다.

"학산까지 가는 동안 궁둥이에 불이 붙어도 난 책음 안 져유."

"경운기 츰 타 보는 촌놈으로 아나. 내 걱정은 하지 말고 어여 가기나 햐."

변쌍출은 적재함이 덜컹거릴 때마다 엉덩이가 바닥을 찧어도 두 손으로 적재함 가장자리를 꽉 잡고 느긋한 표정을 지었다.

"난, 이놈의 과수원을 볼 때마다 대관절 태수 처의 머릿속에는 머가 들었는지 궁금해 죽겠어."

경운기가 단숨에 방천길로 올라섰다. 변쌍출은 또랑에서 불어오는 바람에 모자가 날아가 버릴 것 같아서 한 손으로 모자를 잡고 과수원을 내려다봤다. 제법 성목 티가 나는 사과나무들이 단단하게 서 있는 과수원이 너무 부러워서 한숨이 저절로 나온다.

"시방 머라고 했슈?"

황인술이 앞을 바라보고 있는 시선을 움직이지 않고 큰 목소리로 물었다.

"태수 처가 대단하다고"

변쌍출은 바람이 윙윙 소리를 내며 부는 통에 자신도 모르게 목소리를 높였다.

"대단하기만 해유. 태수 같은 거 열 명 갖다 붙여도 태수 처 못 따라 가유."

"시방 머라고 했남?"

변쌍출은 바람 소리 때문에 황인술이 한 말을 정확히 알아들을 수가 없었다.

"암것도 아뉴."

황인술은 바람을 정면으로 받으니까 너무 추웠다. 광일네 말대로 잠바를 입고 나왔으면 덜 추웠을 것 같았다.

에이, 촉새처럼 나불거리지만 않았어도 잠바를 입고 나오는 건데……

잠바를 입고 나오지 않은 이유가 이동하를 만나러 가는데, 광일네가 설쳤기 때문이라는 생각이 들면서 화가 났다. 어쩌면 윤길동처럼 감기 몸살이 날지도 모른다고 생각했으나 현재로는 별 뾰족한 방법이 없었다. 가슴이 얼얼하도록 추웠지만 입을 꾹 다물고 정면만 바라봤다.

"세상 참 좋아졌어. 담배 한 가치 피울 새도 읎이 걸어와도 한 시간은 충분히 걸릴 길을 한 이십 분 만에 왔구먼."

황인술이 중학교 교문 가기 전 신작로 가장자리에 경운기를 세웠다. 찬바람에 새파랗게 언 황인술이 목석처럼 굳은 얼굴로 경운기에서 키를 뺐다. 변쌍출은 엉덩이가 얼얼하기는 했지만 편하게 잘 왔다는 생각에 엉덩이를 털면서 기분 좋게 웃었다.


이동하 사무실에는 무슨 행사를 하는 날처럼 사람들이 북적거렸다. 황인술과 변쌍출은 쭈빗한 몸짓으로 두리번거렸다.

사무실 가운데는 폭이 좁은 테이블이 길게 자리를 차지하고 있다. 테이블 위에는 콜라며 사이다병에 맥주와 소주병이 늘어서 있다. 오징어를 잘게 찢은 것이며, 땅콩에 명태포, 김치에, 돼지고기 삶은 것에 떡이 잔칫상처럼 차려져 있다.

두루마기를 걸쳤거나 양복을 입은 사람들이 삼삼오오로 모여서 무슨 말인가 수군거리기도 하고, 변쌍출처럼 두루마기에 중절모를 쓴 사람이 오전부터 막걸리 잔을 기울이기도 했다. 벌써 취했는지 벌겋게 달아오른 얼굴로 의자에 앉아서 떠들고 있는 사람 모습도 보였다. 구석을 바라보며 서서 무언가를 주고받는 신사복 차림의 남자들도 있었다. 한복을 입거나 양장을 입은 여자들도 드문드문 섞여 있었다. 그녀들은 남자들에게 음료수나 술을 권하며 바쁘게 움직였다.

"어떻게 오셨습니까?"

출입문 옆 책상에 앉아 있던 중년 여자가 웃는 얼굴로 물었다.

"아! 우린 학산 모산에서 온 사람들인데유, 의원님이 좀 보자고 하셔서……."

황인술은 자신도 모르게 허리를 굽실거리며 여자를 바라봤다. 이름이나 어디 사는지는 모르지만 이동하가 선거운동을 할 때마다 따라다니는 여자다.

"어머, 그러세요. 잠깐 여기 앉아 계세요."

여자가 얼른 일어나서 변쌍출의 손을 잡고 빈 의자로 안내했다. 황인술도 엉거주춤 변쌍출 옆에 앉았다.

"사이다나 콜라 드시겠어요?"

"나, 난, 막걸리나 하……. 아, 아뉴. 사이다나 한 잔 줘유."

여자가 미소 띤 얼굴로 물었다. 변쌍출은 막걸리를 달게 마시는 노인을 바라보고 있다가 얼떨결에 입을 열었다. 옆에서 황인술이 여자 모르게 허벅지를 쿡 찌르며 눈치를 주자 슬그머니 말을 바꿨다.

"잠깐만 기다리세요."

여자가 종이컵에 사이다 두 잔을 따라와서 내밀었다.

"아! 예."

변쌍출과 황인술은 벌떡 일어서서 여자가 내미는 사이다를 받았다. 여자가 어디론가 사라지자 슬그머니 의자에 앉아서 약속이나 한 것처럼 서로를 바라봤다.

"팔봉이 아부지는 그렇게도 생각이 읎슈? 의원님을 만나 뵙고 나면 천지가 술인데, 그새를 못 참고……."

"미안햐! 미안햐! 내가 너무 긴장을 하고 있었드니 목이 말라서 나도 모르게 그만……."

황인술은 변쌍출이 자신의 손을 꼭 잡았다 놓으며 사과를 하는 통에 더 이상 말하지 않았다. 이동하 사무실 벽에는 박정희와 이동하 사진 20 여 장이 다닥다닥 붙어 있다. 박정희 사진 옆에는 '보다 밝고 안정된 내일을 약속합니다'라는 구호가 적혀 있다.

"모산에서 오셨습니까?"

차승태가 황인술 앞에 가서 공손하게 물었다.

"예, 예."

황인술이 일어나서 허리를 굽실거리며 애매하게 웃었다.

"저를 따라 오시죠."

"영감님은 잠깐 앉아 계십시오."

차승태는 황인술을 따라 일어서는 변쌍출에게 의자를 권하고 돌아섰다.

"어이구, 우리 고향 구장님 오셨구먼."

차승태는 황인술을 이동하의 사무실 안으로 안내만 하고 밖으로 나갔다. 책상 앞에 앉아서 무언가를 하고 있던 이동하가 덩치에 어울리지 않게 활짝 웃는 얼굴로 반겼다.

"이번에도 꼭 당선이 될 것으로 믿고 있슈."

황인술은 이동하가 내미는 손을 두 손으로 잡고 마른침을 꿀꺽 삼켰다.

"박정희 대통령님이 당선이 되시고, 저는 두 번째쥬, 박정희 대통령님이 당선이 안 되시믄, 이 나라 참말로 어려워유. 구장님도 잘 알고 계시겠지만, 옛날 자유당하고 민주당이 말아먹은 나라를 누가 오늘날처름 일으켜 세웠슈. 멋도 모르는 사람들이 김대중이가 대통령이 돼야, 예비군도 읎어지고, 새로운 나라가 된다고 떠들어 대지만 그런 사람은 고생을 작살나게 해 봐야, 정신을 차려유……. 이런 내 정신 좀 보라지. 순배 영감님도 정정하시쥬? 태수 아부지야, 젊은 사람 못지않게 기력이 좋으실 테구……."

이동하는 자연스럽게 황인술을 소파에 앉혔다. 직접 상자 안에 있는 박카스 한 병을 꺼내 들고 소파 상석에 앉았다.

"이기 뭐유?"

"이것이 박카스라는 건데 한 병에 육십 원씩유. 그걸 마시믄 대근한 것이 쫙 풀려유."

이동하는 직접 박카스의 뚜껑을 따서 내밀었다.

"어이구, 이릏게 귀한 걸……."

황인술은 이동하가 뚜껑까지 따주니까 마시지 않을 수가 없었다. 약간 신맛이 섞인 단맛이 날 뿐 별 맛도 없다. 인삼 뿌리가 들어 있는 것도 아니다. 홍삼을 고아서 만든 것도 아닌데 십 원도 아니고 육십 원씩한다니까 너무 비싸다는 생각이 들었지만, 다른 한편으로는 자랑스러웠다.

"새마을운동은 잘 돼가유?"

이동하는 청자 담배도 권했다. 황인술이 담뱃불을 붙이기를 기다렸다가 물었다.

"새마을운동을 할라믄 첫째로 동리로 들어오는 길을 넓혀야 하는데……. 면사무소에서도 시멘트가 나왔거든유. 하지만, 중요한 것은 의원님도 잘 알고 계시겠지만……."

황인술은 차마 박평래가 땅을 내놓지 않겠다고 했다는 말은 할 수가 없었다. 말꼬리를 흐리면서 이동하의 눈치를 살폈다.

"길을 넓힐라믄 논이 들어가야 하잖아유. 구장님이 알아서 넓히세유."

"아이구, 고맙습니다. 참말로 의원님처름 속 션하게 동리 발전을 생각하시는 분은 세상에 안 계실 뀨, 참말로 고맙구만유, 태수 아부지도 의원님이 땅을 내놓으시라는 말씀을 하시면 당장 내놓을 거구만유."

"왜유? 태수네가 땅을 안 내놓겠대유?"

"사, 사실은, 태수 아부지가 좀 어렵다고……."

"그 문제라믄 걱정 안 해도 돼유. 내가 이따 태수한테 즌화를 해서 동리 발전을 위해 땅 좀 기부하라고 하믄 얼마든지 내 놀 뀨."

이동하는 박태수를 불러서 땅을 팔겠다고 했을 때부터 새마을운동이 시작되면 일곱 마지기 논 중 일부가 깎여 나갈 것이라는 점을 알고 있었다. 그래서 논을 일부러 판 것이기도 했다. 전화기를 손가락으로 가리키며 마음속으로 회심의 미소를 지었다.

"아이구, 그렇게만 해 주신다믄, 당장 낼부텀이라도 동리 사람들을 동원해서 길을 넓히는 일을 시작하겄슈."

"그른 문제가 있었다믄 진작 말을 하지 그랬슈. 그라구 학산 여론은 워뜌?"

"에이, 말씀을 디릴 것도 읎이 학산면 구장들이야 백 프로 공화당 표 잖유."

황인술은 이동하의 말이 끝나자마자 기다렸다는 얼굴로 대답했다.

"솔직히 말해 봐유. 내가 알기루는 반반이라고 하던데?"

"절대 안 그래유. 춘셉이 아들내미가 학산이발소 댕기잖아유. 학산 같은 데는 이발소 여론이 젤 정확하잖유. 춘셉이 아들내미가 그라는데 츰에는 김대중 찍겠다는 사람들이 더러 있었는데, 요새는 확 바뀌었대유. 벽보에는 십 년 세도 썩은 정치, 못 참겠다 갈아 보자라고 써 있지만, 구관이 명관이지, 지가 하면 별수 있냐고 코웃음 치는 이들이 많대유."

황인술은 입술이 바짝바짝 타는 것을 느끼며 이동하의 눈치를 살폈다.

"여기도 그려유. 츰에는 김대중이가 예비군을 읎애겄다, 대학생 군사교련을 읎애겄다, 부정부패를 읎애겄다는 식으로 나라 말아먹을 공약을 내세운 게 먹혀들어 갔지만 시방은 안 그려유. 아! 예비군들이 잡은 무장공비들이 한두 명유? 그라고, 대학생들이 군사교련 받으믄 군대생활을 삼 개월이고 몇 개월이고 단축시켜 주잖유. 부정부패 운운하는 것도 그래유. 자유당 때 설치던 깡패들을 싸그리 잡아서 이정재 같은 두목을 사형시키고, 전국에 있는 깡패들을 잡아다 제주도로 보낸 사람이 누구여? 박정희 대통령이잖아유. 그렇게 알고 요번에도 힘 좀 써 줘유. 더 이상 긴말은 안 하겠슈. 워낙 만나자는 사람들이 많아서 그렇게, 양해해 주시고 오월에 국회의원 선거 끝나믄 동리 잔치 한번 하도록 맨들어 줄 팅께 그쯤 알고 가유."

송미향이 노크 소리와 함께 들어 와서 작은 메모지를 이동하에게 건네줬다. 이동하는 송미향에게 말없이 고개만 끄덕거려 주고 나서 일어섰다.

"저, 의원님. 밖에 팔봉이 아부지가 와 계시거든유."

"변쌍출 씨가?"

"예. 파, 팔봉이가 서울에서 마땅한 직업이 읎이 심들게 사는 거 가튜. 그, 그래서 워디 공장 같은 데라도 취직을 시켜 달라는 부탁을 드릴라고 저하고 같이 왔슈."

황인술은 내 자식 부탁하는 것도 아닌데 왜 이렇게 가슴이 떨리지, 라고 생각하며 더듬거리는 목소리로 말하며 일어섰다.

"알았슈. 시방은 내가 대통령 선거에 증신이 읎슈. 대통령 선거 끝나믄 바로 국회의원 선거가 있잖유. 그 선거 끝나고 나서 내가 마땅한 데 알아서 통지를 할 모양잉께, 집에 가서 기달리라고 해유."

이동하는 속 시원하게 대답하고 책상 앞으로 갔다.

"그, 그럼 가 보겠습니, 다."

황인술은 이동하가 돈 봉투를 주기 위해 책상 앞으로 간 줄 알았다. 그러나 인터폰을 눌러서 보좌관을 찾는 목소리를 듣고 어정쩡한 표정으로 인사했다. 이동하가 손을 흔들어 보였다. 돈 줄 기미가 아니라는 것을 알고 실망한 얼굴로 돌아섰다.

젠장, 대통령 선거에 돈 쓸 필요 읎다, 이거지.

아침부터 광일네가 시건방지게 잠바를 입고 가라고 설칠 때부터 하루 일진이 더럽다는 것을 알았어야 한다고 생각하며 밖으로 나갔다.

"잠깐 저 좀 봅시다."

황인술이 맥 빠진 얼굴로 변쌍출이 있는 곳으로 가고 있는데 차승태가 앞을 가로막았다.

"저, 저를 보자고 했슈?"

황인술은 보좌관이 자신을 보자고 할 이유가 없다는 생각에 뒤를 돌아다 봤다. 뒤에 서 있는 사람이 없었다. 술을 마시거나, 음료수를 마시는 사람, 자기네끼리 모여서 밀담을 나누고 있는 사람, 신문을 보는 사람 등 제각기 일에 몰두하고 있을 뿐이었다.

"네."

차승태는 짤막하게 대답하고 앞장서서 문 밖으로 나갔다.

"잠깐만유."

변쌍출이 일어서서 자신의 가슴을 손바닥으로 두들기다 이동하 사무실을 손가락으로 가리켰다. 황인술은 의자에 앉아 있으라는 시늉을 해 보이고 차승태를 따라 나갔다.

"삼만 원입니다. 동네 사람들하고 한잔씩 하고, 담배도 한 갑씩 돌리세요. 모산에서는 김대중 표가 단 한 표라도 나와서는 안 됩니다. 아셨죠?"

차승태가 품 안에서 돈 봉투를 꺼내 빠르게 황인술의 양복 주머니에 찔러 넣었다.

"이, 이라지 않아도 모산 사람들은 죄다 공화당 표유. 그건 지가 책임질 수 이, 있슈."

황인술은 자신도 모르게 얼른 사방을 두리번거리고 돈 봉투가 들어 있는 양복 주머니를 툭툭 쳤다.

차승태가 말없이 웃는 얼굴로 악수를 청했다. 황인술은 얼른 두 손으로 차승태가 내민 손을 꼭 잡고 흔들었다.

"가유."

황인술은 사무실에서 눈이 빠지게 기다리고 있는 변쌍출을 바깥으로 불러냈다.

"워티게 된 겨?"

변쌍출이 서둘러 황인술 곁으로 다가서 귓속말로 물었다.

"면장님 댁에 쇠고기 및 근이나 끊어다 줬슈?"

날씨가 아침보다 한결 풀렸다. 황인술은 양복을 입고 나오길 잘했다고 생각하며 물었다.

"서, 서 근을 끊어 가지고 갔었는데……."

변쌍출이 황인술의 눈치를 살피며 말꼬리를 흐렸다.

"갔었는데?"

술 한잔 먹을 식당을 찾아 주변을 두리번거리던 황인술이 걸음을 멈추고 물었다.

"짝은마님이, 절대로 받을 수가 읎다며 안 받잖여. 그래서 그냥 놓고 나올라고 항께, 끝까지 따라 나와서 쇠고기를 내 손에 쥐어 주잖여. 참말로 미안하구먼……."

"내참, 팔봉이 아부지가 모산 댁에 쇠고기 끊어다 줬다는 말씀을 드렸으믄 큰 실수할 뻔했구먼."

황인술은 어이가 없다는 표정을 지으며 다시 걸었다. 시장 안에 있는 순댓국집이 눈에 띤다. 얼큰한 순댓국에 소주 한 병 마시면 좋겠다는 생각이 들었다.

"미, 미안하구먼. 구장한테 진작 말을 했어야 하는데, 증신이 읎어서
……."

"그람, 의원님한테도 맨입으로 부탁하실 셈이었슈?"

황인술은 변쌍출의 의중을 물어보지도 않고 순댓국집 안으로 들어갔
다.

"아, 아녀, 팔봉이 어머가 태수 처한테 만 원을 꿔 왔어. 그래서 의원
님을 만나면 드릴라고 여기 이렇게 준비를 해 왔구먼."

변쌍출이 황인술의 건너편 의자에 앉으며 두루마기 안에서 돈이 들어
있는 누런 봉투를 꺼내 식탁에 올려놓았다.

"내 이럴 줄 알았당께. 자식 취직 부탁한다는 것이 맨입으로 되는 것
이 아뉴. 그래서 내가 의원님께 이만 원을 드리면서 팔봉이 아부지가 드
리는 돈이라고 말씀을 드렸슈. 그랬더니 시방은 대통령선거다, 국회의원
선거다 바빵게, 선거가 끝나믄 괜찮은 공장 같은 데 취직을 시켜준다고
하드만유."

"참말여?"

순댓국집 여자가 주문을 받으러 왔다. 변쌍출이 일어서서 황인술의
손을 덥석 잡았다.

"지가 누구유, 중핵교벡에 안 나온 광일이를 군청 주사로 만든 사람
유. 이동하 국회의원님은 지 말 한마디믄 안 되는 것이 읎슈."

"그람, 그람. 그걸 내가 왜 몰라. 그라고 우선 이것만 받고, 내가 집에
가믄 저녁에라도 워틱하든 돈 만원을 맨들어서 줄 팅께 이해 좀 해 줘."

변쌍출은 돈 봉투를 황인술의 손에 쥐어주는 것도 부족해서 미안해서
어쩔 줄 모르는 얼굴로 손바닥을 비볐다.

# 첫 대면

지가,
버스 정류장 근처에서 학산양곡상회라는 쌀집을 하거든유.
그리고, 여기 양곡판매조합 영동지부 총무를 맡고 있슈.
영동국민학교 기성회 이사에다, 의용소방대원유.
의용소방대는 총무부장을 맡고 있슈.

이동하는 차승태가 내민 자료를 넘기다 말고 눈을 감았다. 차승태는 긴장한 얼굴로 볼펜을 만지작거리며 건너편에 앉아 있는 여도환을 바라본다. 여도환은 차승태 위쪽의 천장을 응시하며 가끔 이동하의 눈치를 살폈다.

"그렇께, 요번에 확정이 된 유권자 수가 정확히 오만 천오백육십팔 명이란 말이지?"

이동하가 눈을 뜨지 않고 낮은 목소리로 물었다. 이내 눈을 뜨고 손목시계를 봤다. 서정기로부터 전화가 올 시간인데 감감무소식이다. 전화를 해 볼 수도 없는 상황이라서 마음속으로 한숨을 내쉬고 다시 눈을 감는다.

"네, 이틀 전에 치른 이십칠일 대통령 선거에서 사만 사천구백구십삼 명이 투표를 했습니다. 그중에서 김대중 표가 삼십사점 사 프로, 일만 오천사백팔십칠 표가 나왔습니다. 이 신민당 표는 국회의원 선거에서도 부동표로 작용합니다. 오히려 표가 늘어나면 늘어났지 줄어들지는 않을 것으로 사료됩니다."

"윤상배 그 늙은이는 최소한도로 만 오천사백팔십칠 표를 벌써 확보하고 있다는 말이 되겠구먼."

이동하가 마음속으로 길게 한숨을 쉬고 나서 마른 목소리로 중얼거렸다.

"의원님 말씀대로, 동리마다 신민당 놈들은 내놓은 놈들이잖유. 그래서 그런지 모르지만 지덜끼리는 단합이 잘 되는 편유."

여도환이 눈을 감고 있는 이동하를 바라보며 말했다.

"말씀 드리기 송구스럽지만 충북 전체에서는 김대중 표가 사십육만 천구백칠십팔 표가 나왔는데, 박정희 대통령 표는 삼십일만 이천칠백사십사 표밖에 안 나왔습니다. 무려 십사만 구천이백삼십사 표나 졌습니다."

"서울 올라가면 깨질 일만 남았구먼……"

"그 점은 걱정 놓으셔도 될 것 같습니다. 경북과 경남, 그리고 강원도와 제주도를 제외하고는 공화당이 모두 졌습니다."

"자네는 시방 그걸 자랑이라고 보고하는 거여?"

이동하는 차승태의 말처럼 충북만 김대중을 많이 찍은 것이 아니기 때문에 당정회의 때 몰매 수준의 질타는 면할 것이라고 판단했다. 하지만 전국적인 여론이 신민당 쪽으로 쏠리고 있는 상황이 싫어서 벌컥 화를 냈다.

"자, 자랑이 아, 아닙니다. 의원님께서 걱정하고 계셔서 드리는 말씀인데, 만약에 혼이 나야 한다면 경상도 쪽입니다. 부산은 같은 경상도인데도 겨우 팔만 육천 표밖에 이기지 못했습니다. 오히려 부산지역구 의원님들이 혼나도 엄청 크게 혼나게 될 것이라고 판단됩니다."

차승태가 자세를 바로잡고 분석서류를 끌어당겨서 눈으로 읽으며 대답했다.

"쉽게 말해서 열 명 중에 두 명은 선거를 안 했다는 말 아녀?"

이동하는 머리가 아팠다. 각 면책들이 은밀히 여론을 조사해 보니까 윤상배 쪽이 훨씬 높게 나왔다. 아무리 선거는 뚜껑을 열어봐야 안다고 하지만, 지난 선거도 겨우 턱걸이로 당선이 되어서 너무 불안했다. 보좌관에게 화를 낼 이유가 없다는 것을 알면서도 목소리가 불거져 나가는 걸 느꼈다.

"그렇습니다."

"사무장."

"넷! 의원님."

여도환이 커다란 덩치에 어울리지 않게 고개를 조아렸다.

"선거가 얼마나 남았나?"

이동하가 눈을 뜨고 담배를 입에 물었다. 여도환이 얼른 성냥을 그어서 내밀었다.

"네, 오월 이십오일이 선거니까 딱 이십칠일 남았습니다."

"선거는 막판 뒤집기여. 영동은 지역이 쪼매나니께 막판 뒤집기를 하믄 사흘 만에도 성공할 수가 있어. 대통령 선거에서도 막판 사흘 전에

요번만 대통령을 하고, 앞으로는 절대로 안 하겠다는 유세로 판세를 팍 뒤집어 버린 거잖여. 문제는 그 사흘의 아홉 배인 이십칠일이나 남았는데 막판 뒤집기를 할 소재가 읎단 말이지. 사무장 머 좋은 수 하나 읎나?"

이동하는 유철수가 움직여 준다면 충분히 승산이 있다고 생각했다. 하지만 만나 보기 전에는 어떤 음모를 꾸미고 있는지 알 수가 없었다. 여도환과 차승태를 번갈아 보며 담배 연기를 내뿜었다.

"연구해 보겠습니다."

"차 보좌관은 워틱하믄 좋겠어. 그냥 깨끗하게 손 털고 물러설까?"

"아, 아닙니다. 여론이라는 것이 원래 손바닥 뒤집기 아닙니까? 지금은 다소 지지율이 떨어지지만 충분히 자신 있다고 봅니다. 당장 내일부터라도 관광버스를 대절해서 각 동네마다 바닷가로 관광을 보내는 방법도 있고……."

차승태는 선거를 포기한다는 말에 자신도 모르게 벌떡 일어섰다. 이동하에게 선거에 대해서 배운 것이라고는 금전선거밖에 없다. 비록 지지율은 떨어지지만 돈만 풀면 얼마든지 승산이 있다는 생각에 진땀을 흘리며 이동하를 바라봤다.

"관광버스라? 요새 관광버스 대절하는 데 얼매씩이지?"

"예, 영동에는 관광버스가 읎고, 대전에서 불러올라믄 요새는 성수기라서 만 오천 원씩이믄 충분히 불러올 수가 있슈."

여도환이 그런 문제라면 내가 잘 안다는 표정으로 빠르게 대답했다.

"열 개면에 세 대씩은 해도 삼십 대…… 아냐, 그건 아냐. 돈이 문제가 아니고, 관광 안 간 유권자들이 승질 나서 윤상배를 찍을 수도 있어…… 관광버스는 아냐, 좀 더 좋은 수가 읎을까?”

이동하는 다시 눈을 감았다. 눈을 감은 채 담배 연기를 길게 내뿜었다. 원갑룡의 말대로 영동군에 있는 각 동네 구장들을 불러서, 인구에 따라 많게는 오만 원, 적게는 이만 원씩 막걸리 값을 돌렸다. 하지만 놈들이 중간에서 가로챘는지, 꼭지가 돌도록 술을 사 주지 않고, 감질나도록 술을 사 줬는지 모르지만 윤상배에게 쏠린 여론이 반전될 기미가 보이지 않고 있다.

대통령 선거는 막판 뒤집기에 성공했지만, 여기는 암만해도 불안햐, 예감이 너무 안 좋단 말여……. 워틱하든, 건수를 만들지 못하믄…….

선거에서 낙선이 된다는 것은 생각조차 하기 싫었다. 자유당 시절 때 윤상배에게 지구당위원장 자리를 내주고, 결국 궁여지책으로 민주당으로 당적을 옮기고 나서 당한 수모를 생각하면, 지금도 이가 갈리다 못해 몸서리가 쳐진다.

죽일 놈! 잘 뒈졌지. 그런 놈은 진작 죽었어야 햐.

유진표의 농간에 속아서 자유당을 탈당한 것은 결과론적으로 볼 때 조상의 은덕을 입은 일이다. 하지만 자유당이 무너지기 전까지 그 몇 개월은 조선시대로 말하자면 원님을 하다가, 하루아침에 청지기가 되어 버린 세월이다. 이번에 낙선하게 되면 다행히 공화당이 정권을 쥐고 있어서 그 정도는 아니겠지만, 무슨 행사가 있어서 참석하게 되면 윤상배의 뒤를 이어서 축사나, 기념사를 해야 하는 수모는 당연하고, 군청이나 경찰서 출입을 할 때도 지금처럼 기관장들이 문 밖에서 대기하고 있지는 않을 것이다.

가만있어 봐, 내가 시방 한가하게 이러고 있을 때가 아녀.

선거에서 낙선하여 찬밥 신세가 되지 않으려면 수단과 방법을 가리지 말고 당선이 되는 수밖에 없다는 생각이 드는 순간 눈을 뜨고 자세를 바로잡았다. 청자담배 필터까지 타고 있는 꽁초를 재떨이에 던졌다.

　"유, 윤상배는 돌아 댕김서, 동리 사랑방에서 선거운동을 한대유."

　여도환은 이동하가 돌연 긴장한 표정으로 노려보는 눈빛에 생각지도 않은 말을 하고 말았다.

　"사랑방에서?"

　이동하가 이건 또 무슨 뚱딴지같은 말이냐는 표정으로 반문했다.

　"예, 서너 명이고, 대여섯 명이고 모아 놓고, 조곤조곤히 이래이래서 국회의원은 요번 기회에 반드시 바꿔야 한다. 내가 국회의원이 되믄 워티게 하겄다. 머, 그런 식으로……."

　"그런 야기를 왜 인제 하는 겨?"

　"우, 우리는 구장선거를……."

　"선거본부장 워디 간 겨?"

　이동하가 차승태를 노려봤다.

　"시방, 선거관리위원회에 유권해석 받으러 갔슈. 새마을운동 하는 데 돼지를 잡아주면 선거법에 걸리는지 안 걸리는지 물어본다고……."

　차승태가 대답을 못하고 여도환을 바라봤다. 여도환이 들판처럼 넓은 어깨를 움츠리며 이동하를 바라봤다.

　"선거가 날 모리, 코앞인데 이렇게 한가하게 생각항께 여론이 나빠지지. 아! 그런 거는 즌화로 물어보믄 되잖여. 즌화는 뒀다가 엿 바꿔 먹을라고 모셔 뒀남? 당장 선관위에 즌화해서 선거본부장 거기 있으믄 빨리 오라고 햐."

이동하는 아무리 생각을 해 봐도, 윤상배를 이기려면 무슨 함정에 빠트리는 수밖에 없다고 생각했다. 일어서서 창문 앞으로 갔다. 공교롭게도 윤상배의 현수막이 한눈에 들어온다.

"사무장!"

"넷! 의원님."

군청에 있는 선거관리위원회로 전화를 하고 있던 여도환이 벌떡 일어서서 이동하 옆으로 갔다.

"윤상배 현수막이 왜 해필이믄 우리 사무실 앞에 걸려 있능 겨?"

"그, 그놈들이 먼저 현수막을 거는 통에……."

"이런! 쥑일 놈을 봤나. 아니, 무슨 배짱으로 바로 코앞에 현수막을 걸었댜? 그라고, 사무장은 머 하고 있었나? 윤상배 그 쥐새끼 같은 늙은이 수하 놈들이 저기다 현수막을 걸고 있을 때 당장 달려가서 찢어 버리지 않고 머 하고 있었냔 말여?"

"그, 그릏지 않아도 달려가서 멱살을 붙잡고 흔들었슈. 그란데, 그기 선거법에 걸린다는 말에……."

"야, 이 자식아! 그걸 시방 말이라고 하능 겨? 니놈이 현수막 거는 걸 못 봤다는 것도 아니고, 면전에서 귀경만 했다는 것이 말이나 되능 겨?"

이동하는 불난 집에 부채질을 해도 유분수라는 생각이 들었다. 덩치나 작나? 덩치는 항우장사처럼 큰 놈이, 윤상배 선거운동원들이 현수막을 거는 동안 구경만 하는 모습이 눈앞에 그려지는 순간 따귀를 갈겨 버렸다.

"시, 시방 당장 나가서 그놈의 현수막을 걸레로 만들어 버리겠습니다."

여도환이 정신이 번쩍 든 얼굴로 말했다.

"야, 이 자식아. 상대방 후보 선거 홍보물을 훼손하면 선거법에 걸린
다고 네놈 입으로 말해 놓고, 또 워딜 간다는 거여? 한 대 더 맞아야 정
신 차리겠어?"

이동하는 다시 따귀를 후려갈기려다 때려 봤자 소용이 없다는 생각에
주먹 쥔 손을 흔들어 버리는 것으로 끝냈다.

"의원님 전화 왔습니다. 서정기라고 합니다."

"서정기라고?"

이동하는 서정기라는 말에 유철수에 관한 내용일 것이라는 생각이 번
뜻 들었다. 차승태와 여도환에게 밖으로 나가라고 손짓을 해 보이며 전
화기 앞으로 갔다.


법적으로 보장되어 있는 선거 기간은 이틀 후인 5월 1일부터이다. 그
런데도 거리는 마치 파장처럼 사람들이 오갔다. 파장과 다르다면 집으
로 가는 걸음을 재촉하는 이들이 드물고, 취해서 갈지자걸음으로 걷거
나, 다른 술집을 찾아서 기웃거리는 사람들이 많다는 점이다.

시훈은 이동하 사무실 앞에서 걸음을 멈췄다. 넥타이를 바로 매려다
옆에 있는 전파사 앞으로 갔다. 전파사 유리창에 비치는 모습을 보고 넥
타이를 반듯하게 맸다. 양복이 구겨졌는지도 확인을 한 후에 다시 이동
하 사무실 앞으로 가서 문을 열고 들어갔다.

"어떻게 오셨어요?"

"모산 사는 장시훈이라고 하는데, 의원님을 뵈러 왔슈."

사무실 안에는 무슨 환갑잔치나 결혼식 피로연을 하는 것처럼 많은

사람들이 북적거리고 있었다. 시훈이 쭈볏한 얼굴로 들어서는 것을 보고 출입구 앞 책상에 앉아 있던 송미향이 물었다.

"어머! 그러세요. 저를 따라오세요."

송미향이 반갑게 웃으며 일어서서 앞장섰다. 시훈은 혹시 아는 사람이 있는지 두리번거렸다. 몇몇 얼굴은 가끔 집에 쌀을 사러 오는 이들이다. 하지만 그들은 시훈을 아는 척하지 않았다. 시뻘겋게 술에 취한 얼굴로 무슨 말인지 주고받으며 목구멍이 젖히도록 웃기도 했다.

"잠깐만 기다리세요. 누구라고 소개할까요?"

송미향이 시훈을 문 앞에 세워두고 물었다.

"장 자, 기 자, 팔 자 되시는 분의 큰아들유. 아니, 날망집 큰아들이라고 하믄 쉽게 아실 뀨."

"날망집……."

송미향은 시훈에게 묘한 웃음을 남기고 이동하 사무실 안으로 들어갔다.

"예……."

시훈은 말꼬리를 흐리며 다시 사람들을 바라봤다. 장기팔이 간곡하게 부탁하던 말이 떠올랐다. 의원님한테 들러서 무조건 표를 긁어모아 준다고 하란 말여. 그래야, 난중에 의원님이 사장으로 있는 합동정미소에서 싸게 쌀을 때 올 수 있잖어.

"여! 학산양곡상회 장 사장 아녀?"

시훈이 마른침을 삼키면서 두리번거리고 있는데 누군가 어깨를 툭 쳤다.

"어이구, 중앙복덕방 사장님이 여긴 웬일로?"

시훈의 어깨를 친 사람은 학산양곡상회 근처에 있는 중앙복덕방 김 사장이다. 시훈은 복덕방 앞을 지나칠 때마다 삼삼오오로 모여서 화투 치기를 하고 있거나, 중국집에서 시킨 짜장면을 안주 삼아 소주를 마시며 소일하는 모습을 자주 봤었다. 그런 그가 이동하 선거 사무실에 와 있는 것이 이상해 보여서 물었다.

"장 사장이야말로, 여긴 웬일여?"

"이동하 의원님이 학산면 모산 사람이잖유. 제 고향도 모산이고……."

"장 사장 고향이 학산이여?"

"예."

"그람, 나 좀 잠깐 보세."

"시방 의원님을 만나 뵈러 왔슈."

시훈의 말이 끝나자마자 문이 열리고 송미향이 밖으로 나왔다.

"안녕하셨슈. 진작에 찾아 뵈야 하는데 나름대로 선거운동을 하느라……."

"어서 오게, 자네가 날망집 큰아들인가? 근데 먼 선거운동을 한다는 거여?"

이동하는 장기팔의 큰아들이 영동에 산다는 소식조차 송미향을 통해서 처음 알았다. 선거운동을 한다는 말을 듣고 나니까 왠지 시훈이 대견하다는 생각이 들어서 웃으며 물었다.

"지가, 버스 정류장 근처에서 학산양곡상회라는 쌀집을 하거든유. 그라고 여기 양곡판매조합 영동지부 총무를 맡고 있슈. 영동국민학교 기성회 이사에다, 의용소방대원유. 의용소방대에서는 총무부장을 맡고 있슈."

"아, 그런가? 서 있지 말고 좀 앉지 그랴."

양곡판매조합이라면 이동하도 알고 있었다. 그 단체의 총무가 선거운동을 하면 그 힘이 적지 않을 것이다. 영동국민학교 기성회 이사와 의용소방대 총무부장도 무시 못할 직함이라는 생각에 꼭 껴안아 주고 싶을 정도로 반가웠다. 하지만 국회의원 체면에 한낱 쌀집 주인에 불과한 시훈을 껴안을 수는 없다고 생각하며 소파에 앉았다.

"죄송해유, 진작 찾아뵙고 열심히 앞장서서 운동을 해야 하는데……."

"말만 들어도 고맙구먼. 영동에 자리 잡은 지 얼매나 되는지는 모르겄지만, 양곡판매조합 총무를 맡고 있는 걸 보믄."

"원래 서울에서 쌀장사를 했었슈. 돈 좀 벌었는데 그놈의 여관 사업을 하자는 말에 사기를 당해서 홀랑 말아먹고, 독일에 광부로 가서 돈 좀 벌어 왔슈. 그 돈으로 영동에서 다시 시작한 거유."

"이런, 모산에 애국자가 나왔는 줄 몰랐구먼……. 장하네, 장햐. 자네 같은 이가 밀어 준다믄 선거야 해보나마나 당선된 거나 마찬가지여. 장사하다가 어려운 거 있으믄 언지든 이 사무실로 와서 야기햐. 그람 내가 도와줄 수 있는 것은 머든지 도와줄 껑게."

"당연하쥬. 팔은 안으로 굽는다고, 집에 있는 식구나 저는 물론이고 아는 사람들한테 의원님이 당선되야 영동이 발전할 수 있다는 말만 해유."

시훈은 차마 합동정미소에서 정부미를 공급받게 해 달라는 말이 떨어지지 않았다. 쌀 배급제에 따른 정부미는 80kg 한 가마니에 6천8백 원씩이다. 그러나 일반미는 8천8백 원에 거래하고 있다. 통일벼가 아닌 이상 일반미나 정부미 쌀 생김새가 다른 것도 아니고, 밥맛이 다른 것도 아니다. 정부미는 말 그대로 정부에서 배급 형태로 공급하는 쌀이라서 가격이 쌀 뿐이다. 그래서 정부미를 사려면 동장이 발행하는 배급표를 가지고 가야 1인 기준으로 8kg을 살 수가 있다. 부족한 쌀은 일반미로 살 수밖에 없다. 정부미를 빼돌려 일반미로 팔면 가만히 앉아서 2천 원을 먹을 수 있다.

"고맙구먼, 이건 얼마 되지 않지만, 회원들하고 탁주라도 한잔씩 하게."

이동하는 만 원이 든 봉투를 시훈에게 내밀었다.

"아이구, 아녀유. 지가 이런 걸 받을라고 역부로 여길 찾아온 것은 아뉴. 참말로 의원님을 위해 열심히 뛰고 있다는 걸 보, 보고 드릴라고 왔을 뿐유."

이동하가 내미는 봉투는 척 봐도 돈이 들어 있는 것 같았다. 시훈은 웬 떡이냐는 생각이 번뜩 들었지만 펄쩍 뛰면서 손을 흔들었다.

"당선되믄, 더 좋은 일도 있을 겨. 그랑께 어여 갯주머니에 넣어."

"아이구 참, 이라시믄 지가 괜히 찾아온 꼴이 되잖유……."

이동하가 일어서서 봉투를 시훈의 양복 주머니에 넣어 주었다. 시훈은 쌀 부탁은 까맣게 잊어버리고 연신 허리를 굽실거리며 이동하 사무실 밖으로 나갔다.

시훈은 여도환과 송미향의 배웅을 받으며 마치 죄인처럼 고개를 푹 숙이고 밖으로 나갔다. 돈 봉투가 들어 있는 주머니에 손을 넣어서 만져 본다. 감촉이 최소한 5천 원은 넘을 것 같다. 그것도 은행에서 갓 인출한 새 지폐의 감촉이 짜릿하게 손끝을 타고 가슴으로 전해졌지만, 공돈이라는 생각에 얼굴을 들 수가 없었다.

"장 사장, 나하고 잠깐 야기 좀 할 수 있을까?"

"먼 야기유?"

시훈은 중앙복덕방 김 사장이 어깨를 툭 치는 통에 걸음을 멈췄다.

"먼 야기는, 같이 돈 좀 벌자는 야기지?"

"돈을 벌다뉴?"

"여기서 이럴 것이 아니라 어디 가서 간단하게 한잔하지?"

김 사장은 시훈의 의중은 들어보지도 않고 주변을 두리번거리다가 순 댓국집이 있는 쪽으로 걸음을 옮겼다.

"아까, 이동하 의원님 사무실에 들어가서 봉투 받았지?"

"머, 먼 봉투래유?"

순댓국집에는 선거철이 무색할 정도로 손님이 없었다. 10평 남짓한 홀의 썰렁한 구석자리에 앉자마자 김 사장이 시훈에게 담배를 권하며 말을 붙였다. 시훈은 담배를 받으려다 말고 깜짝 놀란 얼굴로 물었다.

"그 돈 노놔 가지자는 야기는 아닝께 놀랠 필요는 읎어."

"시방 먼 말을 하시는지 모르겄구먼."

시훈은 김 사장의 얼굴을 마주 바라볼 수가 없었다. 옆으로 앉아서 담 배를 피우며 곁눈질로 바라봤다. 60대 초반의 김 사장에 대해서 자세히 알고 있는 점은 없다. 자식이 몇인지, 부인이 누군지도 모른다. 그냥 복 덕방에서 흔히 볼 수 있는 전형적인 거간꾼에 불과하다. 그런 그가 대뜸 이동하에게 돈 봉투를 받았니, 뭐니 말을 거니까 경계하지 않을 수가 없 었다.

"장 사장, 우리 통성명이나 하고 지내지. 나 김영달여, 작년에 환갑이 지났지. 옛날에는 영동군청에서 근무를 좀 했지. 정년퇴직하고 심심풀이 삼아 복덕방을 하고 있구면."

김영달이 소주와 순대를 주문했다. 여주인이 순대와 깍두기 접시부터 가져왔다. 김영달이 소주 뚜껑을 따면서 말했다.

"저는 나이가 어려유. 인제 큰 아가 제우 국민학교 삼 학년유……."

시훈은 김영달이 군청에 근무했다는 말에 어떤 직책으로 얼마 동안 근무했느냐고 묻고 싶었다. 하지만 입이 떨어지지 않아서 목소리를 흐리며 마땅히 시선 둘 곳이 없어서 순대를 썰고 있는 여주인에게 시선을 돌렸다.

"학산양곡상회 장사가 쏠쏠하던데 젊은 사람 장사 수단이 대단하구면. 자, 우선 술이나 한잔 받게."

"하시고 싶은 말씀이? 사실 수금하러 갈 곳이 있어서……."

시훈이 엉거주춤한 자세로 술잔을 받으며 물었다.

"장 사장 생각에 이번에 누가 이길 거 가텨?"

"그야, 이동하 의원님이 당연히……."

시훈은 김영달이 묻는 말에 아무 생각 없이 말을 하다가 슬그머니 말꼬리를 흐렸다. 양곡상회에 오는 손님들 중 열에 일곱 명은 윤상배를 찍겠다는 말이 떠올랐다.

"장 사장은 모산 사람잉게, 좋은 말만 들리는 모양이구면. 내가 알기루는 이번에는 윤상배가 훨씬 유리햐. 그래서 하는 말인데, 이동하 의원님한테 나 좀 연결시켜 줄 수 있는가?"

여주인이 순대를 가져왔다. 장 사장이 나무젓가락을 손바닥으로 문지르며 은근하게 말했다.

"왜유?"

"이래 봬도, 내가 동원할 수 있는 표가 이백 표는 넘단 말일씨, 웬만한 촌동네 전부를 합친 것보다 많단 말여."

"그랑께?"

"역시 장사 수단이 좋은 사람은 뭐가 달라도 다르구먼. 이동하 의원님한테 내가 표를 긁어모을 수 있다고 말할 때, 장 사장이 옆에서 약간만 거들어 달라는 걸세. 그 대신 의원님한테 돈을 받게 되면 이십 프로를 떼 주겠네. 십만 원을 받으면 이만 원, 이십만 원을 받으면 사만 원이 공짜로 생기는 셈이지."

김영달이 소주 한 잔을 달게 마시고 나서 순대를 맛있게 씹으며 시훈을 응시했다.

"그럼 뭐유? 이백 명을 끌어모아 주는 데 십만 원을 요구한다믄, 표한 장에 오백 원씩이란 말유? 많게는 천 원씩이고?"

시훈이 순대를 먹으려다 말고 도저히 믿어지지 않는다는 목소리로 반문했다.

"국회의원 당선되는 데 그까짓 돈 십만 원, 이십만 원이 문제여? 내가 알기로는 요번 선거에 이동하 의원님이 영동바닥에 풀어놓은 돈만 해도 몇천만 원은 넘을 거. 몇천만 원 중에 일이십만 원은 새 발의 피여."

"미쳤구먼. 나 같으믄 그 돈 있으믄 대전 같은 데 여관이나 져 놓고 편하게 살겠네."

"미치지 않는 이상 몇천만 원을 풀 때야, 왜 풀겠어. 국회의원에 당선만 되믄 그 정도의 돈은 충분히 벌어들일 수 있다는 계산이 나옹께 푸는 거 아니겠어?"

"지는 도시 꿈을 꾸는 거 같아서, 무슨 말인지 통 모르겠슈. 그라고,

남은 술 드시고 가셔유. 빨리 수금 갈 때가 있어서 계산은 지가 하고 갈
게유."

시훈은 김영달과 같이 앉아 있다가는 또 무슨 엄청난 제안을 받게 될
지도 모른다고 생각했다. 자기 앞에 있는 소주를 얼른 비우고 일어섰다.

"선거가 코앞이여. 곰곰이 생각해 보게, 원래 선거 돈은 임자가 읎는
법여. 차지하는 놈이 장땡이란 말여. 공돈 좀 챙길라믄 내 복덕방으로
오게. 중앙복덕방이 워디 있는지는 잘 알지?"

김영달은 시훈이 생긴 것처럼 배포가 크지 않은 점에 실망하지 않았
다. 오히려 순진한 놈일수록 쉽게 속아 넘어간다는 생각에 잘게 웃으며
술잔을 들었다.


이동하는 11시쯤 직원들이며 선거운동원들을 모두 퇴근시켰다. 사무
실 중앙의 긴 탁자에는 소주병이며, 맥주병에 음료수 병들이 어지럽게
널려 있다. 중간중간 과자 부스러기나, 마른안주를 담은 접시들이 정물
처럼 보였다. 여도환 의자에 앉아서 담배를 피우며 가끔 벽시계를 바라
보거나, 텔레비전을 화면을 응시했다. 텔레비전에서는 해외토픽이 방영
되고 있었다.


<미국의 유명한 영화 코미디언 '제리 루이스'는 자기의 아들들이 월
남 전선에 끌려 나가는 것을 바라지 않는다면서 헐리웃을 떠나 유럽으
로 이주하겠다고 29일 발표했다고 합니다. 루이스 씨의 아들은 이미 50
년대에 한국전쟁과, 60년대의 월남전에서 2년간 싸운 바 있다고 합니다.
나머지 다섯 아들에게 쓸모없는 전쟁에 끌려가지 않도록 해주어야겠다

고 합니다. 그는 현재 서독에 몇 개의 영화관을 갖고 있으며 프랑스나 스위스로 이민을 갈 계획이라고 합니다.>

이동하는 자식들을 월남전에 보내지 않기 위해 이민을 간다는 아나운 서의 말을 듣고 쓰게 웃었다.

미국 사람들은 이상한 정신을 갖고 있구먼. 돈 써서 군대를 안 보내믄 그만이지, 왜 멀쩡한 고향을 두고 딴 나라로 이민을 간댜.

시간은 11시 10분을 가리키고 있었다. 서정기가 오기로 한 시간이다. 출입문을 따 놓고 다시 의자에 앉아서 텔레비전을 응시했다.

<이탈리아 남단과 시실리섬 북단 간의 메시나해협에 길이 3천m의 세 계 최대 적교 건설이 추진되고……>

누군가 출입문을 조심스럽게 노크하는 소리가 들려왔다. 이동하는 얼 른 일어나서 텔레비전 전원 스위치를 끄고 귀를 기울였다.

"의원님, 서정기유."

출입문 앞에 가서 귀를 기울였더니 서정기의 목소리가 들려왔다. 얼 른 걸고리를 열어서 문을 열었다.

"죄송해유. 늦었쥬."

"의원님, 안녕하셨습니까. 유철수입니다."

서정기 뒤에 서 있던 유철수가 작은 목소리로 인사했다.

"어여 들어 와."

이동하는 저녁 늦게 퇴근 하는 아들을 반기는 목소리로 유철수를 반겼다. 문 밖으로 나가서 거리를 살폈다. 이쪽으로 신경 쓰는 행인들이 없다는 것을 확인하고 안으로 들어와서 문을 잠갔다.

"즈녁들은 먹었을 테고, 박카스나 한 병씩 햐. 이게 한 병에 육십 원씩인데, 피로 회복에는 아주 그만여."

이동하는 서정기와 유철수를 데리고 사무실 안으로 들어갔다. 그들이 소파에 앉자마자 박카스를 한 병씩 권했다.

"역시 의원님은 머가 달라도 다르구먼유. 저쪽에는 박카스 같은 것은 꿈도 못 꾸고, 제우 커피 한 잔씩 주잖유, 옛날에야 있는 집에서만 커피를 마셨지만, 요새는 웬만한 집에서는 커피 마시잖유."

"다방에서 파는 커피 한 잔 원가가 얼맨지 알아?"

"글씨유. 커피 한 잔 값이 박카스보다 십 원 싼 오십 원이라는 것은 알고 있지만, 원가가 얼맨지는 한 번도 생각해 보지 않았슈."

"한 잔에 칠 원씩여. 딴 일로 사무실에 온 것도 아니고, 선거운동 해주러 온 귀한 손님들한테 제우 칠 원짜리 커피를 대접한다는 것은 너무 했구먼. 돈이 영 없는 사람도 아닌데 말여. 유 군 내 말이 틀렸는가?"

유철수는 박카스를 먹지 않고 만지작거리고 있었다. 표정도 굳어 있었다. 이동하는 웃는 얼굴로 유철수를 바라봤다.

"저도 커피 원가가 그렇게 싼 줄 몰랐습니다. 의원님 말씀 듣고 보니까, 아직 영동 같은 데서는 커피가 귀하다는 것을 이용해서 촌사람들을 농락하고 있다는 생각이 듭니다."

유철수가 망설이지 않고 똑 부러지는 목소리로 말했다.

"역시 배운 사람은 머가 달라도 다르구먼. 고시 공부는 잘 되어 가고 있능 겨?"

"공부는 열심히 했는데도, 시험 운이 없어서 그런지 아니면 제 머리가 나빠서 그런지 잘 안 되고 있습니다."

유철수는 박카스 병을 만지작거리며 이동하의 얼굴에서 시선을 옮기지 않았다.

"내 사위도 일차에는 두 번인가 붙었는데 결국 포기하고 지금은 중앙정보부에 근무하고 있구면. 사람마다 생각하는 것이 다르겠지만 말여. 내 생각에는 그렇구면. 부면장도 내 말을 잘 들어 봐."

"아, 알겠습니다. 며, 명심해서 듣겠습니다."

서정기는 이동하의 사위가 중앙정보부에 다닌다는 말은 듣던 중 처음이었다. 서울대학교 법대를 졸업했으니까, 더구나 한동안 고시 공부를 했다고 하니까 본인만 원하면 얼마든지 가능한 일이다. 유철수가 괜히 서툰 짓을 했다가는 쥐도 새도 모르게 끌려갈 수 있다는 생각이 불쑥 들었다. 박카스의 새콤하면서도 단맛이 아직 입안에 남아 있는데도 뜨끔한 얼굴로 더듬거렸다.

"왜 그렇게 놀려? 중앙정보부 영동 파견대장이 뉜 줄 알어?"

이동하는 서정기가 생각지도 않게 깜짝 놀라는 모습이 수상해 보였다. 놈이 문기출처럼 엉뚱한 생각을 하고 있는지도 모른다는 생각이 문득 들어서 슬쩍 낚싯줄을 늘어트렸다.

"그, 그걸 시장 안에서 장사나 하고 있는 저 같은 놈이 워티게……."

서정기는 자신도 모르게 유철수의 눈치를 살폈다. 유철수는 눈동자 하나 흔들리지 않는다. 괜히 내가 지레 겁먹고 떠는지 모른다고 생각하면서도 말꼬리를 흐렸다.

"좌우지간 중요한 거는 그기 아녀. 내가 하고 싶은 말은 유 군이 판사

나 검사가 될라고 하는 것도 결국은 성공하고 싶어서 그라는 거잖여. 그
란데, 사람들은 꼭 판사나 검사, 변호사, 의사하며 '사'자가 들어가는 직
업을 가져야 성공했다고 보는 경향이 짙단 말여. 하지만 나는 그릏게 생
각 안 햐. 어뜬 일을 하든지, 그 분야에서 최고가 된다믄 일단 성공했다
고 보는구면. 하지만 그릏다고 해서 유 군한테 당장 고시 공부 때려 치
고 딴 일을 하라는 거는 아녀. 유 군 정도의 머리만 있으믄 얼마든지 성
공할 수 있는 능력이 일단 주어졌다고 볼 수 있응께, 부담감 갖지 말고
고시 공부 하라는 뜻으로 해 주는 말여. 내 말 무슨 뜻인지 이해 가는지
모르겠구면."

이동하는 유철수가 어떤 말을 늘어놓더라도, 나중에 서정기를 통해서
확인해 볼 필요가 있다고 생각했다. 그동안 이런저런 행사에 정신없이
다니며 축사며, 기념사를 했더니 자신도 모르게 말이 많이 늘었다고 생
각하며 흡족하게 웃었다.

"정말 고맙습니다. 저도 솔직히 홀어머니 때문에 반드시 고시에 패스
해야겠다는 생각만 하고 있었습니다. 그래서 부담감 때문에 법전이 머
릿속에 잘 들어오지 않았다는 생각이 듭니다. 앞으로는 의원님 말씀대
로 일단 부담감을 내려놓고 한 일 년 열심히 공부해 보겠습니다. 좋은
말씀 정말 감사하게 들었습니다."

유철수는 아무리 철천지원수의 말이라도, 인생의 지표가 될 수 있는
좋은 말까지 무시할 필요는 없다고 생각했다. 일어서서 정중하게 인사
했다.

"어이구, 내가 머 존 말을 했다고 난 그저, 정치인으로 활동을 하다
봉께, 여기저기 무슨 세미나다, 무슨 교육이다 하며 바쁘게 쫓아댕기며

들은 풍월로 말한 것뿐인데 머…… 그라고 이 야심한 밤에 왜 날 보자고 한 겨?"

한번 의심의 눈빛으로 사람을 보기 시작하면 숨 쉬는 소리까지 수상하게 들리는 법이다. 이동하는 유철수의 몸짓이 왠지 연출해 내는 동작처럼 보였으나 내색하지 않고 담뱃불을 붙였다.

"제 친구가 윤상배 후보의 회계 담당으로 들어갔습니다."

유철수는 긴장이 돼서 견딜 수가 없었다. 박카스 뚜껑을 열어서 마셔 버린 다음에 이동하를 바라봤다.

"회계?"

"네. 고등학교를 졸업하고 제 아버지가 물려준 신발가게를 하고 있는 천상섭이라는 친군데, 청년회의소라든지, 사에치 클럽이나, 관변 단체 회원으로 열심히 활동하고 있어서 발이 넓은 친구입니다."

"부면장도 알고 있는 사람유?"

이동하가 느닷없이 서정기에게 물었다.

"아! 네…… 큰길가에서 신발가게를 하고 있는 안데, 나이는 적지만 마당발로 소문났슈. 그래서 유, 윤상배 후보 선거 사무실에 나가게 된 거 가튜……."

서정기는 유철수를 따라온 것이 후회되기 시작했다. 지난번에 모산에 있는 이동하의 집에 동행하고 나서도 땅을 치며 후회했었다. 이번에도 유철수가 차용증서 건을 해결할 수 있는 기가 막힌 방법이 있다는 말에 따라나선 것인데, 이제 보니 호랑이굴에 들어선 꼴이었다. 나는 새도 떨 어트린다는 중앙정보부 사위가 버티고 있을 줄은 꿈에도 몰랐다. 이동 하에게 자신이 떨고 있다는 걸 내색하면 안 된다고 아랫배에 힘을 잔뜩 주고 더듬거렸다.

"선거 회계라믄 윤상배의 자금줄을 훤하게 꿰뚫고 있다는 말이 된다는 건가?"

이동하는 서정기가 아무래도 수상했다. 나중에 뒤를 캐보기로 하고 시치미를 뚝 떼고 물었다.

"그 친구가 노름을 좋아합니다. 노름판으로 불러내기만 하면 얼마든지 원하는 대로 요리할 수 있다고 봅니다."

유철수가 은밀하게 속삭였다.

"자네 친구를 이용해 먹을 셈여?"

이동하가 허리를 숙이며 유철수의 얼굴을 빤히 쳐다보며 물었다.

"저는 차용증서가 중요합니다. 그렇다고 그 친구를 감옥에 보내고 싶은 생각은 없습니다. 윤상배 후보만 기권하게 만들 수 있는 방법이 있으니까요."

"참말로, 윤상배 그 인간을 기권하게 만들 방법이 있단 말여?"

이동하가 듣던 중 반가운 말이라는 얼굴로 두 눈을 반짝거렸다.

"제 생각대로만 하면 자신 있습니다. 그 대신 차용증서를 먼저 제 앞에서 찢어 버리셔야 합니다."

"차용증서야 열 번이라도 찢어 버릴 수가 있지. 하지만 실패하믄?"

이동하가 유철수의 눈에서 시선을 떼지 않고 조용히 물었다.

"성공한다고 해도 의원님이 차용증서를 찢어 버리지 않을 것이라고 어떻게 보장할 수 있겠습니까?"

유철수도 이동하의 시선에서 벗어나려 하지 않았다. 빈 박카스 병을 양손으로 천천히 돌리며 물었다.

"그람, 우선 워티게 윤상배를 선거 연단에서 끌어내릴 수 있는지 그 방법부터 야기해 보게. 내가 볼 때 그 작전이 성공할 가능성이 있다믄 생각해 볼 모양잉께."

"좋습니다. 그 친구는 학교 다닐 때부터 화투를 잘 쳤습니다. 나름대로 화투에는 일가견이 있다고 자부하는 친굽니다. 지금도 초상집 같은데 화투판이 벌어진다는 소문이 있으면 밤을 새운다고 합니다."

"그려, 원래 초상집에서는 화투 치라고 뒷돈까지 대 주는 집이 있응께 가능한 말이구먼……."

이동하는 자세를 바로잡고 소파에 등을 기댔다. 서정기는 목이 마른지 연신 입술을 핥고 있다.

"그 친구를 화투판으로 끌어들이면 작전은 성공한 것이나 마찬가집니다."

유철수도 서정기를 바라봤다. 서정기가 너무 긴장을 하고 있는 것처럼 보여서, 자신도 모르게 이동하의 눈치를 살폈다. 이동하도 서정기가 긴장하고 있는 것을 알고 있는 눈치다.

"물 좀 떠다 드릴까요?"

"그, 그려. 저녁을 짜게 먹었드니 자꾸 물이 땡기는구먼."

서정기는 유철수가 묻는 말에 애매하게 웃으며 대답했다.

"밖에 나가믄 물 주전자가 있을 겨."

"지, 지가 마시고 올게유. 물 마시고 담배도 한 대 필 모양잉께, 계속 말씀 나누고 계셔유."

서정기는 이동하의 말이 떨어지자마자 일어섰다. 이동하에게 엉성하게 고개를 숙여 보이고 나서 밖으로 나갔다.

"그랑께, 유 군의 작전은 그 친구를 노름판으로 끌어들여설랑 돈을 꼴게 해서, 그것을 빌미로 협박을 하겠다는 건가?"

이동하가 사무실을 나가는 서정기의 뒷모습을 잠깐 바라보고 있다가 시선을 돌리고 물었다.

"제가 알기로 노름꾼들은 자금만 있으면 얼마든지 돈을 딸 수 있다는 확신을 가지고 있습니다. 일단 그 친구에게 돈을 따게 한 다음에…… 그러니까, 십만 원 정도 따게 한 다음에, 나중에 그 돈을 모두 잃게 하는 겁니다. 그러면 그 친구는 노름판에서 딴 돈을 잃은 것이 아니고, 자기 돈 십만 원을 잃었다고 생각하게 될 겁니다. 자금만 있다면 처음에 십만 원을 땄던 것처럼, 다시 그 돈을 딸 수 있다는……"

"무슨 말인지 알겠구먼. 나는 원래 화투판 근처도 안 가는 사람이지만, 중국집 주인이 주방장하고 화투를 쳐서 식당까지 넘기고 난 다음에 마누라까지 판돈으로 내놓는다는 말을 들은 적이 있구먼. 그 정도로 돈을 꼴으믄 눈에 뵈는 것이 읎는 게 노름꾼이여."

유철수의 말이 끝나기도 전에 이동하가 대충 감이 잡힌다는 표정으로 말했다.

"저도 그 이야기를 알고 있습니다. 오늘은 주방장이 주인이고, 그날 저녁 화투를 쳐서 주인이 따게 되면, 그 다음 날은 또 주인이 바뀔 정도로 노름에 한번 빠져들면 눈앞에 보이는 것이 없다고 합니다."

"일단 계획은 그럴듯하구먼. 하지만 윤상배하고 노름꾼하고 먼 상관이 있다는 거지?"

"윤상배 후보가 농협에서 목돈을 인출해 오는 날, 그 돈을 어디다 사용하는지를 알아내는 겁니다. 선거기간에 목돈이 필요할 때가 언제이겠습니까?"

유철수가 희미하게 웃으며 물었다.

"그야……."

이동하는 자신도 모르게 말을 하려다 해서는 안 될 말이라는 생각이 들어서 슬그머니 입을 다물었다.

"누구에게 얼마를 줬는지, 그 돈의 사용처는 어딘지를 알아내는 건 식은 죽 먹기나 마찬가지라고 생각합니다. 그다음에는 의원님 쪽에서 경찰에 선거법 위반으로 고소하시면 윤상배 후보도 버텨내지 못할 것이라고 믿습니다."

"너무 약하구먼. 그런 걸로 당장 구속 수사는 할 수 없을 거여. 특히 선거기간이잖여. 선거가 끝난 다음에 수사해서 구속을 하든지, 벌금을 먹이든지 할 거여. 그보다 더 좋은 방법은 읎나?"

이동하는 유철수의 계획이 나쁘지만은 않다고 생각했다. 소파 팔걸이를 손가락으로 톡톡 치며 유철수를 바라봤다.

"방법은 많습니다. 함정을 파 놓고, 윤상배 의원이 돈을 주는 현장을 덮치면 백 프로 구속이 될 것으로 믿습니다. 돈 주는 현장을 형사들이 목격했다면 조사해 볼 가치도 없는 것 아니겠습니까?"

"확실한 방법이구먼."

이동하는 소파 팔걸이를 손가락으로 까닥거리는 것을 멈췄다. 이거야말로 가장 확실한 막판 뒤집기라는 생각이 들어서 회심의 미소를 지으며 테이블 위에 있는 담배를 끌어당겼다.

"그 대신 전제 조건이 있습니다. 차용증서를 제 앞에서 찢어 버리셔야 합니다."

"나를 믿을 수 없다, 이 말이구먼."

"만약 제 앞에서 차용증서를 찢어 버리지 않으시면 지금까지 제가 했던 말은 없던 걸로 하겠습니다."

유철수는 자신이 칼자루를 쥐고 있다고 믿었다. 물 마시러 나갔던 서정기가 그림자처럼 안으로 들어왔다. 그의 뒤로 보이는 벽시계는 12시를 가리키고 있었다. 마음속으로 숨을 길게 몰아쉬고 이동하를 바라봤다.

"무언가 착각을 하고 있구먼. 차용증서의 용도는 어차피 윤상배가 정치에서 은퇴하겠다는 전제하에 써 준 것이 아닌가? 그라고 자네는 그 약속을 시방이라도 지키겠다고 이 자리에 앉아 있는 거여. 부면장 내 말이 틀렸남?"

"그, 글쎄유."

서정기는 이동하의 갑작스러운 질문에 밖에서 더 머물걸, 하고 후회했다. 침을 꿀꺽 삼키며 유철수를 바라봤다.

"만약 윤상배 후보가 경찰에 구속이 됐는데도 차용증서를 찢어 버리지 않으신다면, 저는 뭡니까?"

"나한테 약속을 지키겠다는 각서를 써 달라는 거 같은데, 밤이 늦었응게 어여 돌아가게. 나도 낼부터 부지런히 뛰어댕길라믄 슬슬 집에 들어가야겠구먼."

이동하는 유철수가 뛰어 봐야 벼룩이라고 생각하며 절반 정도 피우던 담배를 눌러 끄고 일어섰다.

밤 12시가 넘었는데도 불빛을 거리로 내몰고 있는 식당이며 주점들이 드문드문 보였다. 비틀거리며 거리를 오가는 사람들도 수가 적지 않았다.

서정기와 유철수는 이동하가 승용차를 타고 사라지는 모습을 지켜보았다. 승용차가 시야에서 사라지고 나서 약속이나 한 것처럼 서로의 얼굴을 바라봤다.

"내 생각에는 틀린 거 가텨."

서정기가 주머니에서 담배를 꺼내며 긴장한 얼굴로 속삭였다.

"이동하가 지금은 큰소리를 치고 있지만 굽히고 들어오게 되어 있습니다."

서정기의 목소리와 다르게 유철수의 목소리에는 비웃음이 배어 있었다.

"뭘 믿고 자신하는 거여?"

서정기는 이대로 집에 가면 잠이 오지 않을 것 같았다. 불이 켜져 있는 순댓국집 쪽으로 걸음을 옮기며 담뱃불을 붙였다.

"솔직히 말해서 이번에는 누가 될 것 같습니까?"

유철수가 걸음을 멈추고 서정기 앞을 가로막았다.

"아, 그걸 말이라고 묻는 거여. 시방 너도나도 윤상배를 찍겠다는 사람뿐이잖여."

"바로, 그 점입니다. 이동하가 시방은 큰소리치고 있지만 시간이 촉박해지면 제가 원하는 대로 끌려오게 되어 있습니다."

"그 인간이 쉽게 끌려올까? 난 솔직히 그 인간하고 같은 자리에 앉아 있는 것만으로도 소름이 돋아서 미치겠구먼. 그래서 하는 말인데, 앞으로는 이런 일에 자네 혼자 나섰으믄 좋겠어. 난 당최 겁이 나서 같이 못 있었어."

서정기가 순댓국집이 있는 쪽으로 걸음을 옮기다 말고 멈춰서 진저리가 난다는 얼굴로 유철수를 바라봤다.

"알았습니다. 제가 혼자 처리하죠."

유철수는 담담한 목소리로 대답하고 순댓국집을 바라봤다. 어두운 거리를 희미한 빛으로 핥아 내고 있는 순댓국집에서 와하하하하! 하는 웃음소리가 갑자기 터져 나왔다.

# 뛰는 놈 위에 나는 놈

서정기, 너는 유철수가 행동을 위태게 하느냐에 따라서 감옥에 갈 수도 있고,
차용증서에서 해방될 수도 있응께 입 꾹 다물고 가만히 앉아 있어.
유철수, 너는 내가 우습게 보일지 모르지만,
나는 여기 가만히 앉아 있어도
천상섭이 노름꾼이 아니라는 것을 훤하게 알고 있어.


노을이 고물상을 노랗게 물들이고 있을 무렵이다.

금순이 비닐봉지에 싼 김밥을 들고 고물상 안으로 들어섰다. 고물 분리작업을 하고 있던 짱구와 짝눈이 반갑게 인사하며 다가왔다.

"철용이는 안에 있능 겨?"

"아, 네, 부사장님 안에 계셔유."

짱구가 재빠르게 천막 앞으로 가서 문을 열며 말했다.

"느덜도 들어 와. 누나가 김밥 싸왔응께 먹고 일햐."

"히햐! 그렇지 않아도 배고파서 시방 가서 밥 먹고 와서 일을 더 하냐, 일부터 끝내고 밥 먹으러 가냐, 한참 고민하던 중이었슈."

짝눈이 듣던 중 반가운 말이라는 얼굴로 실장갑을 벗으며 따라붙었

다.

"누나가 웬일여?"

책상 앞에 앉아서 한 손으로 서류를 정리하고 있던 철용이 반갑게 일어섰다.

"응, 오늘 쫌 시간이 나길래. 김밥을 싸 왔구먼. 경훈이 오빠는 워디 간 겨?"

"오늘 즘심을 안 먹었더니 배가 고프다며 강릉식당에 밥 먹으러 갔구 먼. 누나가 김밥 싸왔다고 불러올까?"

"내비 둬. 시방 밥 먹고 있으믄 곤란하잖여. 어여 일루 와서 먹어."

금순이 빈 책상 위에 비닐봉지 안에 싸 가지고 온 김밥을 꺼냈다.

"아뉴, 우린 밖에 나가서 먹는 것이 편해유."

짱구가 짝눈에게 얼른 눈짓을 보내며 해해 웃었다.

"여기서 같이 먹지 그랴?"

"부사장님, 두 분이 맛있게 드셔유."

짝눈은 짱구가 왜 그러는지 이유를 알 것 같았다. 언제부터인지 철용이 금순을 바라보는 눈빛이 예사롭지가 않고, 철용을 바라보는 금순의 눈빛도 따뜻하기만 했다. 둘이 뭔가 할 이야기가 있어서 김밥을 싸 왔을 것이라는 생각에 손을 슥슥 비볐다.

"자식들, 별 고집을 다 피우는구먼."

철용이 짝눈과 짱구가 먹을 수 있을 만큼의 김밥을 덜어서 신문지에 싸 주었다.

"누나, 맛있게 먹을게유."

"오랜만에 엄마가 싸 주는 김밥 맛을 보게 됐네유."

짱구와 짝눈이 한마디씩 던지며 바쁘게 밖으로 나갔다.

"오늘 손님 읎어?"

"아침부텀 손님이 별로 읎네…… 이것 좀 먹어 봐. 이건 정구지 대신 미나리를 넣어서 아삭거릴 거여."

금순이 젓가락으로 김밥을 집어서 철용의 입에 넣어주며 말했다.

"난도 혼자 잘 먹을 수 있응게. 안 챙겨 줘도 괜찮여."

"철용아, 너 혹시 미장원에서 지내믄 안 되능 겨? 방 한 칸이 놀고 있잖여. 경훈이 오빠하고 같이 우리 집에 와서 같이 살아. 누나가 삼시 시 때 따슨 밥 해주고 할 팅게."

금순은 철용이 김밥을 맛있게 먹어 주니까 기분이 좋았다. 먹고 있는 김밥을 삼키기도 전에 또 하나를 집어서 입에 넣어주며 부드러운 눈빛으로 바라봤다.

"난 좋지만 경훈이 형한테 물어봐야지. 원래 경훈이 형은 남한테 신세 지는 거 안 좋아하잖여."

"어째서 우리가 남이여. 서울에서는 같은 도에서 왔다고 해도 남다르게 지내잖여. 우린 같은 군도 아니고, 같은 면도 아니고 같은 동리 사람들이잖여. 웬만한 일가집보다 더 가까운 사이란 말여. 너는 그렇게 생각 안 하능 겨?"

"시방 그걸 말이라고 하능 겨? 나야, 누나도 읎응게 금순이 누나를 친누나처름 생각하지. 나는 그렇게 생각하고 있었는데, 누나는 남처름 생각하고 있었구나?"

철용이 김밥을 꿀꺽 삼키고 장난스럽게 물었다. 김밥을 먹으려고 젓가락 끝을 책상 위에 탁탁 치고 있는데 금순이 얼른 김밥을 입에 넣어

준다.

"나는 우리 철용이보담 더 생각을 하믄 했지. 들 생각하지는 않았구면. 어쩔 때는 철용이하고 같이 사는 꿈도 꿔."

"차, 참말로?"

철용이 씹던 김밥을 억지로 삼키며 떨리는 목소리로 물었다.

"아, 아녀. 내가 시방 먼 야기를 하고 있는지 모르겄구먼."

금순이 철용의 목소리가 떨리는 것을 느끼고 황급하게 고개를 흔들었다.

"그, 그짓말이구먼. 난 진짠지 알고 좋아했잖여."

"아녀, 그짓말은 아니고 참말여. 내가 왜 철용이한테 그짓말을 하겄어. 진짜라니게. 그랑께 어여 김밥 많이 먹어. 맛은 없을지 모르지만, 철용이가 맛있게 먹어주었으믄 하는 생각에 정성껏 싼 거여."

"나는 누나가 해 주는 것은 머든 맛있어. 지난번에 비 오는 날 누나가 수제비 끓여 준 것도 참말로 맛있드라. 나는 그때까지 그렇게 맛있는 수제비를 먹어 본 적이 없었거든. 누나는 언지 그렇게 음식 맨드는 법을 배운 거여?"

"누나가 식모살이를 오래했잖여. 식모살이를 할라믄 쥔들 입맛에 맞게 음식을 맨들어야 하잖여. 쥔 아줌마한테 배우기도 하지만, 시장에서 만난 식모들끼리 서로 음식 만드는 법을 알켜주기도 하고……."

금순은 무심코 말하는 사이에 김우성의 얼굴이 떠올랐다. 눈물이 확 솟구쳐서 말하다 말고 양손으로 얼굴을 가리며 고개를 숙였다.

"누나, 김우성 그 새끼 생각나서 그라는 거지. 내가 그 새끼는 두 번 다시 생각하지 말라고 했잖여. 내가 누나를 지켜줄 모양잉께, 앞으로는 절대로 그 새끼 생각하지 말고 좋은 생각만 햐."

철용이 일어나서 금순이 옆으로 갔다. 한쪽밖에 없는 손으로 금순의 어깨를 부여안고 슬픈 목소리로 속삭였다.

"나, 나는, 그 인간…… 그 인간 땜시 애기도 못 낳잖여. 여자가 애기를 못 낳믄 여자도 아닝 겨, 철용이는 여자 맘을 몰라. 여자는 애기를 못 낳으면 사람 취급을 못 받는 거여……."

금순은 생각하면 할수록 설움이 복받쳐서 눈물이 멈춰지지 않았다. 철용의 팔에 안겨서 숨죽여 흐느꼈다.

"누나, 애기 못 낳으면 읎는 대로 그냥 살믄 되잖아. 나처럼 이렇게 팔 하나 읎는 사람도 열심히 살라고 노력하는데, 애기 좀 못 낳으면 어뗘. 애기 못 나는 거는 눈에 뵈는 것도 아니잖여. 세상에는 애기 읎이 사는 부부들이 을매나 많은데, 머가 걱정여……."

"나는 그것뿐이 아니잖여……."

"누나, 누나의 과거에 대해서 알고 있는 사람은 경훈이 형하고 나뿌게 읎어. 그라고 과거가 무슨 상관여. 앞으로 행복하게 잘 살면 다 잊어뿌려 지는 거여. 그랑께, 그만 울고 어여 진정햐."

"철용아!"

금순은 철용이 너무 고마웠다. 너무 고맙고 미안해서 자신도 모르게 철용을 꼭 껴안았다.

"누나……."

철용은 금순이 착 안겨 오자 자신도 모르게 한 팔로 껴안았다. 금순의 얼굴이 뜨겁게 얼굴에 와 닿았다. 여체의 뜨거운 입김이 얼굴을 덮는 순간 금순의 입술이 자신의 입술에 밀착되는 것을 느꼈다. 엉겁결에 금순의 입술을 애무하니까 금순이 눈을 번쩍 뜨고 바라봤다. 둘은 얼른 뒤로 떨어지면서 고개를 돌렸다.


신사복을 입은 남자 한 명이 고물상 안으로 들어섰다. 짱구와 짝눈은 고물을 정리하다 말고 남자를 바라봤다. 앞으로 봐도 뒤로 봐도 고물상과 전혀 어울리지 않는 스타일이다. 5백 원을 주면 입장하는 카바레는 지금까지 구경도 해 보지 못했다. 거기는 지금 이 신사복 사내처럼 쭉 빠진 남자들이 바람난 여자들을 꾀어서 돈을 뜯어내는 제비가 우글거린다고 한다. 신사복 사내는 말로만 듣던 카바레에서 여자들을 낚는 제비를 연상하게 했다.

"여기 사장이 장경훈이라는 분이십니까?"

짱구와 짝눈은 신사복 사내가 시선을 돌리는 순간 자신들도 모르게 움찔한 얼굴로 고물을 고르는 척했다. 그는 짝눈 앞으로 다가가서 부드럽게 물었다.

"맞는데유……"

짝눈이 잔뜩 긴장한 목소리로 경계의 눈빛을 보냈다.

"지금 저 안에 계십니까?"

"저, 안에는 부사장님뻮에 안 계시는데유."

짝눈은 사내의 목소리가 예상외로 부드럽게 흘러나오니까 긴장이 풀어졌다.

"그럼, 사장님은 언제 오십니까?"

"그, 글쎄유, 우린 모르고 부사장님이 알고 계실거유."

짝눈은 짱구에게 표정만으로 철용을 불러오라고 눈짓했다.

"부사장님이라면, 팔이 한쪽밖에 없는 그분을 말하는 겁니까?"

"그걸 워치게 알았데유?"

짝눈이 짱구가 천막 안으로 들어가는 모습을 지켜보며 반문했다.

"다 아는 수가 있습니다."

신사복 사내가 웃는 얼굴로 천막 앞으로 걸어갔다.

"어디서 오신 분유, 지가 부사장인데……."

신사복 사내가 천막 안으로 들어가려고 하는데 철용이 밖으로 나와서 버티고 섰다. 그 뒤에 금순이 고개를 숙이고 나와서 짱구의 얼굴을 제대로 바라보지도 않고 바쁘게 마당을 걸어갔다.

"누나, 김밥 잘 먹었슈."

"그, 그려. 맛도 읎는데 맛있게 먹어 줬다니께 고맙구먼."

금순은 짝눈의 시선을 피하며 쫓기듯 고물상을 빠져나갔다.

"처음 뵙겠습니다. 저는 이 지역 국회의원 후보로 나선 공화당 송태식 후보의 특별보좌관입니다. 이종신이라고 합니다."

이종신이 금순의 뒷모습을 얼핏 바라보고 나서 명함을 철용에게 내밀었다.

"그런데유?"

철용은 국회의원 특별보좌관이라는 직책도 생소하지만, 국회의원 특별보좌관이 저녁 무렵에 고물상을 찾아올 이유가 없다는 생각에 긴장한 얼굴로 반문했다.

"잠깐 안으로 들어가서 말씀 좀 나눌까요?"

이종신은 미소를 띤 얼굴로 천막 안을 가리켰다.

"짱구야, 강릉식당에 가믄, 경훈이 형 있을 겨. 저녁 다 먹었으믄 얼른 오라고 햐."

철용은 짱구에게 지시하고 나서 천막 문을 들췄다. 이종신이 안으로 들어간 다음에 뒤따라서 들어갔다.

"커피 한잔 하실래유?"

철용은 이종신에게 빈 의자를 권했다. 커피며 설탕이 있는 구석의 책상 앞으로 가며 물었다.

"아닙니다. 좋은 일 많이 하신다는 소문을 들었습니다."

이종신은 의자에 앉으며 천막 안을 둘러보았다. 밖에서 보았을 때와 다르게 천막 안 실내는 넓었다. 중앙에는 철거를 하지 않은 난로가 자리를 차지하고 있다. 책상이 두 개, 캐비닛도 몇 개 있고, 텔레비전이며 라디오에 냉장고도 있다. 베니어판으로 가로막은 반대편은 휴게실로 사용하고 있는 것처럼 보였다. 농촌에서 상경한 건달들이 떼로 모여서 재건대원들처럼 합숙을 하고 있을 것이라는 상상이 여지없이 깨지고, 동네 노인들이 장경훈과 김철용이라는 외팔이를 칭찬하는 이유를 알 것 같았다.

"좋은 일이라뉴?"

"일 년 전에만 해도 이 동네에 밤이면 건달들이 설쳐서 외출 하기가 무서울 정도였다고 하던데, 두 분이 말끔히 정리했다는 말을 들었습니다. 가끔 동네 노인 분들을 음식점으로 모셔서 식사 대접도 하고, 한 달에 두 번씩은 동네 청소도 한다는 말도 들었습니다."

"그기, 워티게 좋은 일이래유?"

철용은 자기 책상 앞에 앉아서 담배를 입에 물었다. 이종신의 나이는 서른을 갓 넘었거나 아니면 서른두 서너 살쯤 되어 보였다. 목소리가 나굿나굿한 것이 평생 입으로 먹고산 사람처럼 보였다. 철용은 대수롭지 않다는 표정을 지으며 담배를 입에 물었다. 라이터로 불을 붙이고 나서 이종신을 응시했다.

"아닙니다. 요즘처럼 먹고살기 힘든 세상에, 어른들을 대접한다는 게 보통 마음으로는 실천하기 힘든 일이라고 생각합니다. 더구나 청소 같은 것은 보통 마음으로는 실행하기 힘듭니다……"

이종신은 천막 문이 열리는 기척에 고개를 돌렸다. 가죽 재킷에 신사복 바지를 입은 남자가 들어왔다.

"날 보자고 했다고 하던데……"

경훈이 이종신의 아래위를 훑어보며 말꼬리를 흐렸다.

"형도 알고 있을지 모르겠구먼. 요번 선거에 나오는 공화당의 소, 송 머라고 했슈?"

철용이 갑자기 이름이 생각나지 않아서 이종신에게 물었다.

"처음 뵙겠습니다. 공화당 송태식 후보의 특별보좌관 이종신이라고 합니다."

이종신이 웃는 얼굴로 가볍게 인사하고 나서 경훈에게 명함을 내밀었다.

"우신 앉아유."

경훈이 이종신에게 앉으라고 손짓을 하고 전등불부터 켰다. 어둡던 실내가 환해졌다. 빈 의자를 끌어다 철용의 책상 앞에 놓고 앉았다.

"동네 어르신들 칭찬이 자자하더군요. 지역을 위해 좋은 일을 많이 하신다고 입이 닳도록 말씀하시더군요."

"우리가 먼 일을 했다고?"

경훈이 철용의 책상에 팔을 걸치며 철용에게 물었다.

"나도 몰라, 우리가 한 번씩 동네 으른들 모시고 식사 대접하잖여. 그라고 한 달에 두 번씩 동네 청소해 주잖여. 그걸 갖고 저라는 거 가텨."

철용이 담뱃재를 털면서 나도 이유를 모르겠다는 표정을 지었다.

"그 일 땜시 찾아온 거유? 무슨 신문에라도 낼라고 하는 거유? 그렇다믄 잘못 찾아왔슈. 우린 암 생각 읎이, 여기서 돈을 벌고 있응께 한 번씩 대접해 드린 거뿌에 읎슈. 동리 청소하는 거는 요새, 새마을운동이라는 거 있잖유. 우리가 여기 사람들이 아닝께, 청소라도 해서 새마을운동에 동참을 해주자, 머 그런 생각으로 시작한 거유. 그랑께, 신문에 나고 자시고 할 것도 읎다고 보는데……."

"송태식 후보님께서는 원래 검찰에 계시다 지금은 변호사 사무실을 개업하셨습니다. 그런데 이번에 봉천동 지역이 너무 낙후된 점이 가슴 아프시다며 국회의원에 출마하셨습니다."

"그래서유?"

경훈이 관심 없다는 표정으로 반문했다.

"경북 대구 출신인데, 봉천동은 제 이의 고향이나 같다고 생각하시는 분입니다. 그래서 고향의 발전을 위해 자기 한 몸 바치겠다는 각오로 출마하셨는데, 워낙 야당 세가 강한 지역이라서 지금 많이 힘들어 하십니다."

"안직 투표하는 날이 많이 남았응께 열심히 뛰시면 되겠네유. 이 동리도 신민당이며 민주당 운동원들이 자주 들락거리는 거 같던데……."

경훈과 다르게 철용이 호기심이 깃든 얼굴로 말했다.

"의원님이 출마하신 곳은 영등포갑 선거구입니다. 영등포 상도동, 흑

석동, 노량진, 봉천동, 사당동, 잠원동, 서초동, 양재동까지가 제 십육선
거구입니다. 후보님께서는 새벽부터 통금 전까지 뛰어다니시지만 워낙
지역이 넓어서 이쪽 봉천동 쪽에서 지원해 주실 분들을 찾고 계십니다.
지역 어르신들에게 여쭤 봤더니, 사장님하고, 부사장님이 이 동네에서는
신임을 받고 계시다며……."

"그랑께, 시방 우릴 보고 정치를 해 달라는 말유?"

경훈이 싱겁게 웃으며 철용을 바라봤다.

"여긴 신민당 지역유. 신민당 지역에 와서 공화당 선거운동을 해 달라
고 하면 되남유?"

철용이 담배를 끄면서 맥없이 웃었다.

"후보님께서 당선이 되시면 많은 도움을 주실 겁니다. 고물상 땅이 시
유지로 알고 있는데, 이 땅을 헐값에 불하 받게 해 줄 수도 있습니다. 두
분께서 원하면 더 좋은 조건을 들어줄 수도 있습니다."

"이 땅이 삼백 평유. 삼백 평을 싸게 주는 조건 말고, 또 뭔 조건을 들
어준다는 거유?"

경훈이 슬그머니 웃음을 감추고 물었다.

"형, 꿈 꺄. 원래 국회의원들은 선거 때는 간 쓸개까지 빼줄 것처럼
행동하는 사람들여. 당선이 됐다하믄 우리 같은 촌놈하고 말이나 섞겠
어? 그라고 보좌관님 누구한테 무슨 말을 듣고 우리를 찾아왔는지 모르
겠지만, 번지수가 틀렸슈. 우린 고물장사가 적성에 맞아유. 그랑께, 그
일 땜시 오셨다믄 헛걸음했슈."

철용이 일어서서 의수에 매달린 갈고리로 책상을 툭툭 치며 이종신을
바라봤다.

"똑같은 고물장사라도, 공장에서 나오는 고물을 취급하는 고물상하고, 리어카나 자전거로 수거를 해 온 고물을 모아 파는 고물상하고 격이 다른 거 아닙니까? 제가 볼 때 두 분은 엿장수들을 상대로 고물장사를 하기에는 배짱이 더 크신 분들 같습니다. 후보님이 당선되시면, 지금보다 매출액을 열 배, 아니 스무 배로 올려 주실 수 있습니다. 선거가 앞으로 보름밖에 남지 않았습니다. 보름 동안 열심히 선거운동을 해 주시면 이 땅에다 건물도 지을 수 있다는 뜻입니다."

이종신은 철용의 말을 한 귀로 흘려버렸다. 잘게 웃으면서 경훈과 철용을 번갈아 바라보았다.

"그람, 우리가 할 일은 머유?"

매상을 열 배로 올릴 수 있다는 말에 철용이 경훈을 바라봤다. 경훈이 다리를 꼬며 물었다.

"투표소에 들어가면 어떤 일이 있더라도 반드시 일 번을 찍으라는 말 몇 마디만 해 주면 됩니다. 봉천동을 발전시킬 수 있는 분은 일 번 송태식 후보밖에 없다. 뭐, 이런 식으로 선거운동을 해 주시면 됩니다. 그리고 이 돈은 오만 원입니다. 동네 사람들을 고물상으로 모아서 잔치 한번 하시죠. 돈이 부족하면 전화만 하십시오. 가능하면 선거를 사흘 정도 앞둔 날 하는 것이 좋을 겁니다."

이종신은 품에서 오백 원짜리 한 뭉치를 꺼내서 경훈의 손에 쥐어 주었다. 의미 있는 눈빛으로 바라보며 자연스럽게 경훈의 어깨를 툭툭 쳤다.

"좋아유. 우린 한번 하면 하는 승질잉께, 만사를 제쳐 놓고 선거운동을 해 볼께유. 그 대신 약속은 지킬 것으로 믿고 있겠슈."

경훈은 돈을 책상 위에 던졌다. 의식적으로 팔짱을 끼고 이종신을 노려보며 은근한 목소리로 속삭였다.

선거가 카운트다운을 시작하면 선거 사무실은 선거 전쟁의 실탄인 자금을 타러 온 브로커, 선거 초반부터 주야장천 술과 음식을 대놓고 먹는 전직 공무원, 이런저런 부탁의 언질을 받기 위해 후보자를 면담하려는 사람들, 일당을 받고 선거운동을 해 주는 사람들이며 정당원들까지, 마지막 피치를 올리기 위해 바쁘게 들락거리는 사람들로 대목장의 파장처럼 북새통을 이루기 마련이다. 그러나 이동하의 사무실은 맏며느리 집나가고 처음으로 맞는 제삿날처럼 썰렁하기 그지없었다.

사무실 가운데를 갈라놓은 길쭉한 테이블에는 여전히 맥주며, 소주에 음료수 병이 함부로 나뒹굴고, 돼지머리 누른 것에, 마른안주랑 과일 조각을 담은 접시도 마구잡이로 널려 있는데 선거운동원이나, 공화당 당원들은 여기저기 기운 없이 앉아서 멀거니 창문을 바라보고 있거나, 회의가 진행 중인 이동하 개인 사무실을 흘끗흘끗 바라보다 길게 하품을 하며 벽시계를 멀거니 바라보곤 했다.

이동하 사무실 안에는 사무장인 여도환을 비롯하여, 보좌관인 차승태며, 선거본부장, 조직부장, 청년부장, 부녀부장, 홍보부장, 대회 협력부장 등이 팽팽하게 사무실을 감돌고 있는 침묵의 그물을 뒤집어쓰고 있었다.

"선거는 삼 일밖에 안 남았는데 참말로 돌아버리겠구먼."

이동하는 바닥이 꺼져라 한숨을 내쉬며 일어섰다. 창문 앞으로 가서 뒷짐을 지고 밖을 바라봤다. 비까지 부슬부슬 내리고 있는 거리는 조용했다. 윤상배도 이미 판세는 판가름 났다는 판단 아래 돈을 풀고 있지 않은지 술에 취해 비틀거리며 삼삼오오로 몰려다니는 행인들의 모습도 보이지 않았다.

대관절 뭣 땜시 이렇게 형편없이 떨어진 거여.

송미향 또래의 여자가 하이힐을 신고 또각또각 아스팔트를 찍어내며 걸어간다. 스커트 밑으로 곱게 뻗은 장딴지가 서울 여자처럼 보인다. 평소 같았으면 한껏 치켜 올라간 엉덩이 쪽으로 시선이 옮겨 갔을 것인데, 뿌연 하늘로 시선이 올라간다. 아무리 생각해 봐도 윤상배에게 패할 요인을 분석할 수가 없었다. 지난달부터 풀기 시작한 선거자금만 해도 칠천만 원이 넘는다. 선거인으로 환산한다면 한 사람 앞에 천삼백 원꼴로 돈을 썼다. 돈으로 매수를 했어도 여론이 충분히 당선권 안에 든다는 말이 된다.

고무신이며, 세숫비누를 집집마다 돌렸어야 되는 거 아녀?

자고로 소금 먹은 놈이 물을 찾게 되어 있다. 돈은 돈대로 쓰고 표는 표대로 날아가 버렸다면, 동네의 구장이며, 관변단체의 회장이며, 무슨 친목회 회장 놈들이 돈을 풀지 않고 착복했을 지도 모른다는 생각이 들었다.

"어이, 선거본부장, 돈을 가마니로 풀었는데도 왜 표가 도망을 갔는지 설명 좀 해봐. 혹시, 중간에 배달 사고 난 거는 아녀?"

"아뉴. 그렇지 않아도 그 문제 땜시 지가 대여섯 동리를 무작위로 찍어서 조사해 봤슈. 그랬드니 의원님 덕분에 코가 삐틀어지도록 마셨다고 하대유. 어떤 동리는 단체로 읍내에 나와서 마셨대유."

선거본부장은 만고역적처럼 고개를 폭 숙이고 있다가 이동하가 묻는 말에 고개를 번쩍 들었다. 절대로 그런 일은 없다며 고개를 강하게 흔들었다.

"그람, 대관절 왜 죽을 쑤고 있는 거여? 시방 밥을 해도 했을 판국에 죽을 쑤고 있다는 것이 말이나 되는 거여?"

"지가 분석을 해 본 바에 의하면, 영동 사람들의 민심이 윤상배도 불쌍하니까 죽기 전에 국회의원 한번 시켜주자는 쪽의 동정심리가 팽배하게 굳어 있기 때문이 아닐까 하는……."

"얼어 죽을! 시방 조직부장님은 정치를 동정으로 한다는 것이 말이 된다고 생각하는 거유? 무장공비들이 사정 봐 줘 가면서 쳐들어온데유? 아니믄, 영동이 불쌍해 뵈이니게 정부나 도청에서 예산을 팍팍 밀어주는 거유?"

이동하는 선거본부장을 바라보면 저놈이 중간에서 돈을 제일 많이 가로챘을지도 모른다는 생각에 쳐 죽일 놈이고, 조직부장을 바라보면 저런 놈을 믿고 선거를 치르려했던 내가 한심한 놈이라는 생각이 들어서 홱 돌아섰다.

이대로 죽을 수는 읎어. 워티게 이 자리까지 올라왔는데 여기서 낙마를 한단 말여.

이번에 당선이 되면 4선 의원이 된다. 잘만 하면 상임위원회 위원장 자리를 꿰찰 수도 있다. 이 중요한 시점에서 낙마하면 또 다시 4년을 기다려야 한다. 단순히 4년을 기다리는 것으로 끝나는 것이 아니다. 그동안 각 기관이나 사회단체에서 무슨 행사를 할 때마다 윤상배의 초라한 모습을 수도 없이 많이 봤다. 경륜이나 재산이 많음에도 불구하고, 항상 군수나 경찰서장 다음에 축사를 한다. 어느 때는 우체국장이 먼저 축사를 하는 통에 행사 진행요원들에게 욕설을 퍼붓는 모습을 볼 때도 있었다. 그런 윤상배의 모멸 찬 눈빛을 감당하며 다시 4년을 기다려야 한다는 것은 끔찍한 고문이나 다름없다. 무엇보다 4년 후에도 재기에 성공한다는 보장이 없다. 정치를 계속하려면 수단과 방법을 가리지 말고 당선이 되는 길밖에 없다.

"의원님 전화 왔습니다. 사위분이십니다……."

인터폰 울리는 소리가 요란하게 침묵을 산산조각 냈다. 차승태가 얼른 전화를 받았다. 송미향이 고현수로부터 전화가 왔다는 말을 했다. 얼른 수화기를 들어서 이동하에게 내밀었다.

"아직 사흘이 남았슈. 투표는 개표함 뚜껑을 열어보기 전에는 하느님밖에 결과를 몰라유. 그랑께, 시방부텀이라도 심기일전해서 남은 사흘 동안 열심히 뛰어 봐유. 내가 당선만 되믄, 여러분들이 고생한 거 백배 이상 보답할 팅께. 오늘부텀 사흘 동안은 잠 잘 생각지 말고 젖 먹던 심까지 내서 뛰어 보란 말유."

이동하는 기다리던 전화라는 생각에 수화기를 손으로 막고 간부들을 모두 내보냈다. 마지막으로 차승태가 조심스럽게 문을 닫고 나가는 모습을 지켜보다가 수화기를 귀에 댔다.

"장인어른, 접니다."

"그려, 유철수 그놈이 진짜로 해낼 수 있것어?"

수화기를 귀에 대자마자 고현수의 긴장한 목소리가 흘러나왔다. 입안에 고여 오는 뜨거운 침을 꿀꺽 삼키고 나서 고현수의 말을 기다렸다.

"유철수 그 친구의 친구가 윤상배의 선거 사무실 회계로 일을 하고 있는 것은 맞습니다. 하지만 노름을 좋아한다는 말은 거짓입니다. 그리고 천상섭 그 친구하고 유철수는 세상에 둘도 없는 친구입니다. 지난번에 유진표가 갑자기 목숨을 끊었을 때 천상섭이 장례비 일체며, 모든 비용을 지불했을 정도입니다. 한마디로 피를 나눈 형제보다 친한 친구 사이라 볼 수 있습니다."

"젠장, 그람 배신을 할 이유가 없다는 말이구먼."

이동하는 책상 위에 있는 서류를 움켜쥐며 이를 갈았다.

"장인어른 너무 심려하지 마십시오. 제게 좋은 방법이 있습니다."

"조, 좋은 방법이 있단 말여?"

"네, 유철수의 계획을 역이용하는 방법입니다. 시간이 없으니까 오늘 당장 실행하셔야 합니다."

"그, 그려. 막판 뒤집기에는 시기상으로 딱 좋구먼. 어여 말해 봐."

이동하는 벼랑 끝에 서 있다가 미끄러지려는 찰나에 구세주를 만난 기분이었다. 자신도 모르게 엉덩이를 들썩거리며 수화기를 얼굴과 어깨 사이에 걸치고 종이 한 장을 끌어당겨 반듯하게 펴서 메모 준비를 했다.

전화를 끊고 난 이동하는 곧장 송미향을 불러서 서정기와 전화를 연결시키라고 지시했다. 너무 긴장이 돼서 그런지 목이 말랐다. 송미향을 불러서 인삼차를 가져오라고 할까 하다가 직접 밖으로 나갔다. 사무실 안에는 송미향과 여성 선거운동원 몇몇이 한가롭게 앉아 있을 뿐이다. 파장이 따로 없다고 생각하며 직접 주전자에 있는 물을 따라서 마시고 다시 사무실로 들어갔다.

소파에 앉아서 막 담뱃불을 붙이려고 하는데 인터폰이 울렸다. 송미향이 서정기와 전화가 연결됐다는 보고를 했다.

"부면장인가? 단도직입적으로 말하겠는데 말여. 유철수 그 친구가 원하는 대로 해 줄 모양잉께, 오늘 밤 열 시에 좀 만나야겠구먼. 워디서 만날까?"

이동하는 서정기가 전화를 받자마자 발등에 불이 떨어진 목소리로 빠르게 속삭였다.

"따, 딴 데로 가믄 소문이 날 수도 있응께, 열한 시 정각에 사무실로 가는 것이 워떨가 싶네유."

"좋아. 그럼 그 시간에 보세. 내가 딴말은 안 할 모양잉께, 그때 약속했던 대로 해 주믄 되는 거여."

"여, 여부가 있겄슈. 아까 봉께 철수 가가 시방 집에 있슈. 즌화 끊자마자 의원님이 말씀하신 대로 전해 줄 모양잉께, 이따 봐유."

"그려."

이동하는 짤막하게 대답하고 전화를 끊었다. 이어서 경찰서장에게 전화를 걸었다. 오늘 지구당 사무실에서 윤상배 의원을 빙자해서 협잡할 놈들이 오기로 했으니 비밀리에 현장에서 체포해 달라는 부탁을 했다.

"내일 술 한잔 사시는 겁니까?"

경찰서장이 척하면 삼척이라는 목소리로 숨죽여 속삭였다.

"술뿐유. 우리 서장님 원하시는 대로 죄다 해 줄 모양잉께, 입 무거운 형사 한 명만 보내줘유. 둘도 필요 읎응께."

이동하는 전화를 끊고 나서 인터폰을 눌러 송미향에게 소주 한 병과 안주를 가져 오라고 지시했다.

"의원님 너무 속상해 하지 마세요. 아직 결과는 모르잖아요. 저는 누가 뭐라고 해도 의원님이 당선될 것이라고 믿어요."

송미향이 소주와 안주를 테이블 위에 올려놓고 소파에 앉았다. 다방 아가씨처럼 쟁반에 오징어를 잘게 찢어 놓으며 풀이 죽은 목소리로 말했다.

"나한테는 송 비서뱀에 얿어. 여기 앉아 있는 이동하 절대로 쉽게 죽지 않구먼. 한잔 따라 봐."

이동하는 회심의 미소를 지으며 송미향 옆에 앉았다. 송미향이 기다렸다는 몸짓으로 이동하의 허벅지에 자신의 허벅지를 붙여 앉았다. 이동하는 송미향의 손을 조물락거리며 소주 한 잔을 달게 비웠다.

"나, 뭐 좀 생각할 것이 있구먼. 절대로 즌화 연결시키지 마."

이동하는 긴장을 하고 있어서 그런지 오늘따라 송미향이 더 예뻐 보였다. 밖에 여자 선거운동원들만 없다면 아작을 내고 싶었다. 슬쩍 스커트 밑으로 손을 밀어 넣어서 넓적다리 안쪽을 쓰다듬는 순간 송미향이 눈을 스르르 감았다. 순간 사고를 낼지 모른다는 생각에 점잖게 손을 빼고 스스로 잔을 채웠다.

밤이 늦어도 사람들이 연신 들락거리는 윤상배의 선거 사무실은 환하게 불이 밝혀져 있는데, 이동하의 사무실 앞에는 짙은 어둠이 고여 있었다.

"역시 배운 사람이 낫기는 낫구먼. 난 선거가 코앞에 다가오도록 소식이 얿길래, 이동하 그 인간이 당선을 포기하고 차용증서를 법원에 집어넣을 심산인가 보다, 생각하고 있었지 머여."

"정치는 마약하고 같다는 말을 못 들어 봤습니까? 한번 정치를 하면 사돈에 팔촌의 재산까지 말아먹은 뒤에야 정치를 포기한다고 하더군요."

유철수는 서정기가 어둠 속에서 하얗게 웃으며 하는 말에 코웃음을 치며 조심스럽게 출입문을 두들겼다.

"어여 들어 와."

문을 두들기는 여운소리가 채 가라앉기도 전에 달그락거리며 문고리 벗겨지는 소리가 났다. 이어서 문이 삐죽이 열리며 이동하가 고개만 내밀고 밖의 동정을 살폈다.

"번번이 밤늦게 만나게 되는구만유……."

서정기는 이동하가 더 이상 무섭지 않았다. 오늘 밤이 지나면 유철수는 기자회견을 하게 될 것이다. 기자회견이 끝나면 이동하의 정치 인생도 막을 내릴 것이라고 생각하며 고개를 꾸벅거렸다.

"술을 마시든, 사이다나 환타를 마시든, 뭐든 마실 텨?"

넓은 사무실에는 천장 가운데에 알전등 하나만 켜져 있어서 창문 쪽은 어두웠다. 이동하가 긴 테이블 앞에 앉으면서 낮은 목소리로 물었다.

"저는 소주 한잔 하겠슈. 자네도 한잔할 텨?"

"저는 환타나 한잔하겠습니다."

서정기와 유철수가 말을 주고받으며 이동하 건너편에 앉았다.

"내가 따라 줄까?"

이동하가 소주병을 들고 말했다.

"화, 황송해서."

서정기는 말과 다르게 거리낌 없이 소주잔을 내밀었다.

"딴 사람은 몰라도, 두 사람은 나를 찍겠지?"

유철수가 목이 마른지 연거푸 환타 두 잔을 비웠다. 다시 한 잔을 채우고 나서 이동하에게 시선을 돌렸다. 이동하가 스스로 자신의 잔에 소주를 따르며 물었다.

"다, 당연하쥬."

"자네는?"

이동하가 유철수에게 짤막하게 물었다.

"저는 의원님을 당선시키려고 이 자리에 왔습니다. 그 대신 지난번에 말씀드린 것처럼 차용증서를 제 앞에서 찢어버리셔야 합니다."

"요새 밤을 새워 가며 선거운동을 했더니, 정신이 오락가락하는구면. 내가 차용증서를 찢어버린다면, 워틱한다고 했지?"

이동하가 천천히 소주잔을 비우고 나서 유철수에게 물었다.

"지난번에 말씀드린 것처럼 제 친구를 노름판으로 불러내서 함정을 파겠습니다."

"워티게?"

"형사들을 불러내서 잠복시킨 다음에 윤상배 후보가 누군가에게 돈을 주도록 연출하게 만들 겁니다. 그럼 현장에서 금권 선거로 선거법 위반 혐의로 구속될 겁니다. 후보가 구속된다면 선거 결과는 더 이상 볼 필요가 없는 것 아니겠습니까?"

"방법은 좋은데, 시간이 읎잖여. 이틀밖에 안 남았는데 언지 어디서 워티게 하겠다는 거여. 일단 성공하면 차용증서를 찢어 버리겠네. 명색이 이 나라 국회의원인데, 설마 자네를 속이겠는가?"

이동하는 마음속으로 회심의 미소를 지으며 천천히 낚싯줄을 늘어트렸다.

"저는 의원님을 믿을 수 없습니다. 최소한 제가 일을 성공하면 차용증서를 찢어버리겠다는 각서는 써 주셔야 합니다."

"참말로 나를 못 믿겠나?"

이동하는 유철수가 더 이상 빠져나갈 수 없을 정도로 낚싯바늘을 물

119

었다고 생각하며 물었다.

"각서를 써 주신다면 윤상배 후보를 분명히 낙마시킬 자신이 있습니다."

유철수는 이동하가 써 준 각서를 역이용할 생각이었다. 내일 이동하에게 전화를 해서, 만약 차용증서를 돌려주지 않으면 기자회견을 하겠다고 협박하는 것이 첫 번째 순서다. 두 번째는 사진기로 찍은 각서를 들고 기자회견을 하는 것이다. 그렇게 된다면 그렇지 않아도 여론이 곱지 않게 보는 이동하를 완전히 매장시킬 수 있다고 생각하며 잔기침을 했다.

"자네가 날 정 못 믿겠다면, 자네가 원하는 대로 각서를 쓰게. 그럼 밑에다 내가 내 이름을 쓰고 지장을 찍을 모양잉게."

이동하도 긴장이 돼서 잔기침을 했다. 미리 준비해 두었던 백지와 볼펜을 내밀었다. 짐짓 낭패한 표정을 지으면서 소주병을 끌어당겼다. 서정기 놈은 유철수를 단단히 믿고 있는지 싸가지 없이 빈 잔을 채울 생각도 하지 않고 있다.

"부면장도, 유 군이 일을 해낼 수 있다고 믿고 있능 겨?"

이동하가 서정기도 옭아 넣겠다는 욕심으로 물었다.

"아이구, 지가 말씀을 드렸잖유. 야하고, 윤상배 후보 선거 사무실에서 회계를 보는 천상섭하고는 둘도 없는 아삼육유. 야 말이라믄 팥으로 된장을 쑨 데도 믿는 아랑께유. 야 말이라믄 노름판으로 끌어들이는 것은 식은 죽 먹기유."

서정기는 더 이상은 그 지긋지긋한 차용증서 때문에 밤잠을 설치는 일이 없을 것이라고 생각하니까 즐거워서 견딜 수가 없었다. 이동하 앞에 있는 소주병을 끌어당겨서 잔을 채우며 자신 있게 떠들었다.

"여기 있습니다. 이 밑에 의원님 성함을 쓰시고 지장을 찍어 주십시오"

유철수도 서정기와 같은 생각이었다. 한 가지 더한다면 드디어 이승을 떠돌고 있을 아버지가 저승으로 안심하고 갈 것을 생각하니 가슴이 뭉클했다. 이동하에게 각서를 내미는 손이 미세하게 떨리는 것을 느끼며 침을 삼켰다.

"이, 인주가, 저 안에 있응께 쪼금만 기달려."

이동하는 각서를 받는 순간 윤상배의 운도 끝났다고 생각했다. 마음속으로 갈갈갈 웃으면서 '국회의원 이동하'라는 팻말이 붙어 있는 사무실 문을 열었다.

"이 형사, 시방까지 저 새끼들이 쥐새끼처럼 쥐끼는 말을 다 들었지?"

유철수와 서정기는 이동하가 문을 열고 누구에겐가 하는 말을 듣는 순간 깜짝 놀라며 벌떡 일어섰다.

"여부가 있겠습니까. 당장 현행범으로 체포하겠습니다."

이동하 사무실 안에서 씨름선수 출신의 여도환과 이 형사, 차승태가 앞다투어 뛰어나와서 유철수와 서정기를 에워쌌다.

"당신들이 지은 죄를 알겠지? 국회의원 선거법 위반에, 사기범으로 체포한다."

이 형사가 미리 준비를 해 가지고 온 수갑 두 개를 꺼내서 하얗게 질려 있는 서정기와 아직도 영문을 파악하지 못해 어리둥절한 유철수의 손목에 수갑을 채웠다.

"이 형사, 경찰서에 끌고 갈 때는 가드라도 잠깐 이 쥐새끼들하고 야기할 시간 좀 줘."

이동하는 미리 계획을 해 두었던 대로 여도환에게 눈짓을 보내고 자기 사무실을 향해 성큼성큼 걸어갔다.

"의, 의원님, 주, 죽을죄를 졌습니다.

여도환이 서정기와 유철수의 뒷덜미를 움켜잡아 앞으로 밀어서 사무실로 데리고 들어왔다. 이동하는 여도환을 밖으로 내보내고 소파에 앉았다. 서정기가 바닥에 철퍼덕 무릎을 꿇고 앉으며 머리를 조아렸다.

"유철수! 똑똑히 들어. 넌 머리가 좋은 놈잉께 니 신세가 앞으로 워티게 될 것이라는 점을 잘 알고 있을 겨. 니 두 놈 모두 날 속여 먹을라고 계획한 걸 생각하믄 몇 년 동안 콩밥을 멕여서 인생 종치게 만들고 싶구먼. 하지만 인생이 불쌍해서 딱 한 번만 기회를 주겠어."

유철수는 너무 어이없이 반전된 지금의 상황이 꿈속을 걷고 있는 것 같은 기분이었다. 그러나 고개를 숙여서 묵직하게 와 닿는 금속의 차가운 감촉을 느끼는 순간, 이동하의 계략에 걸려들었다는 생각이 들었다.

"머, 머든지 말씀만 하세유. 가, 감옥에만 안 가게 해 주신다믄……
이, 이천만 원짜리 차용증서도 써 줄 수 있슈."

"서정기, 너는 유철수가 행동을 워티게 하느냐에 따라서 감옥에 갈 수도 있고, 차용증서에서 해방될 수도 있응께 입 꾹 다물고 가만히 앉아 있어. 유철수, 너는 내가 우습게 보일지 모르지만, 나는 여기 가만히 앉아 있어도 천상섭이 노름꾼이 아니라는 것을 훤하게 알고 있어. 니 애비 장례식 비용도 천상섭이가 지불했다는 것도 알고 있어. 그래도 내가 우습게 보이는 거여?"

"아, 아닙니다."

유철수는 천상섭이 장례비를 지불했다는 사실을 떠들고 다닐 친구가 아니라는 점을 알고 있었다. 그럼에도 이동하가 그 사실을 알고 있었다니까, 너무 쉽게 봤다는 생각에 눈물이 터져 나올 것 같았다.

"내 말 똑똑히 들어. 나는 너하고 천상섭의 우정으로 볼 때 당장 오늘 밤이라도 천상섭을 만나서 낼 중으로 윤상배를 낙마시킬 능력이 있다고 봐. 만약 내 생각이 틀렸다믄 여기서 너하고 나하고 야기는 끝난 겨. 그라고 만에 하나라도 니가 밤 기차를 타고 도망가버린다믄, 니 에미는 이불가게 내놓고 걸어지 신세가 될 겨. 너는 물론 전국에 수배령이 내려지면 한 달 안에 감옥 신세를 지게 될 거여. 그 점은 내가 장담하지. 서정기 너도 똑같은 신세가 될 겨. 그랗게 위탁할 겨?"

"처, 철수야, 어여 대답햐. 안 그람 우리 둘 다 감옥 가면 인생 종쳐. 나야 나이나 먹었지만, 너는 안 그렇잖여. 어여 대답햐. 어여!"

서정기가 수갑을 찬 손으로 유철수의 손을 잡고 눈물을 철철 흘리면서 사정했다. 유철수는 모든 것을 체념한 얼굴로 고개를 끄덕거렸다.

# 서울 사람들

팔봉이 위험을 감수하고 오만 원씩 번다면,
자신은 가만히 앉아서 오만 원씩 착착 들어오게 된다는 결론이다.
세상은 어차피 속이고 속는 세상이다.
자신도 어쩌면 평화시장의 수집상에게 속고 있을지도 모른다는
생각이 들어서 쓰게 웃었다.


팔봉은 지난겨울에는 연통소제부로 한철을 보냈다. 새벽에 솔이 달린 철사줄과 그을음을 담을 마대를 지고 나가면 보통 천 원은 벌었다. 아침으로 50원짜리 해장국과 점심 때 짜장면이나 담뱃갑을 합산하면 비용이 150원에서 200원은 나간다. 날이 너무 추우면 잔 소주 몇 잔에 따끈따끈한 오뎅이나 홍합을 먹는 날도 있다. 그러면 8백 원이 남는다.

하루 8백 원 가지고 서울 살림은 힘이 든다. 그럭저럭 견딜 수가 있는 것은 재수가 좋은 날은 월급쟁이들 보너스를 받는 것처럼 4천 원 이상 버는 날도 드물지 않기 때문이다. 게다가 요꼬기술자가 된 아내와 희순이가 한 달에 만 원 정도는 벌어 오는 덕분에 집도 방 두 칸짜리를 얻어서 천호동으로 이사했다. 희재는 저 혼자 한 칸을 차지하고, 희순은 풍

납동에서처럼 부엌 위에 있는 다락방에 둥지를 틀었다.

겨울이 가고 봄이 오면 연통을 청소하는 집이 없어서 개점휴업이다. 그렇다고 놀 수는 없었다. 작년에는 채소 장수를 했었다. 컴컴한 새벽에 일어나서 리어카를 끌고 광나루 다리를 건너 왕십리에 있는 중앙시장에서 각종 채소를 도맷값으로 떼다가 천호동이며 성내동, 풍납동을 돌아다니며 파는 일이다.

채소 장수는 평균적으로 하루 오십 리 이상은 걸어야 하는 중노동인데다, 김장철이 아니고는 하루 평균 천 원을 번다. 게다가 삼륜차로 장사하는 사람들하고는 경쟁을 할 수가 없었다.

삼륜차로 채소를 파는 사람들은 한꺼번에 리어카로 실을 수 있는 양의 두세 배를 적재할 수 있는 데다, 하루 몇 번이라도 왕복할 수 있어서 싸게 팔았다. 리어카로 팔고 있다가 멀리 삼륜차에서 '싸고 싱싱한 배추나 무를 싸게 팔아유. 싱싱한 물외나 호박이 왔슈'라는 확성기 소리가 들려오면 다리에 맥이 빠져서 그날 장사는 물먹기 일쑤다.

올해는 일찌감치 채소 장사를 포기하고 거적 장사를 시작했다. 천호동과 성내동 공장지역에는 소규모의 직물공장이 많다. 광목을 짜는 공장이 가장 많고, 털실로 밍크이불 천을 만드는 공장도 많다. 부가적으로 염색공장이며, 수건을 만드는 공장도 십여 곳이 넘는다.

광목을 짜려면 실이 있어야 한다. 광목이며 모든 천을 짜는 실을 원사(原絲)라고 한다. 종이실패에 타원형으로 감은 원사는 비닐에 담겨 있다. 방직공장에서 그것을 백 개씩 포장하는 재료가 거적이다. 거적을 둥글게 말아서 새끼로 꿰매고, 반으로 자른 거적으로 아래를 새끼로 꿰매면 자루처럼 된다. 뚜껑도 같은 방법으로 꿰매어 방출한다. 거적은 가마니보다 훨씬 많은 양을 넣을 수가 있고, 가마니보다 가격도 싼 데다 가벼워서 사용하기가 편한 까닭이다.

거적은 직물공장의 공장장이나, 기술자들에게 막걸리 값이나 주고 그냥 가져 오거나, 한 장에 이십 원씩 사 온다. 그것을 천호동에 널려 있는 연화공장에 사십 원씩 파는 일이다. 연화공장에서는 기계로 찍어 낸 황토 벽돌을 불에 굽기 전에 햇볕에 말릴 때 덮개용으로 사용한다. 직사광선에 건조하게 되면 황토가 금이 가고 갈라지기 때문이다.

팔봉은 목이 타는 것 같은 갈증에 눈을 떴다. 밥을 하러 나간 아내의 자리는 비어 있었다. 자리끼로 떠다 놓은 주전자를 들어서 물을 마셨다. 어제 얼마나 술을 마셨는지 집에 들어온 기억도 나지 않고 바지를 그대로 입은 채 잠이 들었다.

그는 주머니를 뒤져서 들어 있는 돈을 꺼냈다. 어제는 천호연화에 거적을 오백 장이나 납품했다. 이십 장씩 묶은 거적을 리어카에 실어서 두 번에 걸쳐 실어다 주고 이만 원을 받았다. 만 오천 원은 은행에 저금하고 오천 원은 장사 밑천으로 가지고 있었다.

요대로만 간다믄 몇 년 안가서 집을 살 수 있겠구먼.

거적을 천호연화에 납품하고 시간이 남아서 거래처 몇 군데를 들려서 리어카로 한 대분은 수거해 왔다. 일주일에 한 번씩 수거하러 가는 한양직물에서는 횡재를 했다. 거적을 버려두는 창고 구석에 누군가 직기 부품인 마모된 기어를 다섯 개나 버렸다. 그것을 거적에 싸서 가져와 고물상에 팔아서 이천 원이나 벌었다.

"일어났슈? 어지는 먼 술을 그릏게 많이 마셨데유. 요새는 하루 걸러 하루씩 고주망태가 된다니께."

팔봉은 문이 열리는 기척에 자신도 모르게 돈을 움켜잡았다. 아내 박장옥이 방으로 들어오면서 투덜거렸다.

"어지 수지 맞았구먼. 그래서 오랜만에 풍납동 정 씨하고 한잔했구면."

"먼 수지를 맞았길래?"

박장옥은 다락으로 올라가서 희순을 깨우고 내려왔다. 밖으로 나가다 말고 돈을 헤아리고 있는 팔봉을 바라봤다.

"한양직물에 가서 무시로를 서른 장 샀잖여. 공장장한테 돈을 지불하고 무시로를 리어카에 실다 봉께, 무쇠로 된 기아 깨진 것을 다섯 개나 내버렸드라고 얼싸 좋다 가지고 와서 고물상에 갖다 주고 이천 원이나 받았잖여."

팔봉은 지금 생각해 봐도 기분이 좋아서 잠기가 덕지덕지 묻어 있는 얼굴로 웃었다.

"그런, 돈이 있었으믄 돼지괴기라도 두어 근 끊어 가지고 와서 집식구들 찌리 맛있게 먹을 생각은 안 하고, 정 씨가 먼저구먼. 정 씨는 요새 뭐 한데유? 언진가 봉께 빡스를 리어카에 잔뜩 실고 풍납동 쪽으로 가든데……."

"빡스 장사할 때 봤구먼. 그 장사도 괜찮댜. 가게나 공장 같은 데서라면 빡스나, 과자 빡스를 사다 모아서, 한 차가 되믄 동대문 시장 같은 데로 넘기는 모낭여. 워쩔 때는 십 원씩도 사고, 또 어디서는 오 원도 주고 해서 팔 때는 십오 원씩 넘기는 모낭여. 하지만 요새는 빡스 장사 안 하고, 고물상을 차렸댜. 빡스 장사가 무시로 장사보담은 깨끗하기는 하지만 돈은 들 되지."

팔봉은 돈을 바지 주머니에 집어넣고 손바닥으로 툭툭 쳤다. 살에 와 닿는 지폐의 감촉이 짜릿하기만 하다.

박장옥이 아침상을 들고 들어왔다. 희수는 세수를 하는 둥 마는 둥 교복을 입고 밥상머리에 앉았다.

"오빠는 고등학교 이 학년이나 됨서, 멋 낼 줄도 몰라."

일찍 일어나서 박장옥을 도와 아침 준비를 한 희순이 수저를 들면서 희수를 바라본다. 아직 잠이 덜 깼는지 부스스한 얼굴에 콧잔등만 고양이 세수를 한 흔적이 남아 있다.

"아부지 이번 주 공일날도 무시로를 꿰매야 해요?"

희순의 말을 무시해 버린 희수가 팔봉에게 물었다. 거적으로 원사를 포장할 때 밑바닥과 위를 덮었던 절반짜리 거적은 돈을 지불하지 않고 그냥 얻어 온다. 그것을 가는 새끼줄로 이어서, 멀쩡한 거적 사이에 드문드문 넣어서 판다. 희수는 거적 조각을 꿰매는 것은 어렵지 않았다. 하지만 거적 조각을 집에 지고 와서 꿰매는 것이 아니다. 거적을 쌓아 두는 야적장 앞에서 꿰매다 보면 또래 여학생들이 수시로 지나간다. 그때마다 창피하고 부끄러워서 얼굴을 돌리기 일쑤였다. 그 점이 싫을 뿐이다.

"어, 콩나물국이 시원하구면."

희수의 속마음을 꿰차고 있는 팔봉은 두 손으로 콩나물국 그릇을 들었다. 얼큰한 콩나물국을 마셨더니 머리가 맑아지는 기분이다.

"무시로 한 장만 꿰매믄 돈이 사십 원여. 열 장만 꿰매믄 사백 원이 그냥 들어오잖여. 하루 종일 워디 쏘댕기다 오는 것보담, 집에서 무시로를 꿰매믄 하루 일당을 벌 수 있는디, 또 워딜 갈라고?"

"기말고사가 얼매 안 남았잖요. 친구들하고 학교 가서 시험 공부하기로 약속했는데……"

"기말고사를 볼 때가 됐다믄 중간고사는 이미 봤다는 야기 아녀. 중간고사 보고 나서는 통신표 안 내주냐? 내가 알기루는 통신표에 학부형 도장을 찍어 간다는데, 당신이 나 모르게 찍어 줬남?"

팔봉은 오늘따라 콩나물국이 너무 시원하고 얼큰했다. 해장으로 소주 한 잔 했으면 딱 좋겠다고 생각하며 혼잣말로 중얼거렸다.

"언지유. 자, 고등학교 들어가고 나서 통신표는 꼬라지도 못 봤슈."

"엄마가 나는 어떤 일이 있더라도 대학은 가야 한다고 안 했어?"

궁지에 몰린 희수가 반격에 나섰다.

"요새는 대학을 나와야 사람 행세를 하는 겨. 고등학교를 나온 사람보다 대학을 나온 사람이 월급도 훨씬 많다고 하드라. 그라고 딴 사람은 몰라도 너는 희순이를 생각해서라도 꼭 대학에 가야 햐. 희순이가 너 땜시 학교도 포기하고 손가락에 물집이 생기도록 요꼬를 짜고 있잖어. 니가 대학생이 되야, 희순이도 고생한 보람이 있단 말여. 내 말 무슨 말인지 알겠지?"

팔봉은 묵묵히 밥을 먹었다. 박장옥이 너 마침 말 잘했다는 얼굴로 수저를 들고 있던 손을 내리고 훈계조로 말했다.

"대학을 갈라믄 첫째로 공부를 잘해야 하잖여."

"그려, 그람 기말고사 끝날 때까지는 아부지 일 도와줄 생각하지 말고 열심히 공부나 햐. 그 대신 요번에 기말고사 끝나고 나서는 통신표 꼭 가지고 와야 한다. 약속할 수 있지?"

"예……."

희수는 팔봉이 다짐을 놓는 통에 힘없이 대답했다. 속으로는 마음 편하게 거적이나 꿰매고 용돈이나 얻을 걸 하는 후회가 들었다.

팔봉은 집 근처에 있는 무시로 야적장으로 향했다. 오늘 하루도 더울 모양이다. 8시가 안 됐는데도 바람이 후덥지근하다.

야적장은 삼천 평이 넘은 토관공장 귀퉁이 백여 평이다. 그동안 스무 장씩 묶어 쌓아 놓은 거적을 비닐로 덮은 다음에, 비닐이 날아가지 않도록 밧줄로 묶어 놓았다. 한 무더기는 언제든 납품할 수 있도록 다듬어 놓은 것이고, 그보다 높이가 작은 것은 작업을 해야 할 것들이다.

"해장 한잔할까?"

팔봉이 비닐을 벗겨 내고 있는데 이십여 미터 옆에서 거적 장사를 하는 공 씨가 다가왔다. 공 씨는 벌써 비닐을 다 벗겨 낸 뒤였다.

"나쁘진 않쥬."

팔봉은 공 씨 소개로 무시로 장사를 시작했다. 충남 당진이 고향인 40대 중반의 공 씨는 팔봉이 똥을 같이 푸던 정 씨와 같은 면 소재지 사람이다. 정 씨를 통해 알게 된 공 씨는 거적 장사로 번듯한 건평 이십오 평짜리 양옥집 한 채를 산 인물이다. 팔봉은 기분 좋게 대답하고 납품용 비닐부터 벗겨 냈다. 비닐을 벗겨 내니까 공 씨가 기다렸다는 얼굴로 비닐의 반대 끝을 잡고 뒤로 물러섰다.

"어지는 재미 좀 봤어?"

팔봉과 공 씨는 길이가 십여 미터에 넓이가 오 미터쯤 되는 비닐을 양쪽으로 잡아서 이슬을 툭툭 털었다. 공 씨가 비닐을 반으로 접으며 물었다.

"요새 늘 그려유."

팔봉은 반으로 접은 비닐을 또 반으로 접었다. 넓이가 일 미터쯤 될 때까지 접은 다음에 공 씨 앞으로 걸어갔다.

"암만해도 겨울만큼은 덜하지. 직물공장이 야근을 많이 해야 무시로가 많이 나오잖여."

"암만해도 겨울에 광목을 많이 쓰니께, 그렇겠네유."

팔봉은 비닐 두 뭉치를 항상 놓아두는 곳에 갖다 두고 나서야 실장갑을 벗었다. 야적장 근처에는 토관공장 직원들이며, 근처에 있는 고물상, 채소 장수 등이 이용하는 포장마차가 있다.

포장마차 주인은 장을 보러 갔는지 보이지 않았다. 그래도 누군가 와서 술을 마시라고 어묵 솥에서는 김이 모락모락 나고 있다. 공 씨가 팔봉의 의사를 묻지 않고 진열장에 있는 소주 한 병을 꺼내왔다. 팔봉은 그 사이에 국자로 어묵 국물을 그릇에 뜨고 어묵 몇 꼬치를 담았다.

"내가 존 거 하나 알켜 줄까?"

공 씨가 포장마차 앞에 선 채로 술잔을 들고 마른입맛을 다셨다. 눈을 감으며 쭉 잔을 비우고 나서 어묵 꼬치를 들며 속삭였다.

"뭔데유?"

팔봉도 공 씨처럼 서 있는 자세로 술잔을 단숨에 비웠다. 그렇지 않아도 아침에 콩나물국을 먹으면서 소주 한 잔이 간절하던 참이었다. 반 병 분량의 소주가 달짝지근하게 목을 적시는 것을 느끼며 반문했다.

"거래처 중에 술잔이나 나누는 공장장들이나 기술자들이 있어?"

공 씨가 비로소 의자에 앉으며 물었다.

"그야 많쥬. 거래처 안 뺏길라믄 수시로 소주며, 막걸리를 한 잔씩 사줘야 하잖유. 직공들이 열댓 명 되는 짝은 공장은 공장장하고 한 잔씩 하는 편이고, 직기가 백 대가 넘는 큰 공장은 공장장을 만날 짬이 되남 유. 담당 기술자나 반장하고 저녁에 만나 한 잔씩 해유. 그렇게 저렇게 인연을 맨들어 놔야, 낯모르는 사람들한테 무시로를 안 넘기잖유."

팔봉이 나도 그 정도 거래처 관리는 하고 있다는 표정을 지으며 어묵 꼬치를 들었다.

"무시로 사다 보믄 가끔 포장도 벗기지 않은 원사가 나올 때가 있지?"

"실이 나빠서 그란지 워째서 그란지는 모르겠지만 절반이나 삼 분의 일 정도 사용하고 버린 원사 뭉탱이들이 하루에 서너 개씩 나와유. 그건 모아 두면 실장사가 보름에 한 번꼴로 와서 저울로 달아서 사 가유."

"봉지도 안 뜯고 사용 안 한 새 거는?"

"그것도 같이 섞어서 팔아유. 암만해도 사용을 안 한 거라서 무게가 더 나가잖유."

팔봉은 취기가 얼큰하게 올라오는 것을 느끼며 주머니에서 담배를 꺼냈다. 공 씨에게 먼저 담배를 권하며 말했다.

"시방부텀 내가 하는 말 똑똑히 들어"

팔봉은 공 씨의 말에 담뱃불을 붙이려다 말고 고개를 들었다.

"자네가 무시로 장사를 시작하고 나서 시방까지 완제품을 몇 개나 본 거 가텨?"

"글씨유. 완제품을 누가 잘 버리남유? 무시로 자루 속에 한두 개 남아 있는 걸 모르고 그냥 버리는 걸 어쩌다 한 번씩 주서 왔응께, 한 달에 대여섯 개가 되는지 몰라."

"두 달에 열 개씩은 본다는 말이구먼."

"지가 무시로를 가져오는 공장이 열 군데는 됭께, 그 정도는 된다고 봐아쥬.”

“면사가 두 종류로 나온다는 거는 알고 있겠지?”

“그건 알고 있슈. 한 달에 두 번 우리 집에 들러서 원사를 사 가는 사람이 면사에는 이십삼 수가 있고 그것보다 굵은 삼십 수가 있다고 하대유.”

23수는 방직공장에서 실을 짤 때 제일 처음 만든 아주 가는 가닥이, 23가닥으로 된 것을 말하고, 30수는 30가닥으로 된 것을 말한다. 실의 굵기에 따라서 광목천이 두껍고 얇아진다. 팔봉이 호기심 어린 눈빛으로 공 씨를 바라보며 말했다.

“이십삼 수 완제품을 나한테 가지고 오믄 내가 개당 이백 원을 쳐주겠네. 삼십 수는 이백이십오 원을 쳐주고.”

“저울로 달아서 돈을 쳐주는 것이 아니고, 개당 쳐준단 말유?”

팔봉은 마음속으로 얼른 계산을 해봤다. 열 개면 이천 원이라는 말이 된다. 적지 않은 돈이라는 생각에 얼큰하게 취기가 오른 눈빛으로 공 씨를 바라보며 침을 삼켰다.

“내가 시방 말했잖여. 저울로 달아서 금을 쳐주는 것이 아니고, 개당 쳐준다고 말여.”

“근데, 그 야기를 왜 인지 하시는 거유? 진작 말해 줬으믄 그동안 손해를 안 봤잖유. 얼릉 계산해 봐도, 저울로 달아서 팔아 치운 완제품이 서른 개는 넘는데. 서른 개믄 이백 원씩 잡아도 육천 원이라는 야기가 되는데…….”

“자네, 봄에 참외가 익는 거 봤남. 오늘따라 술이 땡기는구먼.”

공 씨는 일어서서 소주 한 병을 더 꺼내왔다. 어묵 꼬치를 이용해서 뚜껑을 열면서 팔봉을 바라봤다.

"참외야 여름에 먹는 과일이쥬. 봄에 먹는 것은 살구나 복숭아 같은 거고……."

공 씨가 술병을 내밀었다. 팔봉은 오늘 오전에 거적을 수거하러 가기는 틀렸다고 생각하며 술잔을 내밀었다. 오늘 수거하지 않고 내일 수거하러 간다고 해도, 공장 쓰레기장 옆이나 창고 구석에 있는 거적이 도망가지는 않을 것이라고 생각하며 공 씨를 바라봤다.

"내 말이 바로 그 말여. 자네도 술잔이나 나눌 공장장이나 기술자들이 생겼응께 인지서 내가 말해주는 거여."

공 씨는 처음과 다르게 소주잔을 절반 정도만 마셨다. 어묵을 우적우적 씹으면서 팔봉을 바라봤다.

"저는 도시 무슨 말인지 모르겠구먼유. 무시로 안에 들어 있는 완제품은 공장장이나 기술자들하고 술 마시는 거하고는 아무런 상관도 읎슈. 그건, 그냥 누구나 가도 주서 올 수 있는 물건이잖유."

"이래서 조선말은 끝까지 들어 봐야 하는 거여. 내 말 잘 들어 봐. 공장장이나 기술자들하고 술 한잔할 기회가 있으믄 말여, 조용하게 원사 좀 빼돌릴 수 있느냐고 물어봐. 열이면, 열 그거 빼돌려서 뭐 할 거냐고 물을 겨. 그람, 아는 사람 일가가 평화시장에서 봉제 공장을 하는데, 거기 준다고 말하란 말여."

"평화시장이라믄 작년 십일월 십육일에 전태일이라는 청년이 몸에 석유를 뿌서 분신자살을 했다는, 거길 말하는 거유?"

"난 날짜는 잘 모르지만 작년 십일월 십육일에 어떤 청년이 자살을 했다고 하드만. 자네는 워티게 그리 잘 안다?"

"우리 집 희순이가 즈 어머하고 요꼬 공장에 댕기잖유. 가들 사이에는 전태일이라는 청년이 영웅이래유, 머라고 했다고 하드라? '근로기준법을 준수하라! 우리는 기계가 아니다!'라고 구호를 외쳤대유. 온몸에 불이 붙었는데도 그런 말을 할 수 있는 거는 보통 사람이 아니잖유. 더 놀랜 건 병원에 실려가 죽어감서 즈 어머한테 머라고 유언을 남겼는지 알아유?"

"그걸 내가 워티게 알아?"

공 씨가 소주잔을 비우고 화제가 삼천포로 흘러가고 있다고 생각하며 물었다.

"아, 글씨. 즈 어머한테 '어머니 내가 못다 이룬 일을 어머니가 대신 이뤄주세요.'라는 말을 남기고 죽었다잖유."

"이왕, 평화시장 말 나온 김에 한마디 충고해 주지. 노동운동이 먼지 알기나 알고 말하는 거여?"

"우리 희순이가 그러는데, 저는 도급제라서 일을 한 대로 돈을 받지만, 월급쟁이들은 원래 법으로 하루 여덟 시간만 근무를 하게 되어있다고 하대유. 사장이 일을 더 시킬라믄 돈을 별도로 더 줘야 한다능규. 근데 평화시장에서 일하는 아들은 평균적으로 하루에 열네 시간씩 일을 해도 돈을 더 주지 않는대유. 그런 노동자의 권리를 찾는 것이 노동운동이라고 하대유."

"내가 알기로는 노동운동은 빨갱이들이 하는 짓여. 자네 하루 여덟 시간씩 일해서 먹고살 수 있남?"

"형님두 참, 저는 월급쟁이가 아니잖유."

팔봉은 얼굴이 빨갛게 달아오르는 것을 느끼며 밖을 바라봤다. 9시가 아직 안 된 시간일 텐데도 햇볕이 무시로 야적장 공터를 노랗게 비추고 있다.

"내가 볼 때 자네 딸내미도 노동운동의 물이 든 거 가텨. 절대로 공장 같은 데 취직시키지 말고, 시방처름 도급제로 일하는 것이 장차 시집가는 데 지장이 읎어."

"노동운동을 하믄 시집을 못 가남유?"

"노동운동하다 까닥 잘못하믄 감옥 가기 딱 좋잖여. 어느 집안에서 감옥 갔다 온 전과자를 며느리로 받아들이겄어. 그릏게만 알고 내 말대로 하는 것이 좋아. 내 말 무슨 뜻인지 잘 알겄지?"

"알았슈. 아까, 평화시장에 사는 일가한테 실 갖다 준다는 핑계를 대라고 했슈?"

포장마차 주인이 양손에 자루 한 개씩을 들고 왔다. 공 씨가 소주병 두 개를 들어 보이고 나서, 먹고 난 어묵 꼬치 여섯 개를 들어 보였다. 포장마차 주인이 알겠다는 표정을 지으며 자루를 내려놓고 땀을 닦았다.

"그려, 그걸 그냥 달라고 하믄 어떤 놈이 그냥 주겄어. 하지만 개당 백 원씩 쳐준다고 하믄, 생각이 달라질 겨. 열 개면 천 원 아녀. 솔직히 말해서 원사를 열 개 빼돌렸다고 해서 표시 나겄어? 그냥 파사가 많이 나와서 버렸다믄 그만이잖어."

포장마차 주인이 다시 햇볕 속으로 파고들었다. 공 씨가 포장마차 주인의 뒷모습을 바라보며 작은 목소리로 말했다.

"열 개면 천 원, 한 달에 오십 개만 빼돌려도 오천 원이네."

"직공이 오십 명 넘는 데는 한 달에 백 개쯤 빼돌려도 표시가 안 나. 백 개면 만 원이지. 짝은 공장의 공장장 월급이라고 해 봤자. 이만 원 넘겄어? 오천 원이믄 작은 돈이 아니지. 월급은 한 푼도 손대지 않고 집에 갖다 줄 수 있다는 말이 나오잖여."

"하긴, 희순이가 즈 어머허고 한 달 쎄빠지게 일해 봤자, 돈 만 원 제우 벌어 오는데 오천 원은 짝은 돈이 아니쥬. 하지만 그건 도둑질이잖유."

"이런 젠장, 그기 어쩨 도둑질여. 자네 입으로 아까 말하지 않았어? 대한민국 법에 월급쟁이들은 하루 여덟 시간만 근무하게 되어 있다고 말여. 하지만 직물공장에서 여덟 시간 일하는 데 봤어?"

"죄다 주야로 열두 시간씩 일하쥬. 그랗게 형님은 그 정도 빼돌리는 건 죄가 아니라, 수당을 받는 거다 이거쥬?"

"자넨, 안직 고생을 들 해봤구먼. 서울에서 내 집 한 칸 마련하는 것이 민화투 치다가 초단 나는 거하고 같은 줄 알아?"

공 씨가 한심하다는 얼굴로 팔봉을 바라보던 시선을 거두고 바지 뒷주머니에서 실장갑을 꺼내서 손가락에 꼈다.

"개당 백 원씩만 남아도 열 개믄 천 원, 열 군데서 열 개씩이믄 만 원씩 떨어진다는 야기네유."

팔봉은 공 씨가 서울 바닥에 집을 산 이유를 알 것 같았다. 갑자기 온몸에 짜르르 전류가 흐르는 것 같은 전율에 사로잡혔다. 순식간에 입안에 뜨겁게 고여 오는 침을 삼키고 조용히 물었다.

"일주일에 만 원여. 한 달이믄 사만 원에서 오만 원이 떨어진다는 거지."

공 씨는 대수롭지도 않다는 표정으로 말하며 하늘을 바라봤다. 하늘이 너무 파래서 눈이 부셨다. 팔봉이 위험을 감수하고 오만 원씩 번다면, 자신도 가만히 앉아서 오만 원씩 착착 들어오게 된다는 결론이다.

세상은 어차피 속이고 속는 세상이다. 자신도 어쩌면 평화시장의 수집
상에게 속고 있을지도 모른다는 생각이 들어서 쓰게 웃었다.


둥구나무거리에는 면사무소에서 실어다 준 시멘트 사백여 포가 적재
되어 있었다. 방천길에서 둥구나무로 들어오는 길은 박태수의 논 쪽으
로 열 자 정도 넓혀서 돌로 제방을 쌌다. 길과 제방 사이에는 경운기며
리어카로 또랑에서 흙을 파다가 채우는 공사가 진행되고 있었다.

"찬찬히 햐. 어채피 오늘 해전에는 못 끝냐."

황인술은 경운기를 운전한다는 핑계로 또랑가의 흙을 퍼서 경운기 적
재함에 실지 않았다. 밀짚모자를 벗어서 부채질을 하며 땀투성이로 삽
질을 하는 동네 사람들을 바라본다. 둥구나무 밑에는 막걸리가 단지에
두 말이나 넘게 남아 있다. 남정네들이며 아낙들은 흙을 실어 나르는 틈
틈이 막걸리를 마셔서 하나같이 얼굴이 벌겋게 익었다.

"길 포장하고 담에 할 일은 뭐유?"

남자 다섯 명이 부지런히 삽질을 했더니 금방 경운기 적재함을 채웠
다. 오 씨가 삽을 잔디에 박아 놓고 황인술 옆으로 왔다.

"시방부텀 시작여. 동리 공동 퇴비장도 져야 하고, 봉산댁 집 앞에 있
는 빨래터도 현대식으로 맨들어야 하고, 의원님 댁으로 올라가는 비탈
길로 쎄맨을 입혀야 햐."

황인술은 경운기 엔진 옆으로 갔다. 능숙하게 시동모터를 돌려서 엔
진을 가동시켰다. 의자에 앉아서 손잡이를 잡았다.

"공동 퇴비장을 맨든다는 거는 그룹다 처유. 멀쩡한 빨래터를 왜 쎄맨
으로 떡칠을 한다는 거유?"

"암만해도 쎄맨으로 빨래판을 맨들어 놓으면 빨래를 하기 쉽잖어. 물도 잘 빠지게 맨들어 놓으면 샴가도 깨끗해지고……."

황인술은 경운기를 출발시키며 앞쪽을 바라봤다.

"그걸, 올 여름에 다 맨들어 하는 거유?"

오 씨는 이동하 집으로 가는 길을 왜 우리가 포장해야 하느냐는 말은 차마 할 수가 없었다. 얼굴의 땀을 닦으며 황인술에게 물었다.

"빠르면 빠를수록 좋겠지."

황인술은 능숙하게 방천길 위로 올라갔다. 동네로 들어가는 진입로에는 아낙네들 이십여 명이 땅을 고르거나, 길을 넓힌 곳에 흙을 채워 놓고 있거나, 돌을 주워 나르고 있다. 천천히 서행으로 운전해서 흙을 채워야 할 지점에서 정지했다.

"구장, 날도 더운데 한잔하고 찬찬히 햐."

변쌍출이 둥구나무 밑에서 태극선으로 한가하게 부채질을 하고 있다가 불렀다.

"아침부텀 왔다 갔다 함서 계속 마셨더니, 배만 잔뜩 부르고……."

구장은 말과 다르게 입맛을 다시면서 둥구나무거리 쪽으로 슬슬 걸어갔다.

"밤중에 한잔해유."

봉산댁이 수박 크기의 돌멩이를 들고 가깝게 다가왔다. 옆으로 지나가면서 빠르게 속삭였다.

"그랴."

봉산댁은 변쌍출을 바라보며 입술만 달싹거리는 것으로 대답했다. 요즘은 예전처럼 학산의 태화루나 그릿고개의 뽕밭이나, 돈이 있을 때 영동의 여인숙을 이용하지 않는다. 광일네가 곯아떨어진 시간이나, 학산에 출타했다가 돌아오는 길에 봉산댁의 집에 가서 살을 맞대고 있다.

"아까 구장 또랑가에 흙 실러 갔을 때 우체부가 왔다 갔구먼."

변쌍출이 단지에 떠 있는 표주박으로 막걸리를 퍼서 황인술에게 내밀며 말했다.

"팔봉이한테서 취직문제 땜시 온 편지라믄 걱정 안 해도 돼유. 의원님이 당선되셨응께, 언지 저하고 영동 한븐 같이 나가유."

황인술은 표주박을 들고 너럭바위에 앉았다. 박평래가 말없이 옆으로 물러나 앉으며 끙! 하고 한숨을 내쉰다. 이동하의 지시로 땅을 내놓기는 했지만 속으로는 열불이 날 것이라고 생각하면서도 모르는 척했다.

"내가 알기루는, 의원님한테 더 이상 취직 말 땜시 찾아가지 말라는 말 같든데⋯⋯."

순배 영감이 큼! 하고 잔기침 끝에 말했다. 그는 나이가 들면 더위도 비켜가는지 다른 이들과 다르게 소매가 긴 저고리를 입고 있는데도 덥지가 않았다. 부채질을 하고 있는 변쌍출이 오히려 이상하게 보일 지경이었다.

"그람 취직을 했단 말유?"

황인술은 변쌍출에게 이동하를 만난 날 만 원 받은 것을 비롯해서 이미 이만 원을 챙겼다. 이건 무슨 개 풀 씹어 먹는 말이냐는 표정으로 순배 영감을 바라봤다.

"취직한 것이 아녀. 초봄부터 꺼적 장사를 시작했는데, 벌이가 수월찮다. 하루에 돈 천 원은 우습게 번다고 하드만. 며느리하고 손녀도 한 달에 돈 만 원 이상은 착착 벌어 오고 해서, 취직 할 맘이 눈꼽맨치도 읎다능 겨."

변쌍출은 황인술에게 준 이만 원을 모두 돌려받지는 못하더라도 만 원은 받고 싶었다. 더 이상 취직을 하고 싶지 않다는 점을 강조하고 황인술의 눈치를 살폈다.

"잘됐구먼유. 의원님께서 그냥 공장 같은 데 취직시켜 주신다고 한 것도 아니고, 은행이나 법원 같은 데 경비 자리를 알아보고 계신 것 같은데, 낼이라도 학산 나가서 즌화를 넣어야겠구먼유. 팔봉이 한 달에 삼만 원씩 착착 벌고 있어서 취직 같은 거는 쳐다보지도 않는다고 말어유."

"아여, 구장 시방 은행이나 법원 같은 데 경비라고 말했남?"

변쌍출은 법원이나 은행 경비 자리를 알아보고 있다는 말에 할 말을 잃어버렸다. 이거, 괜히 내가 말을 잘못했나, 후회하고 있을 때 순배 영감이 놀란 얼굴로 물었다.

"아따, 영감님. 의원님이 사선 의원님유. 요번 전반기 때는 기회가 안 됐지만, 후반기 때는 무슨 상임위원장이 되실 수도 있대유. 그런 분이 제우 연줄만 있으믄 개나 소나 다 들어가는 공장 같은 데 취직시켜 주겄슈?"

황인술은 일부러 변쌍출을 바라보지 않았다. 표주박에 들어 있는 막걸리를 달게 비우고, 상규네가 담아 온 총각김치 한 개를 들었다. 무를 덥석 깨물어 먹으며 들판을 바라본다. 땅내를 맡아서 팽팽하게 서 있는 모들이 바람이 불 때마다 연초록 파도가 되어 일렁거린다.

"형님 내가 생각해 봐도 구장 말이 맞는 거 가튜. 광일이나 상규를 정식 공무원으로 맨들어 줬던 분이 또 당선됐잖유. 지난번에 모산에 내려오셨을 때 인사를 갔었잖유. 여기, 구장하고 둘이서 말유. 그때 하신 말씀이 우리나라에 있는 국회의원 중에 연달아 네 번 당선되신 분이 및 명 안 된다고 하대유. 그랑께 무슨 감투를 써도 쓸 수가 있다고 하시드라구유."

박평래는 아들과 며느리가 새마을운동을 하려면 땅을 내놓는 것이 당연하다고 찬성했지만, 이동하의 말이 아니었다면 눈에 흙이 들어가는 한이 있더라도 땅을 내놓지 않을 생각이었다. 길을 열 자씩 넓히는데 들어간 논이 못 해도 오십 평은 되었다. 이동하 제 땅이었으면 어림도 없었을 것이라고 생각하며 은근히 미워하고 있던 중이었다. 황인술이 이동하를 들먹거리는 말을 듣고 나니까, 내가 언제 이동하를 미워했느냐는 얼굴로 순배 영감을 향해 돌아앉았다.

"팔봉이 아부지, 참말로 팔봉이 취직할 생각 읎는 거쥬?"

황인술이 입술에 묻은 고춧가루를 손등으로 닦으며 변쌍출을 바라봤다.

하여튼, 나는 주딩이가 빨라서 되는 것이 읎어…….

변쌍출은 얼른 대답할 수가 없었다. 편지대로라면 응당 취직을 포기해야 한다. 하지만 황인술 말대로라면 취직을 하는 것이 백번 났다. 법원과 은행은 아무나 들어갈 수 없는, 돈 있고 권세 있는 사람만 드나들 수 있는 성역 같은 곳이라는 공통점이 있다. 그런 곳에 아침에 출근할 수 있다는 것만으로도 대단히 출세한 것이라는 생각이 들었다.

"아! 내동 말했잖여. 난도 편지를 읽어 봤는데, 직물 공장에서 나오는 꺼적을 거저 주서다 파는 장사를 하는데 꽤 쏠쏠한 모냥여. 한 달에 못 벌어도 삼만 원을 번다니께. 여간한 공무원 월급 두 배 아녀. 게다가 내 장사니께, 비 오고 눈 오는 날은 내 맘대로 쉴 수도 있응께 여간 좋아?"

"알았슈. 낼이라도 만사를 제쳐 놓고 학산 나가서 즌화를 할 팅께 그쯤만 알고 있어유."

황인술이 순배 영감이 말하는 동안 가만히 듣고만 있다가 단정적으로 말했다.

"아따, 구장은 먼 승질이 그릏게 급햐. 우리 팔봉이가 취직 안 한다는 말을 난중에 한다고 해도, 그놈이 쉬거나 물러터지는 것이 아니잖여. 술이나 한잔 더 하고 찬찬이 생각 좀 해 보자고"

변쌍출이 내가 마냥 강 건너 불구경하고 있을 때가 아니라는 생각에 황인술이 마신 표주박을 들고 막걸리 단지 앞으로 갔다.

"그런데 윤상배 그 사람은 왜 선거 하루 전에 포기했댜. 이번에는 솔직히 의원님보다 그 사람이 될 확률이 많았던 걸로 알고 있었는데."

장기팔이 길게 하품을 하고 나서 눈꼬리에 매달린 눈물을 닦으며 말했다.

"의원님 말씀으로는, 윤상배 그 사람 아주 나쁜 사람이라고 하드만"

박평래는 너럭바위 위에 두 다리를 얹어 양반다리를 했다. 상규네가 주전자를 들고 가는 걸 보니까 공동우물에서 시원한 물을 떠 가지고 가는 것 같았다. 오줌도 거름이라는 생각에 학산 삼거리부터 십 리 길을 걸어와서 집 변소를 이용하는 상규네. 그런 상규네가 동네를 위해 길을 넓혀야 한다며 박태수보다 먼저 앞장서서 땅을 내놓아야 한다고 주장하는 이유를 알 수가 없었다.

"에이, 뭔가 잘못 알고 있구면유, 영동에 사는 우리 시훈이가 그라는데, 영동 읍내 사람들은 물론이고, 황금면이며 상촌 저쪽 사람들은 죄다 윤상배 표였다고 하대유. 그런 사람이 머가 답답해서 나쁜 짓을 하겄슈."

"기팔이 자네 술 너무 마신 거 아녀? 자네 말대로 당선이 된 거나 마찬가지인 사람이 그럼 머 할라고 돈을 쓰겄어."

"돈을 쓰다뉴? 그 사람이 부자라는 건 알고 있지만, 머가 답답해서 돈을 쓴 데유?"

"이래서 서울 안 가본 사람이 서울 가본 사람을 고집으로 이긴다는 말이 나온 겨. 윤상배 그 사람이 영동에서 무슨 모임 회장한테 선거 때 꼭 좀 찍어 달라고 현금으로 삼십만 원을 주는 현장을 딱 들켰다는 겨."

"누구한테 딱 들켜유?"

"저도 태수 아부지하고 같이 들었잖유. 의원님 말씀은, 형사들이 사전에 무슨 정보를 입수하고 돈을 주는 술집 근처에 숨어 있었다고 하대유. 돈을 주는 현장에서 붙잡혔응께, 구속영장이고 나발이고 필요 읎이 바로 체포됐잖유. 그래도 이동하 의원님 같으신 분은 읎슈. 의원님이 워티게 그 소식을 아셨는지, 경찰서에 선거법에 걸리는 것은 읎던 일로 해달라. 나이께나 드신 분이 워티게 감옥살이를 하시겄냐. 그냥 후보 사표를 내는 것으로 일단락 짓자, 라고 사정을 해설랑 그릏게 해서 하루 전에 후보직에서 물러난 거라고 하대유."

황인술은 경운기를 바라봤다. 경운기 적재함에 실려 있는 흙을 모두 퍼냈다. 슬슬 가서 경운기를 끌고 또랑으로 가야 한다. 그전에 변쌍출에게 다짐을 받아 두어야 할 말이 있다. 막걸리를 마신 표주박을 단지에 띄워 놓고 변쌍출 앞으로 갔다. 변쌍출의 허리를 밀면서 김춘섭의 집 앞으로 갔다.

"팔봉이 아부지, 팔봉이가 취직을 하겄다는 거유, 아님 말겄다는 거유.

그걸 확실히 말해줘유. 그래야 날 의원님한테 즌화를 하든지 말든지 하쥬. 하긴, 취직을 안 하겠다고 해도 취직하는 데 쓰시라고 준 돈을 돌려주시지는 않을 겨……."

"머여, 그람 벌써 돈을 드렸단 말여?"

변쌍출은 황인술이 속삭이는 말에 놀란 얼굴로 반문했다.

"무슨 말씀을 하시는 거유? 딴 데도 아니고 법원이나 은행 경비로 취직을 시켜주신다고 하는데, 맨입으로 부탁을 하라는 거유? 요 앞전에 팔봉이 아부지하고 의원님 사무실에 갔을 때 드렸다고 했잖유."

"아, 아니. 그기 아니고……."

"설마, 취직이 안 되면 돈을 돌려 받으실라고 그란 거는 아니쥬?"

"그, 그람. 워티게 의원님한테 드린 돈을 돌려받겠어. 살다 보면 난중에 또 부탁할 일이 있을 건데."

"괜히, 의원님한테 취직 부탁하면서 돈 썼다는 소문내면……."

"구장은 사람을 워티게 보고 그런 말을 하는 거여. 이 변쌍출이 그런 돈 있어도 살고 읎어도 사는 사람여. 그랑께, 취직 문제는 찬찬히 생각해 보자고 알겄지?"

"하여튼 팔봉이 아부지는 사람 곤란하게 맨드는 데 선수라니께."

"아따, 난중에 내가 술 한잔 살 팅게 너무 서운하게 생각하지 마."

변쌍출은 억지웃음을 지으며 황인술의 등을 툭툭 치고 돌아섰다. 팔봉이는 취직을 안 할 것이 분명하고, 생돈 이만 원을 날린 것을 생각하면 몇 날 며칠은 잠을 제대로 못 잘 것 같다. 하지만 팔봉이가 돈을 잘 번다는 것으로 위안을 삼을 수밖에 없었다.

이주희는 택시가 포천 시내를 벗어나는 순간부터 계속 바깥만 바라봤다. 도로 양쪽으로 있는 논이며 밭이 사라지는가 했더니 택시는 산길로 접어들었다.

"아직도 멀었어요?"

이주희가 양쪽을 번갈아 바라보며 물었다.

"십 분 정도만 가면 됩니다. 그리고 나올 때는 어차피 택시를 타야 하니까 전화를 주세요. 그럼 총알처럼 달려오겠습니다."

운전사가 갑자기 생각났다는 얼굴로 명함을 등 뒤로 내밀었다.

"부대가 있는 곳에는 동네가 없나요?"

"거긴 허허벌판입니다. 부대밖에 없어요. 외박이나 외출을 나갈 때는 걸어서 십 리 길을 나와야 합니다. 아니면 외박 나오는 군인들끼리 택시를 불러서 나오는 방법밖에 없어요."

"부대에서 트럭에 태워서 포천 시내 정류장까지 태워다 준다고 하던데요?"

"아, 제대하는 군인들한테는 그렇게 하는 거 같습니다. 하지만 거의 걸어 나온다고 보면 됩니다."

운전사는 자신도 모르게 백미러로 이주희를 바라봤다. 예쁘장하게 생긴 아가씨는 대학생이거나, 막 대학을 졸업한 것 같았다. 군대에 있는 남자 애인 면회를 가는 여자치고는, 김밥이며 튀김닭이나, 떡이며 과자 같은 것도 없이 달랑 핸드백만 들고 있다.

"면회 신청하면 보통 몇 분 만에 만날 수 있나요?"

"작전 중이거나 비상시가 아니라면 한 시간 정도 기다리면 나옵니다. 요즘은 비상시가 아니니까 넉넉잡아 한 시간 정도 기다리면 될 겁니다."

"그럼, 한 시간만 기다려 주실래요? 대기료는 드릴게요."

"나쁠 거 없죠. 대기료는 많이 받지 않겠습니다. 저도 아들이 지금 원주에서 근무하고 있습니다."

"고마워요."

택시가 부대 앞에 도착했다. 부대 앞에는 면회 오는 가족들이 타고 온 것처럼 보이는 자가용 몇 대와 택시 몇 대가 주차해 있었다. 이주희는 부대 정문 안으로 보이는 연병장이 무척이나 쓸쓸해 보인다고 생각하며 택시에서 내렸다.

"일단 위병소에 가서 면회 신청을 하고, 저 옆에 있는 면회실에서 기다리면 됩니다."

택시 운전사가 운전석 유리를 내리고 이주희 등 뒤에서 말했다.

이주희는 면회실 쪽으로 가려던 걸음을 옮겨 위병소 쪽으로 갔다. 위병소에 가서 진규가 알려준 부대 이름하고 소속이며 이름을 신청서에 기재했다. 면회 신청자에는 이주희라고 써서 신청한 후에 면회실로 들어갔다.

면회실 안에는 면회를 온 가족들과 군인들이 섞여서 음식을 먹고 있었다. 튀김닭 다리를 게걸스럽게 먹는 군인과 마주 앉은 가족들은 먹을 생각을 안 하고 군인만 바라보고 있었다. 김밥을 싸 가지고 온 가족도 있었고, 바나나며 사과, 파인애플 등 과일을 테이블 위에 펼쳐 놓은 가족도 있었다. 면회실 한쪽에 자리 잡은 매점에서 구입한 음료수며 빵을 같이 먹고 있는 남녀도 보였고, 중절모에 두루마기를 입고 지팡이를 짚고 있는 노인과 며느리로 보이는 중년 여자 가족도 있었다.

"할아부지가 맨날 꿈에 니 얼굴이 뵈인다고 하두 재촉을 하는 머리…

…”

“할아버지, 저 건강합니다. 제대가 석 달밖에 안 남았으니까 걱정 푹 놓으세요. 엄마가 차려 주시는 밥은 쌀알 한 톨도 남기지 마시고 드세요. 그래야 이 손자가 제대하고 이다음에 결혼해서 증손주를 안겨 줄 수 있잖아요.”

“그려, 나는 우리 손자 얼굴을 봤응께, 몇 달은 넉넉히 기다릴 수가 있구먼.”

중절모를 쓴 노인은 고개를 끄덕거리며 기특하다는 표정으로 손자 얼굴에서 시선을 떼지 못했다.

“왜 외박을 안 시켜 주는데?”

“지난주에 외박 나갔었다고 했잖아.”

“지난주에 외박 나가서 어떤 년하고 있었어?”

“어떤 년하고 있긴. 동기들하고 오락실에서 밤늦게까지 오락하다 여인숙에서 자고 귀대했는데.”

“언제부터 오락을 배운 거야? 자기 그런 거 싫어하잖아.”

“너도 군대 와 봐. 오락이 얼마나 재미있는지 알게 될 테니까.”

“좌우지간 나 자기 바람피우는 거 못 보는 성질인 거 알지.”

“어이구, 자기는 화낼 때가 더 이쁘더라.”

이주희는 옆자리에서 티격태격하는 대화를 못 들은 척하고 창문 앞으로 갔다. 토요일 오후라 그런지 연병장은 비어 있었다. 울타리 쪽으로 군용 트럭 10여 대가 정차해 있었다. 그 앞에 총을 어깨에 멘 군인이 천천히 왔다 갔다 하고 있었다. 단층으로 된 막사 앞에는 태극기와 부대기가 땡볕 밑에서 펄럭거리고 있다.

진규 씨?

군인 한 명이 면회실 쪽으로 걸어오는 모습이 보였다. 얼른 밖으로 나가서 면회실 쪽으로 걸어오는 군인을 지켜봤다. 모자를 쓰고 군화를 신은 차림이다. 막사 근처에 있는 다른 군인들은 군화가 아닌 통일화를 신고 있었다. 이주희는 가슴이 떨리는 것을 느끼며 두 손을 깍지 끼고 기도하는 모습으로 군인이 얼굴을 보여주길 기다렸다. 진규였다. 진규가 맞다는 생각이 들면서 무슨 죄를 지은 것처럼 가슴이 덜컹 내려앉았다.

"제대가 몇 개월 안 남았는데……."

진규가 위병소를 통해 밖으로 나왔다. 이주희 앞으로 다가와서 어색하게 웃으며 말꼬리를 흐렸다.

"어머! 대전에서 아침 일찍 출발해서 고생 고생해서 면회 온 사람에게 고맙다는 말은 안 하고 핀잔부터 주네?"

이주희는 진규의 말에 설레던 마음이 하얗게 녹아 버렸다. 면회를 온 것이 아니고 대학 캠퍼스에서 만난 기분이 들어서 입술을 삐죽거렸다.

"미안, 너무 반가워서 한 말잉게. 이해햐."

진규가 괜히 모자를 벗었다가 쓰며 활짝 웃었다.

"그렇지. 내가 오니까 반갑지? 지금 외출 나온 거야? 아니면 외박 나온 거야?"

이주희는 기분이 급상승 되는 것을 느끼며 진규의 팔짱을 얼른 꼈다. 택시가 있는 곳으로 걸어가며 소녀처럼 통통 튀는 목소리로 물었다.

"외출 나올라고 그랬는데……."

"그랬는데?"

이주희가 걸음을 멈추고 울상을 짓는 얼굴로 진규를 바라봤다.

"이 선배가 너무 서운해서 대전까지 울고 갈 거 가텨서, 중대장님한테 졸라서 외박시켜 달라고 그랬구먼."

"잘했어. 김 병장. 내가 오늘 김 병장한테 한턱 쏜다. 먹고 싶은 것이 있으면 뭐든 말해."

이주희는 택시 안으로 진규를 밀어 넣었다. 그의 옆에 앉아서 손잡고 쉬지 않고 재잘거리기 시작했다. 진규는 말없이 웃거나, 그렇구먼, 그려? 좋았겠구먼, 이라고 짧게 짧게 대꾸하며 그녀가 하는 말을 듣고만 있었다.

"난도 도시 사람 다 된 거 가텨. 외박을 나옹게 커피가 생각나는구먼. 우리 커피부터 마시면서 무얼 먹을까 생각해 보믄 안 될까?"

"오늘부터 내일까지 진규 씨가 나의 왕자님이시니까 뭐든지."

이주희는 택시에서 내리자마자 커피숍을 찾아서 두리번거렸다. 멀지 않은 건물 2층에 커피숍이 보였다.

"요즘도 열심히 시 써?"

진규가 커피숍에 들어가서 창문 옆에 있는 의자에 앉자마자 물었다.

"시를 쓴다고 교수님이며 친구들에게 선포했으니까 최소한 등단은 해야 되잖아. 그럭저럭 열심히 쓰고 있어. 군대 생활은 어때?"

"지금은 편햐. 제대도 얼매 안 남았응게 슬슬 대학교를 졸업하믄 뭐를 할까도 걱정이 되는구먼."

주문한 커피가 왔다. 이주희가 진규의 커피에 설탕과 프림을 적당히 타기 시작했다. 진규가 창문 밖으로 잠깐 시선을 돌렸다가 혼잣말로 중얼거렸다.

"진규 씨는 교육학하고 복수전공하고 있잖아. 학교 선생님하면 되겠네. 아냐, 진규 씨는 중학교나 고등학교에서 학생들에게 데모하는 방법만 알려 줄 거야."

"지금 생각은 공부를 계속하고 싶어. 하지만 정확하게 결정한 것은 아녀. 제대해서 복학하면 그때 사회가 또 워티게 흘러가고 있을지 모르잖여."

"공부를 더 해서 박사가 되는 것도 좋은 방법인 거 같아."

"힘을 가질 수 있는 거지. 암만해도 박사가 되믄 사회적인 목소리를 키울 수 있잖여."

"그럼, 교수가 되려는 것이 아니고 데모 할라고 박사가 되고 싶은 거야?"

"아직은 불투명하고, 일단 전역을 하는 것이 문제니께. 군 생활에 충실해야지……."

"그래, 그것이 가장 현실적이지. 슬슬 뭣 좀 먹으러 갈까?"

"포천에 왔으면 포천 막걸리를 마셔야지."

"난 생맥주에 소시지를 먹고 싶지만, 진규 씨가 추천하는 걸로 할게."

이주희는 의자에서 일어나자마자 진규의 팔짱을 꼈다. 카운터 앞으로 가서 팔짱을 풀지 않은 채 계산을 했다.

진규와 이주희는 막걸리를 파는 주점으로 들어갔다. 주점을 채우고 있는 손님들 중 절반은 군인들이다. 진규 커플처럼 쌍쌍이 앉아 있는 커플들도 있고, 군인들끼리 앉아 있거나, 가족들과 같이 앉아 있는 군인들도 있었다.

이주희는 진규와 함께 앉아서 술을 마시는 시간이 너무 아까워 시간의 귀퉁이부터 잘금잘금 잘라먹고 싶었다. 하지만 술이 들어가니까 시간은 토끼 다리를 달고 껑충껑충 뛰어가기 시작했다. 8시인 것 같았는데 시간을 확인해 보면 9시 10분이 되어 버렸고, 화장실에 다녀오니까 11시 가까운 시간이 되어 버렸다. 주점 안에는 가족들이나 연인과 함께 있는 군인들은 보이지 않고 진규와 이주희뿐이었다.

"슬슬 일어날까? 너무 늦으면 여관이나 여인숙을 잡지 못할 수도 있어."

"그럼 어디서 자?"

"통행금지가 풀릴 때까지 경찰서에서 신세를 지는 수밖에 없잖어."

"진규 씨도 경찰서에서 자 본 적 있어?"

"난, 외박이 오늘 츰여. 외출은 몇 번 나와 봤어. 책도 사고, 이런저런 필요한 것들을 사려고……."

진규는 빙긋이 웃으며 밖으로 나갔다. 주점에서 술을 마실 때는 별로 취하지 않았는데 거리에 나와서 포천의 밤을 바라보니까 서서히 취기가 밀려왔다. 길 건너편으로 골목 안에 있는 여관 간판이 보였다. 골목 입구에서 군인과 여자가 실랑이를 벌이고 있었다. 진규가 곁으로 다가오는 이주희를 바라봤다.

"어디로 가지?"

"길 건너에 여관이 보이네. 경찰서에 갈 필요는 없겠어."

이주희가 진규의 팔짱을 끼며 속삭였다.

"저 앞에서 다투고 있는 군인하고 여자 보이지?"

"내 생각에는 여자는 방을 한 칸만 잡자고 하는 것 같고, 군인은 두 칸을 잡자고 다투는 것처럼 보이는데?"

도로를 오가는 차량들은 많지 않았다. 그러나 약속이나 한 것처럼 통금에 쫓겨 질주하고 있었다. 차가 다니지 않을 때는 휘발유 냄새를 품은 바람이 쓸쓸하게 불어왔다. 멀리 빨간 신호등이 등대 불빛처럼 켜져 있어도 차량들은 아랑곳없이 어둠을 뚫으며 질주해 오고 있었다. 이주희가 빠르게 도로를 건너며 말했다.

"왜 그런 생각이 들어?"

"여자는 오늘 저녁 여기서 밤을 새울 각오로 면회를 왔을 거잖아. 나처럼 말야. 아니 나보다 더 먼 곳에서 왔을지 모르지, 부산이나 울릉도 그런 곳에서……."

이주희는 보도로 올라서면서 말꼬리를 흐리고, 다투고 있는 군인과 여자를 피해서 여관이 있는 쪽으로 향했다.

"와, 내하고 같이 자는 기 억수로 불편타 카는데? 내가 마산서 여기까지 불원천리 달려와가 독수공방해야겠나?"

"니야말로 참말로 와 카는데, 니하고 미숙이하고 어렸을 때부터 단짝 친구 아이가. 그칸데 우예 니하고 같이 자노?"

"같이 잔다고 꼭 그런 일이 생기는 건 아니잖아. 그카고, 니하고 내만 입 다물고 있으모 미숙이가 우예 아는데?"

이주희는 손바닥으로 입을 막아 웃음을 참으면서 진규를 바라봤다. 진규도 분명 군인과 여자가 실랑이하는 대화를 들었을 터인데도 하늘에 떠 있는 별들만 바라봤다.

"여자하고 여관에 들어가 본 적 있어?"

"이 선배는 남자하고 여관에 들어가 봤남?"

"나, 막노는 여자 아니라는 거 알잖아."

"나, 충청도 촌놈이라는 거 몰랐구먼."

진규는 이주희가 조금도 부담스럽지 않았다. 마치 동성이랑 여관에 들어가는 것처럼 농담을 주고받으며 들어갔다.

"방 있어요?"

이주희가 내실 앞으로 갔다. 내실 앞에 있는 노트 크기의 문이 열리며 주인 여자 얼굴이 창문 안에 가득 찼다.

"방이 딱 한 칸밖에 없는데……."

"잘됐구먼유. 돈이 딱 한 칸 은을 돈뱅에 읊는데."

주인의 말이 끝나자마자 진규가 말을 하고 나서 어깨를 으쓱거렸다.

여관방은 여인숙하고 다를 것이 없었다. 서울이나 대전에 있는 여관처럼 텔레비전도 없었다. 작은 책상 위에 이불하고 요와 베개 두 개가 얹혀 있었다.

"낭만이 있구먼."

"사랑이 있잖아……."

주인이 뒤늦게 나타나서 주전자와 물컵과 수건을 방 안에 들여놓았다. 주인이 사라지자마자 이주희가 진규의 목을 껴안으며 입을 맞췄다.

"이, 이라믄."

이주희의 입술은 불처럼 뜨거웠다. 진규는 젤리처럼 부드럽고 뜨거운 입술이 와 닿는 순간 자신도 모르게 입을 벌렸다. 이주희의 혀가 자석처럼 입안으로 빨려 들어왔다. 이주희가 뜨거운 숨을 내쉬며 상류로 기어올라가는 숭어처럼 버둥거렸다. 진규는 잠자고 있는 욕정이 화산처럼 분출되는 것을 느끼며 이주희를 껴안고 방바닥으로 쓰러졌다.

"사랑해. 진규 씨……."

방바닥에 눕는 순간 이주희가 모든 것을 주겠다는 얼굴로 진규의 목을 껴안고 있던 팔을 풀었다.

"왜, 왜 그랴."

진규는 어느 순간 이주희가 울고 있다는 것을 느꼈다. 이주희의 눈에서 흘러내리는 눈물이 얼굴을 타고 바닥으로 흘러내리고 있었다.

"이 순간이 오기를 얼마나 기다렸는지 몰라. 너무 기뻐서 눈물이 났나 봐."

이주희가 눈물을 얼른 닦고 나서 진규의 목을 끌어안으며 얼굴을 들고 입술을 더듬었다. 보통의 남녀들이 군인에게 면회 가서 첫경험을 하고, 제대 후에 결혼으로 이어지는 것처럼 보편적인 첫경험을 하고 싶지는 않았다. 다른 여자들이 경험해 보지 못한 특별한 첫날밤을 맞이하고 싶은 바람이 있었다. 그러나 진규가 원한다면 얼마든지 문을 열어 줄 수 있다는 생각이 들면서도 눈물이 났다.

"이 선배 눈물이 너무 깨끗해서 못 하겠구먼."

진규는 이주희의 우는 모습에서 향숙의 우는 모습이 겹쳐지는 것을 느끼는 순간 일어나 앉았다. 이주희가 얼른 일어나 앉으며 진규의 품에 안겼다.

"술 더 마실 겨?"

"그러고 싶어?"

이주희가 눈물을 닦으며 물었다.

"근데 왜 우능 겨?"

"기뻐서 우는 거야. 여자들은 기뻐도 눈물을 흘리잖아. 그리고 고마워. 나한테 믿음을 줘서."

이주희는 진규가 만약 자신을 진정으로 사랑한다면 이처럼 허름한 여

인숙에서 첫경험을 하게 하지 않을 것이라고 생각했다.

"그기 먼 말여?"

"나중에, 나중에 말해 줄게. 근데 이 시간에 술 팔까?"

"내 생각에는 술을 팔 거 가텨. 군인들이 오랜만에 외박 나오믄 시간이 아까워서 잠이 오겄어?"

진규는 이주희가 자신을 믿어주는 것이 고마웠다. 하마터면 결혼을 하겠다는 확신도 없이 젊음의 욕정에 이끌려 갈 뻔했다고 생각하며 술을 사러 가기 위해 일어섰다.

# 상하이 트위스트

선배 춤 잘 추네?
김수애가 두 손을 양쪽으로 흔들기만 하면서 큰 소리로 말했다.
뭐라고?
승철이 상하이 트위스트를 추면서 상체를 김수애 앞으로 내밀었다.
선배 사랑한다고.


무교동 낙지골목의 좁은 길 안에는 낙지집이 다닥다닥 붙어 있었다.
어느 집이나 낙지볶음을 비롯하여, 생낙지, 낙지전 등 낙지를 주메뉴로
하는 안주를 팔고 있었다. 또 열 평 정도의 홀이 있는 집은 어느 곳이나
무대가 있었고, 무대에서는 3인조, 좀 더 큰 데는 5인조 밴드가 음악을
연주하고 있었다.

"우선 제대를 축하한다. 그동안 고생 많았지?"

승철이 소주잔을 들어서 재오 앞으로 내밀었다.

"저도 축하드려요"

승철의 옆에 앉은 김수애가 이마 앞으로 내려온 머리카락을 귓등으로
끌어 올리며 웃었다.

"제대했으니까 취직을 해야 하는데 성적이 워낙 좋아서, 차라리 군대 있을 때가 좋았다. 너는 요즘 어디 다니냐?"

"나?"

승철이 스스로 잔을 따르며 맥없이 반문했다.

"이 선배는 아버지가 은행에 취직하라고 하는데 안 들어간대요."

김수애가 매운 낙지볶음을 먹고 물 잔을 들면서 말했다.

"은행? 야! 너 미쳤냐? 네가 아무리 아버지 빽이 든든하다고 하더라도 은행 아무나 못 들어가. 얼른 고맙습니다, 하고 들어가야지 무슨 배짱으로 튕기냐? 너 은행원 월급이 얼만지 아냐? 내 동기 중에 조흥은행 근무하다가 군대 온 애가 있는데, 그 자식은 군대 있는데도 월급이 반이나 나오더라. 그 월급이 얼만 줄 아냐? 중대장 월급하고 비슷해."

"이 형은 지금 절로 들어가느냐, 산으로 가느냐, 교회로 가느냐 목하 고민 중이니까 취직 말은 여기서 끝내자."

승철은 군에서 전역을 한 재오의 얼굴을 보니까 갑자기 자신도 마냥 놀면서 지낼 수는 없다는 생각이 들었다. 하지만 이동하가 소개해 준 은행에 취직하고 싶지 않았다. 머리에 기름을 바르고, 항상 넥타이를 매고, 반짝반짝 닦인 구두를 신고 생활한다는 것 자체가 보이지 않는 구속이 될 것 같았다. 은행에 취직 안 하면 뭔가를 해야 하는데, 무엇을 해야 하는지 생각이 나지 않았다.

"야! 니가 머리 깎고 스님이 된다면, 나는 예수님이 되어서 십자가에 못 박히겠다. 언제 아버지 만나면 내 취직자리 좀 알아 봐 달라고 부탁 드려 봐. 너는 평생 놀고먹어도 눈치 볼 사람이 없을지 모르지만, 난 군대 가기 전에도 놀았으니까, 슬슬 취직자리를 알아 봐야 하거든."

"일단 내가 무엇을 할지 결정하고 난 다음에 부탁드릴게. 나도 실업자면서 네 부탁을 하면 아버지가 들어주시겠냐?"

"그래, 난 일단 니가 내 말을 들어주는 것만으로 반 취직이 된 것이나 같다고 생각한다. 그리고 오늘 낙지볶음에 소주 한 잔으로 전역 축하식을 때우려는 건 아니지?"

"나이트클럽 가서 밤새울까? 요즘 동대문 인근 회현동 뉴콘티네탈호텔 나이트클럽이 좋다고 하던데."

"뭐야? 내가 군대 가 있는 사이에 나이트클럽 영업시간이 바뀌었단 말이냐?"

재오가 구미가 당긴다는 얼굴로 물었다.

"원래는 열두 시까진데 새벽 네 시까지 하는 데 많잖여. 좋다. 오늘 우리 재오도 삼 년 동안 고생하고 제대했으니까, 나이트클럽 가서 밤새워 몸 좀 흔들어 보자. 수애 너는 집에 들어가. 여자는 자고로 밖에서 밤새우는 것이 아닝께."

"저는 선배 믿어요. 선배하고 밤새운다고 해도 나 잡아먹을 거 아니잖아요. 나도 오랜만에 고고춤 좀 추며 몸 좀 풀어야지."

김수애가 어깨를 으쓱거리고 나서 미소를 지으며 승철을 바라봤다.

"고고춤이 추고 싶으면 다방에 가서 춰. 요즘 창신동 같은 데 가면 다방에서도 이백 원이나 삼백 원씩 받고 고고춤을 추게 분위기를 만들어 준다잖아."

"어머! 내가 고등학생이야? 고등학생들은 나이트클럽 출입을 못하니까 다방 같은 데 가서 고고를 추지. 선배는 내가 쪽팔리게 그 애들하고 섞여서 고고춤을 추면 좋겠어?"

"수애야. 내가 정중하게 충고하는데 원래 고고춤이라는 것이 한번 중독이 되면 매일 가고 싶은 거야. 그래도 남자들은 괜찮은데, 여자들이 매일 고고 춘다고 나이트클럽 출입하는 거 나 안 좋아하거든. 재오야 내 말 틀렸냐?"

승철이 재오의 빈 잔에 술을 채워주며 물었다.

"승철이 네 말이 맞아. 요즘 저녁마다 나이트클럽으로 출근하는 이십 대 여자들이 많다고 하더라. 그런 여자들을 뭐라고 부르는지 알아? 날나리라고 불러. 하지만 오늘은 내 제대 기념으로 같이 가자."

재오가 승철이 들고 있는 소주병을 받아서 김수애의 잔을 채우며 말했다.

"좋아. 그 대신 오늘 딱 한 번뿐여."

"선배도, 오늘 딱 한 번뿐야. 나도 나이트클럽 잘 가는 남자 싫어하니까요."

"미안하지만 남자들은 가끔 나이트클럽 같은 데 가서 몸을 풀어 줘야. 그 뭐야? 스, 스트레스를 덜 받아서 건강해지는 법야. 그걸 몰랐지?"

승철은 술잔을 바쁘게 비우고 일어섰다. 김수애의 등을 툭 쳐 주고 카운터 앞으로 가서 계산을 했다.

회현동에 있는 뉴콘티네탈호텔 나이트클럽은 9시밖에 안 됐는데도 스테이지가 꽉 찼다. 무대에서는 5인조 보컬 그룹이 귀를 때리는 듯한 드럼 소리와, 일렉트릭 기타 연주로 리드싱어가 CCR의 <하이투나잇>을 부르고 있었다.

"여기 맥주 다섯 병. 안주는 마른안주."

승철은 일부러 스테이지에서 떨어진 지점에 앉았다. 출입문 앞에서부터 뒤따라온 웨이터에게 주문을 하고 재킷을 벗어 의자에 걸쳤다.

"청바지 좋네. 당연히 미제겠지?"

승철이 입은 청바지 뒷주머니에는 말 두 마리가 그려져 있는 가죽이 매달려 있었다. 요즘 유행하는 쌍마표 청바지다.

"너도 한 벌 줄까? 집에 또 있는데."

승철은 귀가 멍멍할 정도로 요란하게 울리는 리듬에 맞춰서 어깨를 흔들며 스테이지를 바라봤다. 사이키 조명이 번쩍거릴 때마다 땀을 뻘뻘 흘리고 있는 얼굴, 지그시 눈을 감은 얼굴, 웃는 얼굴, 잔뜩 일그러진 얼굴, 황홀한 얼굴, 남자 여자 얼굴들이 일순간 정지했다가 어둠 속으로 이내 함몰해 버린다.

"어서, 나가자."

재오가 맥주를 단숨에 들이키고 일어섰다.

"난, 그냥 구경만 하고 있을래요."

김수애는 호기심이 가득 찬 얼굴로 스테이지를 바라보며 천천히 맥주를 마셨다.

"웬 얌전? 친구들하고 자주 와 봤을 거 아냐?"

"솔직히 첨이거든요."

"그래? 그럼 잘됐네. 어서 나가자. 내가 고고춤 추는 거 알려 줄 팅게."

"안 배워도 되거든요."

"안 돼. 고고장 와서는 고고를 추고, 교회 가서는 기도를 하고, 절에 가서는 목탁을 두들겨야 나라가 제대로 돌아가는 거여."

승철은 김수애의 손을 잡아 일으켰다.

"어머, 선배도 그런 말 할 줄 아네?"

김수애는 계속 고집을 피울 수가 없었다. 승철의 손에 잡혀서 스테이지로 나갔다. 무대에서는 상하이 트위스트가 연주되고 있었다. 스테이지의 남녀들이 일제히 삼각형으로 꼭짓점을 맞춰가며 몸을 흔들기 시작했다.

"그냥 몸을 흔들면 되는 거여. 딴 여자들 춤추는 것처럼 막 흔들어. 그람 되는 겨."

승철은 김수애와 정면으로 서서 상하이 트위스트를 추기 시작했다. 재오가 승철을 마주 바라보며 상하이 트위스트를 추기 시작했으나 승철처럼 부드럽지가 못하고 어딘지 모르게 군인 냄새가 물씬 풍겼다.

"선배 춤 잘 추네?"

김수애가 두 손을 양쪽으로 흔들기만 하면서 큰 소리로 말했다.

"뭐라고?"

승철이 상하이 트위스트를 추면서 상체를 김수애 앞으로 내밀었다.

"선배 사랑한다고"

사이키 조명이 번쩍거리면서 승철의 모습이 없어졌다가 반짝 드러났다. 김수애가 자기 얼굴 가까이 다가온 승철의 귀에 빠르게 내뱉고 뒤로 물러서서 춤을 췄다.

"안 들려!"

승철은 웃으면서 몸을 흔들었다. 사이키 조명이 번쩍거릴 때마다 수많은 그림자들이 어둠 속으로 함몰되었다가, 번개를 쳤을 때처럼 반짝 되살아났다. 상하이 트위스트 연주가 끝나고 리드싱어가 마이크를 잡고 폴 리비어 앤 더 레이더스(Paul Revere and the Raiders)의 노래 <인디언보

호구역(Indian Reservation)>을 부르기 시작했다.

"선배 이 노래 좋아하지?"

김수애가 얌전하게 몸을 흔들며 물었다.

"여기는 고고만 추는 곳이야. 영어 시간이 아니라구."

승철은 <인디언보호구역>의 가사가 체로키부족이라는 인디언들을 보호구역에 가두어 놓고, 미국인화 시켜 나간다는 내용이라는 것을 대충 알고 있었지만 자세히 알지는 못했다. 가사는 매우 참담한 내용이지만 노래를 부르는 가수는 담담한 목소리다. 연주도 저음으로 이어지는 일렉트릭 기타 음과 드럼 음이 가슴을 짓누르며 빠르게 진행된다. 눈을 지그시 감고 리듬에 몸을 맡겨 버렸다.

문득 들례의 얼굴이 떠올랐다. 한집에 살면서도 얼굴을 자세히 본 적은 별로 없었던 것 같았다. 늘 엇비스듬하게 보거나, 힐끗 바라보거나, 화가 난 얼굴로 짧게 짧게 바라봤던 것 같았다. 들례가 어머니라고 생각해 본 적은 단 한 번도 없었다. 그래서 지금 어디에 살고 있는지, 무엇을 하며 사는지, 살았는지 죽었는지 보고 싶지도 않고 관심도 없었다. 그러나 들례를 생각하면 화가 났다. 왜 화가 나는지 이유를 알 수 없어서 더 화가 난다. 그것이 계속 되다보니 들례만 생각하면 무조건 화가 났다.

<인디언보호구역>이 끝나고 갑자기 어두워지면서 사방에서 눈이 내리는 조명등이 천천히 돌아가기 시작했다. 무대에서는 적과흑의 블루스가 연주되기 시작했다. 스테이지에서 춤을 추는 고고족들 중에 많은 사람들이 썰물처럼 빠져나갔다. 일부는 남자들끼리 부여잡고 블루스를 추기 시작했다.

"그냥 들어가면, 수애 씨가 섭섭하잖아."

승철은 화가 나서 김수애와 재오를 바라보지도 않고 자리를 향해 걸었다. 뒤에서 재오가 어깨를 잡아당겼다.

"나 블루스 출 기분 아닌데?"

재오가 턱으로 김수애를 가리켰다. 승철은 어깨를 으쓱거리며 다시 돌아섰다.

"고고장에 와서는 춤만 추기."

김수애가 부끄럽게 손을 내밀었다.

"하나를 알려 주면 열을 아는군……."

승철은 하는 수 없다는 얼굴로 돌아서서 수애의 손을 잡고 스테이지로 나갔다.

"얼굴 표정이 안 좋아 보여요."

승철은 다른 아베크족들처럼 수애를 품 안에 넣지 않았다. 사교춤이라도 추는 것처럼 계란 한 개가 들어갈 정도의 틈을 주고 부드럽게 리듬을 타기 시작했다. 김수애가 귀에 대고 속삭이는 목소리로 말했다.

"술 마시고 싶어."

"술 마시고 싶을 때는 그렇게 얼굴이 슬퍼 보여요?"

"내 얼굴이 슬퍼 보여?"

"지금 불이 밝았으면 좋겠어요. 그럼 선배 얼굴이 얼마나 슬픈지 알 수 있을 거예요."

"잘못 봤어. 오늘 같은 날 슬퍼할 이유가 없잖아."

승철은 혼란스러웠다. 마음속으로 화를 내고 있는데 얼굴은 슬퍼 보인다는 말을 도무지 이해할 수가 없었다.

"다른 사람은 몰라도, 저는 선배의 표정을 잘 알 수 있어요."

"술 마셔야겠다."

승철은 너무 혼란스러워서 김수애와 블루스를 계속 출 수가 없었다. 수애의 손을 잡고 혼자 앉아서 술 마시고 있는 재오가 있는 곳으로 갔다.

"우리 양주도 한 병 깔까?"

승철은 자리에 앉자마자 테이블 위에 있는 빨간 등을 들어 보였다. 웨이터가 재빠르게 다가왔다. 승철은 재오의 의견을 묻지도 않고 양주를 가져오라고 말했다.


봉천동 로터리에 있는 송태식 국회의원의 사무실을 찾는 것은 그리 어려운 일이 아니었다. 로터리에서 한눈에 보이는 3층 건물에 길게 늘어트린 대형 현수막에 '민주공화당 송태식 국회의원'이라는 글자가 써져 있었다.

"형, 저기구먼."

철용이 사방을 두리번거리고 있는 경훈의 옆구리를 툭 쳤다.

"저기, 뉘여. 재건대 손기문 아녀?"

경훈이 철용을 따라 시선을 옮기다가 멈추고 중얼거렸다.

"기문이 형이라고?"

철용은 경훈이 바라보는 쪽으로 시선을 옮겼다. 손기문이 송태식 국회의원 사무실이 있는 건물을 바라보고 있는 모습이 보였다.

"여긴 워쩐 일여?"

경훈이 손기문 옆으로 가서 말을 걸었다.

"너야말로 여기 웬일여?"

손기문이 반갑게 손을 내밀며 반문했다.

"나, 저 사무실에 볼일이 있어서 왔구먼."

경훈이 손기문과 악수를 하면서 턱으로 송태식의 사무실을 가리켰다.

"나도, 송태식 그놈한테 볼일이 있어서 왔구먼."

손기문에 적의에 찬 눈빛으로 사무실을 노려보며 말했다.

"뭔 볼일?"

철용이 웃는 얼굴로 손을 내밀며 물었다.

"송태식 보좌관이라는 놈이 재건대 사무실로 찾아온 적이 있었구먼. 선거운동을 해 달라고 말여."

손기문이 철용의 하나밖에 없는 손을 두 손으로 잡고 흔들면서 말했다.

"국회의원에 당선이 되믄 시유지인 재건대 땅을 싸게 불하해 주겠다는 약속을 했겠지."

"그걸 워티게 알고 있는 겨?"

손기문이 놀란 얼굴로 경훈을 바라봤다.

"우리한테 와서도 그런 말을 했거든. 그래서 온 동리를 돌아 댕김서 선거운동을 했단 말여. 그러나 막상 당선이 되고 낭께 꿩괴기 꿔먹은 놈처럼 영 소식이 읎단 말여. 그래서 오늘은 확실하게 알아볼 생각으로 맘 먹고 찾아온 거여."

"느덜한테도 사기 쳤구먼. 잘됐구먼. 어여 가 보자고."

손기문이 주먹을 흔들어 보이며 앞장섰다.

송태식의 사무실은 3층에 있었다. 구석에 있는 사무실 문에 '국회의원 송태식 사무실'이라는 팻말이 붙어 있었다.

"여기구먼."

손기문은 문 앞에서 멈춰 노크를 했다. 반응을 기다리지도 않고 문을 밀었다. 삐죽이 열린 문으로 고개를 내밀었다. 다섯 평 남짓한 사무실 안에는 30대 초반으로 보이는 남자와 여자가 한가하게 잡담을 나누고 있었다.

"여기가 송태식 의원님 사무실유?"

손기문이 사무실 안을 두리번거리며 물었다. 중앙에 마호가니 책상이 있었다. 책상 위에는 검은색 대리석에 하얀 자개 글씨로 '국회의원 송태식'이라는 명패가 있었다.

"뭐 하는 사람들여?"

남자가 가소롭다는 얼굴로 손기문 일행을 바라보며 물었다.

"이종신 특별보좌관 좀 보러 왔슈."

경훈이 손가락 마디를 꺾으며 퉁명스럽게 말했다.

"이종신 보좌관님을 왜 여기서 찾아."

"말투가 왜 그렇게 껄끄러워. 가만히 봉께 나이도 나보다 짝은 거 같은데."

손기문이 피식 웃으며 철용을 바라봤다.

"이 사람들이 여기가 어디라고 떼로 몰려와서 행패여?"

"야, 이 새꺄! 우리가 할 일이 읎어서 여길 왔는지 알아? 이종신 그 새끼가 선거운동 해 주믄 고물상 땅을 싸게 살 수 있도록 해 준다고 약속했단 말여. 당선이 됐으믄 약속을 지켜야지. 약속을 안 지킹께 역부러 여기까지 찾아왔잖여."

철용이 갈고리로 송태식의 책상을 툭툭 치면서 남자를 노려보았다.

"아, 알았습니다. 보, 보좌관님은 국회 사무실에 계셔요. 제가 연락드리겠습니다."

철용의 기세에 남자는 뒷걸음치며 질린 표정으로 여자를 바라봤다. 여자가 자신도 모르게 일어서서 수화기를 들었다. 전화 교환이 필요 없는 자동식 전화기 번호를 돌리는 손가락이 덜덜 떨렸다.

"이, 이종신 보좌관님?"

"즌화 이리 줘."

경훈이 여자가 들고 있는 수화기를 빼앗았다.

"네, 이종신입니다."

"아, 이종신 보좌관님유? 혹시 생각날지 모르겄구먼, 영동고물상 장경훈이라고 하는 사람."

"봉천동 재건대장 손기문도 왔다고 햐."

손기문이 경훈 옆으로 가서 어깨 뒤에서 큰 소리로 말했다.

"영동고물상이 어디 있는 겁니까?"

"봉천동에 있는 고물상에 왔던 기억이 없슈?"

경훈이 요놈 봐라, 하는 얼굴로 차갑게 웃으며 물었다.

"봉천동에서 선거운동을 했으니 고물상에만 갔겠습니까? 그쪽이 내 담당구역이라서 선거기간 동안 그 동네에서 살다시피 했는데……."

"그람, 고물상 부지를 싸게 불하해 주겠다는 약속도 하지 않았다는 말이구먼?"

"이봐, 당신 누군데 감히 반말지거리야? 내가 누군지 몰라? 나 송태식 의원 보좌관이라구."

"허! 아주 놀고 앉아 있구먼."

"뭐라고?"

경훈이 화를 참지 못해 헛웃음 짓는 것을 본 손기문이 수화기를 받았다.

"나, 봉천동 재건대 손기문 대장여. 나하고 약속한 것도 잊어 버렸남?"

"재건대라면 망태 지고 쓰레기 줍는?"

"그려, 쓰레기 줍는 거지새끼들이 얼매나 무서운지 보여줄까?"

"요즘 시대가 어떤 시대인지도 모르고 깨춤을 추고 있군. 내 말 한마디면 어떻게 되는 줄 알아?"

"내 말 똑똑히 들어. 시간을 딱 하루 줄 텨. 니 말대로 낼까지 재건대원 삼십 명을 전부 구속시키지 못하믄 모리 신문사 앞에 가서 데모를 할 팅게 알아서 햐!"

"잠깐!"

손기문은 이종신이 놀란 목소리로 외쳤으나 수화기를 내려놓았다.

"가자."

손기문은 구석에서 떨고 있는 남자를 슬쩍 보고 나서 경훈에게 손짓했다.

"형, 내가 뭐랬어? 정치하는 놈들은 죄다 그짓말쟁이라고 그랬잖여. 선거만 끝나믄 언지 느덜을 봤냐고 안면 감추는 데 선수랑께."

철용이 일부러 갈고리로 송태식의 마호가니 책상을 쿵 소리가 나도록 치는 순간 여직원 책상에 있는 전화벨이 요란스럽게 울었다.

"재, 재건대 대장님 전화 받으시래요."

전화를 받은 여직원이 떨리는 목소리로 손기문을 불렀다.

"내가 받을게."

경훈이 이종신의 전화일 것이라는 생각에 손기문보다 빠르게 전화를 받았다.

"누군데 재건대장을 찾는 거유?"

"당신은 누구요?"

이종신이 신경질적으로 물었다.

"난 고물상 사장이여. 재건대만 데모를 하는 것이 아니고, 우리도 리어카 끌고 신문사 앞에 가서 데모를 할 생각이구먼. 선거운동 해 주믄 고물상 부지를 싸게 불하해 주겠다는 그짓말을 했다고 데모할 모양잉께 신문 볼 준비나 하고 있으란 말여."

경훈은 이종신의 대꾸를 기다리지 않았다. 일방적으로 전화를 끊어 버리고 철용에게 그만 나가자고 눈짓을 보냈다.

"요새 재건대는 잘 나간다며?"

계단을 내려가면서 경훈이 손기문에게 물었다.

"새마을운동에 적극 동참하고 있잖여. 그전에는 쓰레기나 줍고 물건이나 훔쳐 온다고 우릴 도둑놈 취급했는데 요샌 안 그려. 매주 월요일하고 수요일하고 금요일 아침마다 동네 청소를 해 주고 있거든."

"사실, 돈 주고 고물을 사 오는 것보담은, 주서 오는 것이 훨씬 낫지 머. 하지만 깨진 병이며, 종이 같은 것을 줍다 보믄 엉뚱한 욕심이 생길 수도 있잖여."

철용이 손기문과 계단을 나란히 내려가면서 말했다.

"츰에는 그런 문제 땜시 욕을 많이 은어 먹었구먼. 하지만 요새는 남의 물건이라고는 빈 병 한 개도 일절 훔쳐오지 못하게 교육을 단단히 시키고 있응께."

"그려, 바늘 도둑이 소 도둑 된다는 말이 있잖여. 우리 오랜만에 만났 응께 워디 가서 간단하게 한잔할까?"

경훈이 건물 밖으로 나가서 걸음을 멈추고 손기문을 향해 섰다.

"아녀, 특별한 일이 읎으면 낮에는 술을 안 먹기로 했구먼. 낮에 술 먹고 댕김서 나쁜 짓을 할까봐 우리끼리 만든 법여. 내가 법을 맨들어 놓고, 내가 안 지키면 안 되잖여. 오늘 저녁에 내가 고물상으로 내려갈 모양잉께 그때 한잔하자."

손기문이 경훈에게 손을 내밀며 말했다.

"모처럼 만에 고향 사람들찌리 한잔하겄구먼."

"딴 데 갈 필요 읎이, 고물상에서 괴기나 꿔 먹지 머."

경훈은 손기문과 악수를 하고 철용과 함께 돌아섰다. 바람이 불면서 가로수의 낙엽들이 포장지 흔들리는 소리를 내며 떨어졌다.


손기문은 대방동까지 나갔던 콩새며 종갑이까지 귀가한 후에야 재건 대를 나왔다. 가게에 들러서 소주를 몇 병 사 들고 영동고물상이 있는 곳으로 슬슬 걸었다. 가로등이 꺼진 어두운 골목으로 들어섰을 때였다. 몇 명의 사내들이 전신주 뒤에 숨어 있다가 그림자처럼 앞으로 나와서 가로막았다.

"어이구, 이 밤중에 혼자 어디를 납시나?"

"누구여?"

기문은 낯설게 이죽거리는 목소리에 걸음을 멈추었다. 벽을 등지고 서서 어둠을 노려보았다.

"네놈이 봉천동 재건대 대장이란 놈이냐?"

여기저기서 어둠을 밟으며 나온 남자들은 모두 네 명이다. 그중에서 가장 덩치가 큰 남자가 계속 이죽거렸다.

"그려. 느덜은 누구여?

"재건대장님이 밤중에 혼자 다니면 위험하지."

"어떤 놈들여?"

손기문은 본능적으로 위험을 느꼈다. 비닐봉지 안에 들어 있는 소주병을 잡으며 날카롭게 물었다.

"어떤 놈들이긴 봉천동 재건대 대장 주둥이 단속하러 오신 분들이지."

덩치가 어둠 속에서 주먹을 날렸다. 손기문은 느닷없이 날아오는 주먹에 복부를 강타당하고 충격에 비틀거렸다.

"애들아, 뼈가 나긋나긋하도록 좀 밟아줘라."

덩치가 팔짱을 끼면서 뒤로 물러섰다. 손기문은 비틀거리면서도 양쪽 손으로 소주병을 한 개씩 잡았다. 옆에 있던 남자들이 우르르 달려드는 순간 앞으로 튀어 나가면서 소주병으로 덩치의 머리를 가격했다. 느닷없이 기습을 당한 덩치가 머리를 부여잡으며 비틀거렸다. 놀란 세 명이 잠시 멈칫거리는 사이에, 오른쪽에 있는 남자의 머리를 다시 가격했다. 그는 덩치와 다르게 뒤로 벌렁 나자빠졌다.

"뭣들 하는 거여! 저 자식 잡지 않고?"

덩치가 비틀거리다가 중심을 잡으며 고함을 질렀다.

"잡아!"

"죽여!"

덩치의 말이 떨어지자마자 넋을 놓고 있던 두 명이 손기문에게 달려들었다. 그들보다 먼저 손기문의 주먹이 오른쪽에 있던 남자의 턱을 날려 버렸다. 그가 비틀거리는 사이에 왼쪽에 있는 남자의 낭심을 차 버렸다. 하지만 얼굴이 피투성이가 된 덩치의 주먹을 피하지 못했다. 덩치의 주먹이 갈비뼈를 부숴 버릴 것처럼 충격을 주었다. 손기문은 숨이 멎어 버리는 것 같은 고통에 헉하고 숨을 몰아쉬며 옆구리를 부여잡았다. 다시 덩치의 발이 가슴을 차 버렸다.

"이 새끼가, 감히 내 머리를!"

덩치는 악을 쓰며 주먹을 휘둘렀지만 머리에서 흘러내리는 피 때문에 눈을 뜰 수가 없었다. 그 사이에 다른 동료들이 비틀거리는 손기문을 마구 짓밟기 시작했다. 손기문은 가능한 그들의 주먹을 피하려고 몸을 웅크리고 공격했으나 갈비뼈가 부러졌는지 너무 고통스러워서 주먹에 힘이 들어가지 못했다.

"거기서 뭐 하는 짓들이여!"

"저기 은어 맞는 사람이 기문이 형 아녀?"

손기문을 난타하고 있던 남자들은 갑자기 손전등 불빛이 날아오자 주먹질을 멈추고 손전등을 향해 시선을 돌렸다. 손전등이 손기문의 얼굴을 비추는 것과 동시에 터져 나오는 목소리를 듣고 당황한 얼굴로 서로의 얼굴을 바라봤다.

"철용아! 저 새끼들 찍어 버려."

"어떤 놈들이 기문이 형을!"

경훈과 철용이 달려오는 것을 본 덩치가 눈의 핏물을 닦으며 고개를 들었다. 순간, 상황이 안 좋게 흘러가고 있는 것을 눈치채고, 튀자! 라고 짤막하게 외치며 몸을 돌렸다.

"잡아!"

"형, 한 놈만 붙잡아!"

손기문은 경훈과 철용이 외치는 말에 있는 힘을 다하여 도망치려는 남자의 목을 휘어 감으며 옆으로 넘어졌다.

"형님, 몽키가 잡혔어."

남자들이 골목 밖에까지 도망을 갔다가 멈췄다. 그 사이에 경훈과 철용은 손기문이 쓰러져 있는 곳에 도착했다.

"이 새끼는 내가 꼭 잡고 있을 모양잉께, 저놈들 잡아!"

손기문에게 목을 잡힌 남자는 캑캑거리며 발버둥을 쳤지만 빠져나갈 수가 없었다.

"거기 서!"

"어떤 놈들이, 남의 구역에 와서 행패여!"

경훈과 철용이 덩치 일행이 있는 곳으로 뛰어갔다.

"야, 일단 튀자."

덩치가 무조건 내달리며 하는 말에 남은 두 명도 내달리기 시작했다.

"철용아 내비 둬. 한 놈 잡았응께 족쳐 보믄 어떤 놈인지 알겄지."

경훈의 말에 철용은 덩치들을 뒤쫓다가 멈추고 손기문이 있는 곳으로 갔다.

"일단 고물상으로 끌고 가자."

손기문은 철용이와 경훈이 되돌아오자 잊고 있었던 갈비뼈의 통증이 되살아났다. 목을 껴안고 있던 남자에게서 떨어지며 고통스럽게 일어났다.

"너 이 자식 오늘 맛 좀 봐라."

철용이 엎어져 있는 남자의 뒤통수를 갈고리로 걸어서 일으켜 세웠다.

고물상에는 오랜만의 포식을 기다리고 있던 꺽다리며 짱구와 짝눈이 놀란 눈빛으로 붙잡혀 오는 남자를 바라봤다. 그들은 드럼통을 반으로 자른 풍로에 불을 피우고 고기 구울 준비를 하고 있었다.

"무릎 꿇어, 이 자식아!"

경훈이 텐트 안으로 들어가자마자 주먹으로 남자의 아랫배를 갈겨 버렸다.

"자, 잘못했습니다."

남자가 겁에 질린 얼굴로 고통스럽게 배를 움켜쥐며 무릎을 꿇었다.

"이름이 머여?"

손기문은 의자에 앉아서 물을 마시니까 통증이 조금씩 가시는 것을 느꼈다.

"여, 염기남유, 영등포 역전통에 사는……."

"존 말로 할 때 똑바로 대답햐. 나한테 무슨 유감이 있어서 그 지랄을 떤 거여?"

손기문이 일어서서 금방이라도 발로 차 버릴 것 같은 자세를 취하고 물었다.

"저, 저는 자세하게 모르고, 태웅이 형님이 잠깐 몸 좀 풀면 술에 여자까지 안겨준다는 말에 따라 나왔습니다."

염기남은 경훈에게 맞은 배를 문지르며 겁에 질린 눈빛으로 자기를 에워싸고 있는 손기문이며, 경훈과 철용이며 짝눈 등을 바라봤다. 거짓말을 했다가는 뼈도 추리지 못할 것 같은 공포감에, 충분히 자신을 구해 도망칠 수도 있을 텐데도 그냥 도망쳐 버린 태웅에 대한 원망이 겹쳐 있는 그대로 털어 놨다.

"태웅이라는 자식이 머 하는 놈여? 깡패냐? 불쌍한 여자들 피 뽑아 먹은 기생충 같은 놈여?"

철용이 쇠갈고리로 염기남의 턱을 끌어 올리고 싸늘하게 물었다.

"기, 기생충은 아니고……. 창녀 깨순이 뒤를 봐주고 사는 그 동네 형님입니다. 역전통에 가서 곰보 태웅이가 누구냐면 다 알고 있습니다."

염기남은 싸늘한 쇠갈고리가 금방이라도 턱을 파고들어서 입안으로 뚫고 들어올 것 같은 공포감에 온몸을 떨었다.

"불쌍한 여자들 피나 빨아 먹으며 기생충처럼 사는 놈들! 그 새끼가 나하고 아무런 유감이 없을 껀데, 어떤 놈의 사주를 받고 온 겨!"

철용은 금순의 얼굴이 생각났다. 가슴이 철렁 내려앉도록 슬픔이 밀려오는 것을 느끼며 염기남의 가슴팍을 발로 밀어 버렸다.

"무, 무슨 국회의원 보좌관이 봉천동 재건대장한테 본때를 보여주라고 했습니다."

뒤로 벌렁 자빠졌던 염기남이 벌떡 일어서서 뿔뿔뿔 기어 철용 앞에 무릎을 꿇고 더듬거렸다.

"국회의원 보좌관이믄 이종신 그 쥐새끼 같은 놈이구먼."

경훈이 팔짱을 끼고 염기남을 노려보다가 혼잣말로 중얼거렸다.

"나도 같은 생각여. 당장 이 새끼를 끌고 파출소에 가서 고소를 해야 겠구먼. 집단 폭행죄로 말여. 그람, 이종신 그놈도 폭행사주죄로 걸려들어갈 거잖여."

손기문이 경훈을 바라보며 말했다.

"그 반대여. 국회의원 전화 한마디믄 외려 이놈들은 풀려나오고 우리가 철창 신세를 질 수가 있구먼."

경훈은 시훈이 죄 없이 억울하게 끌려 들어가서 18개월 동안이나 옥살이했던 것을 생각하며 심각하게 말했다.

"그기, 먼 소리여. 우리나라는 민주주의 사회란 말여. 이 새끼가 범인 이잖여. 그리고 장 사장도 이 새끼들이 단체로 나를 때리는 광경을 봤응께 증인으로 나설 수 있잖여. 이놈을 당장 파출소로 끌고 가자고."

손기문이 화가 난 얼굴로 염기남을 노려보며 말했다.

"봉천동 재건대원들이 동리 사람들한테 인심을 얻는 이유를 인제야 알겠구먼. 내 말 똑똑히 들어 봐. 내가 아는 사람 중에 한 명이 도둑질도 안 했는데, 엄하게 끌려가서 초주검이 되도록 은어 맞고 십팔 개월 동안 이나 옥살이를 한 사람이 있구먼. 내 눈으로 직접 본 거여. 우리라고 별수 있을 줄 알아?"

"나는 장 사장이 먼 야기를 하는지 도시 모르겠구먼. 경찰이 하는 일이 머여. 도둑질 하는 놈 잡아들이고, 사기 치는 놈, 이 새끼처럼 멀쩡하게 있는 사람을 집단폭행하는 깡패들을 잡아들이는 것이 일이지, 나처럼 죄 없는 사람을 왜 잡아들인단 말여?"

"내 말을 못 믿겠으믄 길바닥에 나가서 아무나 붙잡고 물어봐. 니 말을 믿는지, 국회의원보좌관 말을 믿는지 물어보란 말여. 경찰서에 들어가서도 미안한 말이지만 재건대장 말보담은, 국회의원 전화 한 통이믄 서장도 움직여. 그기 세상이란 말여. 빽 없으믄 그지보다 못하다는 말이 그냥 생긴 말인 줄 아남? 다 우리처럼 배운 거 읎고, 아는 사람 읎고, 돈도 읎는 사람들 땜시 생긴 말이란 말여."

경훈은 시훈의 예를 들어 줄 수가 없고, 그냥 설명으로 손기문을 설득

하려니까 답답했다. 짱구에게 소주나 한 병 가져오라고 지시하고 의자에 앉았다.

"그람, 장 사장 말은 워틱하믄 좋겠단 거여."

손기문은 팔짱을 낀 자세로 턱을 문지르며 고개를 늘어트리고 있는 염기남을 지그시 바라봤다. 경훈의 말을 곰곰이 생각해 보니 근본도 없는 자신의 말을 믿어주지 않을 것이라는 판단이 섰다. 목소리를 누그러트리고 경훈에게 물었다.

"이에는 이, 칼에는 칼. 우선 영등포로 쳐들어가서 태웅인가 하는 놈하고 나머지 놈들을 이리 잡아 오는 거여. 그담에, 우리 앞에서 태웅이 그 기생충 같은 놈이 이종신 그놈한테 즌화를 하도록 시키는 거여. 그럼 먼가 해답이 나오겄지."

철용이 더 이상 긴 말이 필요 없다는 얼굴로 말했다.

"그려, 재건대원 및 명이나 끌어모을 수가 있어?

"나참, 오랜만에 고향 사람들하고 술 한잔하러 내려왔다가 이게 무슨 꼴인지 모르겠구먼. 우리 대원들이야 내 말 한마디믄 삼십 명 전원이 총알처럼 달려오겄지. 하지만 그런 일이라믄 차비 들여서 영등포까지 갈 필요 읎고, 전화 한 통이면 끝낼 수 있구먼."

짱구가 소주와 김치를 들고 들어왔다. 경훈은 소주를 병째 들고 몇 모금 마신 후에 손기문에게 내밀었다. 손기문도 몇 모금 마신 후에 철용에게 넘겨주고 전화기 앞으로 갔다.

"누구한테 즌화할라고?"

"영등포지구대장님하고 나하고 형님 아우 하는 사이여. 내 말 한마디믄 영등포 역전통으로 가서 태웅이란 놈하고 쫄따구들을 이리로 기어

들어오게 할 수 있구먼. 그동안 우린 술이나 마셔. 젠장, 좋은 일에는 마가 낀다고 하드니, 꼭 그짝이구먼."

손기문이 경훈의 책상 앞으로 가서 수화기를 들었다. 경훈은 자기 의자에 앉아서 편하게 전화하라고 말한 후에 염기남 앞으로 갔다.

"이 새끼를 워쩌지?"

"워쩌긴, 죽지 않을 정도로 패서 천막 기둥에 묶어 둬야지."

경훈이 묻는 말에 적의가 풀리지 않은 철용이 염기남을 노려보며 말했다.

"그럴 필요가 있을까. 저놈도 태웅이라는 놈이 시켜서 할 수 읎이 따라왔는지도 모르잖여. 술이나 한잔 맥이고 있으믄 태웅이라는 놈이 올겨. 그놈이 문젠께, 그놈한테나 매운맛을 보여 주자고."

손기문이 전화 신호가 가는 동안 송화기 쪽을 손바닥으로 막고 말했다.

"철용아, 니 맘 모르는 거 아녀. 하지만 손 대장 말도 일리가 있구먼. 이따 태웅이라는 놈 오믄, 작살내기로 하고, 저 자식한테는 술이나 한잔 주자."

"너, 이 새끼 맘 좋은 형님들 만나서 용꿈 꾼 줄 알아. 일어서 임마."

철용이 발로 염기남의 무릎을 툭 차며 말했다.

"아이구, 고맙습니다. 형님들, 저 영등포 안 가고 여기서 살게 해 줘유. 제가 이 세상에 태어나서 처음으로 고마운 사람들을 만났습니다. 이따 태웅이 그 새끼 오면, 형님들이 말씀하셔서 저는 여기 고물상에서 일하게 됐다고 말씀 좀 해 주세요. 제발 부탁드립니다."

염기남은 자신의 귀를 믿을 수 없다는 얼굴로 철용이며, 경훈과 손기문의 얼굴을 번갈아 보다가 철용의 바짓가랑이를 붙잡고 간절하게 말했다.

"이 자식 봐라?"

철용이 기가 막힌다는 얼굴로 경훈을 바라봤다.

"고향이 워디여?"

"고향은 모릅니다. 고아원 출신이라 부모가 누군지도 몰라요. 고아원에서 하도 굶어서 밥이나 실컷 먹고 죽자는 생각으로 뛰쳐나와 여기저기 떠돌다 영등포 역전통으로 들어갔습니다."

"나하고 번지수가 같구면…… 아, 대장님이십니까? 저 봉천동 손기문유……"

손기문이 동정 어린 시선으로 염기남을 바라보고 있다가 통화를 하기 시작했다.

"일단 술이나 한잔하자. 이것도 인연이라믄 인연잉께."

철용도 염기남이 고아라는 말에 측은지심이 일어났다. 자신도 모르게 부드럽게 말하며 천막 밖으로 나갔다.

"슬슬 시작하자."

마당에 있는 드럼통 화덕에 숯불이 알맞게 만들어졌다. 철용의 말이 끝나자마자 짝눈이 고물로 들어온 철사를 대충 엮어서 만든 바둑판 크기의 얼개미를 화덕 위에 올려놓았다. 그 위에 고기를 올리자 금방 지글거리며 돼지기름이 숯불 위로 툭툭 떨어져 불꽃이 일어나기 시작했다.

# 무의미한 나날들

출근하면서 대연각호텔에 10시까지 간다고,
다른 사람도 아닌 이 세상에서 하나뿐인 아내에게 말했었다.
당연히 집으로 전화해서,
나는 무사하노라고, 알려주었어야 한다.


10월의 대학캠퍼스는 쓸쓸했다. 낙엽들이 파도처럼 제멋대로 몰아치다가 허무하게 허공중으로 부서지며 날아 올라갔다. 부드럽게 유영하며 하늘로 치솟아 올라갔던 낙엽 한 잎이 힘없이 낙화하여 진규의 어깨에 살짝 내려앉았다.

"선배는 서울에 있는 서울대, 고려대, 연세대, 서강대, 성균관대, 경희대, 외국어대에 휴업령이 떨어진 것을 어떻게 생각합니까?"

진규의 국문과 후배인 창석은 걸으면서 진규의 어깨에 내려앉은 낙엽을 바라봤다. 낙엽은 금방이라도 떨어져 버릴 것처럼 팔랑거리면서 붙어 있었다.

"전남대는 왜 빼는 거여?"

멀리 교문이 보였다. 진규는 쓸쓸한 목소리로 반문을 하며 양쪽 주머니에 넣고 있던 손을 빼고 걸었다.

"맞아, 전남대까지 포함해서 여덟 개 대학이 휴업령이 떨어졌지. 우리도 데모를 해야 하는 거 아닙니까? 오늘 아침에 위수령이 발동되고 대검을 꽂은 소총을 든 군인들이 교문을 지킨다는 것이 말이나 됩니까? 군인들이 지켜야 할 곳은 학교 교문이 아니고, 휴전선이라 이겁니다."

"딴 학교도 데모를 해야 항께, 우리도 데모해야 한다는 말은 모순이 있는 거 아녀?"

진규는 학교 근처에 있는 경양식집에서 이주희를 만나기로 했다. 나무 밑 벤치에 여학생이 얌전히 앉아서 손목시계를 확인하고 있는 모습이 아름다워 보였다. 문득 이주희와 만나기로 한 약속시간이 지났다는 생각이 들었다. 하지만 걸음이 빨라지지 않았다. 창석이와 보폭을 맞춰 걸으면서 물었다.

"선배야말로 이상한 논리를 갖고 있네요. 고려대학교에 장갑차를 앞세운 군인들이 들어와 학생회관에서 단식 중인 학생들을 끌고 간 것을 모른단 말입니까? 그것도 부족해서 곤봉으로 학생들을 폭행하고……."

장래 소설가를 꿈꾸고 있는 창석이 도무지 이해가 되지 않는다는 얼굴로 진규를 바라봤다.

"흥분하지 말고 내 말을 들어 봐. 내 말은 다른 학교에서 데모하니까, 우리도 무조건 데모를 해야 한다는 맹목적인 선동을 자제해야 한다는 거여. 내가 볼 때 강제로 학생들에게 군인들이 해야 할 군사훈련을 시키는 나라는 세계적으로 북한하고 우리나라밖에 없을 거여. 그것도 부족해서 말여, 교련 수강신청을 거부하는 학생들을 무조건 강제로 입영시키는 것도 잘못된 정책이라는 점은 분명햐. 농민은 농사를 져야 하고,

기술자는 공장에서 열심히 일을 해야 하고, 학생은 공부를 해야 하는 것이 본분이라는 거여. 자기의 본분을 잘 지키면 불협화음이 생길 수가 없어. 농민이 농사를 안 짓고 공장에 들어가서 기계를 만진다면 제대로 돌아가겠어? 기술자가 농사를 제대로 질 수 있겠냐 말여. 자기 본분이 기술자라는 것도 모름서, 괜히 농사를 짓겠다고 나서면 파농하고 말아. 중요한 것은 그 잘못된 점을 진정으로 자각하고, 그것을 고쳐야겠다는 혁명 정신이 없이, 단순히 군중심리에 휘말려서는 안 된다는 거지.”

진규는 교문을 십여 미터 앞에 두고 걸음을 멈췄다. 길 옆에 있는 풀잎을 뽑아서 손가락으로 문지르면서도 차분한 목소리로 말했다.

“선배 말씀은 군중심리에 휘말려서 맹목적으로 행동하지 말고, 몸을 바칠 각오로 데모를 해야 한다는 겁니까?”

“지난 팔월 십일일에 일어난 광주 대단지 사건 기억나?”

“저하고 같은 학번인 동기 형이 서울대 법대에 다닙니다. 광주대단지 사건이 일어난 후에 몇 명이 현장을 방문해서 광주대단지 빈민 실태 조사보고서를 발표했다고 하더군요. 동기가 그러는데, 삼 년 전인 천구백육십팔년부터 삼십오만 평의 단지를 만들었답니다. 그곳에 청계천과 영등포, 용산 같은 곳에 있는 무허가 판자촌을 강제로 철거를 해서 올해 팔월까지 이주를 했다네요. 이만 오천이백육십칠세대 십이만 사천삼백오십육 명에게 토지를 분양해 주고 직업을 알선해 주기로 했다고 합니다. 거의가 노다가판에 일당을 받으며 다니는 인부, 포장마차나 거리에서 좌판을 펴 놓고 장사를 하는 상인, 기술도 없는 노동자들이라고 합니다. 그러나 철거민 주거지 조성과정에서 땅 투기와 분양권 분배과정에서 문제가 생겼다고 합니다. 그 원인이 서울시가 단지조성자금을 개발

차익에서 확보하려고 했던 것 때문이라고 합니다. 그뿐만 아니라 정부에서는 일자리를 주겠다고 했는데, 단지 내에는 공장지역도, 상가지역도 없고 화장실도 없을 뿐만 아니라, 농촌버스 몇 대만 다니고 있는 열악한 환경이었다고 합니다. 그런데도 서울시는 칠월 칠일 처음 이주민들에게 약속했을 때는 평당 이백 원씩 불하하겠다는 땅을 개발차익을 확보할 속셈으로 평당 팔천 원에서 만 육천 원까지 내라고 했답니다. 당장 저녁에 먹을 끼니도 없는 사람들한테 땅값을 일시불로 완납하라고 했으니 주민들이 가만히 있겠습니까?"

"바로 그 점이 키포인트여. 팔월 십일에도 오만 명의 이주민이 성남파출소 앞에 집결했잖어. 그 사람들이 요구한 거는 머여. 분양가를 인하하고, 세금을 감면해 주고, 공장과 상가를 건설하여 일자리를 알선해 주고, 주민들이 당장 먹고살 수 있도록 구호사업을 요구한 거잖여. 그건 애초에 정부에서 그렇게 해 주기로 약속을 한 거여. 정부는 약속을 지키지 않았고, 이주민들은 이렇게 죽으나 저렇게 죽으나 마찬가지라는 생각에 악에 받쳐서, 성남출장소에 불을 지르고 기물과 차량을 파괴한 거잖여. 그래도 정부에서는 사과 대신 경찰기동타격대 팔백 명을 동원시켜서 데모를 막을라고 항께, 이주민들이 십만 명으로 불어나서 데모를 한 거잖여. 다행히 내무부차관하고, 경기도지사가 이주민들의 요구를 무조건 백프로 수용하겠다고 사과하고, 십이일에는 서울시장이 방송담화를 통해서 이주단지를 성남시로 승격시키고, 주민들의 요구를 무조건 수용하겠다고 해서 삼 일 만에 이주민들의 승리로 끝이 났잖여. 그런 데모는 백프로 이길 수뱅에 읎는 거여. 왜냐? 이주민 한 명, 한 명의 생존권과 직결이 된 문제라서, 어느 누가 선동하지 않아도 자발적으로 데모 분위기가 형성되기 때문여. 하지만 교련 문제는 시방 그 단계가 아니잖여. 내 말 무슨 뜻인지 알었어?"

"역시, 선배다운 통찰력입니다. 선배가 앞장선다면 우리 충남학도들도 모두 일어서서 교문 밖으로 나갈 수 있습니다."

"아직도 내 말을 이해하지 못하는구먼. 왜 나야? 내가 학생회장도 아니고, 내가 학교를 대표하는 인물도 아닌데 왜 내가 앞장서야 교문을 나설 수 있다고 생각하는 거여? 이심전심이라는 말도 안 들어 봤구먼. 광주 대단지 사건처럼 역사가 잘못 흘러가고 있다는 것을 이심전심으로 느꼈을 때 저절로 불꽃이 피어오르는 거여. 하지만 나 혼자 교단 위에 올라가서 떠들고, 그 말을 듣고 교문을 뛰쳐 나갔다믄 백이면 백 당하게 되어 있어. 왜냐? 사명감이 읊기 때문이여. 막말로 말해서 내 한 몸 바쳐서 잘못된 정책을 고치겠다는 시대적 사명감이 있어야 한다는 거야. 내가 생각할 때는 굳이 내가 앞장서지 않아도 이 시대가 우리를 거리로 내몰 때가 올 것 같기도 햐."

진규는 다시 걷기 시작했다. 교문 밖의 거리는 어제와 다름없이 평온했다. 하지만 위수령이 떨어지고 대학에 군인들이 진주하고 있다는 것을 생각하면 마음은 우울하기만 했다.

"선배, 어제 하숙비 입금 받았거든요. 오늘 한잔 살 테니까 마시러 갈까요?"

창석이 걸음을 멈추고 진규를 향해 돌아섰다.

"다음에 햐. 오늘은 약속이 있구먼."

"누구하고 만나기로 했습니까?"

"창석이도 알고 있을지 모르겠구먼. 나보다 일 년 선밴데 이주희 시인이라고 말여.”

“아! 알고 있습니다. 우리 문학 동아리가 모꼬지를 가는 데 참석해서 일박이일 동안 같이 지낸 적이 있어요. 저도 같이 껴도 될까요?”

창석이 이주희를 만날 생각만 해도 즐겁다는 얼굴로 물었다.

“모르는 사이가 아니라면 같이 가도 상관없겠구먼.”

진규는 같이 가자는 표정으로 손짓을 해 보이고 걸었다.

이주희는 2층에 있는 경양식집의 창문가에 앉아 있었다. 진규는 턱을 괴고 창문 밖을 바라보고 있는 이주희의 옆모습이 가을과 잘 어울린다고 생각했다. 실내에는 양희은의 <이루어질 수 없는 사랑>이라는 노래가 통기타 반주음과 섞여 흘러나오고 있었다.

“이 선배, 이쪽은 국문과 오창석. 서로 잘 알고 있는 사이라고 해서 같이 왔어.”

“아! 지난번 모꼬지 때 소주를 다섯 병이나 비운 그 후배님이시네.”

이주희는 진규가 창석을 데리고 온 점이 못마땅했다. 내색을 할 수가 없어서 활짝 웃는 얼굴로 손을 내밀었다.

“선배님 다시 한번 뵙고 싶었습니다. 마침 박 선배가 선배님을 만나러 가신다고 해서 염치 불고하고 따라 붙었습니다. 그 대신 오늘은 제가 한 잔 사겠습니다. 그래도 되죠.”

“술은 누가 사더라도 상관없으니까 어서 앉아.”

이주희는 자연스럽게 일어서서 밖으로 나왔다. 진규가 얼떨결에 창문가에 앉았다. 그녀는 진규 앞에 앉으며 건너편 자리를 손으로 가리켰다.

“책 내신다는 소문을 들었는데……”

“책을 내려면 시가 적어도 백 편 이상은 돼야 하는데, 아직 그 수준은 못 됐고 대학원에 진학할까 생각 중이야. 진규 씨 저녁은?"

"여긴 소주를 안 팔잖아요. 요 옆에 있는 순댓국집 어때요? 저녁도 먹고 소주도 한잔하고"

창석이 이주희를 바라보며 웃는 얼굴로 눈을 끔쩍거려 보였다.

"맥주도 괜찮잖아. 여기, 맥주 두 병하고 스테이크로 주세요"

이주희도 창석에게 장난스럽게 윙크를 해 보이고 나서 웨이터를 불러 주문했다.

"이 선배님은 시를 쓰시는 시인이시니까 요즘의 사회현상에 대해서 민감하시겠네요."

"난 시를 쓰고 있지, 사회운동을 하고 싶지는 않아."

"「오적」을 쓰신 김지하 선생도 시인 아닙니까?"

"난 김지하 시인이 아니라는 것이 중요한 것 아닌가?"

이주희는 창석이 다분히 정치적 성향을 띠고 있다는 점을 알고 있었다. 진규와 만나는 자리에서 정치적인 문제로 시간을 소비하고 싶지 않아서 미소 띤 얼굴로 조용히 반문했다.

"그럼 선배님은 정치가 이상한 방향으로 흘러가도 시만 쓰시면 된다는 말씀이십니까?"

"정치는 정치인에게, 시는 시인에게. 정치 이야기는 더 이상 노굿, 지금부터 다른 이야기하기. 진규 씨는 요즘 작품 안 써?"

진규는 소설을 써야겠다는 생각을 항상 가지고 있었지만 시도해 본 적은 없었다. 할 말이 없어서 대답하지 않고 어깨만 으쓱거리며 맥없이 웃었다.

"하긴 이 선배님은 앞으로 유명한 종합병원을 이어받을 상속자시니까 그런 데 신경 쓰고 싶지는 않으시겠지.”

창석이 어깨를 으쓱거리며 맥주 안주로 나온 옥수수튀김을 집어먹었다.

“종합병원 상속자라니, 그건 또 먼 말여?”

“박 선배 몰랐어요? 이주희 선배님은 대전에서 유명한 충일병원 이석균 원장님의 외동딸이잖아요.”

“충일병원이라믄?”

진규는 이주희와 처음 만났을 때 아버지가 장사를 한다고 들었었다. 그 이후로는 집안에 대해서 말하는 것을 듣지 못했다. 충일병원은 대전에서 다섯 손가락 안에 드는 개인병원이다. 충일병원이 더 유명해진 것은 작은 개인병원으로 시작해서 자수성가한 병원이라는 점 때문이다. 이주희가 그런 부잣집 딸이라는 점이 쉽게 믿어지지 않아서 이주희를 바라보며 어이가 없다는 얼굴로 웃었다.

“진규 씨, 일부러 숨긴 것은 아냐. 하지만 굳이 말하고 싶지는 않았어. 아버지가 병원을 운영하시는 것하고, 내가 시를 쓰는 것하고는 아무런 상관이 없잖아. 안 그래?”

맥주가 왔다. 이주희가 먼저 병을 받아 진규에게 맥주를 따라 주면서 부드럽게 말했다.

“그람, 세상에는 부자가 있으믄 가난뱅이도 있는 법이잖여.”

진규는 이주희가 들고 있는 맥주병을 받아서 그녀의 잔을 채웠다. 술을 너무 따라서 거품이 넘쳐흘렀으나 이주희는 바라보고만 있었다.

“무슨 뜻으로 하는 말야?”

이주희가 뒤늦게 컵에 묻은 거품을 손으로 닦아내며 물었다.

"말한 그대로여, 이 선배가 충일병원의 유일한 후계자라고 해도 나하고는 아무런 상관이 없다는 거지."

진규는 창석의 잔도 채워 주고 맥주병을 내려놓았다. 이주희를 바라보며 빙긋 웃어 보이고 나서 술잔을 들었다.

"좋아, 내가 아버지에 대해서 말하지 않은 점은 사과할게."

"왜 사과를 한다는 거여?"

진규가 이해할 수 없다는 표정으로 반문했다.

"진규 씨 집안에 대해서는 미주알고주알 물어보고, 궁금해 했으면서 정작 내 집안에 대해서는 함구하고 있었다는 점은 불공평하잖아. 그 점에 대해서 진심으로 사과할게. 하지만 이거 하나만 알아 줘. 며칠 전에 만나서 같이 저녁을 먹었던 여자도 나 이주희고, 이 자리에 앉아서 맥주를 마시는 나도 이주희야. 그 점만 알아주었으면 해."

이주희는 안타까운 눈빛으로 진규를 바라봤다. 진규가 자격지심을 느낄 것 같아서 처음부터 털어놓지 않은 점이 후회됐다. 다른 한편으로는 항상 약자의 편에 서기를 좋아하는 진규에게 충일병원 원장의 딸이라는 사실을 밝혔으면 지금처럼 서로의 거리가 좁혀지지 않았을 것이라는 생각도 들었다.

"이 선배님 우리 박 선배 좋아하시는 모양이구나. 제 말 맞죠?"

창석이 부럽다는 얼굴로 진규를 바라보며 이주희에게 물었다.

"잘 봤어. 나 진규 씨하고 결혼까지 생각하고 있어. 그러니까 다른 여자 후배들이 진규 씨에게 대시를 하면 창석 씨가 막아 줘."

창석의 말이 끝나자마자 이주희가 이 기회에 분명히 해 둘 필요가 있다는 생각으로 말했다.

"사람 환장하겠구먼. 선배 눈에 시방 콩깍지가 꼈구먼. 안 그라믄 나 같은 놈하고 결혼하겠다는 생각은 못 할 겨. 대관절 나 같은 남자가 뭐가 그렇게 좋댜?"

진규는 어깨를 으쓱거리고 나서 천천히 맥주잔을 비웠다. 창석은 부럽다는 얼굴로 진규를 바라봤으나, 진규는 이주희를 바라보지도 않고 옥수수튀김을 먹었다.


크리스마스다. 하늘은 금방이라도 눈을 뿌려 댈 것처럼 어두웠다. 하늘은 흐렸지만 아침부터 거리 전파사나 다방이며 제과점에서는 캐럴이 흐르고 있었다. 애자가 살고 있는 서부이촌동의 태양아파트 입구에도 누군가 크리스마스트리를 세워두었다. 아침인데도 불을 끄지 않아서 꼬마전등이 반짝거렸다.

애자는 설거지를 끝낸 후 두 살짜리 아들 성찬에게 장난감을 안겨주고 텔레비전을 켰다. 토요일이라서 아침드라마는 하지 않았다. 재미있는 방송을 찾아서 채널을 돌리려고 하는데 KBS-TV에서 긴급특보라는 고딕체 자막이 튀어나왔다. 이어서 '대연각호텔 화재'라는 글씨가 딸려 나왔다.

대연각호텔?

대연각호텔이라면 충무로 1가에 있는 22층짜리 호텔이다. 2층에는 그릴과 커피숍이 있어서 고현수와 연애하던 시절에 두 번 가 본 곳이다. 호텔 창문에서는 검은색 연기가 산불처럼 번져서 빠져 나오고 있었다. 하늘에는 헬리콥터가 날고 있었고, 소방차에서 호스로 물을 뿜어내고 있으나 불이 번지는 규모에 비하면 물줄기는 화단에 물을 주는 것 정도로 미약했다.

"오늘 오전 열 시 오 분쯤에 중구 충무로 일가에 있는 대연각호텔에 화재가 발생하였습니다. 정확한 화인은 조사를 해봐야겠지만, 처음 화재를 목격한 사람들의 증언에 의하면 이 층 커피숍에서 갑자기 펑 하는 소리와 함께 불길이 번지기 시작했다고 합니다. 현재 이백이십 개의 객실이 있는 이 호텔에는 크리스마스이브여서 미국인 구 명, 일본인 삼십오 명, 중국인 삼 명, 교포 이 명, 내국인 일백오십사 명이 투숙하고 있습니다. 종업원은 원래 이백삼십오 명이었으나 정확한 숫자를 확인할 수가 없어서 약 사백여 명이 있는 것으로 추측하고 있습니다. 그럼 여기서 잠깐 화재 구조와 진압 장면을 보시겠습니다."

아나운서의 멘트가 사라지고 화재 현장이 화면을 가득 메웠다. 잔뜩 흐린 서울 하늘을 삼켜 버릴 것처럼 불길이 날름거리는 호텔 창문에서 모포로 몸을 감싸거나, 침대 매트리스를 껴안고 뛰어내리는 사람들이 보였다.

애자는 매트리스를 가슴에 껴안고 뛰어내리는 사람들을 볼 때마다 자신도 모르게 소파 팔걸이를 움켜잡으며 경악했다. 헬리콥터에 아슬아슬하게 매달려 구조당하는 사람들을 볼 때는 자신도 모르게 눈물을 글썽거리며 손뼉을 쳤다.

"시청자 여러분, 지금 불길이 위층으로 거침없이 올라가면서 창문이 터지는 소리가 들려오고 있습니다. 불탄 창문의 알루미늄 새시가 우박처럼 쏟아져 내리는 가운데 소방관이 탄 사다리차가 올라가고 있으나 구조하기에는 역부족입니다."

아나운서의 멘트가 이어지는 가운데 불구경하고 있는 수많은 군중의 안타까워하는 모습이 클로즈업됐다. 군중은 창문에 사람이 나타나서 구원을 요청하면, 저기 사람이 있다! 라고 일제히 약속이나 한 것처럼 한목소리로 호텔 창문 안에서 손을 흔들며 애원하는 사람을 손가락으로 가리켰다. 그러면 헬리콥터가 그쪽으로 밧줄을 늘어트렸다. 그렇게 해서 구조가 되면 일제히 환호성을 울리며 박수를 쳤다.

"저기, 사람이 떨어진다!"

창문턱에 매달려 있던 사람이 떨어지는 것을 보고 누군가 날카롭게 고함을 지르면, 손바닥으로 눈을 가린 채 안타까움에 몸을 떨었다. 어떤 사람은 우산을 펴서 낙하산처럼 잡고 뛰어내렸으나 효과를 보지 못하고 그대로 추락해 버렸다.

현수 씨!

애자는 화면을 가득 메우고 있는 관중들처럼 불타고 있는 호텔을 바라보며 어느 때는 몸서리를 치고, 어느 때는 박수를 치며 환호하다가 문득 아침에 고현수가 했던 말이 생각났다.

"오늘은 출근이 늦네요?"

"오늘 열 시에 대연각호텔 커피숍에서 누굴 좀 만나서 같이 점심을 먹은 후에 출근하기로 했어."

고현수의 출퇴근 시간은 일정하지 않았다. 어느 때는 컴컴한 새벽에 출근하기도 하고, 오후에 출근하는 날도 있다. 어느 날은 하루 종일 집에서 빈둥거리다가 저녁을 먹고 출근해서 아침에 퇴근하기도 한다. 출장도 잦아서 갑자기 출장 간다는 전화 한 통만 하고 짧으면 삼 일, 길면 보름 만에 돌아오기도 한다. 하지만 오늘은 마냥 기다릴 수가 없었다. 당장 화재 현장으로 뛰어가고 싶지만 아들 때문에 움직일 수 없었다.

애자는 전화기 앞으로 달려갔다가 갑자기 다리의 힘이 한꺼번에 빠져 나가는 것을 느끼며 털썩 주저앉았다. 직장으로 전화를 걸려면 전화번호를 알아야 하는데, 그동안 전화번호를 모르고 있었다.

"여보, 직장 전화번호가 뭐예요? 갑자기 영동에서 어머님이라도 올라오시고 하면, 당신한테 전화를 걸어야 하잖아요."

고현수가 어딜 다니든 말든 관심이 없던 것은 아니다. 신혼 초에 전화번호를 알아 둘 속셈으로 말을 붙여 봤었다. 그랬더니 국가의 중요한 기관에 일하고 있기 때문에 가족에게도 전화번호를 알려 줄 수가 없다는 대답만 받았다.

"고 서방은 국가를 위해서 큰일을 하는 사람여. 고 서방 몸은 국가가 지켜주고 있으니까 전화번호 몰라도 상관없을 겨."

고현수의 성격상 다시 물어봐도 전화번호를 알려 줄 것 같지가 않았다. 나중에 이동하에게 남편이 직장 전화번호를 알려 주지 않는다고 말했더니, 고현수와 비슷한 대답을 해서 더 이상 묻지 않았던 것이 감당할 수 없는 후회로 밀려왔다.

어떡하지? 그래, 아부지한테 전화해 보면 현수 씨가 어디 있는지 알 수 있겠지.

애자는 혼이 빠진 얼굴로 방 안을 서성거리다가 우유를 먹고 잠들어 있는 성찬이 앞에서 걸음을 멈췄다. 성찬이는 지금 아버지가 불길 속에 갇혔는지, 아니면 빠져나오다 부상을 당해 병원으로 실려 갔는지도 모르고 쌔근쌔근 잠을 자고 있었다. 잠자는 성찬의 얼굴을 바라보고 있으니까 눈물이 터져 나왔다. 눈물을 닦으며 생각해 보니까 이동하에게 연락하면 무슨 방법이 생길 것 같았다.

"의원님은 지금 대연각호텔 화재 현장에 가셨습니다."

일이 안 되려면 뒤로 넘어가도 코가 깨진다고 이동하도 부재중이었다. 비서관에게 고현수가 어디 근무하는지 알아 봐 줄 수 있느냐고 물으니까, 알 수 없다는 대답만 돌아왔다.

애자는 초조한 마음으로 다시 텔레비전 앞으로 갔다. 텔레비전에서는 여전히 대연각호텔 화재를 생중계하고 있었다. 화마는 10층을 넘어서 하늘로 치솟고 있었다. 구름처럼 많은 군중이 손에 땀을 쥐고 관망하고 있으나 구출은 점점 어려워지고 있었다. 박정희 대통령도 안타까운 표정으로 화재 현장을 지켜보며 측근들에게 뭐라고 지시하는 모습이 나타났다. 하지만 화마는 더 맹렬한 속도로 하늘을 찌르고 있었다.

이건…… 이건 아냐, 이럴 수는 없어. 내가 뭐야. 나는 아내잖아. 아무리 국가의 중요한 일하는 신분이라도 아내에게까지 전화번호를 알려 주지 않는다는 건……. 나를 진정으로 사랑하지 않기 때문일거야…….

사람은 누구나 최악의 순간에 도달하게 되면 자기방어기제가 발동하기 시작한다. 화면 하단에는 사망자 숫자가 점점 늘어가고 있었다. 지금까지 확인된 추락자만 30명이 넘는다는 자막이 떠오르는 순간 고현수가 너무 야속하다는 생각이 들었다. 자신을 믿지 못하기 때문에 아내임에도 불구하고 직장 전화번호를 알려주지 않는 것이라는 생각으로 이어졌다. 그 생각은 평소 고현수가 따뜻한 시선으로 자신을 바라본 적이 별로 없다는 생각으로 발전됐다.

아나운서는 대연각호텔의 화재를 생중계하는 사이에 호텔이 있었던 자리는 일제 때 '히라다(平田)' 백화점이었다가 불이 나서 전소된 후에 판잣집이 들어섰다고 말했다. 그 후에 고미파카바레가 가건물로 세워졌다. 이 카바레도 59년 1월에 전소되고, 무학성카바레가 들어섰다가 대연각호텔이 지어졌다는 말을 했다.

도대체, 나라는 인간은 그 사람한테 어떤 존재지?

대연각호텔 18층에서 남녀 한 쌍이 헬리콥터에서 내려준 밧줄을 잡고 무사히 구출되는 것을 본 군중이 박수를 치며 환호했다. 하지만 남자 한 명이 공중에서 몸의 위치를 바꾸려다 추락하자 일제히 안타까운 한숨을 내쉬었다. 애자는 내가 과연 고현수와 호텔에 있었으면 밧줄로 구조된 남녀처럼 나란히 탈출할 수 있을까, 하는 생각이 드는 순간 눈물이 나서 더 이상 텔레비전을 볼 수가 없었다. 남녀가 창가에 나왔다. 남자는 커튼으로 몸을 창에 매단 채 호텔 벽면에 붙어 있었다. 여자는 창가에 걸터앉아 구조를 요청하다가 땅바닥으로 추락했다.

그녀는 텔레비전을 끄고 창문 앞으로 갔다. 베란다 밖으로 흐린 하늘이 우울하게 가슴으로 내려앉았다. 가슴이 너무 답답해서 숨이 턱턱 막혔으나 아무리 생각해봐도 고현수의 행방을 알아 낼 수 있는 방법이 생각나지 않았다.

내가 나가 봐야겠어.

애자는 한참 만에 종로에 있는 이동하 집으로 전화를 걸었다. 춘임이 반갑게 전화를 받았다. 집에 별다른 일이 없으면 택시를 타고 곧바로 서부이촌동에 있는 태양아파트로 오라고 말했다.

"왜유? 애기가 많이 아파유?"

"자세한 것은 집에 오면 말해 줄 테니까, 빨리 오세요. 택시비가 없으면 아파트 앞에 와서 경적을 울려요. 그럼 내가 택시비를 들고 내려 갈 테니까."

"알았슈. 저도 택시비 정도는 있응게, 시방 빨리 나가서 택시를 탈게유. 사람들이 죄다 충무로 쪽으로 몰려 있어서 종로 쪽은 한산할 거유. 아가씨도 대연각호텔에 불난 거 알고 있쥬? 텔레비 보다 너무 무서워서 꺼버렸슈……."

"저, 지금 급하거든요. 빨리 좀 와 주세요."

애자는 춘임의 말을 끊어 버리고 수화기를 내려놓았다. 성찬이는 잠을 자면서 무슨 꿈을 꾸는지 빙긋이 웃는다. 웃는 얼굴이 너무 예뻐서 볼에 가만히 뽀뽀를 해 주고 싶었으나 고현수 때문에 마음이 심란해서 그냥 창문 앞으로 갔다.

춘임이 아파트 현관으로 들어선 시간은 삼십분 후였다. 애자는 그동안 가슴이 터져 나가 버릴 것 같아서 고현수가 즐겨 마시는 소주를 반 병이나 혼자 비운 후였다. 성찬이를 낳기 전에는 가끔 술을 마셨으나, 아이를 낳은 후에는 한 잔도 마시지 않던 술이었다. 거의 이 년 만에 마신 술이라 그런지 얼굴이 화끈 거릴 정도로 취기가 올라왔다.

"시방 서울 시내는 말도 못해유. 운전사가 그라는데, 충무로 쪽은 발 디딜 틈도 없대유. 사람들하고 차들이 을매나 많은지, 그 안에 있는 택시들도 빠져나오지 못한다고 하데유……. 먼 일이 있슈?"

춘임이 보기에 애자는 대낮부터 술을 마신 것처럼 보였다. 붉게 물든 얼굴이 보기는 좋았지만, 애기 엄마가 대낮부터 술을 마신 것하며, 김장 할 때도 아닌데 자신을 부른 것도 이상했다. 마냥 수다를 떨 때가 아니라는 생각에 갑자기 목소리를 죽이고 물었다.

"성찬이 아버지가 오늘 열 시에 대연각호텔 이 층에 있는 커피숍에서 손님을 만나기로 했는데, 연락할 방법이 없어요. 그래서 지금 불이 난 데로 찾아가 보려구요."

"워매, 아까 집으로 전화 왔었슈. 아가씨가 빨리 오라고 하셔서 막 나올라고 하는데 전화가 왔잖유. 의원님이 시방 집에 계시냐구유."

"누가?"

애자가 빠르게 물었다.

"누구긴 뉘유, 고 선생님, 그랑께 성찬이 아버님이쥬."

"분명히 전화가 왔었단 말이죠?"

"아씨두 참, 지가 읎는 말을 꾸며서 하겠슈? 의원님 집에 계시냐고 말씀하시기에, 아침 일찍 나가신 후에 즌화도 읎었다고 말씀 드렸슈. 그랬드니 혹시 집에 들어오시믄 저한테 즌화 왔었다는 말을 전해 달람서, 내일 다시 즌화를 드리겠다고 말씀하셨슈."

"알았어요……."

애자는 고현수의 소식을 알아냈는데도 안심이 되거나 기쁘지 않았다. 오히려 배신당한 기분이 들었다. 대연각호텔에 화재가 났다는 점은 텔레비전과 라디오를 통해 생중계되고 있는 상황이라 전 국민이 알고 있는 사실이다. 고현수가 어떠한 이유로, 어떻게 호텔을 빠져나왔는지는 모른다. 약속이 취소됐을 수도 있고, 커피숍에서 만나자마자 곧바로 다른 장소로 이동했는지도 모른다. 출근하면서 대연각호텔에 10시까지 간다고, 다른 사람도 아닌 이 세상에서 하나뿐인 아내에게 말했었다. 당연히 집으로 전화해서, 나는 무사하노라고, 알려주었어야 한다. 집에서 가슴이 타도록 걱정하고 있다는 것을 알면서도 전화하지 않은 것은 두 가지 이유밖에 없을 것 같았다.

나한테 관심이 없는 거야. 아니면 내가 자기를 사랑하지 않는다고 생각하고 있기 때문이겠지…….

애자는 식탁이 있는 곳으로 갔다. 춘임이 '어매, 애기씨가 참말로 많이 컸구만유. 위매, 이릏게 예쁠 수가 있남? 천사가 따로 없구만유.'라고 작은 목소리로 탄성을 터트려도 못 들은 척하고 소주병을 들고 식탁에 앉았다.

"무슨…… 속상한 일 있으세유?"

춘임이 애자 건너편에 앉으면서 걱정스러운 얼굴로 물었다.

"언니한테 이런 말 하는 내 자신이 비참하지만 너무 화가 나서 해야겠어요. 세상에 남편이 자기 직장 전화번호를 아내한테 안 알려 준다는 것이 말이 된다고 생각하세요?"

애자가 소주를 몇 모금 마시고 나서 안주도 먹지 않고 물었다.

"지는 시집을 안 가서 잘 모르겠지만, 부부는 일심동체라고 하잖아유. 남편이 하는 일을 안사람이 모르고 있다믄 문제가 된다고 생각하는데유? 친구 중에 그런 분이 계시남유?"

"친구가 아니고, 지금 내가 겪고 있는 일이에요. 여기 앉아 있는 내가……."

애자는 고현수 말만 믿고 남편 일에 너무 무관심했던 자신에 대한 원망도 치솟아 올랐다. 그 점이 속상해서 눈물이 날 것 같았다.

"어매, 그람 고 선생님이 중앙정보부에 댕기고 계시다는 걸 모르셨단 말씀이셔유?"

"중앙정보부라니요?"

애자는 눈물이 글썽이다가 순간적으로 마르는 것을 느끼며 빠르게 반문했다.

"언진가, 의원님하고 고 선생님하고 말씀하실 때 들어봉께, 의원님이 '중앙정보부라는 데가 아무나 들어가는 데가 아니다, 그만큼 몸조심하고 무엇보다 입조심 해야 한다, 근무 할 만은 하냐.'라고 물어보셨잖유. 그랑께 고 선생님이 아직은 적응이 안 되고 있지만 별다른 문제는 없으니까 너무 걱정하지 마십시오, 라고 대답하시드라구유. 그래서 지는 고 선생님이 중앙정보부에 댕기고 계시다는 것을 진작부텀 알고 있었구만유."

"거, 거기는 얼마 전에 그만 두었거든요. 시, 시방은 딴 데 다니잖아요."

애자는 식모까지 알고 있는 남편의 직장을 아내가 모르고 있다는 사실이 너무 황당해서 얼른 말을 돌렸다.

"그람 그롷지. 고 선생님이 그러실 분은 아니잖유. 그람, 요새는 워디 댕기시는지 모르신단 말여유?"

"직장을 모른다는 것이 아니고, 다른 부서로 발령을 받았는데 아직 말을 안 해주네요. 언니도, 시집 가야죠. 좋아하는 분 있어요?"

천성적으로 거짓말을 못하는 애자는 계속 거짓말을 하려니까 입이 말라서 견딜 수가 없었다. 마른침을 몇 번이나 삼키고 나서 다시 말을 돌렸다.

"어이구, 별말씀을 다하시느만유. 부모도 읎고, 집도 절도 읎는 저 같은 것을 누가 데려간데유. 저는 그냥 의원님 댁에서 밥이나 하고 집이나 지키는 것이 좋아유."

춘임이 그녀답지 않게 얼굴을 빨갛게 물들이며 괜히 손을 비비적거렸다.

"언니가 지금 몇 살이죠?"

애자는 건성으로 물으며 소주를 잔에 따랐다.

"서른두 살유……."

춘임은 괜히 가슴이 콩닥콩닥 뛰어서 얼굴을 들 수가 없었다.

"어머! 서른 살이 넘었단 말이에요?"

애자가 소주를 마시다 말고 잔을 내려놓으며 놀란 얼굴로 물었다.

"지가, 학산에 왔을 때가 열 살이었구먼유. 그라고 봉께 세월이 흐르긴 참말로 많이 흘렀구먼유. 이십이 년이라는 세월이 흘렀응께."

"돈 좀 모아 놓은 건 있어요?"

"학산에서는 월급을 안 줬잖아유. 서울에 와서는 의원님이 오천 원도 주시고, 만 원도 주시고 해서 철 따라 옷이나 한 벌씩 사 입고 은행에 저금해 놨슈. 생전 돈 쓸 일이 있어야쥬, 친구가 있어서 극장 귀경을 가나, 먹고 싶은 것이 있어서 까먹기나 하나, 워디 여행을 가고 싶어서 채비를 쓰나, 외려 집에 있는 것이 편해유. 요새는 지 방에 텔레비전이 있잖유. 밤마다 연속극보다 보믄 시간이 엄청나게 빨리 가유. 요새는 케이비에스에서 일곱 시 오십 분에 〈심청전〉 하잖아유. 여덟 시까지는 〈심청전〉을 봐유, 여덟 시부텀은 티비씨에서 하는 〈세 자매〉를 봐유. 일요일 저녁 여덟 시 십 분에는 엠비씨에서 〈웃으면 복이와유〉를 보는데 얼매나 웃기는지 몰라유, 배삼룡하고, 구봉서하고 이기동이 나오거든유. 배삼룡 알쥬? 맨날 코 질질 흘리는 삼룡이 말여유……."

춘임이 내가 언제 얼굴을 붉히며 가슴을 콩닥거렸냐는 것처럼 연신 침을 삼켜가며 말을 이어갔다.

"춘임 씨도 술 한잔할래요?"

애자가 언제 이동하를 만나면 춘임을 시집 보내주라는 부탁을 해야겠다고 생각하며 조용한 목소리로 물었다.

"소주는 안 마셔봤슈. 하지만 한잔하고 싶네유. 아가씨가 너무 안 좋은 얼굴로 앉아 계싱께유."

춘임이 망설이지 않고 손을 내밀었다.

"언니는 지금이 행복해요?"

"저는 행복이 뭔지, 불행이 뭔지도 몰라유, 그냥 해가 뜨믄 일어나서 밥하고, 저녁에 설거지 끝나고, 의원님이 들어오시면 텔레비 끝날 때까지 보다가 잠자고, 그냥 그렇게 살아유……. 워매, 막걸리는 달든데, 소주는 왜 이렇게 쓰데유? 이렇게 쓴 걸 무슨 맛으로 마셔유? 그라고 봉께, 아가씨는 안주도 읎이 쓴 소주를 마시고 계시네유. 지가 얼른 안주 맨들어 드릴께유."

춘임이가 놀란 얼굴로 일어섰다. 냉장고 문을 열고 안주가 될 만한 것을 찾았다.

"괜찮아요. 술 그만 마실 거예요. 성찬이한테 술 냄새 풍기면서 우유 먹일 수는 없잖아요. 그리고, 그이 살아있다는 거 알았으니까 언니는 그만 가 봐요. 아버지가 잠깐이라도 집에 들르실 수도 있잖아요."

"참말로, 암 일도 읎는 거쥬?"

춘임은 걱정이 돼서 발길이 떨어지지 않았다. 애자가 시집을 가기 전에 가끔 독한 양주를 마시는 모습을 봤었다. 하지만 지금처럼 우울한 얼굴이 아니었다. 그때는 술을 즐기는 모습이었는데, 지금 빈 소주병을 눈앞에 두고 앉아있는 애자의 얼굴은 너무 어두워서 걱정이 됐다.

"아버지한테는 내가 술 마셨다는 말 안 하기예요."

애자는 일어났다. 안방으로 들어가서 지갑에서 이천 원을 꺼내 와서

201

춘임의 손에 쥐어 주었다. 춘임이 받지 않으려고 뒤로 물러섰다. 오랜만에 마신 술에 취기가 우울하게 가슴을 적셨다. 문을 열어주고 밖으로 나가는 춘임의 등 뒤에서 우울한 목소리로 말했다.

박평래는 방천길에서 내려와 둥구나무거리로 향하기 전에 걸음을 멈췄다. 등 뒤에서 부는 바람이 윙윙거리며 마른 옥수수수염 같은 머리카락을 날려도 움직이지 않고 이동하의 집까지 쭉 뻗어진 길을 흐뭇한 표정으로 바라봤다.

길을 넓히는 작업을 할 때는 속이 상해서 또랑 쪽은 바라보고 싶지도 않았다. 하지만 막상 리어카 두 대가 마음대로 오갈 정도로 길이 넓어지고, 시멘트 포장까지 해서 번듯한 길이 되니까 상규네의 마음이 이해가 됐다.

그려, 그까짓 쌀이야 땅이 줄어든 만큼 덜 먹으믄 그만이지만, 질바닥은 온 동리 사람들이 편하게 댕기잖여. 의원님도 포장이 된 넓은 길을 댕길 때마다 태수를 생각할 거잖여.

박평래는 천천히 길을 내려갔다. 해룡네 집 앞을 가기 전에 백번 생각해 봐도 상규네의 판단이 옳았다는 생각이 들어서 걸음을 멈췄다. 길은 한밤중에 호야불이나, 손전등이 없어도 짐작만으로 마음대로 걸을 수 있을 만큼 돌부리 하나 걸리는 것이 없고, 움푹하게 파여진 곳도 없다. 마치 손바닥으로 쓸어 놓은 모래바닥처럼 판판한 길이 만들어지기까지는 상규네의 희생이 가장 컸다고 생각하니까 저절로 어깨에 힘이 들어갔다.

"바람이 찬데, 뭔 생각을 하시느라……."

"어! 암것도 아녀. 근데, 탁주 한잔이 생각 나믄 안사람한테 심부름을 시킬 일이지. 왜 안 하던 짓을 하고 그런댜?"

박평래는 등 뒤에서 말을 거는 황인술의 목소리에 등을 돌렸다. 황인술이 두 되짜리 주전자를 들고 서 있다. 해룡네에서 술을 받아 가는 모양이라고 생각하며 물었다.

"순배 영감이 한잔하고 싶다고 해서 사 가지고 가는 길유. 저녁 드시기에는 안직 시간이 있응께, 같이 가시쥬. 거기, 팔봉이 아부지도 계시고, 시훈이 아부지랑 길동이도 있슈. 그래서 아싸리 두 되를 받아 가는 질유."

"길동이가 있는데 왜 구장이 오는 거여?"

박평래가 황인술과 같이 걸으면서 물었다.

"길동이가 지 돈으로 사 오겄다고 우기길래, 지가 집에 볼일이 있다고 속이고 나왔슈."

"그려?"

박평래는 내일은 해가 동쪽에서 뜨지 않고 서쪽에서 뜨겠다는 얼굴로 황인술을 바라봤다. 황인술은 윤길동이 술을 받아오지 않겠다고 버텨도 심부름을 보낼 성격이다. 그 반대로 윤길동에게 거짓말까지 하며 술을 받으러 나왔다는 말을 들으니 오래 살다 보니까 별일도 다 본다는 생각이 들었다.

"사실은, 어지 장손자를 봤슈. 그래서 지가 일부러 나왔슈. 그람 됐슈?"

박평래의 얼굴이 일그러지는 것을 본 황인술이 웃는 얼굴로 실토했다.

"어이구, 할아부지가 됐구먼. 참말로 축하햐. 난 구장이 언지 할애비가 되는가 했드니…… 그라고 봉께, 순배 형님한테는 병문안을 핑계로 손자 이름을 지러 갔구먼."

"좌우지간 태수 아부지는 못 속인당께."

황인술은 박평래를 따라서 순배 영감의 집으로 가는 골목길로 들어서며 민망한 얼굴로 웃었다.

"형님, 요새 몸이 안 좋은 거 가텨. 노인들은 겨울 가고 봄이 오믄 또 한 해를 산다고 하던데……."

박평래는 올겨울을 잘 넘겨야 할 텐데라는 말을 입안으로 삼키며 부지런히 걸었다.

"겸사겸사쥬. 순배 영감 몸이 안 좋은 거 가튜. 언지 시간 내서 학산의원에라도 모시고 가 봐야겄슈."

"그랴, 동리 어른이 건강히 오래 사시게 하는 것도 구장이 할 일잉께."

박평래는 점잖게 말하며 순배 영감 집 삽짝문 안으로 들어섰다. 해룡이 처가 정지에서 무얼하는지 아궁이 앞에 쪼그려 앉아 있다.

"수, 술국 끓여."

"좌우지간 이 동리서 싸가지 읎기로 치자면 첫째가 해룡이요 둘째도 해룡이었는데, 요새는 이 등이 해룡이 처여. 그려, 무슨 술국 끓이는 거여. 술국 끓일 줄 알기는 하는 거여?"

박평래가 정지 앞에 멈춰서 기가 막힌다는 듯 고개를 끄덕거리며 물었다.

"배, 배추국 끓여. 두, 두부 늫고"

"그랴. 이왕이믄 돼지괴기도 듬성듬성 썰어 늫고, 대파도 솔솔 쓸어 늫면 더 맛있을 겨. 형님, 저 왔슈."

박평래는 고무신을 벗고 마루 위로 올라섰다. 발바닥에 와 닿는 마루의 감촉이 얼음장처럼 차다. 똑같은 마루라도 사람의 출입이 잦은 마루는 한겨울에도 냉기가 덜 서리는 법이라고 생각하며 방으로 들어갔다.

"구장이 손자를 봤다잖유."

"손자 읎는 사람 서러워서 살겄나?"

순배 영감은 아랫목 벽에 기대어 이불에 발을 넣고 앉아 있었다. 그의 옆에 앉아서 담배를 피우던 변쌍출이 박평래에게 자리를 비켜주며 말했다.

"구장님은 팔봉이 아부지보다 나이가 한참 어리잖유."

윤길동은 손자가 아니라 향숙이 결혼만 했으면 좋겠다는 생각에 남모르게 한숨을 내쉬었다.

"형님 요새 몸이 안 좋아 보여. 밥 드시는 건 어떠유?"

"밥이야 읎어서 못 먹지. 하지만 밤이 너무 길어서 그란지 아침이 되면 당최 기운이 읎당께."

"아! 그야, 이런 생각 저런 생각하면서 밤을 보내믄 원래 헛심이 빠지게 되어 있슈. 그랄 때는 나처럼 탁주를 한 잔씩 해유, 그럼 잠도 잘 오고, 아침에 늦게 일어낭께 몸이 깨운해유."

"아, 형님이야 잠이 안 와도 옆구리에 마누라가 있잖여······."

장기팔이 길게 하품을 하고 나서 저린 어깨를 툭툭 두들기며 중얼거렸다.

"시훈이 애비는 벌써 노망이 들었나. 형님 앞에서 못하는 말이 읎구면.”

변쌍출이 장기팔을 주먹으로 때리는 흉내를 해 보이며 노려봤다.

“괜찮아, 괜찮아. 나 혼자 산 세월이 한두 해도 아니잖여. 벌써 이십 년 가찹게 되는데 머.”

순배 영감이 천천히 손을 내젓고 나서 눈을 감았다. 오른손 가운뎃손가락이 저려서 주물렀다. 그랬더니 왼손도 저렸다. 오른손, 왼손 번갈아 주무르는 사이에 보름날 둥구나무 밑에서 죽음을 기다리고 있던 자식들의 얼굴이 떠올랐다. 눈물 한 방울이 삐져나올 것 같아서 큼, 잔기침을 하며 눈을 떴다.

방문이 인기척도 없이 열리면서 밥상을 들고 있는 안성댁이 히죽히죽 웃으며 서 있다.

“아야, 길동이. 해룡이 처 팔 빠지겄어. 뭐햐! 빨리 상 받아 들이지 않구선.”

박평래가 기특하다는 얼굴로 안성댁을 바라보며 너스레를 떨었다.

“돼지괴기. 돼지괴기 느면. 맛있어.”

윤길동이 얼른 상을 받아서 방 가운데에 내려놨다. 안성댁이 따라 들어와서 양은냄비를 손가락으로 가리키며 박평래를 바라봤다.

“참말로 돼지괴기가 있네. 이거 워디서 난 겨?”

박평래가 보니까 돼지기름이 둥둥 떠 있는 것이 먹음직스럽다. 수저로 저어 보니까 살코기가 많이 들어가 있다.

“어머님, 어머님이 자, 장에 가서 사 왔어. 우, 우리 애기 줄라고”

“저런, 해룡네가 손자 끓여 줄라는 돼지괴기를 죄다 여기다 는 모양이구먼. 장차, 이 일을 워쩐댜. 우리야 맛있게 먹으면 그만이지만, 안성댁은 워쩐다?"

변쌍출이 말과 다르게 싱글벙글 웃으며 수저를 들고 밥상에 붙어 앉았다.

"워쩌긴 워쨔. 우리가 정지에 있는 걸 훔쳐 먹은 것도 아니고, 며느리지 손으로 끓여서 준 건데 맛있게 먹으면 그뿐이지. 아여, 안성댁, 이 괴기 왜 여기다 넣어?"

박평래가 가만히 생각해 보니까 아무것도 모르는 안성댁에게 돼지고기 운운한 장본인은 자신이다. 안성댁이 곧이곧대로 상규 할아버지가 돼지고기를 넣으라고 해서 넣었다고 하면, 뒤에서 욕할지 모른다는 생각에 선수를 쳤다.

"돼지괴기, 돼지괴기 느면 맛있어. 아주 맛있어. 우리 애기 돼지괴기 좋아햐. 나도, 서방님도 좋아햐."

"그려, 그럼 됐구먼. 애기 배고플라 어여 가서 밥 줘야지."

황인술이 술 주전자를 들면서 안성댁을 밖으로 내몰았다.

"아따, 안성댁 솜씨가 보통은 아니네. 즈 집은 먹고살 만한개벼. 돼지 괴기국을 이릏게 맛있게 끓이는 걸 봉께. 한두 번 끓여 본 솜씨가 아니구먼."

장기팔은 막걸리 서너 잔을 쭉 들이키고 나서 맛있게 끓인 돼지고깃국을 허겁지겁 먹었더니 세상 부러운 것이 없었다. 수저를 놓고 벽에 기대며 배를 슬슬 문질렀다.

"영감님, 아까도 말씀드린 거츠름 며느리가 출산을 했슈. 우리 집 장손자니께, 이름 좀 존 걸루 하나 져 주세유. 돌림자가 끝에 수 자유. 물 가 수 자."

"장손자 이름을 짓는데 제우 탁주로 때울라고 했어? 너무했구먼. 술이
야 우린 머니머니해도 탁주가 좋지만 최소한도로 한상 걸쭉하게 차려서
대령해야 하는 거 아녀?"

변쌍출이 기분 좋은 얼굴로 말했다.

"아따, 이 황인술이가 제우 탁주로 때울 줄 알았슈? 백일 때 팔봉이
아부지 코가 삐뜰어지도록 대접할 모양잉께, 어여 이름이나 져 줘유."

"가만있어 봐. 어제가 음력으로 며칠여?"

순배 영감이 턱을 쓰다듬고 자세를 바로 잡으며 물었다.

"오늘이 양력으로 십이월 십구일이잖유. 그랑께, 어지가 음력으로는
십일월 초이틀이네유."

윤길동이 막걸리 얻어먹은 값은 해야 한다는 얼굴로 손가락을 헤아려
가며 대답했다.

"올해가 신해년이지. 신해년 경자월 무인일이구먼. 돌림자가 ㄲ트머리
에 수 자라, 경자월에 태어났으니까, 황장수라고 지믄 좋겠구먼. 누를 황
(黃) 자가 황금을 뜻하는 거잖여. 거기다 마당 장(場) 자를 써서 물가 빼
어날 수(秀) 자를 쓰께, 장차 큰 관직에 오르거나, 큰 부자가 될 수 있는
이름이 되겠구먼. 황장수! 내가 생각해도 참 잘 진 이름이구먼."

"아이구, 참말로 고마워유. 이름 져 준 값으로 한잔 받으셔유."

황인술이 싱글벙글 웃으며 주전자를 들었다. 일부러 순배 영감 옆으
로 가서 무릎을 착 꿇고 정중하게 잔을 채웠다.

"내가 생각해도 참 존 이름이구먼. 인제, 장수 할애비가 되는 건가?"

변쌍출은 문득 팔봉이라는 이름이 어떤지 물어보고 싶은 생각이 들었
다. 그러나 남의 손자 이름 짓는 자리에서 서른이 넘은 자식 이름이 좋

으니, 어쩌니 물어보는 것도 민망한 짓이라는 생각에 입 밖으로 내지 않았다.

"구장님, 내년부텀은 작년에 신품종으로 나온 통일벼라는 품종을 의무적으로 심궈야 한다는 기 무슨 말유?"

윤길동은 술이 적었다. 어른들 사이에서 술 욕심내는 것도 버릇없는 짓이라는 생각에 김춘섭을 불러내서 한잔 할까, 라고 생각하다가 물었다.

"아따, 누구한테 들은 말인지 모르겄지만 선무당이 사람 잡는다는 말이 이래서 생겨난 겨."

"뉘한테 들긴 들어유. 향숙이 어머가 라디오에서 들었다고 하던데."

"전국에 통일벼를 심고 싶어도 씨가 있어야 심글 거 아녀. 내년에는 우신 우리나라 전체 면적의 사 분의 일만 심으라능 겨. 우리 동리도 할당이 떨어졌구면. 하지만 소출이 지금 아끼바리보다 삼십 프로는 더 나온다고 항께, 딴 동리 구장들은 사 분의 일이고 머고 할 거 읎이 죄다 통일벼를 심겄대유, 그래서 볍씨를 서로 많이 달라고 야단유."

"아여, 아까 길동이가 그라든데 통일변가 하는 그 신품종이 소출이 많다며? 병충해도 읎고 말여."

박평래가 몇 올 없는 턱수염을 슬슬 문지르며 물었다.

"그건 맞는 말유. 통일벼라는 신품종을 서울대학교 허문회 교수라는 사람이 개발했다고 하대유. 그걸 올게 농촌진흥청이 전국에 있는 오백오십 개소 집단재배시험단지에서 이천칠백오십 헥타르, 그랗게 그 머라고 하드라. 일 헥타르가 우리 평수로 계산하믄 삼천이십오 평인가 얼맨가 한다니께 엄청 많이 심은 거쥬. 거기서 삼십 프로 이상 소출을 봤다는 것이 증명이 됐다능 규. 그렇게 누가 안 심겄다고 하겄슈?"

"그람, 우리 동리도 죄다 통일벼를 심궈야겄구면. 구장이 심 좀 써줘. 삼십 프로가 더 소출된다믄 한 가마니에서 서 말이 더 나온다는 거 아녀. 의원님께 말씀 디려서 학산면장한테 야기해설랑, 볍씨 좀 더 달라고 해야겄구면."

박평래가 고개에 힘을 주고 괜히 으쓱거리면서 점잖게 말했다.

"맞아. 바로 그거여. 이럴 때 의원님 덕 좀 봐야지. 은제 덕을 본댜."

"시훈이 아부지는 별말씀을 다 하시네. 아, 우리 동리 앞 포장할 때 시멘트를 사백 포나 줬잖유. 그라고, 명년 봄에는 공동퇴비장을 맨들 자금도 주기로 했슈. 그것뿐인 줄 알아유? 장차 새마을운동이 본격적으로 시행이 되믄, 전국에 있는 촌동리에 즌기가 들어가고, 즌화가 설치된대유. 그렇게 되믄 우리 동리는 학산면에서 젤 빨리 즌기가 들어오는 거유."

"구장님, 참말로 즌기가 들어오는 거유?"

"내가 언지 빈말하는 거 봤남? 즌기가 들어오믄 앞으로는 길동이네 집이 사랑방이 될거유."

"즌기하고 길동이네 집하고 먼 상관이 있남?"

장기팔이 윤길동과 황인술을 번갈아 보며 물었다.

"아, 길동이네 집에 텔레비전을 모셔뒀잖유."

"맞아, 언진가 국회의원이 길동이네 집에 텔레비를 갖다 줬잖여. 하지만 내가 그때까지 살겄나……."

"어이구, 탁주잔 비우시는 걸 봉께, 즌기 들어올 때가 아니고, 우리 손자 장가갈 때까지도 사시겄슈."

순배 영감의 말이 끝나자마자 황인술이 너스레를 떨었다. 순배 영감은 말이라도 고맙구먼, 이라고 중얼거리며 막걸리 잔을 들었다.

제17장

1
9
7
2
년

# 숨은 사랑

승우가 거실로 나와 버티고 서서 물었다.
열린 방 안의 라디오에서는
라나에로스퍼의 〈사랑해〉란 노래가 흘러나오고 있었다.
사랑해! 사랑해! 사랑해! 정말로 사랑해! 란 노래가
오늘따라 인숙의 귀에는 정겹게 들려왔다.

방은 두 명이 아랫목에 눕고도 네 명 정도 더 누워 잘 수 있을 정도로 넓었다. 혼자 사용할 수 있는 정지로 통하는 문도 편리했다. 주인이 봄부터 방 앞에 있는 서너 평 넓이의 텃밭에 상추며, 쑥갓이며 고추 등을 심어 먹어도 좋다고 배려해 주었다. 인자와 인숙은 집주인을 따라서 방을 나갔다.

"보증금도 필요 읎구, 연세로 주믄 되는 거여. 일 년에 이만 오천 원이믄 공짜나 마찬가지지 머. 이 근처에서 여기보담 안 좋은 방도 죄다 삼만 원 이상여. 내 말을 못 믿겄으믄 알아 봐."

밖에서 기다라고 있던 복덕방에서 온 남자가 정지 구석에 있는 수도 꼭지를 틀어 본다. 물줄기가 줄기차게 쏟아진다.

"언니 여기가 딱 좋구먼. 철길 넘어서 쪼끔만 가면 학교거든."

인자가 고개를 갸웃거리며 연탄아궁이를 열어 본다.

"방도 뜨끈뜨끈해. 연탄재가 하얗게 탔잖여. 불길이 안 빨리믄 연탄이 하얗게 재가 되도록 안 타는 벱여. 억지로 타느라 반은 시커멓거나, 들 탄 데가 보이는 벱이란 말여. 하지만 그 연탄은 손가락으로 누르면 금방 뿌쉬 질 거 같잖여."

"그래유?"

인자는 복덕방 남자의 말을 한 귀로 흘려보내며 방문을 열고 방바닥을 살폈다. 아랫목의 연탄아궁이가 있는 곳만 비닐장판이 새카맣게 눌어붙었다. 복덕방 남자 말대로 연탄불은 잘 빨리는 것 같았다.

"어뗘? 계약서 쓸까?"

남편이 군청에 다닌다는 집주인 여자는 방을 얻으려면 얻고, 말라면 마라는 식으로 팔짱을 끼고 구경만 하고 있다. 복덕방 남자가 애가 타는 목소리로 물었다.

"언니, 내 친구들도 이 근처에서 삼만 원씩 주고 방을 은었댜. 그란데, 여기보담 방도 훨씬 짝아."

인숙은 자꾸 여기저기 살피기만 하는 인자를 이해할 수가 없었다. 인자의 손을 잡고 정지 밖으로 나가서 빠르게 속삭였다.

"너무 싸잖여. 그것이 이상하단 말여."

인자가 주인 여자의 눈치를 살피며 속삭였다.

"그라고 봉께 이상하구먼. 저릏게 존 방을 아무 이유 읎이 싸게 내놓을리는 읎는데 말여. 그지?"

"젊은 사람이 멀 이리 재 보고 저리 재 본댜. 하도 착해 보여서 특별히 소개해주는 공은 모르고 말여."

복덕방 남자가 정지에서 나오며 퉁퉁 부은 얼굴로 투덜거렸다.

"알았어유. 계약해유."

인자는 몇 년을 살 것도 아니고, 일 년 동안 살아보다 안 좋은 부분이 있으면 이사 가면 그만이라는 생각에 결정을 내렸다.

"당장 오늘 이사 와도 괜찮다고 했응게. 쥔집에 가서 연탄불이나 빌려서 갈아 넣어. 내일 오드래도 오늘 탄을 갈아 넣어야 할 겨. 그래야 냉기가 가시지."

복덕방 주인은 주인집 마루에 앉아서 계약서 두 장 사이에 먹지를 넣어서 볼펜으로 꾹꾹 눌러서 계약서를 썼다. 한 장을 인자에게 내밀었다.

"연탄 한 장에 얼매씩 한데유?"

"암만 이쁘게 생긴 아가씨라도 연탄 값도 모르남. 한 장에 이십 원씩 아녀. 단골 연탄가게로 즌화해 줄까?"

"백 장이믄 이천 원이구먼. 오늘 백 장만 배달시켜 줘유."

인자는 핸드백에서 지갑을 꺼내 일 년 치 방세와 연탄 값을 지불했다.

"소개비는 삼백 원씩여. 아줌마도 삼백 원 내시고……."

"무슨 소개료를 삼백 원씩 받는대유? 백 원만 받아도, 양쪽에서 받으면 이백 원이잖유."

"그 말은, 이 아가씨 말이 맞구먼. 백 원씩만 받아유."

집주인 여자가 인자의 말이 끝나자마자 백 원짜리 한 장을 내밀었다.

"사람을 워티게 보고 제우 백 원짜리 한 장으로……."

복덕방 남자가 당치도 않다는 표정으로 주인집 여자가 내민 백 원짜리를 도로 내밀었다.

"우리 언니 농협 댕겨유. 농협 댕겨서 그런 거 잘 알구 있구만유."

"젠장, 츰부터 똑똑하게 뵈이드니, 농협 댕기는 아가씨였구먼. 아가씨가 착해 보이고, 영동여고에 합격한 동생하고 같이 산다고 함께 특별히 수수료를 백 원만 받는다는 것쯤만 알고 있으면 될 겨."

복덕방 남자는 주인 여자에게 내밀었던 돈을 슬그머니 주머니에 집어 넣었다. 인자가 내미는 돈을 받으며 궁시렁거리는 목소리로 말했다.

"어머가 이불하고 냄비며, 필요한 것도 오늘 사라고 했구먼. 나하고 같이 시장갈까? 언니가 장에서 살 물건들을 대충 적어 왔거든."

"연탄불부텀 늫고 가야. 이따 방이 뜨실 거 아녀."

"내가 연탄 한 장 빌려 줄 모양잉게."

주인 여자는 인자가 농협에 다닌다는 말을 듣고 나니까 기분이 좋았다. 이왕이면 다홍치마라고 무슨 가게에 점원으로 일한다든지, 공장에 다닌다든지, 관공서의 사환으로 다니는 여자보다는 농협 다니는 여자가 영동여고에 다니는 여동생하고 같이 산다는 말이 훨씬 빛이 날 것이라는 생각이 들어서였다.

"언니, 연탄집게하고, 부삽하고, 연탄재 퍼내는 국자도 사야하는데, 그것도 적었어?"

인자가 주인 여자가 알려주는 대로 연탄을 넣었다. 아궁이를 틀어막은 헝겊을 빼서 바람이 잘 들어가게 해 놓고 일어섰다.

"학산서 버스 타고 댕기는 것보다 영동에서 걸어서 댕길 꺼니까 공부 더 열심히 해야 햐. 알았지?"

인숙이 대문 밖으로 나가서 인자의 팔짱을 꼈다. 인자가 인숙을 바라보며 다짐을 받으려는 목소리로 말했다.

"내가 언지는 공부 안 했남?"

"내 말은 더 열심히 공부하란 말여."

시장에 도착한 인자는 자취하는데 필요한 이불이며 그릇과 간단한 가재도구 등을 사 놓고 학산 가는 버스를 탔다. 내일이 일요일이라서 영동에서 먹을 쌀이며, 김치나 밑반찬 등을 가지고 올 생각이기 때문이다.

인숙은 인자와 헤어져서 원래 지내던 승우의 집으로 향했다. 집으로 가는 도중에 문방구에 들렀다. 승우를 위해서 무언가를 사 주려고 여러 가지를 찾아 봤으나 마음에 와 닿는 것이 보이지 않았다.

"앨범을 선물햐. 요새 앨범을 많이 선물하잖여."

인숙은 문방구 주인의 추천으로 요즘 새로 나온 앨범을 샀다. 그것을 예쁜 포장지로 포장해달라고 해서 들고 문방구를 나왔다. 거리에는 어둠이 내려앉았다. 2월의 찬바람이 불어 올 때마다 머리카락이 휘날리면서 귓불이 얼어버릴 것처럼 추웠다. 포장을 쳐 놓고 카바이트 불빛 아래서 호떡을 구워 팔고 있었다. 고소한 냄새가 바람을 타고 코끝을 스쳐가는 순간 저녁때가 지났다는 것을 알았다.

"방은 구했어?

안남댁이 대문을 열어주며 작은 목소리로 물었다.

"예, 철둑 옆에 있는 방인디. 엄청 싸게 은었슈."

인숙은 대문 안으로 들어서면서 자랑스럽게 말했다.

"에이그, 철둑 옆잉께 싸지. 밤새도록 기차가 댕기니께 오죽 시끄럽겄어?"

"예?"

인숙이 거실마루로 올라서려다 말고 안남댁을 바라봤다.

"그람, 그것도 모르고 방을 읃었단 말여?"

"워틱해유, 언니하고 나는 그것도 모르고 딴 데보다 방도 좋은데 왜 이렇게 싸냐는 생각만 했슈."

"너무 속상해 하지 마. 철둑가에 사는 사람들이 그라는데, 한 열흘 살다 보믄 만성이 돼서 기차가 빽빽거려도 안 들린다드만……. 웬만하믄 여기서 같이 살지, 승우도 서울로 가고, 의원님이야 한 달에 두세 번 오실까 말까고, 나 혼자 적막강산에서 살게 됐구먼. 저녁은 먹었어?"

안남댁이 앞치마에 물 묻은 손을 닦으면서 한숨을 내쉬었다.

"예……."

인숙은 배가 고팠지만 미안해서 저녁을 달라고 할 수가 없었다.

"나는 너 오믄 같이 먹을라고 배고파도 기다리고 있었는데 혼자만 먹고 왔단 말여?"

승우가 거실로 나와 버티고 서서 물었다. 열린 방 안의 라디오에서는 라나에로스퍼의 <사랑해>란 노래가 흘러나오고 있었다. 사랑해! 사랑해! 사랑해! 정말로 사랑해! 란 노래가 오늘따라 인숙의 귀에는 정겹게 들려왔다.

"내가 볼 때 인숙이도 안 먹었구먼. 얼른 밥 차려 올 팅게 방에 가서 기달려."

"알았슈."

인숙은 승우에게 살포시 웃어 보이며 거실로 올라섰다. 라디오에서는 예! 예! 예! 예, 예, 예, 예, 라는 <사랑해>의 후렴이 흘러 나왔다.

"저녁 안 먹었구먼."

"그려, 승우 삐칠까봐 안 먹었구먼."

인숙이 승우를 따라서 방으로 들어가며 말했다.

"근데, 그건 뭐여. 선물 받은 겨?"

인숙은 추위 속에 있다가 따뜻한 방에 들어가니까 얼굴이 바늘로 쿡쿡 찌르는 것처럼 따가웠다. 앨범을 방바닥에 내려놓고 양손으로 얼굴을 문지르며 승우를 바라봤다. 라디오를 끈 승우가 앨범을 바라보며 물었다.

"왜 노래도 안 끝났는데 라디오를 끄는 겨? 나두 라나에로스퍼 노래 좋아하는데?"

"응, 그려?"

승우가 웃으며 다시 라디오를 켰다. 그러나 이미 <사랑해>는 끝이 나고 디제이의 말이 흘러나오고 있었다.

"내가 승우한테 주는 선물여. 중학교 졸업하고 졸업선물도 줘야 하는데 받기만 하고 못 줬잖여. 서울로 가기 전에는 꼭 줘야 한다고 생각하고 있다가 인제사 사 왔구먼. 이해해 줄 거지?"

인숙은 하는 수 없다는 얼굴로 앨범을 들었다. 승우에게 중학교 졸업선물로 빨간색 파커 만년필을 선물로 받았다. 인숙은 승우에게 꽃다발 하나를 줬을 뿐이다.

"무슨 말여. 나한테 꽃다발 줬잖여. 저기 걸려 있는 꽃다발 안 보여? 꽃을 꺼꿀로 매달아 노면 오래간다고 해서 꺼꿀로 걸어 놨잖여."

승우가 손짓하는 책상 위 벽에는 인숙이 졸업식 때 준 꽃다발이 거꾸로 매달려 있었다.

"어머, 안직도 꽃송이가 그대로 남아 있구먼. 참말로 신기하네……."

221

인숙은 검게 변해가는, 안개꽃에 싸여 있는 장미를 보는 순간 가슴이 뭉클해졌다.

"사진도 남아 있잖여. 사진 안에 있는 꽃다발하고, 내 맘 속에 있는 꽃다발은 영원히 남아 있을 것이구먼."

승우는 인숙이 준 포장지를 함부로 찢는 것도 아까웠다. 책상에서 칼을 꺼내 와서 조심스럽게 포장지를 벗겨 냈다.

"승우, 사진 찍는 거 좋아하잖여. 나하고 찍은 사진하고, 승우가 좋아하는 사진은 그 앨범에다 보관하라고 샀어. 맘에 들어?"

"참말로 맘에 들구먼. 이 앨범은 내가 평생 간직할 거여."

"츠, 말은 찰떡같이 해 놓고 서울로 가서는 다 잊어 뻐릴라고?"

"깨끼손가락 걸고 약속해 달라믄 약속해 줄 수도 있구먼."

"서울에 있는 여학생들은 죄다 이쁘다고 하드라. 맨날 수돗물만 먹어서 얼굴도 뽀얗고, 공부도 잘한담서?"

"나는, 그래도 인숙이 너를 안 잊을 겨. 너, 앞으로도 나한테 편지 쓸 때는 꼭 내가 선물한 만년필로 써야 된다."

"요새 서울에 있는 학교는 죄다 일 학년 때부터 보충 수업한다고 하드라. 너 공부 열심히 하라고 편지 자주 안 쓸 겨. 그 대신 열심히 공부해서 꼭 서울대학교에 들어가야 햐. 난도 열심히 공부해서 좋은 대학교 들어갈 팅께……"

인숙이 자신도 모르게 새끼손가락을 내밀었다. 앨범을 펼쳐 보고 있던 승우가 얼른 새끼손가락을 내밀려고 하는데 방문이 열렸다.


향숙은 마당 꽃밭 구석에 텃밭을 마련했다. 호미로 가지런하게 골을 타고 상추와 쑥갓 씨를 뿌렸다.

"보살님도 고향에서 일을 했슈?"

영순이 수돗물을 수대에 담아서 상추를 심은 밭에 물을 주며 물었다.

"아부지, 어머는 농사지셔. 시방도 농사짓고 계시잖여. 하지만 나는 집에서 클 때 손가락에 흙을 묻힌 적이 읎었어. 내가 일을 도와주고 싶어도, 어머 아부지가 기겁을 했거든. 하나밲에 읎는 딸내미 농사시킬 수 없다고 말여."

향숙은 작년에 심었던 봉숭화며 과꽃이나, 채송화의 말라비틀어진 줄기를 뽑기 시작했다.

"그러실 거 같아유. 보살님 손을 보믄 도회지사는 여자들보담 더 이뻐유. 올해도 봉숭아 심을 거쥬?"

"그람, 우리 영순이 봉숭아 물들여 줄라믄 딴 꽃은 안 심어도 봉숭아는 꼭……. 누가 왔나벼?"

향숙은 초인종이 울리는 소리에 대문 쪽으로 고개를 돌렸다.

"지가 가 볼께유……."

"나여!"

"어매, 진규 오빠 오셨구먼."

향숙은 대문 밖에서 들려오는 진규의 목소리를 듣고 서둘러서 대문 빗장을 벗겼다.

"텃밭 맨들었네, 머 심었는데?"

진규는 텃밭을 바라보며 물었다.

"야 좀 봐, 요새 정신을 어디다 두고 댕기는 거여. 아침에 밥 먹을 때 내동 상추 심는다고 했잖여."

"맞아, 그랬었지……."

"서점에 갔었구먼."

진규의 손에는 서점 로고가 찍혀 있는 봉투가 들려있었다. 향숙이 수도밑에서 손을 씻으며 물었다.

"누나, 내가 야기해 줄 것이 있응게. 잠깐 마루에 좀 앉아 봐."

진규가 거실 마루에 걸터앉아서 몇 권의 책을 꺼냈다. 학교에서 수업 받을 국문학 관련 책 몇 권과, 『사상계』라는 헌 책이 한 권 섞여 있었다. 그중에 『사상계』를 펴들며 웃는 얼굴로 향숙을 바라봤다.

"영순아, 오빠 미숫가루 좀 타 줘. 저녁 먹을라믄 아직 두어 시간 남았응게 배가 출출할 거여."

향숙은 진규의 옆에 앉았다. 진규가 책 목차를 보고 어떤 내용인가 찾는 모습을 지켜봤다.

"누나, 이 시 좀 봐. 이것이 그 유명한 김지하라는 시인이 쓴 「오적」이라는 시여."

"오적이 뭔 뜻여?"

"오적이라는 말은 을사조약을 체결한 외부대신 박제순, 내부대신 이지용, 군부대신 이근택, 학부대신 이완용, 농상공부대신 권중현 그 다섯 사람을 말하는 거여. 그 친일매국노 다섯 명이 천구백오년 십일월 십칠일에 나라를 팔아먹었잖여."

진규의 목소리는 깊고 부드러웠으나 눈에는 힘이 들어가 있었다.

"을사조약이라믄 난도 알고 있구먼, 일본놈들이 한국을 식민지로 맨들기 위해서 외교권을 뺏고, 통감부와 이사청을 설치하기로 한 조약이 잖여. 그 조항이 모두 다섯 개라서 을사오조약이라고도 하잖여. 그람, 김지하라는 시인이 그 다섯 명에 대한 시를 썼단 말여?"

"난, 도시 무슨 말하고 있는지 모르겠구먼."

영순이 냉장고에 있는 찬 보리차로 미숫가루를 타 와서 진규에게 내밀며 중얼거렸다.

"내가, 이따 무슨 말인가 알켜 줄 모양잉께, 가만있어 봐."

"을사조약을 맺은 친일파들에 대한 시가 아니고, 재벌이나 국회의원, 고급공무원, 군대의 장군, 장관이나 차관을 을사조약 때의 친일파 다섯 명에 빗댄 시여. 김지하가 작년에 이 책에 「오적」이라는 시를 써서 공화당이 발칵 뒤집혔잖여. 그래서 이 책의 발행인 부완혁이라는 사람하고, 김지하 시인하고, 편집인 김성균 씨랑 민주전선 편집인 김용성 씨를 구속했잖여. 김용성 씨는 사상계하고는 상관이 읎는데, 「오적」이라는 시를 신민당 기관지인 『민주전선』에 실었다는 죄로 끌려간 거여."

"김지하라는 사람이 시인이라며? 시인이 시를 썼는데 뭣 땜시 무슨 죄로 구속이 됐댜?"

향숙이 진규가 미숫가루를 다 마시기를 기다렸다가 이해할 수 없다는 표정을 지었다.

"귀에 걸면 귀걸이, 코에 걸면 코걸이가 되는 반공죄로 구속됐는데, 죄다 금방 보석금 십만 원씩 판결받고 석방됐구먼. 이 시가 얼매나 재미있는지 한번 들어볼 텨?"

"반공죄라믄 빨갱이질을 했다는 말이잖여. 시인이 왜 빨갱이 짓을 했을까?"

"첫 부분은 누나가 재미읎다고 할 거 같응께, 그담 거부터 읽어 줄 팅게 잘 들어 봐……."

첫째 도둑 나온다 제별(狾黻)이란 놈 나온다

돈으로 옷 해 입고 돈으로 모자 해 쓰고 돈으로 구두 해 신고 돈으로 장갑 해 끼고

금시계, 금반지, 금팔찌, 금단추, 금 넥타이핀, 금 카후스 보턴, 금박클, 금니빨, 금손톱, 금발톱, 금작크, 금시계줄.

디룩디룩 방댕이, 불룩불룩 아랫배, 방귀를 뿡뿡 뀌며 아그작 아그작 나온다

저놈 재조봐라 저 제별(狾黻)놈 재조 봐라

장관은 노랗게 굽고 차관은 벌겋게 삶아

초 치고 간장 치고 계자 치고 고추장 치고 미원까지 톡톡 쳐서 실고 추와 마늘 곁들여 낼름

세금 받은 은행돈, 외국서 빚낸 돈, 왼갖 특혜 좋은 이권은 모조리 꿀꺽

이쁜 년 꾀어서 첩 삼아 밤낮으로 작신작신 새끼 까기 여념 없다

수두룩 까낸 딸년들 모조리 칼 쥔 놈께 시앗으로 밤참에 진상하여

귀뜀에 정보 얻고 수의계약 낙찰시켜 헐값에 땅 샀다가 길 뚫리면 한 몫 잡고

천(千)원 공사(工事) 오원에 쓱싹, 노동자 임금은 언제나 외상 외상

둘러치는 재조는 손오공 할애비요 구워삶는 재조는 뙤놈 술수 뺨치겠다.*

---

* 김지하의 「오적(五賊)」 중에서

"그만 읽어, 더 이상 듣고 싶지 않구먼, 근데 진규 너 요새 데모하러 댕기능 겨?"

진규가 재미있다는 얼굴로 오적을 읽어 나갔다. 향숙은 꽃밭에서 마른 꽃줄기를 뽑아내는 영순을 바라보며 진규가 읽어주는 시를 들었다. 가만히 들어보니까 사회 비판적인 시다. 김소월의 「진달래꽃」이라든지, 서정주의 「모란이 피기까지는」 등 좋은 시가 많은데 하필 사회 비판적인 시를 좋아할 것이 뭐냐는 생각에 조용히 물었다.

"데모하러 댕기는 것이 아니고 학교 댕기지."

진규는 사상계 책을 덮으며 향숙이처럼 꽃밭에서 일하는 영순을 바라봤다.

"누나 생각은, 우리 진규는 데모 안 해도 큰일을 할 사람잉께, 데모 같은 거는 안 했으믄 좋겠구먼."

"요새 서울대나 고려대하며, 서울에 있는 학교들은 중간고사도 포기하고 데모하고 있어. 그저께 십오일에는 이만 명이나 되는 학생들이 그 넓은 서울 시내를 콩나물시루처럼 꽉 메우고 데모를 했댜. 학생들이 왜 데모하는 줄 알아? 재작년부터 대학교에서 교련을 배우잖여. 두 시간씩 배웠는데, 시방은 세 시간으로 늘었어. 어떤 일이 있드래도, 재학 중에 칠십일 시간의 군사교육을 채우지 못하믄 졸업을 안 시킨다능 겨. 그라고 전에는 교련을 지도하는 교관도 예비역이 했는데, 시방 학기부팀은 현역 장교들이 와서 군사교육을 시킨단 말여, 왜 학생들이 군사교육을 받아야 하능 겨. 뻔한 수작이잖여. 대학생들한테 군사훈련 시간에 정신교육을 시켜서 데모 같은 거 하지 말고, 얌전히 있으라고 말여."

진규는 향숙을 향해 돌아앉았다. 봄은 여인의 계절인가. 오늘따라 향숙의 모습이 아름다워 보인다. 조용한 목소리로 말하며 향숙의 눈을 응시했다. 향숙의 작은 눈동자 안에 자신의 상체가 비쳐지는 것이 신기했다.

"누나가 문제 하나 낼 팅게 풀어 봐. 영순이도 일루 와 봐."

향숙은 진규가 자신의 눈을 응시하고 있으니까 괜히 부끄러웠다. 영순에게 손짓을 하고 나서 다시 입을 열었다.

"비단실이 강하다고 봐, 아니믄 철사가 강하다고 봐? 영순이부텀 대답해 봐."

영순은 수도가 있는 곳으로 가서 손을 씻었다. 향숙이 물 묻은 손을 치마에 닦고 있는 영순에게 물었다.

"보살님이 뭔 생각을 하시고 물어보시는 줄은 몰라유. 당연히 철사 줄이 강한 거 아뉴? 비단실은 아름답구유."

"진규 너는 워티게 생각햐?"

"음…… 철사 줄이 강하기는 하지만, 나는 비단실이 더 강하다고 봐. 왜 그렇게 생각하냐믄 비단실도 철사줄하고 똑같은 굵기로 하믄 훨씬 강할 수도 있응께."

진규는 향숙이 왜 뜬금없는 말을 하는지 이유를 알 것 같았다. 자신을 걱정해서 하는 말일 것이라고 생각하며 웃으며 말했다.

"진규가 내 생각하고 비슷하구먼. 어뜬 책에서 읽었는데 철사 줄은 땅속에 묻으믄 몇 년 안 가서 썩어 버리는데, 비단실은 백 년도 갈 수 있다능 겨. 진규는 본바탕이 너무 착해서, 안 좋은 걸 보믄 못 참는 승질이잖여. 그기 어쩔 때는 독이 될 수가 있응께, 적당히 참고 넘어갈 줄 아는 맘도 필요한 겨. 옛말에도 모난 돌이 정 맞는다는 말이 있잖여."

"보살님 말씀이 맞아유. 오빠는 상대방이 그짓말을 하믄 못 참는 승질이 있는 거 가튜. 하지만 지 생각에는 오빠 같은 사람이 있어야 사람들이 살기 좋은 세상이 될 거 가튜. 오빠가 국회의원이나, 장관이 되시믄 참 좋을 텐데……."

영순이 기도를 하는 것처럼 두 손을 깍지 끼고 진규를 그윽한 눈빛으로 바라봤다.

"내 말이, 그 말여. 진규 너는 공부 열심히 하믄 박사가 돼서 대학교 수도 될 수 있고, 장차 국회의원도 될 수가 있고, 장관도 해 먹을 사람여. 그렇게 매사에 몸조심해야 한단 말여. 그란데 승질이 꼬칫가루 같아서 감옥에 갈 수도 있단 말여. 그렇게 매사 한 걸음 뒤로 양보 하겠다는 생각으로 살아가야 좋은 일만 생겨."

"누나는 날 그렇게 보고도 진짜는 모르는구먼. 내가 왜 꼬칫가루 승질여. 난, 나보다 불쌍한 사람이 억울하게 당하는 것은 못 보는 승질여."

진규는 웃으며 말했지만 마음은 그렇지가 않았다. 그동안 지켜본 것이나, 영순이 가끔 해 주는 말을 들어 보면 향숙의 예언력은 놀라울 정도다. 하지만 자신은 감옥에 가는 일이 없을 것이라고 생각하며 싱겁게 웃었다.

"원래 모난 돌이 정 맞는다는 말이 있잖여. 의협심이 강하믄 돌을 맞게 되어 있다는 거지."

진규를 바라보는 향숙의 눈동자가 거의 찰나적으로 갑자기 세모로 곤두섰다. 이내 서늘하고 깊은 눈빛으로 진규를 바라보며 말했다.

"알았구먼. 누나 말대로 모든 걸 조심할 팅게 너무 걱정하지 마."

진규는 말과 다르게 자신이 감옥에 가게 되는 일이 벌어지더라도 젊은 시절을 비겁하게 보낼 수 없다고 생각했다.

"영순아, 늦었지만 오빠 복학 기념으로 돼지괴기나 꿔 먹을까?"

"좋아유, 지가 얼릉 가서 사 올께유. 오빠, 술도 한잔하셔야쥬?"

영순이 향숙의 말이 끝나자마자 그 말을 기다렸다는 얼굴로 빠르게
말했다.

"술은, 집에 인삼주 있잖여. 그걸 마시믄 되잖여. 소주 마실 겨?"

향숙이 방으로 들어갔다. 오백 원짜리 두 장을 꺼내 와서 영순에게 내
밀며 상규에게 물었다.

"인삼주는 누구 선물로 준다고 담아 놓은 거잖여. 그냥 소주나 한잔하
지 머."

"인삼주가 두 병 있잖여. 한 병은 박광호 국회의원님한테 드릴 거여.
남은 한 병은 우리 진규 줄라고 담가 놓은 거여."

"영순아, 술은 안 사와도 되겠다. 누나가 나 줄라고 술 담았다는데 안
마셔주면 삐쳐서 울지도 모릉게."

진규가 일부러 향숙의 얼굴을 바라보지 않고 의식적으로 진지하게 말
했다.

"워티게 알았댜? 인삼주 안 마시믄 나 삐치는 거?"

"참! 이왕 축하해 줄 바에 내 군대 동기도 불러도 돼?"

"군대 동기가 대전 살아?"

"응, 군대 가기 전에 역전에 있는 중앙시장서 즈덜 아버지 밑에서 신
발 장사했다. 제대하고도 신발 장사하고 있다드만. 나하고 굉장히 친했
었거든. 신찬하라고 하는 동긴데. 가도 부를까? 누나도 소개해 주고"

"나는 남자 필요 읎구먼."

향숙은 진규를 곱게 흘겨보며 웃었다.

"나도 그냥 해 본 말여."

"진규는 군대도 갔다 오고 했응게 여자 친구도 사겨야지?"

영순이 시장바구니를 들고 대문을 나간 후였다. 골목에서 "머리카락 사요! 머리카락 사요!"라는 머리카락 장사의 목소리가 4월의 바람을 타고 허공으로 흩어져 갔다. 향숙이 하늘을 무심히 바라보다가 진규의 얼굴을 가만히 바라봤다. 진규 뒤에 머리카락이 긴 여자가, 머리카락을 바람에 날리며 서 있는 모습이 언뜻 보이다가 연기처럼 사라져 버렸다.

"여자 친구 사귀면 머햐. 쓸데없는 돈만 쓰지……."

진규는 흥미 없다는 목소리로 말하면서 이주희의 얼굴을 떠올렸다. 그녀는 졸업하고 한국문인협회에서 발행하는 기관지『월간문학』을 통해 시인으로 등단했다. 등단 소식을 안고 학교로 찾아와서 며칠 전에 만나 늦게까지 술을 마셨다.

"진규 씨는 절대로 나한테서 도망 못 가."

술집에서 나와 택시를 세웠다. 택시 뒷문을 열어 주었더니 느닷없이 키스를 하고 나서 빠르게 속삭이고 택시를 탔다.

"시방 사귀고 있는 여자가 좋은 여자여. 진규를 이해해 주고, 진규의 뜻을 받들 줄 아는 여자니께, 너무 목석처럼 굴지 마."

"나, 여자 읎는데?"

진규가 긴장한 표정으로 말했다.

"누나 눈에는 보여. 키가 크구먼. 머리카락이 길고, 글을 쓰는 여자여."

"누나가 이 선배를 워티게 알았댜?"

진규는 하마터면 내 뒤를 미행했느냐는 말을 할 뻔 했을 정도로 놀랐다.

"아까 진규를 바라봉께 내 눈에 보이더라구. 진규한테 해가 될 여자는 아닝께 잘 만나 봐. 그라고, 고집이 있는 여자라서 진규가 싫다고 해도 떠나지 않을 여자여. 누나 말 믿지?"

향숙이 진규의 손을 잡았다. 손가락을 부드럽게 만지면서 살갑게 물었다.

"내가 누나 말 못 믿으면 누굴 믿남……."

진규는 향숙을 와락 껴안고 싶었다. 하지만 그럴 수는 없었다. 가슴속에 뜨겁게 차오르는 격정을 이기지 못해서 향숙의 손을 마주 잡았다. 어린애처럼 가늘고 긴 손가락에, 손바닥 안에서 촉촉한 온기를 내뿜고 있다. 그 손을 힘껏 잡아 주고 나서 천천히 일어섰다.

# 누이 좋고 매부 좋고

천만 원의 오 프로인 오십만 원,
삼천만 원짜리 공사는 백오십 만원이 되겠네유.
건설 예산 많이 따 오믄 영동 발전돼서 좋고,
군수님 금고에 돈 많이 들어가서 좋고.
이거야 말고 일거양득 아뉴?


송재호 영동군수는 이동하와 약속시간이 삼십 분이나 남았는데도 군청 현관에서 서성거리고 있었다. 군청 울타리에 있는 노란 개나리가 화사하게 꽃을 피우고 있는 것이 보였다. 꽃샘추위가 온다는 뉴스는 없었는데 4월 바람이 귀가 시리도록 맵다.

"군수님 안으로 들어가셔서 기다리시믄……."

정년퇴직을 앞둔 경비가 군수 뒤에서 덜덜 떨고 있다가 새파랗게 변한 입술을 달싹거렸다. 경비실 안에는 연탄난로가 있어서 후끈후끈했다. 그 안에서 기다려도 될 것을, 밖에서 기다리는 군수 때문에 같이 고생하고 있는 것을 생각하면 화가 났지만 겉으로 내색할 수가 없었다.

"소 씨 아들이 이번에 대학 들어갔다고 했지 않나요?"

송재호가 손을 슥슥 비비다가 주머니에서 담배를 꺼냈다. 뒤에 서 있는 총무과장 임상천이 재빠르게 라이터를 내밀었다. 담배 연기를 깊숙이 흡입했다가 길게 내뿜으며 건성으로 물었다.

"예, 예. 이번에 서울에 있는 대학에 들어갔슈. 지난 삼월 일일 삼일절 기념식 날 이동하 국회의원님께 장학금을 받았습니다. 그걸 가문의 영광으로……."

경비는 자식 자랑만 하면 배고픈 줄도 모르고 추운 것도 느낄 수 없었다. 덜덜 떨고 있다가 눈을 반짝이며 침부터 삼켰다. 송재호 옆에 붙어서 손짓을 해 가면서 말하다가 승용차 한 대가 정문으로 들어서는 것을 보고 말을 멈췄다.

송재호는 피우던 담배를 얼른 임상천에게 내밀었다. 임상천이 담배를 끄러 가는 사이에 현관을 내려갔다.

운전사 최광수가 재빠르게 이동하 옆자리 문을 열었다. 이동하가 웃는 얼굴로 내렸다. 그 뒤에서 양복 차림에 넥타이까지 단정하게 맨 승철이 내렸다.

"군수님, 즈히 큰자식입니다. 앞으로 건설 쪽 일 좀 배우게 할 요량으로, 군수님께 인사도 드릴 겸 해서 델고 왔슈. 인사 드려라. 영동군 행정을 총책음 지고 계신 송재호 군수님이셔."

"처음 뵙겠습니다. 이승철이라고 합니다."

이동하의 말이 끝나자마자 승철이 얼른 앞으로 나가서 정중하게 인사했다.

"안직, 어리구먼. 사업가는 초면에 사람을 만날 때 무조건 명함을 줘야 하능 겨. 얼른 명함 한 장 드려."

"아이구, 명함은 먼 명함. 영동관내에서 이동하 의원님 자제분이라는 거 자체가 엄청난 명함인데……."

송재호는 말은 그렇게 하면서도 승철이 쭈빗거리며 내미는 명함을 얼른 받았다. 명함에는 '송산종합건설주식회사 전무이사 이승철'이라는 글씨가 박혀 있다. 승철을 슬쩍 바라봤다. 나이는 많아야 서른 살이 안 되어 보였다. 애비를 잘 만나서 괜찮은 건설 회사의 명함을 갖고 다닌다는 생각이 들었지만 활짝 웃는 얼굴로 손을 내밀었다.

"이 전무님, 딴 사람 전화는 바쁠 때 못 받기도 하지만 이 전무님 전화라면 언제든 대환영합니다."

"구, 군수님."

승철은 송재호가 내미는 손에 악수를 하기는 했지만, 적당하게 대답해야 할 말이 생각나지 않았다. 얼굴이 금방 빨개지는 것을 느끼며 이동하를 바라봤다.

"들었지? 건설업을 할라믄 군수님한테 많은 도움을 받아야 하능 겨. 그런 건 난중에 내가 츤츤히 알켜 줄 모양잉께, 오늘은 고무부 따라 댕김서 군청 직원들한테 일일이 인사나 햐. 인사할 때마다 명함 주는 거 잊지 말고"

이동하는 승철의 어깨를 툭툭 쳐 주고 나서 송재호를 향해 돌아섰다.

"아이구, 의원님이 지난 삼일절에 장학금 주신 소정섭이 애비 되는 사람유. 의원님께 언지 정식으로 인사를 디리러 가야 하는데 원제가 좋을까유?"

경비가 황송하다는 얼굴로 이동하 앞에서 연신 허리를 굽실거렸다.

"아! 소 군의 부친이셔유? 소 군 요새 공부 잘하쥬?"

이동하는 유권자가 악수를 청할 때는 무조건 잇몸이 모두 보이도록 환하게 웃으며 환대해야한다는 것을 알고 있었다. 강 건너에 사는 사돈을 장날 모처럼 만난 사람처럼 경비의 손을 잡고 흔들었다. 하지만 삼일절 기념식 때 장학금을 준 대학생이 4명이라서 소정섭이 어떻게 생겼는지는 알 수가 없었다.

"공부 열심히 해서 의원님처럼 훌륭한 사람이 되겠다고 각오가 대단해유. 학교에서도 장학금을 받을 정도유, 참말로 고맙구면유."

"앞으로 어려운 일이 있으시믄 사무실로 연락을 하세유. 원제든 도와드릴 팅게."

이동하는 이 정도면 경비의 표는 확실하게 굳혔다는 생각에 싱긋이 웃는 얼굴로 고개를 숙여 보이고 돌아섰다.

"자, 우선 재무과장부텀 인사시켜 줄게."

임상천은 긴장한 얼굴로 서 있는 승철의 등을 밀면서 현관 안으로 들어섰다. 이동하와 송재호는 웃는 얼굴로 대화하면서 군수실이 있는 이층 계단 쪽으로 향하고 있었다.

"좌우지간 축하햐. 송산종합건설로 말할 거 같으믄 영동, 옥천, 보은 남부 삼군만 아니라 대전이나 청주에서도 알아주는 회사라는 건 알고 있겠지?"

임상천이 재무과로 향하면서 굳어 있는 승철의 얼굴을 풀려고 말을 걸었다.

"그 정도로 커유?"

"암만, 처남이 원래 발이 넓으신 분이잖여. 공사 따는 건 걱정하지 말고 열심히 관리만 햐. 그람, 시방보다 두 배는 더 커질 겨."

"알았슈. 열심히 해 보겠습니다."

승철은 이동하 말로는 우선 회사가 어떻게 돌아가는지 놀기 삼아서 출근이나 하라는 말에 재오를 데리고 내려왔다. 재오하고 실력은 막상막하로 하위권이지만, 재오는 눈썰미가 있고 직장이라는 책임감 때문에 자신과는 다른 시선으로 회사를 바라볼 것이라는 계산에서였다. 대답은 쉽게 했지만 마음은 한없이 무겁기만 했다.


이동하는 비서가 가지고 온 생강차를 마신 후에 품에서 만 원짜리로 한 묶음인 백만 원이 든 누런 봉투를 내 놨다.

"군수님 만 원짜리 새로 나온 거 못 봤쥬? 그럴 것 같아서 내가 직접 농협에서 찾아왔슈. 어디 한번 귀경해 봐유."

"지난 사월 사일날 만 원짜리가 나왔다는 말은 들었는데 신문으로밖에 못 봤습니다."

송재호는 이동하가 테이블에 내놓은 봉투를 끌어당겼다. 봉투 안에서 한국은행이라고 쓰여 있는 띠지가 그대로 묶여 있는 만 원짜리 한 묶음이 나왔다. 묵직하고 짜릿하게 와 닿는 감촉이 백만 원이라는 생각이 들었다.

"구경 잘 했습니다. 만 원짜리가 나왔으니까, 만 원짜리 수표를 끊을 필요는 없겠군요."

송재호는 돈뭉치를 보는 순간 올해 대학에 들어간 막내딸의 얼굴이 생각났다. 충북대의 올해 공납금은 교과서대를 포함해서 오만 오천 원이다. 사립대가 십이만 원이라는 점을 생각하면 절반도 안 되는 금액이다. 하지만 한 달 월급은 서기관 2호봉 기준으로 본봉 5,910원에 직책수당 36,870원을 더한 42,810원이다. 여기다 세금 2,536원, 국민저축금, 연금, 적금 등을 공제하고 나면 실수령액이 32,000원 정도이다. 이 돈으로는 막내딸을 대학 졸업시킬 수 없다는 생각이 들었다.

"우리 국민들의 생활수준이 인제는 지갑에 만 원짜리를 늫고 댕겨도 된다는 증거 아니겄슈? 그 돈은 군수님 껳게, 양복 주머니에 느둬유."

"아니, 이렇게 큰돈을?"

송재호는 백만 원을 내밀 때야 그만한 가치의 청탁을 할 것이라고 생각하면서도 짐짓 놀라는 표정을 지었다.

"아따, 장차 도지사가 되실는지도 모르는데 그릏게 배포가 짝아서 워티게 성공하겄슈."

"도지사가 아무나 할 수 있는 자리는 아니잖습니까?"

"군수님, 우리나라에서 젤 높은 산이 워디유?"

이동하가 주머니에서 담배를 꺼냈다. 한 개비 빼서 입에 물면서 물었다.

"한라산이 젤 높은 걸로 알고 있는데……."

이동하가 담배를 내밀었다. 송재호는 얼른 담배를 빼서 입에 물고 이동하가 입에 물고 있는 담배부터 불을 붙였다.

"애초부터 한라산을 올라가겠다고 맘먹은 사람 앞에 영국사가 있는 천태산은 새 발의 피벅에 안 되유. 하지만 애초부터 천태산이 목적인 사람은 동네 뒷동산을 올라갈 때도 핵핵거리는 볍유. 지가 시방 무슨 말하고 있는지 알고 있슈?"

"그러니까 도지사가 되겠다는 꿈을 가지고 있으면 최소한 부지사는 될 수 있다, 이 말씀 아니십니까?"

"군수님 앞에 앉아 있는 이동하, 여기 군청에서 근무하던 학산 부면장 출신유. 지가 제우 학산면장이나 바라보고 있었다믄 워티게 됐겠슈?"

이동하가 갑자기 목소리를 줄이고 송재호의 눈을 뚫어져라 응시했다.

"그러니까, 시방 의원님이 하시고 싶은 말씀은?"

송재호는 이동하가 무슨 말을 하려는지 해답을 알고 있었다. 그리고 삼형제 중에서 막내딸만 대학교 중퇴자로 남겨 둘 수 없다는 점도 알고 있었다. 이동하가 뜸을 들이는 만큼 맞장구를 쳐 주어야 한다고 생각하며 반문했다.

"돈 백만 원 같은 거는 새 발의 피라는 거쥬. 군수님이 워티게 생각하느냐에 따라서."

이동하는 송재호가 이제야 귀가 뚫리게 시작했구먼, 이라고 생각하며 회심의 미소를 지었다.

"의원님이 무슨 말씀을 하시는지 알겠습니다. 하지만 이런 일이라면 여기 군청보다는 도청이 빠르고, 도청보다는 내무부가 빠를 텐데……."

"내가 이래 봬도 앉아서 천리를 보는 사람유. 올개 일월 구일 한진상사가 월남에서 완전히 철수했슈, 경남하고 몇 개 업체가 남아 있는데 월남은 완전히 파장 분위기라 이거유. 거기 건설 회사도 많이 들어갔잖유. 그 회사들이 죄다 국내로 들어오면 국내 건설 경기가 워티게 되겠슈?"

"과열 현상을 보인다는?"

송재호는 이동하가 보기보다는 세상 보는 눈이 넓다는 점을 알고 놀란 목소리로 반문했다.

"당연하쥬. 장비를 죄다 고물상에 넘기지 않는 이상 제 살 깎아 먹기가 시작될 수 있다는 거쥬. 다행히 새마을운동이 본격적으로 시작되믄,

숨통을 틀 수가 있잖유. 새마을운동은 정부에서 팔 걷어 붙이고 자금을 지원해 주지만, 주관은 엄연히 군청이잖유. 그릏다고 지가 새마을운동하는 데서 콩고물 좀 은어 먹자는 것은 절대 아뉴. 우리 송산종합건설은 엄연히 토목을 주사업으로 하는 종합건설 회사유. 길을 맦고, 상수도를 건설하고, 또랑을 넓히고 뚝에 제방을 쌓는 그런 회사라는 점을 군수님이 염두에 두시믄 될 거유."

"군청 일 년 예산이라는 것이 책에 나와 있는 것처럼 빠듯하지만, 도청에 가서 떼를 쓰면 증액편성을 해 줄 겁니다. 그 점은 확신합니다."

송재호는 학산 부면장 출신인 이동하 같은 놈도 4선의원이라며 어깨에 힘주고 다니는데, 국가공무원 출신인 자신이 도지사를 못할 것은 뭐냐는 생각이 들었다. 도청에 가서 재무국장에게 몇 십만 원 찔러주면 예산을 따오는 일은 어렵지 않을 것이라는 생각에 자신 있게 말했다.

"오 프로유. 군수님이 천만 원짜리 공사를 소개해 주시믄, 천만 원의 오 프로인 오십만 원, 삼천만 원짜리 공사는 백오십만 원이 되겠네유. 건설 예산 많이 따 오믄 영동 발전돼서 좋고, 군수님 금고에 돈 많이 들어가서 좋고 이거야 말고 일거양득 아뉴?"

이동하가 양복 주머니에서 파커 만년필을 꺼냈다. 테이블에 있는 메모지를 끌어당겨서 5%라고 써서 송재호 앞으로 내밀었다.

"알았습니다. 영동을 발전시키는 일인데, 안 한다면 군수로서 직무유기를 하는 셈이 되겠지요"

송재호는 비로소 돈을 양복 주머니에 집어넣으며 은근한 목소리로 말했다.

"건설 회사라는 것이 원래, 봄, 여름, 가을에 벌어먹고, 겨울에는 벌어

놓은 돈 까먹어유. 입춘, 경칩 다 지났응게 본격적으로 일을 할 때라 이거유. 하지만 일하고 싶다고 아무 땅이나 파 엎고 포장할 수는 읎잖유. 아무 집이나 때려 부스고 다시 짓는다고 쥔이 돈 주는 거 아니잖유. 우리 손잡고 영동을 발전시켜 봐유."

이동하는 송재호가 낚싯밥을 문 이상 뜸 들일 필요가 없다고 생각했다. 잘게 웃으며 손을 내밀었다.

"저야, 의원님이 뒤에서 팍팍 밀어 주신다면, 얼매든지 총대를 멜 자신이 있습니다."

송재호는 자신도 모르게 얼른 일어섰다. 이동하가 내미는 손을 두 손으로 잡고 허리를 굽실거렸다.

"군수님 혼자만 영동의 발전을 위해 힘을 쓰시믄 명색이 국회의원인지가 할 일이 읎잖유. 생각난 김에 내년에는 송산 장학금 금액을 올려야겠슈. 이백만 원 더 납입해서 오백만 원으로 채울 셈유."

"내일 당장 신문기자들 불러서 기자회견을 해야겠네유."

송재호는 이동하의 말에 환영을 하면서도 마음속으로는 고개를 갸웃거렸다. 선거는 아직 멀었다. 그럼에도 불구하고 지난 3월에 장학금을 3백만 원이나 출연한 것은, 윤상배가 갑자기 후보직을 사퇴한 점에 대해서 여론이 안 좋은 것을 의식한 일종의 쇼맨십인 것 같았다. 그 쇼는 어느 정도 성공했다. 이 상황에서 생돈을 더 이상 출연할 필요가 없다는 생각이 들어서였다.

"이왕 시작했으믄 끝장을 보는 것이 내 승질 아닙니까? 내 꿈이 뭔지 아셔유? 우리 송산장학재단을 전국 군 단위 장학재단에서는 최고로 만들 생각유."

이동하는 장학금을 지급한 후에 윤상배 때문에 악화되었던 여론이 많이 좋아진 점을 보고 내심 놀랐었다. 겨우 삼백만 원 정도로 여론을 살 수 있다면 다음 선거는 문제가 되지 않을 것 같았다. 선거에 임박해서 한꺼번에 많은 돈을 내놓으면 금전적으로 부담되니까, 해마다 얼마씩 출연하면 효과가 더 높을 것이라는 생각에 점잖게 말했다.

"대단하십니다. 솔직히 돈이라는 것은 많을수록 좋은 거 아닙니까? 그런데도 의원님은 다른 분들하고 미래를 생각하는 스타일이 다른 것 같습니다."

송재호는 너무 아부적인 말을 하는 것은 아닌지 하는 생각이 들 정도로 혀가 돌아가는 대로 말을 해 버렸다.

"오늘 저녁 일정이 워티게 돼유?"

이동하가 한껏 기분이 좋아진 얼굴로 물었다.

"저야, 늘 바쁩니다만 의원님이 시간을 내시라고 하면 당연히 내야죠."

"그람, 이따 일곱 시에 태평관에서 봐유. 허리빵 풀러 넣고 맘껏 한번 마셔 봐유."

이동하는 소금 먹고 물 먹지 않는 놈 없다고 생각하며 피우던 담배를 재떨이에 비벼서 끄고 일어섰다.

"알겠습니다. 일곱 시 정각까지 태평관으로 가겠습니다."

군수가 밖에까지 따라 나와서 이동하 귀에 속삭였다. 이동하는 군수의 등을 툭툭 쳐 주고 나서 걸었다.

승철은 임상천과 함께 경비실에서 서성거리고 있었다. 이동하가 현관으로 나가니까 임상천이 재빠르게 다가왔다.

"군수님 만나 뵌 일은 잘 되셨슈?"

"그려, 승철이는 인사 잘 시켰는가?"

"그람유, 사무실마다 댕기면서 명함 다 뿌렸슈. 그라고 언지 처남 한 번 찾아 뵐려고 했는데……."

송재호는 처남, 매부 간에 말할 수 있도록 멀찌감치 떨어져서 괜히 경비실을 기웃거렸다. 경비가 밖에 나와서 오들오들 떨면서도 연신 해죽해죽 웃는 얼굴로 이동하를 바라봤다.

"머 할 말 있으믄 시방 해 봐. 자네하고 나 사이에 장소 가리고 야기할 처지는 아니잖여."

"장차 부군수라도 해 먹을라믄 도청에서 근무 좀 해야 하잖유."

"먼 말인지 알았구먼. 칠월 일일자로 도청으로 발령을 내 줄 모양잉께, 준비나 하고 있으믄 될 겨. 승철아 가자."

이동하는 송재호에게 손을 번쩍 들어 보이고 나서 돌아섰다. 승철은 송재호에게 공손하게 인사한 후에 이동하를 따랐다.

"이 애비가 살아 있는 한 송산종합건설을 충남북에서 최고로 큰 건설회사로 맨들 수 있어. 그랑께, 배 부사장한테 일을 열심히 배워. 무엇보다 경리가 워티게 돌아가는지를 정확하게 파악하고 있어야 하능 겨. 아무리 도급공사를 많이 따도, 경리가 다 말아 먹으믄 죽 쒀서 개 주는 꼴이 되어 버린단 말여. 내 말 무슨 말인지 잘 알아 들겄지?"

이동하는 최광수에게 송산종합건설로 가라고 지시했다. 코로나 뒷좌석에 뚱뚱한 상체를 푹 파묻고 조곤조곤한 목소리로 말했다.

"경리가 잘 돌아가는지 못 돌아가는지 알라믄 그 뭐유, 회계라는 걸잘 알아야 하는데, 제가 상고나 대학의 상과를 나온 것도 아니고……."

승철은 창문 밖을 바라봤다. 영동시내 풍경을 바라보면서 이럴 수도 없고, 저럴 수도 없다는 표정으로 말꼬리를 흐렸다.

"골치 아프게 생각할 필요가 읎어. 통장에 돈이 을매가 들어오고, 통장에 있는 돈이 을매가 빠져나가는지만 정확히 알고 있으믄 되능 겨. 예를 들어서 천만 원짜리 공사 한 건을 따냈다 치자. 그람, 대충 잡아도 토목공사라는 것이 오백만 원은 남아야 하능 겨. 나머지 오백만 원 갖고, 인건비 주고, 장비 관리비나 경비를 써 감서 공사를 완공해야 하능 겨. 토목공사의 핵심은 공기를 최대한 단축시키는 거지. 공사하는 데 잡부를 열 명 쓴다고 치자. 잡부 하루 일당은 팔백 원씩 쳐. 하루를 단축하믄 팔천 원이 그대로 남는 거지. 내 말 무슨 말인지 알아듣겄냐?"

이동하가 옆자리에 앉은 승철을 향해 고개를 돌렸다. 이놈이 설마 마음은 콩밭에 가 있는 거는 아니겄지, 라고 생각하며 물었다.

"간단하네요. 천만 원짜리 공사를 따게 되면, 일단 오백만 원은 이익금으로 생각하고 뚝 떼어 놓으라는 말씀이잖유. 나머지 오백만 원 갖고 죽이 되든 밥이 되든 공사를 완공시켜야 된다는 거 아닙니까? 그런데 이익이 너무 많은 거 같은데……."

"한마디만 하믄 척척 알아듣는 걸 봉게 사업가 기질은 있구먼. 이익금을 공사대금의 오십 프로로 내는 것은 쉬운 일이 아녀. 토목공사라는 것이 공사를 하다 보면 어쩔 때는 땅속에 집채만 한 바위가 있어서 그걸 캐내기 위해서 별의별 장비를 동원해 며칠씩 걸리기도 하고, 태풍을 만나기도 하고, 장비가 고장나서 며칠씩 일을 못하는 경우가 빈번하게 발생된단 말여. 그릏다고 사업주한테 돈을 더 달라고 할 수는 읎는 일이잖여."

이동하는 승철의 다른 면을 보는 것 같아서 웃는 얼굴로 바라봤다.

"아버지가 하시는 말씀이 무슨 말씀인지 알겠습니다. 두 가지만 명심하믄 되겠구먼요. 첫째로 통장에서 돈이 나갈 때마다, 이건 무슨 명목으로 돈이 나가는 건지 확실하게 알아둔다. 둘째, 공사 이익금은 무조건 오십 프로를 유지해야 한다. 그 두 가지 아닌가유?"

승철은 이동하가 칭찬해 주니까 이유를 알 수는 없지만, 일을 잘해야 된다는 생각이 들어서 무겁게 대답했다.

"그려, 바로 그거여. 건설 회사는 그것만 확실히 해 두면 땅 짚고 헤엄치기나 마찬가지여. 정미소는 나락이 몇 가마니 들어와서, 쌀이 몇 가마니 나가는지 눈으로 확인을 할 수 있응께 쉽지만 건설 회사는 그기 아닌데, 참말로 니가 건설 일은 적성에 맞는개비구먼."

이동하는 승철의 새로운 면을 발견했다는 기쁨에 자신도 모르게 승철의 손을 잡아끌어서 두들겨 주며 좋아했다.

"아버지 맘에 꼭 들게 한다고 장담은 못하겠습니다. 하지만 열심히 노력은 해 보겠습니다."

고래도 칭찬을 하면 춤을 춘다는 말이 있다. 승철은 이동하가 연신 칭찬해 주니까 자신감이 생겼다.

송산종합건설은 계산리 주택가 가운데 위치하고 있는 단층 건물이다. 원래 주택이 있었지만 헐어 버리고 사무실 용도로 지은 건물이다.

사무실 안에는 경리과와 총무과 직원 여섯 명이 근무하고 있었다. 각 과의 과장이 한 명씩 있고, 과원이 두 명씩이다. 재오는 관리 과장으로 발령이 났지만, 과원은 없고 업무 편제가 승철을 보조하는 역할로 되어 있다.

이동하와 승철이 사무실 안으로 들어서자 직원들이 일제히 일어서서 인사했다. 이동하는 손을 들어 보이고 자기 사무실 안으로 들어갔다. 재오는 승철과 눈이 마주치는 순간 오랫동안 기다리고 있던 친구를 만난 얼굴로 반갑게 웃었다. 승철은 이동하를 따라가다가 걸음을 늦추고 재오가 다가오길 기다렸다.

"군수님도 만나 봤냐?"

"군수뿐이 아니고, 각 사무실마다 댕김서 과장급들하고 계장들한테는 죄다 명함을 돌렸구먼. 이따 자세한 야기를 하자. 난 아부지하고 할 야기가 더 있응께."

승철은 재오가 속삭이는 말에 빠르게 대답하고 이동하의 사무실로 들어갔다.

"의원님, 군수님 만난 건은 잘 되셨슈?"

부사장인 배광일이 이동하의 사무실로 들어서자마자 물었다.

"안 되고 될 것도 읇잖여. 부사장한테 할 말이 있응께 거기 앉아 봐."

이동하는 책상 위에 올라온 결재 서류를 대충 훑어보았다. 지출과 관련된 서류는 꼼꼼히 체크해가며 읽었다.

"부사장님 별일 읇었쥬?"

승철이 이동하 사무실로 들어서며 배광일에게 물었다.

"요새 일도 읇는데 별일이 생기겄어. 원래 건설 회사는 요새가 비수기라서 장비 관리나 열심히 하고 있으믄 되는 겨."

배광일은 그동안 총무과장 김기남 모르게 경리과장 이춘섭과 짜고 하도급업체에게 대금을 어음으로 결제해 주었다. 급전이 필요한 업자들에게는 그 어음에 사채 이자를 붙여서 할인을 해 주는 수입이 많았다. 이동하의 아들이 전무로 오게 되면 그 일을 못 하게 될 것이라는 생각에 승철이 눈엣가시 같은 존재였다. 하지만 이동하 앞에서 노골적으로 싫은 내색을 할 수는 없었다. 착한 이웃집 아저씨 같은 목소리로 말했다.

"그렇구먼유."

승철은 뭔가 폼 나는 말을 하고 싶었지만 생각이 나지 않았다. 어눌한 목소리로 말하고 소파에 앉았다.

"관리과장도 들어오라고 햐."

이동하가 결재 서류를 넘기면서 말했다.

"사장……, 의원님 부르셨습니까?"

승철의 부름을 받고 들어온 재오가 긴장한 목소리로 허리를 굽실거렸다.

"난, 사장이라는 소리보다 의원이라는 말이 듣기 좋아. 그랑께 앞으로 의원님이라고 부르게."

이동하는 결재 서류를 한쪽으로 치웠다. 도장을 주머니에 집어넣으며 일어서서 소파 상석에 앉았다.

"내가 따로 총무과장하고 경리과장한테 지시를 하겠지만, 앞으로 모든 결재 서류는 관리과장한테도 공람을 시키게. 관리과장은 최대한 짧은 시일 안에 전무를 도와서 회사가 위티게 돌아가는지를 파악하도록."

"넷, 명심하겠습니다."

이동하의 지시가 떨어지자마자 재오는 벌떡 일어섰다. 군인처럼 부동자세로 대답하고 소파에 앉았다.

"그라고, 시방까지도 우리가 군청 일은 도맡아 해왔지만 앞으로는 일이 더 많이 들어올 겨. 그러자믄 접대라는 걸 해야 하는데, 시방까지는 부사장하고 총무과장이 해 왔지?"

"그렇습니다만……."

건설 회사만 그런 것이 아니라 모든 회사에서 접대를 한다는 것은 공돈을 뜯어낼 수 있다는 등식이 성립된다. 회사에는 영수증만 제출하면 그대로 결재가 되고, 얼마든지 돈을 우려 낼 수 있기 때문이다. 그 돈이 어느 때는 월급보다 많을 때도 있다. 배광일은 하청업자들에게 뜯어내는 돈도 끝났고, 접대비를 마음대로 사용하는 것도 어렵다는 생각에 자신도 모르게 이동하의 눈치를 살피며 말꼬리를 흐렸다.

"난 한 입으로 두 말 하지 않는 승질여. 그랑께 부사장은 내가 하는 말을 똑똑히 들어줬으믄 좋겠구먼."

이동하는 서두부터 늘어놓고 담배를 입에 물었다. 그래야 상대방이 긴장할 것이라는 계산에서였다.

"네……."

"에, 우리 회사가 오늘날 이만큼 커질 수 있었던 공은 경부고속도로 건설 때문이라는 점은 두말할 것도 읎지. 앞으로 계속 고속도로가 생기리라는 법은 읎는 거이고……. 한 해가 다르게 나라가 발전하고 있응께 돈푼깨나 있는 사람 치고 건설 회사 읎는 놈은 반편이 취급하는 판잉께, 회사 입지가 어려운 것은 사실여."

"그래도 우리 송산은 작년에도 적자는 아니잖유."

"부사장이 직접 나서서 도급공사 따 온 건수가 및 건이나 되는 거유?"

"그야……."

배광일은 이동하가 직설적으로 물으니까 할 말이 없었다. 직간접적으로 단가가 큰 공사 중 이동하의 입김이 들어가지 않은 건은 드물었다.

"내가 부하 직원들 보는 앞에서 부사장을 혼낼라고 하는 말은 아뉴. 내가 하고 싶은 말은 앞으로 공사수주 관련해서 접대를 해야 할 일이 생길 때는 반드시 이 전무와 관리과장과 함께 가도록 해유. 내 말 무슨 뜻인지 잘 알겄쥬?"

도둑질을 해 본 사람만 도둑놈의 생리를 아는 법이다. 이동하는 수도 없이 권력층에 상납을 해 왔고, 아래로부터는 상납을 받아 왔다. 배광일 역시 상납을 하는 입장에서 적지 않은 돈을 빼돌렸을 것이라고 판단했다. 승철과 재오가 이 바닥의 돌아가는 생리를 습득하게 되면 배광일을 정리할 계획이다. 사업이란 절대로 밑지지 않겠다는 원칙만 지키면 저절로 발전하는 법이다. 하나를 보면 열을 안다고 승철이도 사업가 기질이 다분했다. 승철이 사업을 물려받으려면 어떻게 공무원들을 요리하는지만 알려주면 될 것이라 생각하고 물었다.

"총무과장하고, 경리과장도 영동 사람이라 인맥이 넓어유……."

배광일은 차마 이제 20대 후반인 새파랗게 젊은 놈 앞에서 공무원들에게 아부를 어떻게 하느냐고 물을 수는 없었다.

"부사장님, 접대하는 데 회사 간부, 직원 전부가 나갈 수는 없잖아유. 그라고 저도 영동 사람유. 영동에 동창들도 많아유."

승철이 손가락을 만지작거리면서 배광일에게서 시선을 옮기지 않고 말했다.

"전무 말을 이상하게 듣지 않았으믄 좋겄어. 전무도 대학을 나온 사람이고 세상을 살만큼 살았응께."

이동하는 오늘따라 승철이 자랑스럽게만 보였다. 배광일의 얼굴이 순간적으로 흙빛으로 변하는 걸 보고 만족한 웃음을 지으면서 배광일의 편을 들어줬다.

날씨가 풀리면서 고물을 수집해 오는 리어카꾼들의 행동반경이 넓어
졌다. 그만큼 땅거미를 밟으며 고물상으로 들어오는 리어카에는 더 많
은 고물들이 실려 있다.

고물상 땅은 영등포 재건대장에게 겁을 먹은 곰보 태웅이란 놈이 거
꾸로 이종신 보좌관을 협박해, 구청 측으로부터 연락이 와서 헐값으로
구입했다. 하지만 집을 지을 여력이 되지 않아 텐트를 철거하고 미군들
이 사용하는 퀀셋 막사를 지어서 사용하고 있다. 밖에서 고물이 보이지
않도록 함석으로 울타리를 쳐놓고 철조망으로 만든 출입문까지 만들어
놔서 한결 아늑했다.

"이따 한잔할까?"

경상도 박 씨의 리어카에는 엿판이며 옥수수튀김이 담겨있던 비닐봉
지도 비어 있었다. 그는 빈 엿판부터 내려놓았다. 리어카 안에서 함부로
다루면 깨지는 사이다 병, 소주병, 콜라 병부터 꺼내며 짱구에게 말을
걸었다.

"오늘 요 근래에 들어서 최고 많이 번거 같구먼유. 간단하게 한잔 사
는 걸로 안 되겠네유. 최소한 괴기 냄새는 풍겨야겠는데?"

짱구가 박 씨를 도와서 빈 병을 꺼내면서 맞장구를 쳤다.

"고기? 사람을 우예 보고 그런 말을 하노? 이거 하나면 한 일주일간은
고기 좀 뜯을 수 안 있겠나?"

박 씨가 널빤지처럼 신문지로 싼 무엇을 꺼내어 땅에 내려놓았다. 쭈
그려 앉아서 신문지를 찢었다. 청동으로 된 간판이 모습을 드러냈다.

"유안실업주식회사? 이거 회사 간판 아뉴? 이런 거 떼오다 사장님하고 부사장님한테 걸리믄 작살난다는 거 몰라유?"

"내를 우예 알고 그런 말을 하노? 이건 문 닫은 회사를 지키고 있던 경비가 내한테 팔아먹은 기라. 나는 정당하게 돈을 주고 이걸 사 왔다 안 하나? 얼마나 무거운지 한번 들어봐라. 내가 저울로 달아 보지는 않았지만 아무리 몬 나가도 다섯 관은 안 나가겠나? 요새 신주 한 관에 얼매나 하는지 모르겄네. 신주 구경한 지가 몬 돼도 한 십 년은 넘는 거 같다 안 하나."

박 씨는 연신 웃음을 흘리면서 청동판을 들고 저울 앞으로 갔다. 저울 위에 올려놓고 눈금을 확인했다. 어두워서 눈금이 보이지 않았다.

"얼른 봐도 다섯 관은 넘겠슈?"

꺽다리가 기둥에 매달려 있는 갓전등의 스위치를 올리고 저울 눈금자 앞에 쪼그려 앉았다. 손가락으로 추를 밀어서 눈금자가 평형을 이루도록 손가락 끝으로 살살 밀었다. 3.75kg이 1관이다.

"고철 값의 두 배니까 팔천 원은 넘는다는 말 아이가?"

박 씨는 생각만 해도 즐거워 견딜 수가 없다는 얼굴로 콧노래를 부르며 리어카 안에 들어 있는 라면박스며 시멘트포장지, 깨진 유리, 쇳조각, 고무신 떨어진 거, 멀쩡한 냄비를 우그러 트린 것 등을 내려놓기 시작했다.

"사장님이 하시는 말씀이 고물상에서 훔친 고물에 맛들이기 시작하면 교도소 예약해 놓은 거나 마찬가지래유. 면사무소 계장이 새마을 철근을 빼돌려 판 거하며, 전화국 직원이 전화선 오만 미터를 십육만 원에 팔았던 것하며, 미군 부대 관계자가 미사일 점검기 세 대를 삼만 원에 팔은 거나, 변전소 직원이 동력선 칠십 미터를 끊어서 만 오천 원에 판 것 봐요. 고물상 사장도 죄다 콩밥 먹고 있잖여. 가만있어 보자, 이십육 킬로가 쪼금 넘응께 일곱 관이 넘네유."

꺽다리가 박 씨에게 저울 눈금을 확인하라며 손가락으로 가리켰다.

"아, 그래서 동대문에서는 고물상 사장들이 경찰서 앞에 모여서 도둑 물건 안 사기 궐기대회를 열었다카데."

박 씨는 일곱 관이 넘다는 말에 저울을 바라보지도 않았다. 짱구가 장부에 정확하게 적는지만 확인하며 말했다.

"그건 약과여. 경기도 연천에서 고물상을 하는 사람 몇 명이 탱크 포 사격장 안에 세워두었던 대형 탱크를 쇠톱으로 짤라서 고물상에 팔아넘겼다잖유."

"시방 그 말을 내한테 믿으라고 하는 기가?"

박 씨가 어이없다는 표정으로 짱구를 바라봤다.

"신문에 났슈. 지난 삼월 이십구일 자 동아일보에 난 걸 나도 봤당께유. 탱크를 쇠톱으로 짤라서 고물상에 십사만 사천이백 원에 넘겨 버렸다고 하대유. 참말로 대단한 사람들유. 워턱하믄 탱크를 짤라서 팔아먹을 생각을 했을까."

"그카고 봉께, 내도 들은 말이 있다 아이가, 재작년에 육군 탄약중대 중사하고 하사가 상병 두 명을 데리고 기관단총 실탄 십구만 발을 돈 이십몇만 원에 넘겼다고 하데. 근데 그 실탄 가격에 얼맨 줄 아노?"

짱구의 말에 꺽다리가 보충설명을 했다. 박 씨가 그때서야 쓴웃음을 지으며 꺽다리에게 물었다.

"이십몇만 원에 넘겼으믄 돈 백만 원 하겠구먼유?"

꺽다리가 우물쭈물거리는 사이에 짱구가 대답했다.

"그 다섯 배나 되는 사백팔십이만 원이라데. 그것 때문에 탄약중대 중대장, 사단 병기감이며 장교 네 명도 관리를 잘못했다고 해서 옷 벗었다고 하드라. 우예 나한테는 탱크를 팔아먹겠다는 놈이며, 실탄을 팔겠다는 군인들이 안 오는지 모르겠다."

"내 참, 아! 그런 걸 사믄 제깍 감옥 가는 거 몰라유?"

꺽다리가 한심하다는 표정으로 물었다.

"와 모르노 영창 갈 때는 가더라도 큰돈 한번 만져보는 것이 소원이다 안 하나. 실탄이 죄다 신주 아이가? 사백팔십만 원어치 신주를 제대로 팔면 사백만 원은 받을 수 있다는 거 아이가? 그 돈 갖고 제주도나 울릉도 같은 곳으로 숨어 버리면 순사 아니라, 순사 할배가 온다 해도 우예 찾겠노 에그……. 쓸데없는 야기는 일절로 끝내고 어여 계산이나 마치자."

박 씨는 오늘처럼만 돈을 번다면 괜찮은 전셋집 정도는 구할 수 있고, 어디서 뜨내기 식당아줌마를 구해서 결혼도 할 수 있다고 생각하며 빙긋빙긋 웃었다.

"우리 먼저 갈 팅게, 뒷정리 잘하고 쉬어."

천막 문이 열리면서 경훈이 모습을 드러냈다. 저울 옆에 서 있는 꺽다리의 등을 툭 쳐주고 뒤따라 나오는 철용에게 어서 가자고 눈짓을 보냈다.

"오늘 박 씨가 돈 좀 벌었다고 한잔 산대유."

"일곱 관이 넘는 신주를 단돈 삼천 원에 샀다 안 합니꺼."

"훔쳐 온 것은 절대 아니쥬?"

박 씨가 신이 난 목소리로 하는 말에 철용이 걸음을 멈추고 물었다.

"사람을 우예 보고?"

박 씨가 화가 난 목소리로 물었다.

"알아유. 이 세상에서 내가 박 씨 아저씨 맘을 모르믄 누가 알겠슈? 그냥 해 보는 말잉게 너무 신경 쓰지 말아유."

철용은 금방 장난기 섞인 목소리로 바꾸고 웃는 얼굴로 박 씨 앞을 떠났다.

"형님!"

경훈은 짱구가 사장님이라 부르지 않고 살갑게 형님이라 부르는 소리에 걸음을 멈췄다.

"가, 가불 좀 해 주실 수 있습니까?"

짱구가 뒤통수를 긁으며 말했다.

"왜?"

"사실은 제가 필요한 것이 아니고 꺽다리가……."

"꺽다리가?"

철용이 꺽다리를 바라보며 반문했다.

"꺽다리가 요즘 여자를 만나고 있습니다. 저쪽 큰길로 나가는 골목 입구에 있는 포장마차 있지 않습니까? 그 여자하고 만나고 있습니다. 그래서 저녁에는 늘 거기 가서 장사하는 걸 도와주고 있습니다. 오늘 그 여자하고……."

"찬물도 순서가 있다고 너를 제끼고 꺽다리가 먼저 설친단 말여?"

경훈이 재미있다는 얼굴로 꺽다리를 바라보다 짱구에게 시선을 돌리며 말했다.

"제 걱정을 해 주시는 것은 좋지만 제가 허락해 줬습니다. 만 원만 가불해 주시면 고맙겠습니다."

"빨리 돈 모아서 자립해야 할 거 아녀. 언지까지나 고물 정리나 하고 있을 겨?"

철용은 꺽다리가 술이나 마시고 여자에게 환심을 사려고 가불하려는 것은 아닐 거라고 생각했다. 짱구와 꺽다리, 짝눈에게는 매달 이만 원씩의 월급이 지불되는데 현금으로 주지 않고 적금을 넣고 있다. 그 대신 돈이 필요하면 경훈이 얼마씩 용돈을 주고 있다. 강릉식당에서 하루 세 끼 밥을 먹는 데다 저녁에는 술도 공짜로 마신다. 돈이 필요할 때는 그만한 이유가 있을 것이라고 생각하면서도 노파심에 한마디 했다.

"저는 형님들하고 평생 같이 살 겁니다. 하지만 꺽다리는 생각이 좀 다른 것 같습니다."

짱구가 민망한 표정으로 웃으며 뒷목을 긁었다.

"이건 가불해 주는 것이 아니고, 내가 그냥 주는 돈이라고 햐."

경훈은 웃는 얼굴로 짱구에게 돈을 내밀었다. 짱구는 몇 번이나 인사를 하고 뒤돌아서서 꺽다리에게 돈을 흔들어 보였다. 일하는 척하고 있던 꺽다리가 90도 각도로 허리를 숙여 인사했다.


경훈과 철용이 도착한 곳은 금순이가 운영하고 있는 학산미장원이다. 미장원 안에는 손님이 한 명도 없었다. 오늘 당번 미용사인 오숙자하고 시다 영애가 텔레비전을 보고 있었다.

"어여 와. 우리도 막 문 닫을라고 하던 참여. 즈녁 안 먹었지?"

금순이 반갑게 맞이하며 일어섰다.

"우린 그만 퇴근할게요."

오숙자가 경훈과 철용에게 꾸벅 인사하며 말했다.

"영애는 오늘 하루도 심들었응께 퇴근하고, 숙자는 잠깐 기다려 봐. 할 말이 있응께."

금순이 영업이 끝났다는 것을 알리는 표시로 유리문에 커튼을 치며 말했다.

미장원 안에 돼지고기 찌개를 올린 저녁상과 함께 반주로 소주병이 차려졌다.

"오빠, 대관절 언지 결혼할 거여. 철용이가 그라는데 고물상 땅을 정식으로 구청에 돈을 주고 샀다고 하데. 거기다 집을 짓고 장가도 가야 하잖여."

금순이 경훈의 잔에 술을 따르며 입을 열었다.

"누가 나같은 놈한테 시집을 와야 장가를 가지."

경훈은 예상치 않고 있던 말에 뒷머리를 긁으며 자신도 모르게 오숙자를 바라봤다.

"여기 숙자 어뗘? 오빠보다 나이는 많이 어리지만 미용기술도 있고, 맘도 엄청 착햐."

"언니는……."

금순의 말에 경훈의 눈치를 살피고 있던 오숙자가 얼굴을 빨갛게 붉히며 고개를 외로 꼬았다.

"싫다는 말을 안 하는 걸 봉께 숙자 씨도 형이 맘에 드는개비구먼. 허긴, 형이 나이는 쫌 들기는 했지만 시집 가믄 평생 밥 굶기는 일은 읎을겨."

철용이 뜻밖이라는 얼굴로 금순을 바라보다가 오숙자에게 시선을 돌리고 말했다.

"고향은 전라도 광주여. 나이는 올게 스물다섯 살잉께, 오빠보다 한참 어리지. 부모님은 뭐하고 있다고 했지?"

"광주 시내에 있는 시장에서 꼬추방앗간……."

오숙자는 국민학교를 졸업하고 곧장 청계천에 있는 피복공장에서 일을 했다. 한 달에 사오천 원씩 받으며 하루 열다섯 시간씩 일하는 것이 너무 힘들어서 미장원 시다로 취직해 어렵게 미용사 자격증을 땄다. 평소 보아오던 경훈이라면 신랑감으로 부족할 것이 없다는 생각에 가슴이 떨려서 제대로 말이 나오지 않았다.

"아따, 시장에서 꼬추방앗간을 하믄 먹고사는 데는 지장이 읎겄구먼. 우리 아부지는 장날 장터에 가서 군복 염색하는 염색쟁이여. 시방은 일거리가 읎어서 관둔 지 오래됐지만, 장날마다 댕김서 군복 염색을 해 주는 것보다, 시장에서 터를 잡고 장사를 하믄 비가 오나 눈이 오나, 걱정 읎이 장사를 할 수 있응께 사는 데는 지장 읎겄네."

"형제들이 많아서 뒤치다꺼리 하는 것도 바쁘구만유.

"형제들은 워티게 되는데?"

"사남일녀의 장녀유. 밑에서 둘은 학교 댕기고 그 위로 둘은 안양에 있는 공장에 댕기고 있어라……."

"누나와 형들이 동생들 공부 갈키고 있구먼. 나는 국민학교 졸업장도 읎어, 집이 워낙 가난해서 졸업장을 못 땄구먼."

경훈은 미장원에서 오숙자를 자주 봤다. 그냥 예쁘장하고 착하게 생겼다는 생각만 했지 자세히 뜯어보지는 못했다. 얼굴을 자세히 보니까 입술이 도톰하고 눈이 참 아름다운 것이 평소 생각했던 것보다 더 예뻤다. 무엇보다 미장원에서 일해서 동생들을 공부시키고 있는 마음씨가 착하게 와 닿았다.

"그런 거는 상관없어라. 요새는 중학교까지 의무교육이라고 해서 국민학교 정도는 모두 졸업하지만, 옛날에는 국민학교 문턱도 못 밟아 본 사람들이 많잖아요……."

"어메, 야 좀 봐. 부끄러워서 얼굴도 지대로 못 드는 아가 할 말은 다 하고 있구먼. 알고 봉게 순 내숭쟁이구먼."

금순이 웃는 얼굴로 오숙자의 어깨를 툭 치며 말했다.

"나는 내가 못 배워서, 장차 결혼을 하게 되믄 우리 자식은 어떠한 일이 있드래도 대학교 이상은 시킬 생각여."

경훈이 철용의 빈 잔에 술을 따라 주며 오숙자를 슬쩍 바라봤다.

"어메, 경훈이 오빠 너무 앞질러 가는 거 아녀? 샴가에서 뜨신 물을 찾아도 유분수지. 소개 받는 자리에서 아들딸 믿 날 것인지 계획부터 짜는 거여?"

"내가 언지 앞질러 갔다고 그랴. 평소 내가 생각하고 있었던 것을 말했을 뿐인데. 이 찌개 누가 끓인 거여. 참말로 맛있구먼."

금순이 거듭 던지는 농담에 경훈은 괜히 얼굴이 화끈거려서 슬그머니 말을 돌렸다.

"그건, 금순이 언니가 끓인 거예요. 저는 국민학교만 졸업하고 바로 취직을 해서……. 반찬도 잘 못 만드는데……."

"아주 신혼살림을 차리고 있구먼. 숙자 야가 정거니를 얼매나 맛있게 만드는지 알아? 일곱 살 때부터 부모님이 시장에 일하시러 가믄 딸이 하나 밖에 없응께 밥 짓고 설거지까지 다 했다잖여."

"누나, 가만히 봉께 형하고 숙자 씨하고 둘이 서로 할 말이 많은 거 가뎌. 이럴 때는 우리가 슬쩍 피해 줘야 하는 거 아녀?"

철용이 마지막 한 수저 남은 밥을 퍼서 먹고 수저를 내려놓으며 말했다.

"피, 피하긴 워디로 피한다는 거여. 난 그냥 있는 그대로 말하고 있는데 둘이서 자꾸만 엉뚱한 말을 해 쌌는구먼. 너는 밥 먹느라고 내 술잔 빈 것은 보이지도 않냐?"

"술은 숙자한테 따라 달라고 햐. 나도 밥 다 먹었응께 철용이하고 방에 가 있을 것이구먼. 찬찬히 밥 먹으면서 야기햐."

금순은 밥그릇이 비지도 않았는데 수저를 내려놓고 일어섰다. 철용을 따라서 미장원 안에 있는 방으로 들어가면서 숙자에게 시선을 돌렸다. 숙자가 어쩔 줄 모르는 표정으로 바라봤다. 그녀에게 잘해보라는 표정으로 손을 흔들어 보이며 돌아섰다.

"커피 마실 텨?"

철용이 자기 방으로 들어가려는데 금순이 손을 잡으며 물었다.

"그럴까?"

철용은 금순의 손을 마주 잡으며 웃었다.

"경훈이 오빠 숙자하고 결혼하면 잘 살 겨. 그치?"

철용은 방에 들어가서 텔레비전을 켰다. 텔레비전에서 <야간비행>이라는 드라마를 하고 있었다. 벽에 기대어 텔레비전을 보고 있는데 쟁반에 커피를 끓여 가지고 온 금순이 눈을 빛내며 물었다.

"내가 볼 때도 둘은 서로 호감을 갖고 있는 거 가뎌."

"누나는 언지까지 이렇게 살고 있을 겨. 누나도 빨리 시집을 가야지. 집에서 시집가라는 편지 안 와?"

"왜 안 와. 잊을만하믄 한 번씩 즌화가 오는데, 광일이 오빠가 군청에 있잖여. 모산 집에 갔다 올 때마다 남자가 읎으믄 중매를 해 주겠다는 즌화가 오는데……."

"그람 빨리 시집을 가지 그랴?"

철용은 금순이 커피에 설탕을 넣어서 젓는 모습을 바라보며 진지하게 물었다.

"니가 알다시피, 난 아를 못 낳잖여."

"아를 못나믄 어뗘. 정 자식을 키우고 싶으믄 고아원 같은 데서 양자를 데리고 오믄 되잖여."

"나는 그래도 상관이 읎지만, 남자들은 워디 그려? 잘나든 못나든 자기 피가 섞인 자식을 원하지……."

금순은 한숨을 내쉬고 나서 커피 잔을 들었다. 오늘따라 철용이 팔에 매달린 갈고리가 안쓰럽게 와 닿았다.

"이 세상에 아를 못 낳는 여자가 누나 하나뿐에 읎는 것도 아니잖여. 나야말로 팔이 하나뿐에 읎응게, 집에서 장가가라는 편지도 안 와. 지난 설 때 어머가 너도 얼른 장가를 가야 하기는 할 텐데 하고 방바닥이 꺼져라 한숨을 쉬시는데 가슴이 얼매나 아프든지, 원래 하루 더 있다 올라고 하다가 경훈이 형한테 빨리 올라가자고 사정했잖여. 그랑게 경훈이 형이 자기도 아부지, 어머, 형에다 형수까지 장가 언지 갈 거냐고 재촉하는 통에 집에 못 있겠다고 해서 그날 밤에 올라왔잖여."

"팔 한 짝 읎는 것은 흠도 아녀. 다리가 읎는 사람들도 장가만 잘 가드라. 미장원 옆에 있는 식당 아저씨도 육이오 때 다리에 총을 맞아서 목발 짚고 댕기잖여. 그래도 얼매나 알콩달콩 잘 사는지 몰라. 눈이 읎거나, 못 걸어댕기거나 꼽사도 장가만 잘 가드라. 너야말로 장가갈라고 맘만 먹으믄 내가 얼매든지 소개해 줄 수도 있구면."

"누나 말이 맞을지도 모르지. 하지만 누나는 참말로 내가 딴 여자한테 장가를 갔으믄 좋겠어?"

철용이 금순 앞으로 다가앉아서 손을 잡고 간절한 눈빛으로 바라봤다.

"너는 내가 딴 남자한테 시집을 갔으믄 좋겠어?"

금순이 철용의 손등을 부드럽게 쓰다듬으며 속삭였다.

"나는 괜찮지만, 구장님이 머가 부족해서 나 같은 외팔이를 사위로 삼으시겠어."

"나한테 좋은 생각이 있구면."

금순이 철용의 손을 잡아끌어서 포옹하며 속삭였다.

"같이 도망이라도 가자는 거여?"

"철용이 금순을 껴안으며 물었다.

"나한테 어디 가서 쪼맨한 미장원 하나 정도 차릴 돈이 있구면. 여기 미장원은 숙자한테 멕기고 딴 데 가서 미장원만 차리믄 얼매든지 먹고 살 수가 있구면. 거기 가서 살면서 고아원에서 참한 아를 한 명 데리고 와서 한 일이 년 살다가 집에 연락하는 거여. 그람 아부지나 어머도 뭐라고 못 하실 거여."

"난도 어느 정도는 돈을 구할 수가 있구면. 경훈이 형한테 사정을 야기하믄 전세방 하나 읃을 정도는 구할 수 있어."

"그람, 우리 같이 도망가는 거여?"

금순이 철용의 얼굴을 바라보며 흥분한 얼굴로 물었다.

"누나는 영화도 안 봤어? 도망가는 것이 아니고 사랑의 도피라고 하는 거여."

"고마워 철용아."

금순이 양손으로 철용의 얼굴을 잡고 입술을 눌렀다. 기다렸다는 듯이 철용의 뜨거운 숨소리가 얼굴을 덮었다.

# 빙벽

어느 때는 술을 마시고 싶을 때도 있었다.
하지만 성찬이를 생각하면 술 마시고 싶은 생각이 사라진다.
책을 펼쳐도 글씨가 눈에 들어오지 않았다.
성찬이 모자와 목도리를 만들어주겠다는 생각으로 털실을 사다 놓았지만
막상 시작하려니까 하기가 싫었다.

상규가 양산면 소재지에서 잡화점을 하는 이근형의 외동딸 이옥순과
약혼식을 하는 날이다. 장소는 읍내에 있는 영산각에서 하기로 했다.

"진규는 영산각으로 직접 오기로 했슈."

박태수는 상규가 결혼하게 되면 어차피 양복이 필요해서 학산 양복점
에서 한 벌을 맞췄다. 상규네가 넥타이를 박태수에게 내밀며 지나가는
말로 말했다.

"내 참, 해필이믄 영산각으로 정했어. 즘잖은 자리에서 장차 사돈이
될 사람 앞에서 입에 짜장을 묻히는 것이 그릏게도 좋아."

박태수는 양복을 찾아오면서 넥타이 매는 법을 배웠다. 양복점에서는
몇 번이나 성공했는데 멋들어지게 매지기는 했지만 풀려면 토끼 올가미

처럼 되어 버려서 애를 먹었다.

"어머님이, 밥이야 맨날 집에서 먹는 것이고, 경거니가 좀 별나다는 것뿐이지. 중국집에서 짬뽕이나 우동에 탕수육은 역부러 나가서 사 먹어야 된다면서, 꼭 거기로 정하자고 하시는데 워틱해유."

상규네는 광일네가 광일이 결혼식 때 입었던 한복을 빌려와서 입었다. 크기며 품이 맞춤 한복처럼 딱 맞는데 색깔이 너무 화려한 게 마음에 들지 않았다. 상규 결혼식 때는 점잖은 색깔로 한 벌 맞추어야겠다고 생각하며 벽거울 앞으로 갔다.

"어머도 그럴 때는 참 주책여. 아! 우동이나 짬뽕이 드시고 싶으시믄 학산 태화루도 있잖여. 꼭 오늘 같은 날 티를 내야겠어? 이놈의 넥타이는 왜 이리 안 매지는 겨."

박태수가 목에 매고 있던 넥타이를 풀어 고리를 풀면서 투덜거렸다.

"아, 그럴 줄 알고 양복점에서 매 준대로 고대로 풀어 놓으라고 했잖유. 인내 봐유. 이걸 이렇게 매던데."

상규네가 넥타이를 받아서 바로 폈다. 박태수 앞으로 가서 양복점에서 재단사가 알려준 대로 매줬다.

"워티게 생겨 먹은 여자가, 뭐든지 한번 보믄 잊어 뻐리지를 않는 겨……."

박태수는 상규네가 매 준 넥타이 맵시를 보니까 양복점에서 매 줬을 때와 같았다. 비로소 만족한 웃음을 지으며 어깨를 반듯하게 폈다.

박평래는 청산댁 환갑 때 상규네가 사 준 한복에 흰 고무신을 신고 뒷짐을 진 걸음으로 너럭바위 앞으로 슬슬 걸어갔다.

"오늘 영동서 상규 약혼식을 한다고 하드니, 거기 가는 질이구먼."

"지는 돈도 읎는데, 무슨 약혼식이냐고 올 시월에 결혼식만 올리자고 했구먼유. 근데 사돈집에서 딸이 가 하나뿐에 읎다고 난중에 후회가 된다면서 기어이 하자고 우겨서유……."

순배 영감이 기력 없는 목소리로 묻는 말에 박평래는 점잖게 너럭바위에 앉으려다 바지가 구겨질 것 같아서 앉지 않았다.

"여유가 있다면야 약혼식을 해 주는 거이 좋지. 있는 집에서는 원래 약혼식을 다 해주잖여. 태수네도 약혼식을 못 해 줄 정도로 형편이 어려운 것이 아닝께 해 주믄 좋지 머."

변쌍출은 마른입을 쩝쩝 다시며 한복을 입고 마당 앞에 서 있는 청산댁을 바라본다. 매일 검정색 치마에 흰색 무명저고리 차림만 보다가, 비녀를 얌전하게 맨 청산댁의 모습이 낯설게 보였다.

"기팔이 작은 아들도 담 달에 장가를 간다드만, 며느리 될 사람이 금순이가 하고 있는 미장원 미용사랴. 전라도 광주 무슨 시장에서 꼬치방앗간을 하는 집 딸이라고 하드만, 내가 볼 때 장가 잘 가는 거 가텨. 구장 말 들어 봉께, 서울에서 미용사 자격증만 있으믄 몇 식구 먹고살고 공부 갈키는데 지장이 읎다고 하데……. 구장도 양반은 못 되느만, 저기 구장 내려오네……."

변쌍출이 말을 하다 말고 논 쪽으로 시선을 돌렸다. 땅내를 맡은 모들이 가득 차 있는 논이 무슨 호수처럼 보여서 바람이 불 때마다 잔주름이 일어났다.

"오늘 상규 약혼식 한다고 하드니 영동 나가는 질잉개뷰?"

황인술이 순배 영감과 변쌍출에게는 눈인사만 하고 박평래에게 말을 걸었다.

"구장도 워딜 나가는 차림인데?"

박평래가 양복 차림에 넥타이까지 맨 황인술의 위아래를 바라보며 말했다.

"구장이 아니라 새마을 지도자 아녀? 봉산댁은 새마을 부녀회장이고 말여."

황인술은 며칠 전에 동네 전체 회의에서 새마을 지도자로 선출됐다.

"지는 구장 일만 해도 바빠서 새마을 지도자는 춘셉이나 길동이가 했으믄 딱 좋겠든데……."

"아따, 도둑질도 해 본 놈이 낫다는 말이 있잖여. 암만해도 길동이나 춘셉이보다는 구장이 낫지."

"태수 아부지는 말을 해도…… 그람, 지가 도둑이란 말유?"

"에이, 말이 그릏다는 말이지. 워딜 가능 겨?"

변쌍출이 박태수의 옆구리를 툭 치고 나서 다정하게 물었다.

"새마을 지도자도 좋고, 구장도 좋지만 시방은 암만해도 서울에 좀 가봐야겠슈. 딸내미가 지난번에는 미용기술을 배우다 사기를 당하는 통에 소식을 끊었다고 했지만, 요번에는 무슨 변이 읎는데 소식을 끊을 리가 없잖유. 더구나 경훈이 말을 들어 봉께, 미장원을 저하고 결혼할 여자한테 냉기고 워디로 간다온다는 말도 읎이 나가 버렸다는거유, 나이나 짝아, 나이가 서른이 넘는 것이 서른한 살유. 미장원도 있겄다, 인자 남자만 있으믄 됭께, 시집을 가라고 노래를 불러도 끔쩍도 안 하드니……."

황인술은 너무 답답해서 말이 나오지 않는다는 표정으로 입을 다물고 뚝방을 바라봤다. 뚝방길에서 비단실 같은 아지랑이가 모락모락 피어오르고 있다.

"좋게 생각햐. 워디 잘못된 데가 읐으믄 지난번처럼 또 재산을 굴릴라고 소식을 안 주는지도 모르지……."

순배 영감은 무자식이 상팔자라는 생각이 나면서도 자식들 얼굴이 떠올라서 기분은 우울했다.

"영동 나갈라믄 나하고 같이 가믄 되겄구먼. 상규는 먼저 영동으로 나가 있구먼. 택시에 나하고 태수 내외하고 네 명이 탕게 한 명쯤 더 낑겨 타믄 될 겨. 남들도 그렇게 많이 타고 댕기드만."

박평래가 두루마기 주머니에서 지난 5월 19일 150원짜리 은하수 담배가 출시된 이후 품귀 현상을 빚고 있는 청자 담배를 꺼냈다. 청자 담배는 요즘 사기가 힘들어서 담배 가게 창구나 다방 앞에 '청자 담배 없음'이라는 문구가 나붙어 있을 정도로 귀했다.

"그 담배가 청자 담배여? 나도 하나 피워 보세."

"나도, 청자 담배를 귀경만 해 봤지, 피워 보는 건 츰이구먼."

"아침에 태수가 한 보루 내밀기에 피워 봤슈. 근데 우리 입맛에는 당최 싱거워서 못 피겄더라구유……."

박평래는 어깨를 으쓱거리며 순배 영감과 변쌍출한테 한 개비씩 나누어 줬다. 입맛을 다시고 있는 황인술 앞으로 갔다.

"자네도 한번 피워봐. 자네는 청자 담배를 자주 피워봐서 맛을 알 겨……."

"지가, 무슨 부자라고 청자 담배를 피워유. 어쩌다 면서기나 조합서기를 만나서 한두 번 읃어 피웠을 뿐이지."

황인술은 박평래가 내미는 담배를 피우지 않고 얌전하게 주머니에 넣었다.

"택시가 올 때가 됐는데 왜 여즉 안 오는지 모르겠네유."

박태수가 새 양복에 넥타이까지 맨 차림이 어색해서 목을 빙빙 돌리며 박평래 앞으로 가까이 가서 말했다.

"올 때가 되믄 오겄지."

박평래는 바쁠 것 없다는 얼굴로 손가락 사이에 청자 담배를 깊숙이 박아서 느긋하게 담배를 입에 물었다.

"어이! 구장 요 앞전에 길동이가 그라는데, 지난 오월 이일부터 오일 동안 이후락 정보부장이라는 사람이 이북에 들어가서 김일성을 만났담서, 그리고 나서 그저께 칠월 사일날 무슨 성명을 발표했다고 하던데 그기 무슨 말여?"

변쌍출은 백 원짜리 청자 담배가 십 원짜리 새마을이나 작년 11월 초순부터 담배 가게에서 팔지 않는 풍년초보다 훨씬 순하고 좋았다. 연기를 마음껏 흡입했다가 뱉으면서 황인술에게 물었다.

"그렇지 않아도 어제 구장단 회의가 있었잖유. 그 자리에서 총무계장이 자시하게 야기를 해 주드만유. 한국에서만 이북에 이후락 그 양반이 올라간 것이 아뉴. 이북에서도 옛날 자유당 식으로 말하믄 부통령급인 박성철이라는 부수상이 서울에 와서 대통령을 만났다고 하대유."

"내 참 답답하구먼. 길동이가 하는 말은 금방 통일이 될 것츠름 말을 하던데, 이쪽에서는 김일성을 만나고, 저쪽에는 대통령을 만났응께 길동이 말대로 통일이 된다는 거여? 철도청에서는 칙칙폭폭 하는 증기기관차로는 평양까지 못 가니께, 그 머서 증기기관차로 갈 수 있응께, 열차 다이아를 바꿔야 한다는 방송까지 나왔다고 하던데 대체 먼 말여?"

순배 영감은 통일이라는 말에 기분이 숙연해 지는 것을 느끼며 물었다.

"안직 지 말이 안 끝났잖유. 저기 택시가 오고 있응게 골자만 말씀 디 리겠슈. 일단 통일이 금방 오는 거는 아뉴. 일단 지난번 휴전 때처름 미 국이나 소련 같은 나라 땜시 휴전을 하지 말고, 순전히 우리끼리 심을 합하여 통일을 시키자는 것이 첫 번째유. 두 번째루는 육이오 때츠름 서 로 총칼 들고 싸워서 통일시키지 말고 평화적인 방법으로 통일시키자는 거유. 세 번째루는 공산주의나 민주주의를 따지지 말고 우리는 같은 민 족잉게 단결해 보자. 머, 그런 회담을 했다고 하대유. 그 발표를 칠월 사 일날 했다고 해서 남북한 칠사공동성명이라고 부르기로 했대유."

"그람 이북에서도 똑같은 날 발표를 했다는 말이 되는구먼."

순배 영감은 통일이 된다고 해도 득이 될 것이 없었다. 그런데도 아직 통일은 요원하다는 투로 말하는 걸 들으니까 쓸쓸했다. 변쌍출이 그럼 그렇지 하는 얼굴로 싱겁게 말했다.

"이렇게 차려입으시니게 엄청 젊어 보이시네유. 저도 서울 가는 길인 데 태수 아부지가 한 자리 끼어 가자고 해서 이렇게 기다리고 있었슈."

택시가 오는 소리에 청산댁이 둥구나무 밑으로 왔다. 황인술이 그답 지 않게 손을 쓱쓱 비비며 말했다.

"어채피 택시 요금은 똑같고, 한 사람이라도 더 타고 가믄 이문이지 머. 야는 왜 안 나오는 거여?"

청산댁의 말이 끝나자마자 안채 방문이 열리고 상규네가 바쁘게 걸어 나왔다. 곧장 둥구나무 밑으로 나오지 않고 순배 영감이 있는 집 골목으 로 꺾어 들었다.

"자는 택시가 왔는데 또 워딜 가는 거여?"

"춘섭이가 집 짓는 데 가보는 거겠지."

순배 영감 집 가는 골목 안 밭에 상규가 10월에 결혼해 신혼살림을 차릴 집을 김춘섭이 직접 짓고 있었다. 청산댁이 화가 난 표정으로 투덜 거리는 말에 박평래가 기분 좋은 얼굴로 대꾸했다. 상규네가 아니면 새 집을 지을 엄두를 내기는커녕, 상규 장가보내기도 힘들었을 것이라는 생각이 들어서였다.

"저기 택시 들어오는 것 좀 봐."

"머가 이상햐?"

박평래의 말에 변쌍출이 일어서서 동네 진입로를 바라보며 물었다.

"질이 넓웅게 택시가 고속도로를 들어오는 것츠름 들어오잖여."

"난, 또 먼 말이라고 아! 태수네가 땅을 내줘서 동네 진입로를 넓혔다고, 새마을운동에 앞장 선 공로로 군수상을 탔으믄 그만이지. 칭찬도 시 번 들으믄 잔소리로 들린다고 하던데, 볼 때마다 자랑 타령이네."

변쌍출도 말과 다르게 박평래가 자랑할 만도 하다고 생각했다. 순배 영감 말대로 동네로 들어오는 길이 좋아야 동네 사람들이 부자가 된다 는 말이 떠올랐기 때문이다.

황인술이 서울역에 도착한 시간은 오후 8시였다. 해는 밝았지만 서울 역에는 지난번에 왔을 때보다 더 많은 사람들이 웅성거렸다. 마치 수백 만 마리의 벌떼가 날아다니는 것처럼 윙윙거리는 소음 속에서 두리번거 리고 있을 때 경훈이 다가왔다.

"올라오시느라 고생이 많았쥬?"

"의자에 앉아서 오는 데 고생은 머. 나야말로 바쁜 사람을 마중 나오라고 해서 미안하구먼. 그때는 광배도 있고 해서 별로 어려운 것이 읎었는데……."

"아뉴, 당연히 지가 나와야쥬. 광배는 언지 제대한대유?"

"올겨울에 제대한다고 편지가 왔구먼."

"광일이 형은 군청 잘 댕기고 있쥬? 아들은 잘 크고유?"

"이거, 그냥 올라오기 미안해서 광일이 어머가 봄에 따다가 말려 놓은 고사리하고, 산나물이랑, 참기름이랑 좀 갖고 왔구먼."

황인술이 들고 있던 보따리를 경훈에게 내밀었다.

"아이구, 이런 거 안 갖고 오셔도 되는데, 얼른 가유."

경훈은 황인술에게 보따리를 받아서 사람들 틈을 비집고 걸었다.

"지난번에 봉께 뻐스는 저쪽에서 타든데?"

역 광장에는 대합실보다 사람들이 더 많았다. 도로를 가득 메운 차량들이 뿜어내는 열기와 8월의 더위가 겹쳐서 황인술은 넥타이를 괜히 매고 왔다는 생각이 들 정도였다.

"맞아유. 뻐스는 거기서 타지만 택시 타고 가유."

경훈이 황인술의 손을 잡고 택시 정류장 쪽으로 향했다. 택시 정류장에는 끝이 보이지 않을 정도로 사람들이 줄지어 서 있었다. 그러나 연신 택시가 들어오고 있어서 줄은 금방금방 줄어들고 있었다.

"즌화로도 같은 말을 물어봤지만 말여. 참말로 금순이 그년이 워디로 갔는지 모르겄냐?"

황인술은 주머니를 뒤져서 손수건을 꺼냈다. 얼굴을 닦으니까 금방 손수건이 축축해졌다. 손수건을 착착 접어서 목 언저리를 닦으며 경훈을 바라봤다.

271

"철용이가 미장원에서 같이 살고 있어서 가끔 미장원에 가는 편이거든유. 눈꼽만 한 낌새라도 있었다믄 지가 결사반대 했쥬. 그래도 딴 데로 가겠다고 하믄 광일이 형한테 즌화를 해서라도 올라오게 했을 거유."

땡볕 밑에 서 있다가 포장 안으로 들어가니까 한결 덜 더웠다. 경훈이 와이셔츠 단추를 한 개 따면서 말했다.

"아니, 철용이가 미장원에서 금순이하고 같이 살았단 말여?"

황인술이 앞으로 걸어가다 걸음을 멈추고 물었다.

"미장원에 방이 두 칸이잖유. 금순이가 혼자 살고 있응께 무서워서 같이 있자고 해서 철용이가 방 한 칸을 차지하고 있었잖유."

"너는?"

"지는 고물상 근처에 전셋집을 은어서 살고 있잖유. 지도 미장원에서 지내믄 금순이가 해 주는 밥을 은어 먹으며 같이 사는 것이 좋아유."

"근데?"

사람들이 뒤에서 계속 밀고 들어왔다. 황인술은 이유를 알 수 없는 불안감이 엄습해 오는 것을 느끼며 뒤로 걸었다.

"고물상에서 일하는 아들이 몇 명 돼유. 가들끼리만 내비 두면 저녁에 술 먹고 엉뚱한 짓을 벌릴깨비 같이 살아유."

"그람, 철용이는 고물상에 있겄구먼. 철용이한테 물어보믄 뭔가 알 수 있겄지?"

"철용이를 볼라믄 며칠 서울에서 묵어야 해유."

"그건 또 무슨 말여? 설마 철용이하고 같이……."

황인술은 철용이 구정에 내려왔을 때 빈 소매를 자켓 주머니에 넣고 있는 모습을 봤다. 그 모습이 너무 선명하게 떠올라서 다음 말을 이을 수가 없었다.

"먼 말씀을 하실라고 그러시는데유?"

"아, 아무것도 아녀. 철용이는 워딜 갔는데?"

황인술은 차마 철용이하고 금순이 같이 사라졌다는 말을 입에 담을 수가 없어서 얼굴의 땀을 닦으며 물었다.

"철용이는 강원도 철원에 고물 사러 갔슈. 철원 어디에 있는 고물상에서 포탄 껍디기를 싸게 판다고 하드만유. 그래서 아까 세 시쯤 제무시를 며칠 대절해서 끌고 갔슈. 우리가 탈 차례네유. 어서 타유."

경훈이 택시 탈 차례가 되었다. 경훈이 천천히 택시 앞으로 가서 익숙하게 뒷문을 열어주며 말했다.

"봉천동으로 가유."

경훈은 앞자리에 탔다.

"이것이 딸년이 아니고, 웬수여 웬수……."

"딸이 어디로 팔려갔슈? 아니면 가출이라고 한 겁니까?"

황인술이 중얼거리는 말에 40대 운전사가 룸미러를 바라보며 물었다.

"아무것도 아뉴."

황인술은 동네 사람도 아닌 사기꾼들이 판치는 서울 사람에게 신세타령을 해 봤자, 집안 망신이라는 생각에 입을 다물었다.

"뉘우스 할 시간 됐구먼. 기사 아저씨, 라디오 좀 틀어 봐유. 대관절 사채를 신고해야 하는 건지, 그냥 가만히 있어도 사채가 탕감되는 건지 모르겠구먼."

경훈이 운전사를 바라보며 말했다.

"개인은 해당 안 되는 걸로 알고 있는데……."

운전사가 혼잣말로 중얼거리며 라디오를 틀었다.

"박정희 대통령은 지난 이일 밤 열한 시 사십 분 헌법 제 칠십삼 조에 의한 긴급명령 제 십오 호를 발동, 팔월 이일 현재의 모든 기업사채를 정부에 신고, 월리 일 점 삼오 프로로 삼 년 거치한 후에 오 년 분할상환의 조건으로 바꾸거나, 차주기업에 대한 대출로 전환시키며, 은행이 이천억 원의 특별금융채권을 발행하여, 한국은행에 인수시키기로 하였습니다. 이를 재원으로 하여 전국의 기업 고금리은행채권 일부를 균등 무차별적으로 연이자 팔 프로, 삼 년 거치 후 오 년 분할상환 조건의 장기저리로 바꾸는 등 혁명적인 경제 조치를 단행하였습니다. 자세한 소식을 경제부에 나가 있는 박주익 기자에게 물어보겠습니다. 아! 박 기자, 이번 사채동결조치의 골격에 대하여 말씀해 주시죠"

"네, 경제부에 나와 있는 박주익 기자입니다. 어젯밤 열한 시 사십 분에 박정희 대통령이 발표하신 긴급명령의 골격은 기업들의 재무사항을 건전하게 만들기 위한 조치로, 전 기업 사채를 동결하는 조치입니다. 단 개인 간 사채는 제외됩니다. 전 기업은 은행대출금중 삼 분의 일은 장기저리로 전환시킬 수 있도록 하기 위하여, 특별금융채권 이천억 원을 발행하기로 하였습니다……"

"에이! 이기 머여. 사업하는 놈들만 한국 사람이고, 우리는 꿔다 놓은 보릿자루여 머여."

경훈이 개인 간의 사채는 해당되지 않는다는 아나운서의 말을 듣고 라디오를 꺼 버렸다.

"내가, 아까 그랬잖수. 개인 사채는 해당이 안 된다고……"

"나도 그건 알고 있슈. 혹시 내가 착각하고 있나해서 들어 봤드니 역시나구먼."

황인술은 8월 2일 밤 11시 40분 이후로 기업들의 사채를 동결한다는 말이 무슨 말인지 어렴풋이 이해할 수 있었다. 그러나 금순이 생각이 머리에 꽉 차 있어서 경훈에게 자세한 내용을 묻고 싶지 않았다.

"쪼금만 가믄 봉천동유."

경훈도 고향에서 농사를 짓고 있는 황인술은 사채동결조치하고 아무런 관련이 없다는 생각에 더 이상 입을 열지 않았다.

황인술은 봉천동에 도착해서 먼저 미장원의 주인이 된 오숙자부터 만나봤으나 전화로 경훈에게 들은 것 이상의 정보를 얻지 못했다.

"짐은 워틱하고? 지난번에 봉께 살림살이가 솔찮게 있든데……."

"다 실어 갔어요. 제가 없을 때 제무시를 대절해서 싣고 가서 어디로 갔는지도 모르겠어요."

오숙자가 미장원 안으로 들어가는 문을 열어 보이며 말했다.

"짐을 실어 갔다는 말을 들어 봉께, 어떤 놈한테 끌려간 것은 아니고 지발로 나갔는개비구먼."

황인술은 이럴 줄 알았으면 비싼 차비를 들여서 서울까지 오는 게 아니었다는 생각이 들면서 울화통이 터졌다. 집에서 올라올 때만 해도 살림살이가 어떻게 됐는지, 경훈이 모른다면 이웃집 식당이며, 복덕방을 찾아다녀서 금순의 흔적을 반드시 찾고 말겠다고 다짐했었다. 그러나 막상 오숙자의 말을 듣고 나니까 금순이 살았던 방도 확인하기 싫어서 돌아섰다.

"맘도 심란하고 함께 밤차로 내려갈란다."

황인술은 자기가 올라오는 날 하필이면 철원으로 고물을 사러 간 철

275

용이 수상했다. 하지만 미장원까지 가지고 있던 금순이가 철용이와 야반도주를 하지는 않았을 것이라는 점에 무게를 두고 힘없이 중얼거렸다.

"밤차 타고 가도 영동에 도착하믄 여인숙에서 자고 날이나 학산 가는 버스를 탈 수 있슈. 그라지 말고 오늘은 제가 소개해 주는 여관에서 주무시고, 날 아침 드시고 나서 지가 서울역까지 모셔다 드릴께유."

"경훈이한티 면목이 읎구먼."

황인술은 경훈의 말을 듣고 보니까 할 말이 없었다. 주머니에서 담배를 꺼내 피우며 경훈의 뒤를 따랐다.


하늘은 높고 구름 한 점 없었다. 날씨마저 따뜻해서 들판에서 불어오는 바람결도 부드러웠다. 모산에서 처음으로 면장 댁 다음으로 기와집이 완성되어 집들이를 하는 날이다. 순배 영감의 집으로 가는 골목 안 오십여 평 텃밭에 지은 네 칸짜리 기와집은 일주일 후에 결혼식을 올릴 상규와 박평래 내외가 살 집이었다.

남향을 바라보고 ㄱ자 형태로 지은 집은 맨 위쪽에는 건넌방이 있고 마루를 지나서 윗방, 아랫방 부엌 순서로 지은 것이다. 순배 영감은 상규네의 고집을 꺾지 못하고 안방을 차지했다. 적당히 불을 땐 안방에는 노인들이 앉아 있기 좋을 정도로 따끈따끈했다.

"나는 며느리가 해 주는 밥을 먹고 싶은데 상규가 자꾸 손자며느리가 해 주는 밥도 자시면서 살아야 된다고 우기는 통에 일루 왔잖여."

박평래는 평생 오늘처럼 기분 좋은 날이 없었다. 날개가 있다면 하늘을 훨훨 날아다니고 싶을 정도로 기분이 좋아서 자꾸 합죽합죽 웃음이 나왔다. 아랫목에 앉아 있는 순배 영감이며, 변쌍출, 장기팔의 귀에 딱지가 않도록 벌써 똑같은 말을 몇 번이나 해도 자꾸 하고 싶어서 목구멍이 간질거릴 정도였다.

"물이 아래서 위로 흐르는 거 봤남? 위에서 아래로 흐르잖여. 태수하고 며느리가 시부모님 말이라믄 깜박 죽잖여. 읎는 살림에 환갑잔치까지 해 주는 자식 내외가 워디 있겄어."

순배 영감은 한겨울에 말동무라도 할 박평래가 이웃에 이사를 와서 기분이 좋았다. 쓴 약을 마실 때처럼 막걸리를 한 모금만 찔끔 마시고 나서 잔을 내려놓으며 넉넉한 표정을 지었다.

"절반이 슬레이트 지붕으로 개량했응께 몇 년 후면 이 동리도 초가지붕이 죄다 읎어 질거여. 늦어도 내후년 후면 가실에 이엉 엮는 일은 읎어지겄구면."

변쌍출은 내 평생 언제 이런 기와집에 살아 보나 하는 생각이 들어서 은근히 배가 아팠다. 장기팔의 빈 잔에 막걸리를 따라 주면서 은근히 화제를 돌렸다.

"우리 경훈이도 명년에는 집을 살 수 있다고 하드만. 혼자 고물상을 할 때보담 며느리가 미장원에서 돈을 벙께 금방금방 돈이 모인다는 거여. 그런 거를 보믄 사람 팔자 시간 문제라는 말이 딱 맞아. 나는 시훈이는 워낙 클 때부터 승질이 차분한 아라서 제 앞가림을 할 거라고 생각했지만, 경훈이는 참말로 이릏게까지 성공할 줄은 몰랐구면."

"자식 읎는 사람은 서러워서 살겄나? 자식 자랑은 일절만 하고 술이나 들어."

변쌍출은 박평래나 장기팔 쪽으로 시선을 돌리면 배가 아파서 남들 자식은 모두 성공했다고 자랑을 하는데 팔봉이는 대관절 무엇을 하고 얼마나 돈을 벌었는지 답답해서 숨이 막힐 것 같았다. 그래서 일부러 순배 영감 눈치를 살피며 노골적으로 자식 자랑을 막았다.

"무자식 상팔자라는 말도 옛날 말여. 요새는 유자식 상팔자라는 말이 맞는 말여. 자식이 속을 썩이니 불효를 하니 해도 읎는 것보다는 백번은 낫지. 그랑께 내 걱정은 안 해도 괜찮여. 북망산천이 낼 모리 아녀. 거기 가믄 먼저 간 마누라랑 자식을 만나게 될 경께."

"형님은 꼭 요맘때가 되믄 그런 말씀을 하시데. 내년 봄에는 젤 먼저 둥구나무 밑에 나와서 담배를 피실 양반이⋯⋯."

"오늘은 술이 안 받으시는 거 가튜. 술을 따라 드린 지가 아까 같은데 안직도 절반이나 남았구먼. 어여 잔 비위유."

변쌍출의 말에 무색해진 박평래의 말이 끝나자마자 장기팔도 술 주전자를 들고 말했다.

"아이구, 의원님이 우리 집에 웬일이셔유."

"아니, 의원님이 워티게 우리 집까지 직접 찾아 오셨슈."

문 밖에서 청산댁과 상규네가 번갈아 가며 놀란 목소리로 하는 말에 박평래가 벌떡 일어섰다. 허둥지둥 문을 열고 마당을 바라봤다. 뜻밖에도 이동하가 활짝 웃는 얼굴로 서 있는 모습이 보였다.

"아이구! 의원님이 이런 누추한 집까지 어연 행차시래류."

박평래는 이게 꿈이냐 생시냐는 얼굴로 깜짝 놀라서 고무신을 신을 겨를도 없이 마당으로 뛰어나갔다.

"딴 사람도 아니고 태수네가 이릏게 집을 졌다는데 내가 안 오믄 워티게 되겄슈. 오늘 집 져서 집들이 한다는 말을 듣고 술하고 돼지괴기 좀 갖고 왔슈."

이동하의 말이 끝나자마자 여도환과 운전사가 소주 두 박스와 돼지고기 몇십 근이 들어 있음직한 마대를 들고 마당 안으로 들어왔다. 그 뒤로 해룡이가 한여름처럼 소매가 없는 검은색 무명조끼만 걸친 차림으로 따라 들어왔다.

"차, 찾아 주시는 것만 해도 너무 황송해서 말이 떨어지지 않을 지경유, 누추하지만 어여 안으로 들어가셔유."

박평래가 몸 둘 바를 모르겠다는 얼굴로 연신 굽실거렸다. 방에 있던 사람들은 물론이고, 건넌방이며 윗방에 있던 사람들도 모두 마당으로 나와서 인사했다.

"영감님도 계시는만유. 팔봉이 아부지도 계시네. 시훈이는 요새 쌀장사 잘하고 있슈? 쌀이 읎으믄 우리 정미소에서 갖다 팔라고 했는데."

이동하는 그답지 않게 순배 영감부터 시작해서 일일이 인사를 했다. 장기판 앞에서는 시훈의 근황까지 물었다.

"아이구, 그럼은유. 시훈이가 의원님이 편리를 봐 주셔서 얼매나 장사가 잘되는지 모르겠다고 입이 닳도록 고마워하더라구유. 언지 의원님한테 인사를 갔드니 서울 가고 안 계셔서 일부러 대전까지 가서 사 가지고 온 양주만 놓고 왔다고 하대유."

"아, 그 술을 사 가지고 온 장 사장이 어르신 자제분유? 그 술은 지가 의원님께 전해 드렸슈."

이동하보다 더 키가 크고 뚱뚱한 여도환이 손바닥을 비비면서 넙죽 인사했다.

"구장님도 별일 읎쥬?"

이동하는 황인술이며 박태수, 김춘섭이나 윤길동이며 다른 사람들에게 일일이 악수를 한 후에야 안방으로 들어갔다.

"어여 들어가셔유."

황인술이 서둘러 안방으로 들어갔다. 순배 영감이 앉았던 아랫목 자리에 있던 술잔을 반대편으로 옮기고 이동하를 안내했다. 순배 영감이 앉았던 아랫목을 이동하가 차지하고 앉았다. 순배 영감은 그 대신 이동하의 맞은편 자리에 앉았다. 윗방 문이 열리고 마루로 통하는 문도 열렸다. 모두 숨을 죽이고 안방 아랫목에 앉아 있는 이동하를 바라봤다. 순배 영감이 잔기침을 하고 나서 물었다.

"모두 그렇게 서 있지 말고 앉아유."

이동하의 말에 사람들은 앉지 않았다. 다시 재차 앉으라고 말하고 나서야 황인술이 엉거주춤 자리에 앉는 것을 시작으로 모두 바닥에 앉았다.

"정치하시느라 바쁘신데 워티게 이렇게······."

동네 남자들을 대표해서 순배 영감이 술을 따르면서 입을 열었다.

"오늘 신문 안 봤슈? 구장님 집에 신문 안 와유?"

"신문이 매일 오는 것이 아뉴. 어떨 때는 맨날 오기도 하다가, 이삼일에 한 번씩, 또 어떤 때는 일주일에 한 번씩 오는 통에 어지간해서는 신문을 안 읽어유."

"길동이는 방송도 안 들어?"

"방송을 들어 봉께, 어제 대통령이 전국에 비상계엄령을 선포했다고 하던데······."

"길동이가 똑똑히 들었구먼. 어제가 시월 십칠일이잖유. 어제 오후 일곱 시를 기준으로 전국에 비상계엄령을 선포했슈."

"비상계엄령이 뭐유? 시방 나라가 비상시국이라는 말인감유?"

박평래가 이동하에게 물었다.

"대통령께서 어제 비상계엄을 선포하시면서 특별 선언을 하셨잖유. 국회를 해산하고, 정당이나 정치 활동을 금지시켰잖유. 무슨 말인고 하믄, 인제 국회의원이 읎어졌고, 민주공화당이니 민주당이니, 민중당 같은 당도 읎어졌다는 뜻유. 그래서 어지부터 국회 문을 닫아 버렸슈."

이동하는 비상계엄령으로 국회가 해산되었지만 걱정하지 않았다. 언젠가 국회가 다시 열리게 되면 다시 등원하면 될 것이라는 생각에 당분간 사업에만 전념하기로 해서 오히려 홀가분했다. 그래서 마치 남 이야기를 전해주는 목소리로 말했다.

"국회의원이 읎다믄 누가 법을 만든데유?"

김춘섭이 듣던 중 처음이라는 얼굴로 물었다.

"비상시국이니께 비상국무회의가 생겼다능 겨. 쉽게 말해서 장관들이 국회의원들이 할 일을 대신한다는 거지."

"오 씨는 그걸 워티게? 맞구면. 오 씨 집에도 라디오가 있응께 뉴우스를 들었구면. 맞는 말유. 비상국무회에서는 이번 달 이십칠일까지 평화통일을 할 수 있는 새로운 헌법을 만든대유. 그 헌법을 공고한 날로부터 한 달 이내에 국민투표에 부쳐서 새로운 헌법을 만든대유. 아따, 막걸리도 오랜만에 마시니께 별미구면. 옛날에 마시던 막걸리보담 훨씬 순하네… …"

이동하는 막걸리 잔을 깨끗이 비우고 김치를 안주로 먹었다. 손바닥으로 입을 닦으며 사람들을 바라봤다.

"왜 장관들이 헌법을 새로 바꾼다는 거유? 장관은 대통령이 뽑았잖유.

281

그람 대통령 입맛대로 헌법이 바뀐다는 야긴데?"

"오랜만에 춘셉이가 똑똑한 말 했구먼. 우리나라는 민주주의 나라여. 민주주의 나라에서 대통령 입맛대로 헌법을 바꿀 수가 있남?"

"아까, 의원님이 비상국무회의에서 이번 달 이십칠일까지 헌법을 새로 고친다고 하셨잖유."

"춘셉이, 새로 맨든 헌법을 사용할라믄 국민투표를 해야 한다잖여. 투표라는 것이 머여?"

"구장님, 먼 말씀을 하실라고 뜸을 들이는 거유?"

순배 영감을 비롯한 노인들은 아무 말 없이 김춘섭과 황인술만 번갈아 바라봤다. 이동하는 아직은 내가 나갈 때가 아니라는 표정으로 점잖게 앉아서 지켜봤다. 김춘섭이 내가 그것도 모르냐는 표정으로 반문했다.

"새로 맨든 헌법을 국민투표에 부쳐서, 찬성을 하믄 사용하게 되는 거이고, 만약 국민들이 반대쪽으로 표를 많이 던지믄 사용할 수 없다는 말씀 아녀? 아까 의원님이 하신 말씀이."

"구장님이 내 말을 똑똑히 들으셨구먼. 맞아유. 이북처럼 공산당도 아니고 엄연히 민주주의 나라에서 대통령 맘대로 헌법을 고칠 수는 읎는 벱유. 그렁께 비상계엄령이라고 해서 걱정할 거는 하나도 읎슈. 그냥 그전처름 똑같이 생활하믄 되유. 그러다 선거날이 되믄 한 사람도 빠짐없이 투표소에 가셔서 찬성표를 던지믄 되는 거유."

"의원님 이런 말씀 드리기 죄송한데유. 무조건 찬성표를 던져야 하남유?"

변쌍출이 조심스럽게 술잔을 비우고 나서 물었다.

"팔봉이 아부지는 그런 말 함부로 하시믄 정치적인 발언으로 규정해서 계엄군법회의에서 징역을 때릴 수도 있슈. 아까 지가 말씀드렸잖유. 정치적인 발언은 일체 금한다고 말유."

"재판소는 뭐하고? 계엄…… 그런 데서 징역을 때려유?"

이동하의 말에 박평래가 군법회의라는 말이 생각나지 않아서 잠깐 말을 멈췄다가 물었다.

"비상계엄령이 내려졌응께, 모든 정치를 군인들이 하게 되어 있슈. 그래서 범죄를 저지르믄 경찰서로 끌려갔다가 계엄군법회의에서 판결을 내리게 되어 있단 말유. 원래 군인들은 원칙대로 하는 사람들이라서 나이 많다고 봐주고, 모르고 말했다고 봐주고, 아프다고 봐주고 그런 식으로는 안 항께 말조심해야 해유. 괜히 술 한잔 마시고 찬성이니 반대니 그런 말을 하믄 안 된다는 거유."

임금님도 안 보이는데서 욕을 한다는 말이 있다. 하물며 민주주의에서 헌법에 찬성을 해야 하나, 말아야 하나를 두고 자신의 의견을 밝혀서는 안 된다는 말에 사람들의 얼굴에 긴장이 내려앉았다. 무슨 죄라도 진 것처럼 서로 입을 꾹 다물고 옆 사람의 눈치만 살피고 있는데 문이 덜컥 열렸다.

"아이구, 의원님이 계신데 문을 열어서 죄송해유. 시방 주신 돼지괴기로 시방 국을 끓이고 있슈. 그랑께 아싸리 즈녁까지 드시고 가셔유. 그 말 할라고 문을 열었슈. 그럼 일 보세유."

청산댁이 다른 사람들은 바라보지도 않고 이동하에게만 넙죽 절하고 말을 끝낸 후에 아무 일도 없었다는 얼굴로 문을 닫았다.

"죄, 죄송해유. 저 사람이 원래 아무 생각 읎이 쥑이는……"

"아, 아뉴. 지는 이만 가볼 팅게 편하게 앉아서 많이들 드시고 가셔유. 술이 짝으믄 술도가로 즌화를 해서 더 시켜 줄 모양잉게 태수 아부지가 우리 집에 와서 말씀만 하셔유."

이동하는 더 이상 앉아 있고 싶지가 않았다. 이 정도면 대충 내가 할 말은 다했다고 생각하며 일어났다.

"쪼, 쫌 더 있다 가시지……."

순배 영감이 입안에서 우물거리는 목소리로 말하며 일어섰다.

"살펴 가셔유."

"안녕히 가셔유."

이동하가 구두를 신고 마당으로 내려섰다. 방에 있던 사람들도 우르르 신발을 꿰신는 둥 마는 둥 이동하를 따라서 대문 밖에까지 따라 나가 일제히 인사했다.

"그려유, 술 모지라믄 언지든 기별을 하셔유."

이동하는 건성으로 인사를 하고 마치 국회의원 유세라도 하는 것처럼 두 손을 흔들며 돌아섰다. 그 뒤에 서 있던 여도환과 운전사 최광수는 연신 인사를 하며 뒷걸음쳐서 이동하를 따라 나갔다.

"워녕 그려. 가만히 생각해 봉게, 헌법을 바꾸는 일에 정치적으로 찬성이니 반대니 선거운동을 한다믄, 국회의원을 바꾸는 거하고 머가 틀려. 그랑께 의원님 말씀처름 입조심하고 있는 것이 최고겠구먼."

다시 집으로 들어간 사람들은 이동하가 오기 전처럼 각각 방으로 들어가지 않았다. 방문을 모두 열어 놓고 한통속이 되어서 누군가 입을 열기를 기다렸다. 순배 영감은 원래 앉았던 아랫목을 차지했다. 변쌍출이 순배 영감의 잔에 막걸리를 따르며 혼잣말로 중얼거렸다.

"그래도 너무하는 거 아뉴? 아까는 의원님이 계셔서 가만히 있었지만 말유. 말하자믄 딴 사람도 아니고 우리찌리 있는데도 찬성, 반대에 대해서 입도 뻥긋하지 말라는 것이 말이나 되는 거유? 공산주의도 아니고?"

"창세, 부양하는 식구가 읎다고 해서 말을 함부로 하는 것이 아녀. 아까 내동 의원님이 말씀하실 때는 뒷간 갔다 온 겨? 집에서 쓰는 낫도 새 걸로 교체를 할 때는, 이가 빠지고 쇠가 닳아서 못 쓰게 됭께 새 낫으로 교체를 하는 거잖여. 헌법도 마찬가지여. 시방 헌법이 좋다믄 왜 비상계엄까지 하면서 헌법을 고칠라고 하겄어. 뭔가 문제가 있응께 그라는 거라고 말씀하셨잖여."

오 씨의 말이 끝나자마자 박평래가 나무라는 목소리로 말했다. 말하고 나서 생각해 보니까 낫을 비유 삼아서 조리 있게 잘했다는 생각이 들어서 기분이 흡족했다.

"그래도 민주주의는 자기 의사를 밝힐 권리라는 것이 있다고 하잖유."

김춘섭이 아무리 생각해 봐도 이해가 되지 않는다는 목소리로 말했다.

"허어! 춘셉이는 너무 앞질러 가서 탈여. 민주주의니까 투표를 해서 헌법을 바꾸는 거 아녀. 이북처럼 공산주의라믄 김일성이 바꾸고 싶으믄 바꾸믄 되는 거이지. 투표를 기냥 하는 거여? 투표를 할라믄 이런저런 경비로 돈이 들어가는 거여. 공산주의라믄 머 할라고 돈 들여서 투표를 하겄어."

"그려, 그건 구장 말이 맞는 말여. 그라고 비상계엄이라고 해서 바뀌는 것이 아무것도 읎다잖여. 우린 기냥 가만히 앉아 있다가 투표하러 오라는 통지를 받고 나서 암말 읎이 선거만 하믄 되는 거여. 내 생각은 그기 맞는 거 같은데, 태수 애비 생각은 어뗘?"

"내가 생각해 봐도, 딱 맞는 말을 했는데 토를 달 필요가 있남."

변쌍출이 묻는 말에 박평래는 두말할 필요도 없다는 얼굴로 점잖게 시루떡을 젓가락으로 잘랐다.

"하긴, 우리가 정치를 하는 것도 아니잖여. 우린 그저 열심히 농사만 짓는 것이 최고여. 막말로 야기해서, 헌법이 워티게 바뀌든 말든 왜놈들이 정치를 하는 것도 아니고, 육이오 때처럼 빨갱이들이 완장 차고……"

"크음!"

변쌍출은 아무 생각 없이 말하다가 순배 영감이 잔기침을 하는 소리에 아차, 하는 얼굴로 슬그머니 입을 다물었다.

"자, 우리하고 아무런 상관도 읎는 정치 야기는 여기서 끝내고, 어서 한잔씩 햐. 술이 모지라믄 아까 의원님이 야기하라고 말씀하셨잖여. 그랑게 술 걱정은 말고 어여들 마셔. 시방 정지에서 돼지괴기국을 끓이고 있당게, 집에 갈 생각하지 말고 집을 단단히 다지란 말여. 그래야 잡신들이 감히 뎀벼들지 못하지."

분위기가 이상하게 돌아가는 것을 느낀 집주인 박평래가 윗방으로 통하는 문을 닫으면서 큰 소리로 말했다.

애자는 이동하가 도착할 무렵이 되어서 아파트 베란다로 나갔다. 어둠이 내려앉고 있는 아파트 마당에 싸락눈이 날리고 있었다. 마당에는 몇 대의 승용차만 있을 뿐 사람들은 한 명도 보이지 않았다. 울타리에 서 있는 나뭇가지를 바람이 후려갈길 때마다 베란다 창문이 덩달아 아프다며 울었다.

승용차 한 대가 마당으로 천천히 들어왔다. 한눈에 봐도 이동하의 차는 아니다. 차는 정확하게 주차선 안으로 들어가서 멈췄다. 운전석 문이 열리고 몇 호에 사는지는 모르지만 얼굴이 낯설지 않은 남자가 바쁘게 내렸다. 그는 얼른 뒤로 돌아가서 뒷문을 열었다. 부부가 백화점이라도 다녀오는지 양손에 쇼핑봉투를 든 여자가 내렸다.

원피스에 코트를 걸친 여자는 임신 중인 것 같았다. 임산부의 걸음으로 걷는 그녀를 남편은 다정하게 부축하고 현관 불빛이 쏟아지고 있는 출입구 쪽으로 천천히 걸어갔다.

애자는 숨어서 그들을 관찰하기로 작정이라도 한 사람처럼 그들이 출입구 안쪽으로 완전히 사라지고 모습을 드러내지 않을 때까지 지켜보았다. 이윽고, 그들이 아파트 안으로 들어가고 허허롭게 싸락눈만 흩날리는 광경만 남았을 때서야 시선을 돌려 하늘을 바라봤다. 자신도 모르게 길게 한숨이 나오는 것을 느끼며 성에가 낀 베란다 유리를 손바닥으로 천천히 문질렀다. 얼음처럼 차갑고 매끄러운 유리창의 감촉은 잠시뿐이었다. 손바닥의 체온으로 차가운 물이 묻었다.

정말 나를 사랑하기는 하는 것일까?

애자는 비상계엄령이 너무 싫었다. 고현수는 그렇지 않아도 이삼일에 한 번 정도는 회사 일이 바쁘다는 전화만 하고 집에 들어오지 않았다. 그러던 것이 비상계엄령이 선포되고 나서는 일주일에 한 번씩 와이셔츠며 속내의 등 빨랫감만 들고 들어왔다가, 하룻밤만 자고 나가기 일쑤였다.

어제만 해도 5일 만에 빨랫감이 들어 있는 가방을 들고 들어왔다. 그것도 저녁 먹을 시간이 아니다. 성찬이가 잠들어 있는 늦은 시간에 들어

와서 내던지듯 빨래가방을 내려놓고 무엇이 그리 피곤한지 곧장 침대로 올라갔다.

"우리 말 좀 해요."

"나, 너무 피곤하니까 내일 아침에 말해."

애자는 피곤하다고 이불 속으로 파고드는 고현수를 일으켜 세울 수는 없었다. 또 직접 보기에도 몹시 피곤해 보이기도 해서 아침을 기약하고 더 이상 말하지 않았다.

"늦었어. 오늘 여덟 시까지 출근하기로 했는데……"

아침에는 일어나자마자 식사도 하지 않고 서둘러 출근하는 통에 붙잡을 명분이 없었다.

"아무리 바쁘더라도, 성찬이 얼굴이라도 보고 가야 되는 거 아니에요?"

"미안. 이번 주에는 일찍 올 거야."

애자는 중앙정보부라는 곳이 나라를 위해서 굉장히 어렵고 큰일을 한다는 점은 알고 있었다. 하지만 중앙정보부에 근무하는 모든 직원들이 가정을 팽개치고 일에 매달리지는 않을 것이라는 생각이 문득 들었다. 고현수가 얼른 나갈 수 있도록 아파트 현관문을 열어 주는 것으로 말없는 항거를 했다.

인터폰이 울리는 소리에 거실에서 잠을 자고 있던 성찬이 깨서 울기 시작했다. 애자는 이동하가 도착했을 것이라고 생각하며 울고 있는 성찬을 안았다. 찬바람에 감기에 걸리지 않도록 포대기로 감싼 다음에 현관 앞으로 가서 문을 열었다.

"고 서방은 퇴근 안 한 거여?"

"오늘 아침에 출근했어요."

중절모에 무릎을 덮는 코트를 입은 이동하는 덩치가 더 커 보였다. 애자는 한 손으로 이동하가 내미는 선물 꾸러미를 받으며 마른 목소리로 말했다.

"그람, 저녁에 출근하는 사람도 있단 말여?"

이동하는 모자를 벗어서 거실 구석에 있는 옷걸이에 걸었다. 코트까지 벗어 건 후에 활짝 웃는 얼굴로 애자가 안고 있는 성찬을 조심스럽게 받았다.

"일주일 만에 퇴근해서 아침에 출근했다는 것이 문제 아니에요?"

애자는 이동하가 사 가지고 온 선물 꾸러미를 풀었다. 포장지 안에서 성찬이 좋아할 만한 케이크와 과자 종류가 나왔다.

"성찬아, 할배, 외할배 왔구먼. 어이구, 우리 성찬이 그새 많이 컸구먼."

이동하는 애자의 말을 한 귀로 흘려보냈다. 어린애처럼 웃는 얼굴로 성찬을 흔들면서 거실을 걸어 다녔다. 성찬이 마치 이동하 얼굴을 알고 나 있는 것처럼 방긋 웃었다. 그런 모습이 이동하의 얼굴을 더 행복하게 만들었다.

"혼자 오셨어요?"

"송 기사하고 같이 왔구먼. 성찬이 얼굴 본 지가 너무 오래돼서 잠깐 들렀어. 어여, 케익 좀 접시에 담아 와, 우리 성찬이 먹는 거 귀경 좀 해 보게."

이동하는 소파에 앉았다. 성찬이를 안았다. 제법 무게가 나간다. 소파 옆에 앉혀 놓고 양손으로 얼굴을 살짝 잡았다. 성찬이 이마에 자신의 이마를 비비면서 즐거워했다.

"말썽 안 피워?"

애자가 접시에 케이크를 잘라가지고 왔다. 이동하가 성찬을 방바닥에 세우며 물었다.

"아주 사고뭉치예요. 화장대 위에 있는 거 다 끌어내리고, 뭐든지 있으면 입으로 빠는 통에 여간 조심스러운 것이 아녀요."

"요만한 때는 다 그려. 너는 안 그랬는 줄 아냐?"

이동하가 접시에 담긴 케이크를 수저로 조금 떠서 성찬의 입에 넣어주며 말했다.

"저도 정말 그랬어요?"

애자는 문득 들례의 얼굴이 떠오르면서 이동하의 목소리가 낯설게 들려왔다.

"그려, 나이가 한 살부터 먹는 거이지, 갑자기 다섯 살부텀 먹는 아 봤냐? 요만한 때는 뉘던지 말썽쟁이가 되는 거여."

"말자도 그랬고, 영자도 그랬어요?"

애자는 이런 말은 해서는 안 된다는 생각이 들면서도 의식적으로 물었다.

"무슨 말을 듣고 싶은 거여?"

"그냥……. 아부지가 성찬이한테 너무 잘해주시는 모습을 보니까, 자꾸 묻고 싶어지네요."

"너, 요새 무슨 고민 있는 거여?"

이동하가 애자의 표정이 심상치 않다는 것을 뒤늦게 알고 고개를 들고 걱정스러운 얼굴로 물었다.

"무슨 일이 있겠어요. 고 서방 직장 열심히 다니고 있지. 성찬이 병원 갈 일 없이 건강하게 잘 크고 있지……."

애자는 이동하의 살가운 말에 갑자기 눈물이 났다. 자신도 모르게 눈물을 닦으며 고개를 돌렸다.

"너, 먼 일 있구먼. 고 서방이 애먹이는 거여?"

"왜 그런 생각을 하세요?"

"니가 걱정할 것이 머가 있어. 고 서방이 애를 먹이지 않으믄."

"아버지는 왜 그런 쪽으로만 생각하세요?"

"그랑께, 뭣 땜시 고민이 있는지 속 시원하게 털어 놔 봐. 그래야 이 애비가 워티게 해결을 해 줄 거 아녀."

"아부지, 중앙정보부라는 데서 일을 하믄 가족들 생각은 안 해도 되는 거예요?"

"그건 먼 말여? 너는 대학교나 나왔다는 아가 가화만사성이라는 말도 못 들어 본 겨? 아무리 중앙정보부에서 하는 일이 대단한 일이라고 하지만 가정을 버리고 하는 직원이 워디 있겄어?"

"성찬이 아빠 있잖아요. 신혼 때부터 일주일에 이삼일씩 집에 안 들어오는 것은 아무것도 아니에요. 그래도 고등학교 다닐 때부터 봐 왔던 사람이라서 나쁜 짓을 하고 다닌다는 생각을 해 본 적은 단 한 번도 없었어요. 직장이 어딘지 말을 안 해 줘도, 믿고 살았고……."

애자는 또 눈물이 나오려고 해서 말을 하다 입을 다물었다.

"난 또 뭐라고……. 그건 고 서방 잘못이 아녀. 원래 고 서방 댕기는 데가 워낙 비밀을 많이 지켜야 하는 데라서, 내가 당분간은 너한테도 말하지 말라고 했구먼. 그롷지만 난중에는 알게 됐잖여,"

성찬이 케이크를 손으로 집어서 입으로 가져간다. 이동하는 별일 아니라는 얼굴로 휴지통에서 휴지를 빼서 성찬의 입가에 묻은 케이크를 닦아주었다.

"나중에 알게 되기는 했죠. 그것도 춘임이 입을 통해서……."

애자는 지금도 작년에 춘임이에게 들었던 때를 생각하면 얼굴이 화끈거릴 정도로 부끄러워서 말이 나오지 않았다.

"춘임이 그년은 주둥이가 싸서 문제여. 오갈 데 읎는 것이 불쌍해서 멕여주고 재워주믄……."

"춘임이 언니 시집 보내줘야죠?"

"그년은 평생 혼자 산댜, 시집가서 남편 바람피는 꼴 보기 싫다고."

이동하는 잊고 살던 들례의 얼굴이 불쑥 떠올라서 애자의 눈치를 살폈다. 애자는 성찬이가 들고 있는 주먹만한 케이크 덩어리를 받아서 작게 잘라서 내밀고 있다.

"요즘은 비상계엄령이 선포되었다고 하면서 더 해요. 일주일에 한 번씩 들어와요. 그것도 빨랫감 때문에 들어왔다가 잠만 자고 나가요. 그게 어디 부부예요. 나랏 사람이지."

애자는 그럴 바엔 차라리 직장하고 결혼을 하지, 왜 나하고 결혼을 했느냐고 이동하에게 따지고 싶은 것을 참았다.

"며칠 안 있으면 국민투표를 하잖여. 고 서방만 바쁜 것이 아니고, 시방 모든 공무원들이 바쁠 때여. 그렁께 그런 건 니가 이해를 햐. 그라고 시방은 집에 있을 새도 읎이 바쁘겄지만 승진을 하고, 높은 사람이 되믄 한가해질 거여. 원래 직장이라는 데가 아랫사람들이 일을 더 많이 하는 거는 당연한 거 아녀?"

"그때가 언젠 데요? 성찬이 대학 졸업 후에?"

"야가, 아무것도 아닌 걸 갖고 신경 쓰고 있구면. 난 성찬이 얼굴 봤응께 어여 가 봐야겄다. 이따, 태평로에서 누굴 좀 만나기로 해서 말여."

이동하는 유신헌법이 국민투표에서 통과하게 되면 정국이 어떤 방향으로 흘러가려는지 감을 잡을 수가 없었다. 그래서 원갑룡과 박광호를 만날 생각으로 일부러 상경했다.

"영동에는 언제 내려가세요?"

성찬이는 케이크를 먹느라 이동하가 일어서도 바라보지 않았다. 애자가 성찬의 손을 잡고 일어서면서 물었다.

"요새 날이 추워서 건설 회사는 개점휴업여. 서울서 며칠 있을 생각이구면. 왜? 영동 내려갈라고?"

이동하가 중절모를 쓰고 코트를 걸치면서 물었다.

"서울 있어도 혼자 있기는 마찬가지잖아요. 시댁에도 들르고 엄마한테 가서 며칠 있으려구요."

"그랴, 그람 글피쯤 내려갈 모양잉께 나하고 같이 가자. 그라고 고 서방은 너무 신경 쓰지 마, 내가 알아 봉께, 직장에서도 꽤 인정을 받고 있는 거 같드만."

이동하는 말과 다르게 집에 가서 고현수에게 전화를 해야겠다고 생각하며 성찬의 손을 잡아주고 돌아섰다.

이튿날이다.

밤사이에 내린 싸락눈이 그대로 꽁꽁 얼어붙어 버릴 정도로 추운 날씨다. 애자가 살고 있는 집은 중앙난방식 아파트라서 밖에는 콧물까지 얼어붙어 버릴 정도로 추운 날씨지만 안에서는 반팔을 입고 있어도 팬

찮을 정도로 따뜻했다.

애자는 늘 그랬던 것처럼 간단하게 아침을 먹고, 빨래하고, 청소하고, 커피 마시면서 텔레비전을 봤다. 성찬이를 낳기 전에만 해도 오전에 방영되는 드라마를 보기도 했지만, 성찬이를 낳은 후로는 애청하는 프로가 없어져 버렸다. 이리저리 채널만 돌리며 아무 생각 없이 텔레비전을 보다가 무료해지면 누가 오는 것도 아닌데, 가끔 베란다에 나가서 찬바람이 아우성치는 마당을 내려다봤다.

눈만 빠끔하게 드러내놓고 외출하는 주민들을 무심히 바라볼 때는 나도 외출을 할까, 하는 생각이 들었다. 그러나 이내 성찬이 감기 걸릴 것이라는 생각이 들면 포기했다.

어느 때는 술을 마시고 싶을 때도 있었다. 하지만 성찬이를 생각하면 술 마시고 싶은 생각이 사라진다. 책을 펼쳐도 글씨가 눈에 들어오지 않았다. 성찬이 모자와 목도리를 만들어주겠다는 생각으로 털실을 사다 놓았지만 막상 시작을 하려니까 하기가 싫었다.

"어머, 직장에 무슨 일이 생겼어요?"

저녁에 뜻밖에도 고현수가 추위에 콧등과 귀가 빨개진 모습으로 귀가했다. 애자는 현관문을 열어주고 깜짝 놀랐다.

"어제 장인어른 왔다 가셨나?"

"당신한테 전화했어요?"

고현수의 입에서 술 냄새가 몹시 풍겼다. 애자는 벽시계를 바라봤다. 밖은 캄캄하지만 시계 바늘은 일곱 시를 가리키고 있었다. 초저녁부터 술을 마신 모습이 불안하게 와 닿았지만 내색은 하지 않았다.

"직장 일도 중요하지만, 가끔은 일찍 집에 들어가서 식구들고 시간을 보내라고 하시더군."

고현수가 안방으로 들어가면서 말했다.

"누굴 좀 만나시겠다며 서울에 올라오셨대요. 올라오신 김에 성찬이 얼굴이나 보시겠다며 케이크를 사 들고 오셔서 잠깐 있다 가셨어요."

애자는 고현수가 벗어주는 돗파와 양복을 받아서 장롱 안에 걸었다.

"나한테 전화 좀 하지 그랬어. 요즘 시국이 어수선해서 궁금하신 점도 많으실 텐데……."

"당신한테 전화를 해요?"

"왜? 나한테 전화를 하면 안 되나?"

고현수가 넥타이를 풀다 말고 돌아서서 애자를 바라보며 따지는 목소리로 물었다.

"아, 안 될 것은 없죠. 사위니까 당연히 해야 하는데 제가 깜박했나 봐요."

안방으로 들어온 성찬은 애자의 홈드레스를 잡고 낯선 사람을 보는 눈빛으로 고현수를 올려다봤다. 애자는 눈물이 솟구칠 것 같은 감정을 애써 눌러 참으며 성찬의 손을 잡고 밖으로 나갔다.

"술 한잔할래?"

고현수는 잠옷으로 갈아입고 거실로 나왔다. 장식장 안에 들어 있던 양주를 들고 주방으로 가면서 말했다.

"성찬아, 아빠한테 가 있을래? 아빠 몰라? 아빠잖아."

애자는 안주가 될 만한 것을 만들려고 주방 앞으로 갔다. 성찬이 고현수를 낯설게 바라보며 떨어지지 않으려고 했다. 성찬의 손을 잡고 고현수 앞으로 가서 말했다.

"어이구, 우리 성찬이 그동안 아빠가 너무 무심했지."

고현수는 성찬이 자신을 낯설게 바라보는 모습에 너무 가슴이 아팠다. 성찬을 불끈 들어서 안았다.

"엄마, 엄마!"

고현수가 자기 얼굴을 성찬의 얼굴에 대려는 순간이다. 성찬이 고현수의 얼굴을 밀어내며 울음을 터트렸다.

"야 좀 봐. 아빠야. 아빠!"

애자가 냉장고 문을 열다 말고 성찬이 앞으로 갔다. 성찬의 등을 문지르면서 부드럽게 말했다.

"아빠, 싫어……. 엄마한테 갈래, 엄마"

성찬은 고현수의 팔에서 벗어나려고 두 팔을 애자에게 향했다.

"아빠가, 목말 태워 줄까? 아니면 말 태워 줄까?"

고현수가 곤혹스러운 얼굴로 달랬지만 성찬은 막무가내였다. 더 큰 소리로 울면서 애자에게 가려고 몸부림을 쳤다.

"안 되겠어요. 이러다 성찬이 놀라겠어요"

애자도 난처한 얼굴로 성찬을 안았다. 성찬이 다시는 안 가겠다는 것처럼 목을 껴안고 안겨 드는 모습이 너무 애처로워서 눈물이 났다.

"한 가지 묻고 싶어."

애자는 성찬을 진정시키고 나서 사과를 깎아 식탁에 내놓았다. 성찬이 고현수를 낯설게 보지 않도록 일부러 옆에 앉혔다. 고현수가 술잔에 술을 따르면서 천천히 입을 열었다.

"나를 믿어?"

고현수가 심각한 표정을 짓고 있다가 애자에게 시선을 돌렸다.

"그런 질문이 어디 있어요?"

애자는 잔뜩 긴장하고 있다가 헛웃음을 지었다.

"나를 믿고 있다면 나를 도와줘."

"지금 무슨 말을 하고 싶은 거예요."

"난 성공하고 싶어. 아니, 나는 성공해야 돼. 성공을 하려면 다른 사람들보다 최소한 두 배 이상 열심히 일할 수밖에 없어. 그러려면, 밤낮을 가리지 않고 일해야 된다는 결론이 나오잖아."

"그러니까, 지금 하고 싶은 말이……"

애자는 너무 기가 막혀서 말이 나오지 않았다. 고현수의 반대 방향으로 시선을 돌리며 말을 흐렸다.

"나를 위해 성공하고 싶은 것은 아냐. 당신을 위해서, 그리고 성찬이에게 자랑스러운 아빠가 되기 위해 성공하고 싶은 거라고……"

고현수는 어머니를 위해서 반드시 성공하여 살아생전에 성공한 모습을 보여주겠다는 말은 목 안으로 삼켰다.

"그럼, 지금처럼 저는 기다리고 있기만 하면 되는 거네요."

애자가 고현수를 향해 시선을 돌리고 말했다.

"성공은 때가 있는 거야. 그리고 지금은 그 기회라고 난 그 기회를 움켜잡아야 하니까 당신이 좀 이해해 줬으면 고맙겠어."

고현수는 빙빙 돌리고 있던 술잔을 들어서 한꺼번에 비웠다. 술이 독해서 목이 타는 것 같았다. 가볍게 트림을 하고 사과 한 조각을 집어서 입에 넣으려다가 성찬에게 내밀었다.

"성공의 기준은 정했나요?"

성찬이 사과를 받지 않으려고 몸을 돌렸다. 애자가 성찬의 손을 앞으로 내밀어 사과를 받게 하며 물었다.

"이제야 아빠 얼굴이 기억나는 모양이네……. 나는 판검사가 되고 싶었어. 그건 내 꿈이기도 하지만 어머니의 꿈이기도 했지. 내 성공의 기준은 판검사를 지휘할 수 있을 정도의 자리야. 그런 자리에 오르게 되면 그다음부터는 가능한 당신과 성찬이를 위해 시간을 보내겠어. 그 점은 약속하지……."

고현수는 성찬이 멈칫 거리다가 사과를 받는 모습을 보고 웃었다.

"그것이 운명이라면 받아들일 수밖에 없겠네요."

애자는 빈 술잔을 들고 고현수 앞에 내밀었다. 고현수가 망설이지 않고 삼 분의 일 정도 잔을 채워주었다. 애자는 고현수가 자신과 결혼한 것은 오직 성공을 위한 발판을 마련하려는 수단이었을지도 모른다는 생각이 들어서 술잔을 받자마자 망설이지 않고 마셨다.


시훈은 근처에 있는 쌀 한 가마니를 배달하기 위해 리어카를 쌀가게 앞으로 댔다. 가게 안에 있는 쌀가마니를 막 들려고 하는데 전화벨이 울렸다.

"장시훈 사장님유? 여기 이동하 국회의원님 사무실유!"

"예?"

"이동하 국회의원님 사무실이라구유."

"네, 잘 알고 있슈. 근데 지한테 왜 즌화를?"

"시방 일로 좀 오셔야겠슈. 의원님이 잠깐 보자고 하시네유."

"저, 장시훈이라는 사람인데유. 쌀가게를 하는……."

시훈은 선거기간도 아니고, 이동하가 자신을 찾을 리가 없다는 생각에 마른침을 삼키며 이름을 밝혔다.

"알고 있슈. 그렇게 빨리 와유. 사무실은 워딘지 알고 있쥬?"

"그, 그람유."

시훈은 수화기를 내려놓았다. 마침 쌀을 배달해야 하는 식당은 시내쪽이다. 뒷마당에서 빨래하고 있는 아내에게 가게를 지키라고 말하고 나서 쌀가마니를 리어카에 실었다.

"나, 배달하고 이동하 국회의원님 좀 만나고 올 겨."

"그분이 왜 영호 아부지를 찾는 데유?"

진천댁이 연탄난로의 아궁이를 열다가 물었다.

"난도 몰라. 가보믄 알겠지."

시훈은 쌀을 리어카에 올려놓고 다시 방으로 들어갔다. 낡은 돗파를 벗어 버리고 양복을 입었다. 운동화 대신 구두를 신고 리어카를 끌며 식당으로 가기 시작했다.

쌀을 안 줄라고 그라나?

시훈은 합동정미소에서 가끔 쌀을 갖다 팔기도 한다. 지난 9월 16일 정부의 일반미 판급령이 발효돼서, 서울과 부산, 대구, 인천 등 대도시 양곡상회에서는 일반미를 무조건 팔 수가 없다. 정부에서 방출하는 정부미를 한 가마니에 만 원씩 정찰 판매하고 있다. 그 밖의 지방에서도 어차피 양곡도매시장에서 쌀을 떼어 오는 형편이라 정부미를 팔 수밖에 없다. 정부미는 통일벼여서 일반미처럼 밥이 찰지지도 않고 고소한 맛도 덜하다. 그래서 먹고살 만한 집에서는 농가에서 직접 일반미를 구해서 먹거나, 가게에 특별히 부탁해서 일반미를 먹는다. 가격도 정부미에 비해 천오백 원이나 비싼데도 없어서 못 팔 정도이다.

시훈은 리어카를 식당 앞에 세워 놓고 곧장 이동하의 사무실로 갔다. 낯이 익은 여도환이 기다리고 있었다.

"의원님, 모시고 왔슈."

시훈은 여도환을 따라서 이동하의 사무실로 들어갔다. 이동하는 소파에 편하게 앉아서 신문을 읽고 있었다.

"의원님, 저 시훈이유……."

시훈은 이동하를 보는 순간 갑자기 목이 말랐다. 기어들어가는 목소리로 인사하며 눈치를 살폈다.

"잘 왔구먼. 장사 잘되지?"

이동하가 벌떡 일어나서 손을 내밀었다.

"의원님 덕분에 먹고살고 있슈……."

시훈은 황송하다는 얼굴로 이동하의 손을 두 손으로 잡았다.

"사무장, 여기 커피 좀 갖고 와. 나는 인삼차로……."

이동하는 시훈의 등을 부드럽게 치면서 소파에 앉혔다.

"언진가 자네 아부지를 만났는데 장사가 잘된다고 하드만."

"의원님이 도와주시는 덕분이쥬, 머……."

송미향이 커피와 인삼차를 들고 들어왔다.

"그거 그래 봬도 미제 커피여. 다방 같은 데서 먹는 커피하고는 머가 달라도 달라."

"이 귀한 걸……."

시훈은 미제 커피가 아니라 더 귀한 걸 준다고 해도 반갑지 않았다. 그것보다는 왜 자신을 불렀는지 이유가 궁금해서 목이 탈 정도였다.

"아무리 귀해도 동리 사람이 왔는데 국산으로 내놀 수는 없는 거 아녀. 자네 헌법 개정안 찬반 투표 했남?"

"그람유, 우리 동리 사람 중에서 선거 안 한 사람은 지가 알기루 몸을 움직일 수 없을 정도로 아파 누운 노인네 몇 명을 제외하고는 없구먼유. 죄다 투표장으로 나가서 찬성표를 던지고 왔슈……."

시훈은 뜬금없이 지난 21일에 있었던 헌법개정안 찬반 투표를 거론하는 말에 맥없이 긴장이 무너지는 것을 느꼈다. 영호가 다니는 국민학교 육성회 이사이자, 의용소방대 총무 부장의 신분으로 백 프로 선거를 해야 한다고 운동했던 덕분인지, 몸이 아파 거동이 불편한 몇몇을 제외하고는 모두 투표를 했던 기억이 새로웠다.

"자네처럼 나라를 사랑하는 국민들이 많응께 구십일 점 구 프로가 선거를 해서 백 프로 찬성이나 마찬가지인 구십일 점 오프로가 찬성을 했잖은가. 자네 그람 개정된 유신헌법에 따라서 통일주체국민회의가 생긴다는 것도 알고 있었구먼."

"예……."

"하긴, 자네는 장사만 잘하는 것이 아니라, 사회 활동도 열심히 하고 있응께 그런 거는 상식이겠구먼."

이동하는 시훈이 커피 잔을 들지 않는 것을 보고 어서 커피를 마시라고 권유하며 고개를 끄덕거렸다.

"지가 감히 이런 말씀 드리기는 머하지만유. 지도 나름대로는 지역을 위해 봉사하고 있슈. 그런 지가 통일주체국민회의가 생긴다는 걸 왜 모르겠슈."

시훈은 양공조합 총무부터 시작해서 의용소방대 총무부장까지 줄줄 외울까 하다가 그만두었다.

"자네. 지역을 위해서만 일하지 말고 나라를 위해 일 한번 해 볼랑가?"

이동하는 인삼차를 후후 불어서 한 모금 마시고 나서 잔을 내려놓았다.

"나라를 위해 일하고 싶어도 지가 자격이 되남유? 군대도 안 갔다 왔는데……."

시훈이 영호의 기성회비보다 몇 배의 돈을 기부해야 하는데도 기성회 이사가 된 것은 억울하지만 교도소 전력을 숨기기 위해서이다. 그리고 장사하기 바쁜데도 의용소방대에 들어간 것도 다른 사람들 앞에서 군대 안 갔다 온 것을 숨기기 위해서이다. 의용소방대는 소방대원들처럼 비상훈련도 하고, 불이 나면 직접 진화하러 간다. 훈련소집을 할 때는 반드시 의용소방대원 제복과 모자와 신발을 착용하게 되어 있다. 소방대원 옷을 입고 다니는 모습을 보면 대부분의 사람들은 군대를 갔다 왔을 것이라고 믿겠지, 라는 생각에서였다. 하지만 무슨 일인지 모르지만 나라를 위해서 일하려면 병역 문제가 필히 거론 될 것이라는 생각에 말꼬리를 흐렸다.

"군대하고 먼 상관여. 통일주체국민회의 대의원이 되는데?"

이동하는 소파 등받이에 등을 기대며 다리를 꼬고 앉았다. 양쪽 중지 손잡이를 톡톡 두들기며 소리 없이 웃었다.

"통일주체국민회의 대의원이라믄?"

"잘 알고 있구먼. 대통령을 선출하고, 국회의원을 뽑는다는 그 통일주체국민회의 대의원을 우리 영동군에서 열두 명 뽑는단 말여. 영동읍은 인구가 이만 명이 넘응께 두 명을 뽑고, 각 면에서는 한 명씩을 뽑잖여.

각 면에서는 거의가 공화당 면책들이 나오기로 했구먼. 정당원들은 원래 출마할 수가 없어서 죄다 탈당한 상황여. 읍내는 인물은 많지만 당최 내가 맘을 줄 수 있어야지. 하지만 팔은 안으로 굽고, 가재도 게 편이라고 시훈이는 나하고 한동리 사람이잖여. 그래서 내가 특별히 생각하고 있구먼."

"암만해도, 저처름 쌀이나 파는 장사꾼보담은 농협직원이나 공무원들이 낫잖아유. 공무원들도 흔해 빠졌고……."

"아녀, 자네가 몰라서 하는 말 같은데, 통일주체국민회의 법에 의하믄 공무원들이나, 농협직원, 산림계나 은행원들은 출마를 할 수 없단 말일시. 천상 장사하는 사람이나 농사짓는 사람이 출마를 할 수벢에 없어."

이동하는 일어섰다. 책상 위에 있는 통일주체국민회의 시행령에 관한 법률이 적혀 있는 공문을 들고 와서 시훈 앞에 펼쳐 보였다.

"저, 죄송한 말씀이지만 잠깐만 읽어 봐도 되겠슈?"

"잠깐만 읽어 보는 것이 아니라, 잘 읽어 봐, 난 츤츤히 차나 마시고 있을 모양잉께."

이동하는 공문을 시훈 앞으로 내밀고 담배를 입에 물었다. 시훈이는 나름대로 지역을 위해 열심히 활동하고 있다는 평을 받고 있다. 통일주체국민회의 대의원으로 만들어 놓으면 나중 국회의원 선거 때 알아서 열심히 뛸 것이라는 생각이 들어서 회심의 미소를 지었다.

다행이구먼…….

시훈의 눈에 다른 글자는 들어오지 않았다. 후보자가 될 수 없는 자에 대한 법 제10조를 읽어 보았다. 국회의원, 정당의 당원, 공무원, 공무원에 규정된 공무원 등 나열된 순서대로 쭉 읽어 보았지만 범죄 경력이 있는 자는 후보자가 될 수 없다는 항목은 들어 있지 않았다. 마음속으로 길게 안도의 한숨을 내쉬고 나서 고개를 들어 이동하를 바라봤다.

"면에서 출마하는 데는 백 명한테만 추천을 받으믄 되지만, 읍내에서 출마를 할라믄 삼백 명 이상 추천을 받아야 하는 것도 읽어 봤남?"

"아! 네……."

시훈은 그 부분은 읽어 보지 않았지만 이동하의 말이 맞을 것이라는 생각에 황망하게 대답했다.

"그럼 당장 내일 선관위에 후보로 등록하고 선거운동을 시작하믄 되겄구먼. 선거 사무실은 돈 들여 할 필요가 있겄어? 쌀가게로 하고, 중요한 회의가 있을 때는 내 사무실을 이용하믄 될 거여."

"대의원으로 출마할라믄 대출을 은는 한이 있드래도 선거자금은 워티게 맨들어 보겄다 하지만 지는 제우 국민핵교만 졸업했거든유. 동생은 그 졸업장도 읎슈……."

"괜찮여. 내가 서울에 알아 봉께, 현재까지 등록한 사람 중에 절반 이상이 국민학교 졸업자라는 거여."

"참말유?"

시훈은 이동하의 말이 믿어지지 않았다. 통일주체국민회의 대의원의 의장은 이 나라의 권력 통치자인 대통령이다. 그 대통령을 선출할 수 있는 막강한 권한이 있는가 하면, 국회의원 74명도 선출할 수 있는 권한이 있다. 영동읍은 인구가 2만 명이 넘는데 대의원은 단 2명이다. 그만큼 권력이 주어진다는 말과 같다. 그런데도 지금까지 등록을 한 후보자 중 국민학교 졸업자가 절반이 넘는다는 말을 듣고 나니까 믿어지지 않을 뿐만 아니라, 왠지 속고 있는 기분이 들기도 했다.

"일단 선거가 끝나봐야 정확한 통계가 나오겠지만 말여, 현재까지는 국민학교 졸업자가 젤 많다는 거여, 그담이 대학졸업자랴, 중고등학교 출신은 얼매 읎고 그랑께 학력 문제는 신경 쓰지 말고, 맘이나 단단히 먹고 있으면 되는 거여. 선거운동이야 내 조직이 있응께 크게 신경 쓸 거 읎고……."

"그람, 읍내에서는 지 말고 또 다른 사람으로 누굴 내보낼 생각이셔유?"

시훈은 다른 후보가 대학을 졸업했거나, 경제적으로 차이가 많이 나면 선거운동을 하는 데 문제가 있을 것이라는 생각에 조심스럽게 물었다.

"시훈이는 잘 모를 겨. 부용리 구장을 하던 사람인데, 그 사람도 국민학교뻭에 안 나왔구먼."

"의원님이 그렇게 신경을 써 주시는데 안 해 볼 도리가 읎겠네유. 빚을 지는 한이 있드래도 등록을 해 볼께유. 근데 등록 마감일이 언지까진 데유?"

시훈은 이동하의 말처럼 사무실을 낼 필요도 없겠다, 10개 면을 상대로 국회의원 선거를 하는 것도 아니고, 영동읍을 상대로 선거운동을 하는 데 한 이백만 원이면 충분할 것이라고 생각했다. 통일주체국민의회 대의원이 되면 면장 못지않은 빽을 가지게 된다는 결론이다. 돈 이백만 원 들여서 더 큰 것을 얻을 수 있을 것이라는 생각에 자신 있게 말했다.

"십이월 이일까지 등록해야 하고, 십오일 날이 선거여. 앞으로 사흘 남았구먼. 자세한 거는 사무장이나 보좌관이 도와줄 겨. 그랑께 꼭 당선될 거라고 맘먹고 열심히 한번 해 봐."

"참말로 고맙습니다. 이 은혜는 대의원에 당선 돼서 꼭 갚아 드리겠 슈. 참말로 고맙습니다."

시훈은 마치 통일주체국민회의 대의원에 당선이라도 될 것처럼 뒷걸 음 치면서도 연신 인사를 하며 사무실을 나왔다.

"리아카는 워디 두고 택시를 타고 오는 거유?"

시훈은 마음이 너무 급해서 집에까지 걸어갈 수가 없었다. 눈에 보이 는 대로 택시를 타고 집으로 갔다. 진천댁이 황망한 표정으로 쌀가게에 들어오는 시훈을 바라보며 물었다.

"시방 리아카가 문제가 아녀. 잠깐 방으로 들어와 봐."

"뭐, 뭔데유? 또 사기라도 당한 거유?"

진천댁이 보기에 시훈이 또 무슨 사기를 당한 사람처럼 보였다. 놀란 얼굴로 방으로 따라 들어가며 물었다.

"내가 맨날 사기나 당하는 호구로 뵈여?"

"시방 당신 얼굴이 워떤지 색경 좀 봐유. 내가 그런 말 안하게 생겼는 가?"

"쓸데없는 소리 그만하고 내 말 좀 들어 봐. 아까 내가 나갈 때 이동 하 의원님 만나러 간다고 했잖여"

"참, 왜 불렀대유?"

"아, 글씨 나 보고 통일주체국민의회 대의원에 출마하라는 거여."

"그기 먼 말이래유?"

"먼 말이긴. 내동 하는 말 못 들었남? 이동하 의원님이 특별히 나를 선택하셔서 통일주체국민회의 대의원에 출마하라고 추천을 하셨단 말 여."

"그 머여. 통일주체국민회의 대의원인가 하는 걸 할라믄 투표를 해야 하는 거 아뉴?"

"당연하지. 투표해서 당선이 돼야 대의원이 되는 거여. 하지만 투표 걱정은 안 해도 될 거 가텨. 의원님이 공화당 조직을 팍팍 밀어 주신다고 하셨응께."

"그래도 선거를 할라믄 돈이 있어야잖유. 내가 생각할 때는 암만 읎어도 한 천만 원은 안 들어 가겠슈?"

"천만 원?"

"그람유, 선거운동을 미칠 동안이나 하는지 모르겠지만, 차도 있어야하고, 현수막도 있어야 하고, 사람도 사야지, 벽보도 찍어야지, 선거라고 했다믄 돈 천만 원 우습게 깨질규."

"그래서, 사무실을 은지 말고 쌀가게를 사무실로 쓰라고 하셨구면."

시훈은 진천댁의 말을 듣고 나니까 정신이 번쩍 들었다. 이동하 앞에서 큰소리치며 생각했던 것보다 다섯 배의 돈이 필요할 것 같았다. 12월 2일까지 등록하고 15일 선거를 하게 되면 선거 당일을 빼고 십삼일 동안 선거운동을 하게 된다는 결론이다. 지난 국회의원 선거 때 이동하에게 들렀더니 은행에서 금방 찾아온 빠닥빠닥한 돈 오백 원짜리를 스무 장이나 넣었다. 하루에 최소한 열 명 이상은 써야 한다. 일당에 경비며 이런저런 돈으로 오천 원씩 준다고 해도 열흘이면 오십만 원이다. 거기다 막상 선거가 시작되면 이런저런 모임에서 와 달라는 부탁이 하루에도 열댓 건씩 생겨날 것이다. 빈손으로 사람을 보낼 수는 없고, 작게는 몇천 원 많게는 돈 만 원을 뿌려야 한다. 하루 경비가 사오십만 원은 우습게 깨진다는 결론이다.

큰일 났구먼. 의원님이 보자는 즌화를 받자마마 이상한 기분이 들더니만 기어코 일을 내고 말았구먼.

생각 같아서는 한 시간이라도 늦기 전에 당장 이동하에게 달려가서 대의원 출마를 할 수 없다는 말을 하고 싶었다. 하지만 그랬다가는 합동 정미소에서 쌀을 받지 않겠다고 선언하는 것이나 마찬가지다.

아녀, 가만히 앉아서 거금을 날리는 것보다⋯⋯. 아니지. 자고로 방앗간하고 은행은 안 망한다고 했잖여. 몇백만 원 꼬라박는 것이 무서워서 출마를 하지 않겠다고 하면, 손해가 더 클지도 모르지⋯⋯.

시훈은 갑자기 말을 잃어버렸다. 담배를 입에 물고 방문을 향해 돌아앉아서 멀거니 천장만 바라봤다.

"왜 그래유?"

진천댁은 시훈이 뭔 생각을 하고 있는지 알 것 같았다. 시훈의 옆으로 가서 얼굴을 바라보며 물었다.

"암것도 아녀. 가서 쇠주나 한 병 사와."

"내 생각에는 시방 술 마실 때가 아니고, 빨리 의원님한테 가서 통일 주체국민회의 대의원 출마를 못 하겠다고 말하는 것이 순서일 것 같은데⋯⋯."

"쓸데없는 말은 일절로 끝내고 어여 술이나 사 와."

시훈은 재떨이를 찾아 두리번거렸다. 전화기 옆에 있는 재떨이를 방문 앞으로 옮겼다. 볼이 통통 부은 얼굴로 밖으로 나가는 진천댁은 바라보지도 않았다. 자신도 모르게 방바닥이 꺼져라 한숨을 내쉬며 담뱃재를 톡톡 털었다.

"경훈이여?"

"형, 오랜만이구먼. 장사는 잘되지?"

시훈은 혼자 소주 한 병을 비우는 동안 김치 쪼가리 한 개만 먹었다. 그런데도 술이 취하지가 않았다. 줄담배를 피우며 오만상을 쓰고 있다가 문득 경훈이 생각나서 전화했다. 경훈이 반갑게 전화 받는 목소리를 듣는 순간, 동생한테까지 고민을 나누어 가지려는 것 같아서 괜히 전화했다는 생각이 들었다.

"쌀장사야, 여름 빼고는 장 그려. 너는 워뗘?"

"우린 겨울이믄 죽 쓰는 날이 많아. 땅이 얼어붙으믄 고물장사들이 미끄러질깨비 안 나오잖여. 괜히 빙판에서 미끄러져 다리나 허리를 다치믄 약값이 더 들어갖게. 조카들은 학교 잘 댕기지?"

"둘 다 즈 어머를 닮아서 순딩이들이잖여. 여간 아파도 학교 빠지는 법은 읎어. 공부는 잘 못하지만."

"내 생각에는 형을 많이 닮은 거 가텨. 형도 학교 댕길 때 결석 한번 안 했잖여."

"제수씨는 소식 읎냐? 나도 조카 얼굴 좀 보고 싶구먼."

"안직 읎지만, 살다 보믄 생기겄지 머."

"그랴, 그람 잘 있어. 난중에 시간 있으믄 또 즌화할게."

시훈은 경훈에게 말해 봤자 가슴만 아파할 것이라고 생각했다.

"나한테 머 하고 싶은 말이 있어서 즌화했잖여?"

"그걸 니가 워티게 알아?"

"내 참. 형이 은제 안부 즌화 한 적 있어?"

"그랬나?"

"그려. 빨리 말해 봐. 무슨 말을 하고 싶은 거?"

309

"사실은 말여⋯⋯."

시훈은 잠깐 망설이다 어차피 경훈이도 언젠가 알게 될 것이라는 생각에 이동하를 만났던 일이며, 집에 와서 아내와 대화 하다 보니 선거비용으로 돈 천만 원은 우습게 깨질 것이라는 말을 듣고 고민 중이고 했다.

"잘됐구먼. 참말로 잘 됐구먼. 형, 통일주체국민회의 대의원이 되믄 그깟 돈 천만 원 우습게 빼낼 수 있을 겨."

"그건 또 먼 말여?"

시훈은 예상외로 경훈이 반기는 말에 전화하기를 잘했다는 생각이 들었다. 그러나 돈 천만 원은 우습게 빼낼 수 있다는 말은 이해할 수가 없었다.

"고물상 땅이 시세로 얼맨지 알어? 평당 십만 원이 넘구먼. 근데 국회의원 보좌관이 구청으로 즌화 한 통 항께, 시세가 아닌 공시지가로 샀잖여."

"국회의원 보좌관 말은 국회의원 말하고 갔잖여. 하지만 통일주체국민회의 대의원은 각 면에서 한 명씩 뽑는단 말여. 국회의원만큼 끗발이 읎다는 말이지."

"좌우지간 내가 날이라도 돈 싸들고 내려갈 모양잉께 당장 오늘 등록부텀 햐."

"니, 니가 무슨 돈이 있다고?"

"서울에서도 통일주체국민회의 대의원이 될라고 사람들이 야단들여. 내가 집 살라고 모아둔 돈이 한 삼백만 원 있구먼. 그리고 고물상 땅을 은행에 맥기믄 삼백만 원 정도 우습게 대출받을 수 있을 겨. 그랑께 돈 걱정은 말고 당장 등록을 햐. 그릏게 알고 즌화 끊을께."

"자, 잠깐 내 말 좀 들어 봐. 마, 만약 떨어지믄 워틱할라고?"

"딴 사람은 몰라도 형은 안 떨어져. 이동하가 팍팍 밀어줄 거잖여. 그랑께 맘 푹 놓고 꿈이나 잘 꾸란 말여. 날 만나서 자세한 야기 하자고"

시훈은 경훈이 흥분한 목소리로 전화를 끊었지만 계속 수화기를 들고 있었다. 그동안 움츠리고 있던 취기가 온몸을 뜨겁게 덥히는 느끼며 천천히 내려놓았다.

제18장

1
9
7
3
년

# 낙선의 고비

생각 같아서는 낫으로 현수막을 찢어 버리고 싶었다.
하지만 끈 떨어진 연 신세다.
선거 결과가 나오니까
목숨까지 바쳐 충성할 것처럼 보이는 작자들도
고생했다는 말 한마디 없이 파장 끝처럼 사라졌다.


작은설이다.

아침부터 싸락눈이 오락가락했다. 싸락눈이 내릴 때는 하늘이 흐렸지만, 눈이 내리지 않을 때는 얼음처럼 차가운 햇볕이 둥구나무거리를 채웠다. 철용네는 정지 문을 열어 놓고 큰 돌 세 개로 화덕을 만들고 그위에 가마솥 뚜껑을 얹었다. 솥뚜껑을 씻은 물이 마르고 열기를 느낄 즈음에 콩기름을 바르고 적을 부치기 시작했다.

처음에는 소금물에 절인 배춧잎 석 장을 나란히 얹었다. 그 위에 풀처럼 묽은 반죽을 국자로 퍼서 타원형으로 부었다. 배추전을 부치고 나서 파전, 고구마전 순서로 부친 다음에 마지막으로 물에 불려 놓은 오징어를 가마솥 뚜껑에 올려놓았다. 숯불을 헤집어서 잘 타게 만들어 놓고 죽처럼 묽은 반죽을 국자로 떠서 오징어에 붓고 있는데 경훈이 불쑥 마당으로 들어섰다.

"워매, 경훈이 설 쇠러 오는구먼."

철용네는 경훈의 얼굴을 보는 순간 뒤따라올 철용이 얼굴을 생각하며 정지 밖으로 뛰어나갔다. 당연히 서 있을 줄 알았던 철용의 모습은 보이지 않고 경훈의 아내가 선물꾸러미를 양손에 들고 서 있다가 고개를 숙여 인사했다.

"철용이는?"

철용네는 가슴이 철렁 내려앉아서 경훈의 아내 오숙자에게 인사할 겨를이 없었다. 이유를 알 수 없는 불안이 엄습해 오는 것을 느끼며 경훈을 바라봤다.

"우선 이 돈부텀 받으세유. 삼십만 원인데 철용이가 전해주라고 해서유."

"그람, 철용이는 안 내려온 거여?"

철용네는 영등포에 있는 시립병원으로 철용을 만나러 갔을 때가 불쑥 떠올랐다. 다리에 힘이 빠져 나가는 것을 느끼며 휘청거리다 정지 문을 잡고 물었다.

"철용이는 고물 사러 강원도 철원에 갔슈. 원래 지가 갈라고 했는데 지 식구가 츰으로 맞는 설이람서, 지가 간다고 우기는 통에……."

경훈은 말꼬리를 흐리면서 철용네의 눈치를 살폈다.

"왜 해필이믄 작은설날 고물을 사러 간댜?"

철용네는 그때서야 경훈이 내미는 돈 봉투를 받으면서 물었다.

"작은설날잉께 직원들 월급도 주고, 머 그럴라고 그랬겠쥬. 우리도 어지 고물을 제무시로 세 차나 팔았슈."

"그람 언지 온댜?"

"오늘 출발해서, 낼은 설잉께 거기서 그냥 자고 모리 실어 갖고 올 규."

철용과 금순은 서울을 벗어나지 않았다. 봉천동에서 멀지 않은 구로동에서 미장원을 하며 살고 있다. 경훈은 천연덕스럽게 거짓말을 했다.

"그렇구면. 당연히 경훈이가 설을 쇠러 오는 것이 맞지. 철용이는 혼자잖어. 아이구, 시댁에 설 쇠러 내려왔구먼. 시방 봉께 결혼식 때보담 더 새색시 같네. 어짜든 이렇게 이쁘게 차려입고 왔댜. 어여 들어와서 전 좀 먹고 가. 응?"

철용네는 서운하기는 했지만 소식을 듣고 나니까 불안감이 가셨다. 하지만 몸도 성치 않은 철용이, 다른 날도 아니고 작은설날 먼 철원까지 고물을 사러 갔다는 말을 듣고 나니까 기분은 안 좋았다. 그래도 내색하지 않고 한복을 곱게 차려입은 오숙자의 손을 잡으며 호들갑을 떨었다.

"아뉴, 집에 가서 먹고, 날 세배하러 내려올 팅게, 그때 줘유."

"내 증신 좀 봐. 시댁어른들한테 인사도 안 드린 새색시를 붙잡고 주접을 떨었구먼. 그려 어여 올라가. 시어머니가 엄청 좋아하시겄어. 어제 큰며느리하고 손자들도 왔던 거 같든데, 어여 올라가, 응?"

철용네는 곱게 차려입은 오숙자의 손을 놓는 순간 어쩌면 철용이는 평생 결혼을 못 할지도 모른다는 생각이 들어서 눈물이 핑 돌았다.

경훈은 집으로 올라가다가 변쌍출을 만났다. 집에서 나와 변소로 들어가던 변쌍출이 걸음을 멈추고 바라봤다.

"안녕하셔유. 설 쇠러 왔슈. 팔봉이 형님도 왔쥬?"

"그려, 그저께 왔구먼. 느 아부지는 좋겄다. 돈 한 푼 안 들이고 자식들 모두 장개보냐, 시훈이 그 머여. 통일주체국민 먼가 하는 대의원으로 출세햐. 밥을 안 먹어도 좋겄다."

변쌍출은 팔봉이 내려오기 전에만 해도 장기팔을 생각하면 생각할수록 배가 아팠었다. 하지만 지금은 아니다. 여느 명절 때와 다르게 쇠갈비를 끊어 가지고 올 정도로 돈을 번 티가 물씬 풍기는 팔봉은 그 지긋지긋한 월세방을 탈출하여 지금은 비록 마당을 주인과 같이 쓰고 있지만 엄연히 독채와 같은 방 두 칸짜리 집에 전세로 살고 있다. 올해 안에는 어떤 일이 있어도 집을 살 수 있다는 말을 듣고 얼마나 기쁜지 순배 영감한테 정종을 사다 주었을 정도이다. 넉넉한 얼굴로 경훈을 바라보며 덕담을 던졌다.

"어르신, 안녕하세요."

경훈이 눈짓을 보내자 오숙자가 얼른 인사를 했다.

"그려, 설 쇠러 오는 질이구먼, 어여 올라가 봐."

"날, 세배하러 올께유."

경훈은 자랑스럽게 오숙자를 바라보고 나서 다시 걷기 시작했다.

"어여 와라. 오느라 고생 많았지?"

정지에서 차례 음식을 만들고 있던 날망댁이 진천댁과 함께 마당으로 나와서 오숙자가 들고 온 선물을 받으며 반겼다.

"특급 타고 왔슈. 완행 탔으믄 안직 도착할라믄 멀었슈. 하지만 특급은 세 시간도 안 걸려유."

"옛말에 한양천리라는 말도 있잖여. 그 먼 거리를 아침 먹고 샛밥 먹을 사이에 온 걸 보믄 세상이 참말로 좋아지기는 좋아졌구먼. 어여 들어

가. 느 형은 바빠서 못 오고 낼 새벽에 택시 타고 들어온다고 하드라."

날망집은 요즘 같으면 상규네는 물론이고 옥천댁도 부럽지가 않았다. 밥을 굶어도 배가 고프지 않고, 가만히 앉아 있으면 저절로 웃음이 히죽히죽 나와서 괜히 손바닥으로 방바닥을 쓰다듬으며 웃기도 했다.

"절 받으세요, 어머님."

"어쯔믄 너는 말도 그릏게 이쁘게 하냐?"

날망집은 오숙자가 들고 온 겨울 스웨터며, 조미료와 설탕 선물세트에 벌어진 입이 다물어지지 않았다. 절을 받기 위해 아랫목에 앉으며 벙글벙글 웃으며 절을 하는 경훈과 오숙자를 번갈아 바라봤다.

"어머님, 설 준비하시라고 드리는 돈이에요. 진작 부쳐 드려야 하는데 늦어서 죄송해요."

오숙자는 핸드백에서 돈 봉투를 꺼내 두 손으로 날망집 앞에 내밀었다.

"어이구, 세타며 선물을 한 보따리나 싸 들고 왔으면서 돈까지 준비했냐?"

날망집은 오숙자가 내민 돈 봉투를 얼른 받았다. 은행에서 갓 찾아온 듯한 새 돈 오만 원이 들어 있다.

"내년에는 좀 더 드리겠어요. 이번에는 지난 아주버님 선거 때 들어간 돈이 많아서 별로 준비를 못 했어요."

오숙자는 경훈이 시훈의 선거자금으로 집 사려고 모아 놓은 돈 삼백만 원을 포함해서, 고물상을 담보로 은행에서 삼백만 원을 빌린 것을 생각하면 돈 오만 원도 아까웠다. 경훈이 워낙 강하게 나오니까 입도 뻥긋 못하고 있지만 멀쩡히 두 눈 똑바로 뜨고 육백만 원이라는 거금을 날린 것 같아서 속이 쓰렸다. 그러나 경훈이 바라보고 있어서 애매하게 웃을 수밖에 없었다.

"아이구, 야 좀 봐. 오만 원이 짝냐? 내 평생 만 원짜리로 오만 원을 츰 만져 본다. 그라고 니가 미장원을 함께 이 돈을 받지, 아니믄 절대로 못 받는다."

날망집은 의식적으로 경훈이 댄 선거자금에 대해서는 입도 뻥긋하지 않고 돈 봉투를 접지도 않은 채 그냥 장판 밑에 넣었다.

"내 정신 좀 봐. 서울에서 내려오느라 배도 고플 텐데, 뭣 좀 먹어야 지."

"아니에요, 어머님. 밖에 나가서 형님을 도와……."

날망집이 일어서는 것을 본 오숙자가 얼른 일어서서 갈아입을 만한 옷을 찾았다.

"애미야, 여기 전 부친 거하고, 뭣 좀 갖고 오니라. 야들, 서울서 내려 오느라 배고프겄다."

"예……."

혼자 설 준비를 하고 있던 진천댁은 대답은 해 놓고 계속 차례상에 쓸 콩나물을 다듬었다.

지가 돈을 벌믄 얼매나 번다고, 방구석에 앉아서 상을 받아…….

서울에서 경훈이 선거자금만 들고 나타나지 않았다면 시훈은 통일주체국민회의 대의원 선거에 나가지 않았을 것이다. 경훈이 선거자금만 들고 온 것이 아니라, 선거기간 동안 집에서 진두지휘하며 선거운동까지 했다. 그 덕분인지 아니면, 이동하의 영향력이 워낙 커서 그런지 모르지만 시훈은 대의원 선거에 당선됐다.

"형, 내가 당선 축하 기념으로 양복 한 벌 맞춰 줄 모양잉께 나가자."

선거 결과가 확정이 돼서 선거관리위원회로부터 대의원 당선증을 받아온 날이었다. 선거기간 내내 잠을 설치며 선거운동을 했던 경훈이 점심 먹을 무렵에야 일어나서 말했다.

"난, 안직 머가 먼지 모르겠구먼."

"머가 먼지 모르믄 워틱햐. 형은 오늘부터 대의원여. 군수도 무시 못한단 말여."

"군수는 한 명인데, 우린 열두 명이잖여. 열두 명이 죄다 군수보다 낫다믄 배가 산으로 올라가지."

"형, 내 말 들어 봐. 면 소재지 대의원은 면장보담 낫고, 읍내 대의원은 최소한 읍장보다 낫고 군수하고 동급여. 왜 그런지 알아? 형은 대통령을 뽑을 사람이잖여. 군수는 암만 잘나도 대통령을 못 뽑는단 말여."

"그랑께, 니 말대로 하자믄 그 머여. 나라에서 그만큼 나를 밀어준다는 말이 되는 거여."

"그려, 그걸 빽이라고 하능 겨. 빽! 그랑께 어여 나가자."

시훈을 데리고 나간 경훈은 기성복점으로 갔다. 서울에서 고물상을 하면서 돈을 얼마나 잘 버는지 모르지만, 팔천 원짜리 보통 옷도 아니고 최고급으로 조끼까지 있는 만 이천 원짜리 기성복을 사줬다.

"국회의원처름 월급이 있는 것이 아녀. 회의 때 올라가믄 회의수당하고, 차비하고 일당이 전부여."

시훈이 최고급 양복을 사 줄 때만 해도 통일주체국민회의 대의원이 대단한 자리인 줄 알았다. 하지만 세월이 지나보니 그것이 아니었다. 12월 22일 경훈이 사 준 양복을 입고 영동군 대의원 모두가 차를 대절해서 청주로 갔다. 청주에서 하룻밤 잔 다음에 충청북도 대의원 모두가 관광버스를 타고 새벽을 달려서 장충체육관으로 갔다. 그곳에서 통일주체국민회의 의장인 박정희 대통령이 10월 유신을 반영한 헌법안은 전체국민의 열렬한 지지 속에 채택되었으며, 조국의 평화통일은 이제 우리스스로의 힘으로 주체성을 갖고 추진해 나가야 할 우리의 국제요, 헌정의 지표로 확립되었다는 요지의 개회사가 끝난 후, 정회를 했다가 곧바로 8대 대통령 선거를 했다.

"굉장했구먼. 나도 서울에서 오랫동안 살아 왔지만 오늘 장충체육관은 츰 들어가 봤어. 그 안에 및 명이 들어갈 수 있는 줄 알아?"

저녁 늦게 거나하게 취해서 들어온 시훈이 양복을 벗을 생각도 안하고 흥분이 가시지 않은 얼굴로 입을 열었다.

"나도 서울에 살았지만 장충체육관 가 볼 일이 읎었잖아유."

"장장 팔천 명이 들어갈 수 있댜. 전국에서 올라온 이천삼백오십구 명 중에 한 명도 빠지지 않고 죄다 참석했단 말여. 거기서 대통령이 하는 연설을 듣고 나서 열한시 오십오분부텀 투표를 했어. 열두시 반쯤에 개표를 했는데 박정희 대통령을 찬성하는 표가 및 표 나왔는지 아남? 놀래지 마. 이천삼백오십칠 명이 찬성표를 던졌단 말여. 한문이나 한글로 대통령 이름만 써서 투표함에 느면 찬성으로 치는건데, 어떤 멍청한 두 명이 찬성이라고 써 넣은 것은 무효표로 됐잖여. 그랑께 백 프로 찬성했다는 말이잖여. 정향훈 대의원이 이천삼백오십구 명이 투표를 해서 이천삼백오십칠 명이 찬성했다는 방송을 항께. 야! 당신도 그 자리에 있었으면 너무 기분이 좋아서 눈물이 났을 겨. 너도나도 할 것 읎이 박수를 쳐 댕께, 그짓말 쪼끔 보태서 천장이 들썩일 정도였다믄 더 이상 말 할 필요 읎는 거 아녀?"

"및 명이 대통령 후보로 나왔는데유?"

"그야, 박정희 대통령 혼자 나왔지. 대통령 이름을 쓰면 찬성이고, 안 써서 그냥 백지로 내믄 반대고 그런 식으로 선거를 했다고 했잖여."

"돈은 얼매나 받아 왔슈?"

"차비하고, 수당하고, 회의비 받아 왔구먼."

"그기 전부유?"

"이건 약과여. 앞으로 두고 보랑께. 이 장시훈이 쌀장사로 늙어 죽기 에는 아까운 인재라는 걸 아는 날이 있을 팅께."

시훈은 돈 문제를 따지자 더 이상 할 말이 없다는 얼굴로 신사복을 벗어 버리고 곧장 잠이 들었다. 그뿐이었다. 여기저기서 행사할 때마다 오라는 곳은 많지만, 돈 주는 곳은 없었다. 양복 윗주머니에 꽃을 꽂고 앞자리에 앉아 있는 모습은 누가 보더라도 자랑스럽기 짝이 없었지만 속 빈 강정이라 들어오는 돈은 없었다.

"영호야, 뭐하고 있냐? 야들 배고플 텐게 빨리 뭣 좀 갖고 들어오지 않고."

안방 문이 열리는 소리와 함께 날망집의 목소리가 찬바람을 타고 정지 안으로 들어왔다.

"갖고 들어가유."

진천댁은 따뜻한 부뚜막에 걸터앉아서 콩나물을 다듬으며 맹꽁이처 럼 대답만 하고 몸을 움직이지 않았다.

허! 이것이 벌써부텀 싸가지 읎이 위아래도 몰라보고 방구석에 앉아 서 상을 받아먹을라고 하네.

경훈이 선거자금 육백만 원을 대 준 것은 아깝지가 않았다. 은행에서 이백만 원을 대출받고 적금을 붓고 있던 이백만 원을 빼서 선거자금으로 쓴 것을 생각하면 자다가도 벌떡벌떡 일어나서 찬물을 찾을 지경이다. 그런 데다 아랫동서인 오숙자가 첫 설을 쇠러 와서 일을 도울 생각은 안 하고 방구석에 앉아서 상을 받아먹으려고 한다는 생각을 하니까 살이 부들부들 떨릴 정도로 화가 났다.

광일네는 마음이 심란해서 정지에 나가지도 않았다. 황인술은 해룡네에서 동네 남자들과 술타령을 하고 있는지 오후에 나가서 소식이 없다. 손자 장수는 뜨끈뜨끈한 방에서 잠을 자느라 콧잔등에 땀이 송송 맺혀 있다. 수건을 찾아서 땀을 닦아 주고 옆에 누웠다. 대전에 있는 광성이가 내려올 때가 됐는데 소식이 없다.

군대를 제대하고 아직 취직을 못한 광배는 경운기를 끌고 나무를 하러 갔다.

"눈이 올 거 가텨. 눈이 오믄 경운기도 맥을 못 춰. 그랑께 오늘은 집에서 셔."

"딴 집에서는 죄다 설 쇠러 온다고 선물을 보따리 보따리 싸 들고 내려오잖유. 누나 생각이 나서 그런 꼴 못 보겄슈. 눈이 올 거 같으믄 빠꾸해서 올 팅게 그릏게 알고 있어유."

금순이 때문에 마음이 심란해서 나무를 하러 간다는데 말릴 도리가 없었다. 황인술이라도 오늘은 작은설이니까, 대전에 있는 광성이도 올 것이고 하니까 집에 있으라고 한마디 해 주었으면 좋겠지만 광배를 바라보지도 않았다.

"해 지기 전에 올게유."

광배가 목도리에 털모자를 쓴 차림으로 바깥으로 나가도 문 앞에 앉아 있는 황인술은 본 척도 안했다.

"설에 쓸 가오리랑, 피등어랑, 과일이며 필요한 거는 지난 대목장에다 사 왔지?"

광배가 끄는 경운기 소리가 골목 밖으로 사라졌을 무렵이다. 황인술이 일어서서 벽에 걸려 있는 재킷을 벗기며 물었다.

"날도 안 좋은데 워딜 갈라고?"

"면에 볼일이 있어서 좀 갔다 올라고."

"짝은슬에도 근무를 한데유?"

"정부에서 볼 때 작은설, 큰설이 워딨어. 원래 음력설은 읎는 거여. 양력으로 정월 초하루만 설날여."

"일찍 들어와유. 광배가 오죽했으믄 오늘 같은 날 역부러 나무를 하러 갔겄슈."

"광배 나무하러 가는 거하고, 나 면에 볼일 보러 가는 거하고 먼 상관이 있다고, 아침부텀 바가지를 긁는 거여. 자고로 암탉이 울면 집안이 안 된다는 말이 틀린 적은 읎어."

"어이구, 장닭이 그릏게 훌륭해서 그동안 잘나갔구먼."

"오늘이 짝은슬이라서 기냥 나가는 줄만 알고 있으믄 틀림읎을 겨."

광일네는 황인술이 갑자기 돌아서서 발길질을 할 것처럼 보여서 얼른 뒤로 돌아서며 입을 다물었다. 하지만 광일이 처가 와 있다는 생각이 불쑥 들었다.

아녀, 내가 참으면 되는 걸 갖고 며느리하고 손자도 와 있는데 아침부터 큰 소리 나와서 존 거 읐지.

설마 며느리가 있는데 발길질이야 하겠냐는 생각에 한마디 더 하려고 벌떡 일어섰다가, 손자의 얼굴이 떠올라서 그냥 주저앉고 말았다.

"해 지기 전에 들어올 겨."

황인술도 더 이상 다투기 싫다는 표정으로 말하고 밖으로 나갔다. 그 후로는 손끝 하나 움직이기가 싫었다. 점심상도 다른 날과 다르게 적이며, 무침에, 푸짐하게 차려 왔지만 맹물에 밥을 말아서 몇 수저 떴을 뿐이다.

광일네는 잠도 오지 않았다. 장수 옆에 누워서 쌔근쌔근 자고 있는 장수 얼굴을 가만히 만져보다 바람 소리만 크게 들려도 벌떡 일어나서 방문을 열었다. 허허로운 바람만 마당에 고여 있는 것을 느끼고 다시 방에 누웠다, 일어났다 하기를 반복하고 있는데 순영이 찬바람을 몰고 방으로 들어왔다.

"전까지 다 꿔 놓고, 나물도 다 쌂아 놨슈. 밤은 날 아침에 치른 뒹께, 이따 저녁 준비나 해야겄슈."

"수고했다. 내가 좀 도와줬으믄 금방 끝낼 수 있을 거인데……."

"아뉴, 고무도 없는데 설 기분이 나겠슈. 그래서 생색만 냈슈. 고무 땜시 걱정이 크쥬."

순영은 수건으로 물기를 닦고 나서 장수 옆에 앉았다. 설설 끓고 있는 방바닥에 찬 손을 녹이며 광일네를 바라봤다.

"암만 생각해 봐도, 내가 전생에 뭔 죄를 저질렀나벼. 안 그러믄 한 번도 아니고, 두 번씩이나 금순이가 소식을 끊을 리는 읐지. 안 그러냐?"

"경찰서에 신고라도 해 보지 그래유?"

"경찰서에 신고를 해 봤지. 하지만 미성년자가 아니고, 이삿짐까지 싸들고 간 사람을 워티게 찾느냐고 하드라. 틀린 말이 아니지."

광일네는 눈물도 나지 않았다. 처음 소식을 끊었을 때처럼 가슴이 타들어 가는 것처럼 아프지도 않았다. 봉천동의 갈빗집에서 닭똥 같은 눈물을 뚝뚝 흘리던 금순의 얼굴이 생각나면 야속하고 원망스럽기만 할 뿐이었다. 장수의 손등을 쓰다듬으며 늦가을 갈대끼리 바스락거리는 목소리로 말했다.

"경훈이 그 사람이나 철용이도 참말로 모를까?"

"내가 이라고 있을 때가 아니구먼. 철용이도 슬 새러 내려왔을 거 아녀. 철용이네 집에 가서 조곤조곤 물어봐야겄어."

광일네는 이순영의 말에 내가 왜 그걸 몰랐지 하는 얼굴로 일어섰다. 손에 닿는 대로 황인술이 입고 다니던 낡은 재킷을 걸치고 밖으로 나갔다.

둥구나무거리에는 바람이 불 때마다 낙엽들이 파도처럼 굴러다녔다. 박태수네는 새로 지은 상규 집에서 설 준비를 하는지 조용했다. 해룡네 집에서 남자들이 술판을 벌였는지, 우하하하! 하는 목소리가 바람결에 들려온다. 김춘섭의 집 굴뚝에서 하얀 연기가 모락모락 피어오르는 것으로 보아서, 설 준비는 대충 끝내고 쉬는 것 같았다.

"철용네 방에 있남?"

광일네는 뜨럭에 있는 신발부터 살폈다. 김춘섭 것으로 보이는 고무신이 보이지 않는다. 김춘섭은 해룡네에 있을 것이라고 생각하며 찬바람 속에 허연 입김을 토해냈다.

"뉘여?"

방문이 열리면서 철용네가 물었다.

"오셨슈."

광일네가 뭐라고 묻기 전에 올해 고등학교를 졸업하는 영숙이 가래떡을 썰다 말고 일어서서 인사했다.

"쫌 들어와유. 모르는 집도 아닌 데, 추운데 마당에 서 있지 말고"

철용네는 광일네가 무엇 때문에 왔는지 이유를 알 것 같았다. 방문을 활짝 열고 방으로 들어오라며 손짓을 했다.

"영숙이도 츠녀 다 됐구먼."

광일네는 망설이지 않고 방으로 들어갔다. 철용네가 방문 닫기를 기다렸다가 아랫목에 앉으며 말했다.

"올게 고딩핵교 졸업하잖유. 취직 못 하믄 금순이 언니가 있는 미장원에 가서 미용기술 배운다고 했는데……. 내 정신 좀 봐. 손님이 오셨는데 암것도 안 내놓고 이러고 앉아 있네. 적 좀 갖고 올 팅께 드실래유?"

"아, 아녀. 우리도 해서 실큰 먹었는데 머. 철준이는 오늘 이발소 대목잉께 밤이 늦어야 올 거고, 철재는 워디 갔어?"

"광배 나무하러 간다고 항께, 저도 집에서 놀면 뭐 하냐고 경운기 갈때 한 짐 해 온다고 같이 갔잖유."

"그렇구먼. 나도 광배한테 날씨도 궂응께 나무하러 가지 말고 집에서 쉬라고 했구먼. 근데 지 누나 소식도 모르고 맘도 심란하다면서 기어이 나무를 하러 갔구먼. 그럴 때 애비라는 사람이 한마디 해 줬으믄 광배도 마음이 들 답답했을 건데, 강 건너 불 귀경하는 사람처럼 앉아 있드랑께. 내가 그런 인간을 보고 평생 오늘까지 살아."

"우리 철용이 아부지도 구장님보다 더 하믄 더 했지 좁쌀만큼도 덜하지는 않을 규. 몸도 성치 않은 장남이 슬이라고 집에 오는지, 안 내려오는지 애도 안 타는지 시방 해룡네 집에서 술타령하고 있슈."

"철용이는 워디 갔남?"

"요번 설에는 못 온데유?"

철용네는 철용이가 못 내려오는 것이 자기 죄라도 되는 것처럼 한숨을 길게 내쉬었다.

"왜 못 와. 기차만 타면 올 수 있는데……. 돈을 못 버는 것도 아니잖여?"

"경훈이가 그라는데 구정 반대목에 돈 땜시 급하게 고물을 처분할라고 하는 데가 있어서 강원도 워디로 고물을 사러 갔다고 하대유. 가래떡이라도 한 개 잡사 봐유. 명색이 짝은설인데 암것도 안 디리니께 영 거북해 죽겠구면."

철용네는 썰기 좋게 굳어 있는 가래떡을 손바닥 크기로 잘라서 철용네에게 내밀었다.

"강원도 워디라믄, 혹시……. 처, 철원인가 하는 거기로 갔능개비지?"

광일네는 철용네가 내미는 가래떡까지 거절할 수가 없어서 받기는 했지만 먹지는 않았다.

"아니, 형님이 그걸 워티게 알았슈? 경훈이가 거기도 갔었슈?"

"광일이 아부지가, 금순이 땜시 지난번에 올라갔잖여. 그때도 강원도 철원으로 고물을 가지러 갔다고 하드만. 그 머셔, 포탄 껍디긴가 하는 그걸 실러 갔다고 하드만. 그래서 알고 있지."

"그람 강원도를 자주 가는 개비구면유."

"그럴지도 모르겠네. 어휴, 이놈의 지지바는 나이가 한두 살도 아니고 시집갈 때가 지나도 몇 년은 지난 년이 워디서 뭘 하길래 소식을 끊고 지내는지 모르겄구먼."

"저도 금순이 언니가 하루 빨리 연락을 했으믄 좋겄슈. 철용이 오빠도 거기 살고 있응게, 금순이 언니가 미장원을 하고 있었으믄 딱 좋았을 건데……"

영숙이 떡을 썰다 말고 광일네의 눈치를 살피며 말했다.

"너는 철용이가 심 들여서 고등학교까지 졸업을 시켰으믄, 인자처럼 농협 같은 데 취직해서 좋은 데 시집갈 생각이나 하지. 먼 놈의 미용 기술에 목을 매고 있댜?"

광일네는 맥없는 목소리로 말하며 아랫목 벽에 기댔다.

"농협 같은 데 들어갈라믄 인자 언니처름 주산도 잘 놔야 하고, 재수도 좋아야 해유. 원래 농협은 직원 수가 정해져 있어서 시방 있는 직원 중에 그만두는 사람이 있어야 새로 뽑는다고 하대유. 하지만 미용 기술은 저만 기술이 좋으믄 얼마든지 돈을 벌 수 있잖아유……"

"니 말도 일리가 있구먼. 하지만 당사자가 읎잖여. 당사자가 있어야 미용 기술을 끓여 먹든지, 쌂아 먹든지 꿔 먹든지 할 거 아녀. 안 그러냐?"

"죄송해유. 아줌마 가슴 아프게 하려던 말은 아뉴. 저도 하도 답답해서 한 말유……. 요새 전화 교환원도 학원만 졸업하믄 백 프로 취직이 된다고 하던데……"

영숙은 괜한 말을 했다는 표정으로 다시 가래떡을 썰기 시작했다.

"고딩학교까지 갈켰으믄 지가 취직을 해야지. 학원은 공짜로 갈켜준댜? 학원 댕길라믄 방 은어야지, 학원비 줘야지, 교통비도 있어야지. 하늘에서 돈이 쏟아져 내리지 않는 이상은 학원 못 보내."

"어이구, 이럴 때 금순이 그년이라도 있었으믄 너도 좋고 나도 좋을 거인데…… 철용이는 장가 안 보내? 우리 광성이는 여자가 있다드만. 상규 장가가는 거 보고, 저도 먼 맘이 들었는지 설 쉬고는 장가를 가겄다고 하드만."

"여자는 있는 모양이지?"

철용네는 철용의 얼굴이 생각나서 힘없이 물었다.

"여자가 있다. 양복점 근방에 있는 양장점에서 일하는 부여 여자라고 하드만. 원래는 날 인사를 시킬라고 했구먼, 하지만 즈 누나가 하늘로 날아갔는지 땅으로 꺼졌는지 모르는 판국이라 담으로 미뤘어."

"광성이야 양복 기술이 있잖유. 츠녀가 양장 기술이 있다믄 둘이 가게만 내믄 먹고사는 데는 지장이 읎겄네. 하지만 우리 철용이는……."

철용네는 차마 팔 한쪽이 없는 철용에게 누가 시집을 오겠냐는 말을 입 밖으로 내뱉지 못하고 말꼬리를 흐렸다.

"못난 소리 하고 있구먼. 학산만 가도 팔 한 짝 읎는 사람이 멀쩡한 여자하고 잘만 살고 있드만. 어머라는 사람이 앞장서서 자식을 이해하고 당당하게 나가야 장가를 가지. 안 그려?"

광일네는 말과 다르게 그런 일이 벌어지지 않겠지만 만약 금순이 철용이에게 시집을 간다고 하면 눈에 흙이 들어가도 허락하지 않을 것이라고 생각했다.

"형님 말을 들어 봉께, 맞는 말이구먼. 그려 내가 내 자식을 안 믿으믄 누가 믿겄어. 당장 낼이라도 철용이 아부지한테 서울에 즌화를 넣어서 한번 내려오라고 해야겄구먼."

"그랴, 팔도 그란데 한 살이라도 들 먹었을 때 보내는 게 좋아."

광일네는 마음이 또 변했다. 이삿짐을 싸 들고 간 것을 보면 어떤 놈 팽이한테 홀렸거나, 피치 못할 사정이 있어서 도망친 게 틀림없다. 그 어떤 이유로 종적을 숨겼더라도 적어도 집에는 연락을 해야 한다. 설령 살인을 했더라도 받아줄 수 있는 곳은 부모밖에 없다. 그런 걸 생각하면 죽었는지 살았는지도 모른다. 그런 상황에서 팔 하나 없는 것이 대순가, 하는 생각이 들면서 금순에 대한 원망이 더해져서 앉아 있고 싶지가 않았다. 힘없이 일어서면서 길게 한숨을 내쉬었다.

낙동강 오리알이라는 말이 있다. 어떤 무리에서 떨어지거나 뒤처져 처량하게 남게 된 신세를 비유하여 이르는 말이다. 이 말의 유래는 6·25 동란 중에 생겨났다고 한다.

국군과 유엔군이 낙동강 방어진지를 점령하고 더 이상 물러서지 않겠다는 결의를 다지고 있던 1950년 8월 4일이다. 낙동강변 낙동리(낙정리)에 배치된 국군 제1사단 12연대 11중대는 낙동강 도하 작전을 펼치고 있는 1개 대대 정도의 인민군을 맞아 필사의 전투를 벌였다. 치열한 총격전이 계속되고 있을 때 유엔군 폭격기에서 네이팜탄을 퍼부어 적진지를 불바다로 만들었다.

용기를 얻은 국군들이 기관총의 총열이 벌게질 때까지 사격을 계속했다. 이때 항공기에서 떨어지는 포탄과 국군의 사격으로 적이 쓰러지는 모습을 바라보던 11중대 중대장 강영걸 대위가 대오를 잃고 우왕좌왕하는 인민군을 보고 큰 소리로 "야! 낙동강에 오리알 떨어진다."라고 소리쳤다.

이 소리를 들은 국군 병사들은 우렁찬 함성으로 승리를 자축했다고 한다. 그 후 '낙동강 오리알'은 국군용사들이 대오에서 낙오한 인민군을 조롱하는 뜻으로 널리 사용하게 되었다고 한다.

이동하는 벌겋게 타오르는 석유난로를 바라보면서 달력을 바라봤다. 2월의 마지막 날인 28일이다. 내일은 삼일절이다. 작년만 해도 서울 시민회관에서 거행되는 3·1절 행사에 참석을 했었다.

"삼일정신의 생활화야말로 급변하는 외부 정세 속에서도 우리 민족의 염원인 조국의 평화통일을 앞당기는 길이고, 총력 안보를 위한 국민의 총화를 형성하는……."

박정희 대통령은 연단에서 삼일정신 생활화로 국민 총화를 자립하여 자위를 굳히자는 연설을 했었다. 그때 국회 의원석에 앉아서 존경이 넘치는 눈빛으로 대통령을 바라보며, 연설 내용을 마음에 새겼었다. 하지만 국회의원에 낙선하고 나니까 하다못해 군청에서도 삼일절날 참석해 달라는 전화가 오지 않는다.

국회의원이라는 것이 빼찌만 떼면 실업자보다 못한 신세가 된다드니……. 낙동강 오리알 신세가 따로 읎구먼.

이동하는 길게 한숨을 내쉬며 팔짱을 꼈다. 시뻘겋게 달아오른 난로 위에 있는 주전자에서 김이 폭폭 나고 있다. 뜨거운 인삼차나 한잔 마셔 볼까, 하는 생각이 들었으나 이내 지워버리고 씁쓸하게 웃었다.

젠장, 중선거구제로 바뀔 줄 꿈에도 몰랐잖여…….

바로 이틀 전에 치러진 선거에서 낙선의 고배를 마신 가장 큰 원인은 선거제도가 갑자기 바뀌어 버린 점 때문으로밖에 볼 수가 없었다. 작년 12월 27일 공포된 유신헌법에 따라 12월 30일 새로운 선거법이 제정되었다. 대통령이 제안하고 국회가 아닌 비상 국무회의에서 의결한 이 선거법은 중선거구제와 의석 일부의 간접선거제도를 병용했다.

지난번 선거에는 전국구 국회의원 제도가 없어졌다. 한 선거구에 두 명의 국회의원을 선출하는 중선거구제라서 기존처럼 당에서 추천받을 수도 있고, 무소속으로 출마할 수도 있었다. 무소속으로 출마하려면 정당 추천보다 백만 원이 많은 삼백만 원의 기탁금을 내야 한다.

정당으로 출마하는 후보들의 경우 어느 정도 재산이 있거나, 기탁금을 대신 내 줄 물주를 구하는 것이 어렵지 않아서 이백만 원이 우습다. 하지만 무소속으로 출마하는 경우 아무리 정치적 철학이 뚜렷하고, 애국심이 많아도 웬만한 아파트 한 채 가격, 쌀로 치면 3백 가마니에 해당하는 돈을 구하는 것은 쉽지 않을 것이다. 그런 측면으로 볼 때 기탁금 제도를 만들어 놓은 것은 너무 잘된 일이다. 하지만 선거구가 소선거구로 바뀌면서 영동군, 옥천군, 보은군 남부 3군에서 두 명을 선출하는 식이 되어 버렸다.

지난 선거에서 유철수가 아니었다면 영락없이 낙선할 뻔했다. 그래서 해마다 장학금을 출연하는 등 공들여왔는데 옥천과 보은에서도 선거운동을 해야 하는 복병을 만난 셈이다. 영동은 자신 있지만 옥천과 보은은 황무지나 다름없어서 고민이 되지 않을 수 없었다. 다른 방법이 있다면 통일주체국민회의에서 선출하는 유정회 국회의원이 되는 길이다. 유정회 국회의원 임기가 비록 3년이지만 연임을 하면 선출직 국회의원과 다름없을 것이라는 생각이 들었다.

돈을 싸들고 올라가서 유정회 의원이 되느냐, 정정당당하게 지역구를 지키느냐, 고민에 고민을 하다 정치선배 원갑룡을 만났다. 원갑룡은 별로 고민하고 있는 눈치가 아니었다.

"이 의원님, 지역구는 한번 빼앗기면 영원히 빼앗길 수도 있습니다. 설령 이번에 낙선하는 한이 있더라도, 출마해서 얼굴을 알려야 합니다. 그래야 다음에는 당선이 될 수 있습니다."

낙선 운운하는 원갑룡의 말이 재수 없게 들리기는 했지만 백번 생각해도 옳았다. 또 3개 군에서 2명을 뽑는 선거여서 해 볼 만하다는 생각도 들었다. 그래서 영동군수를 통해 옥천군수와 보은군수로부터 각 지역의 선거본부장을 할 인물들을 추천받았다. 하지만 짧은 기간에 급조한 선거조직으로 선거를 한다는 것은, 미끼 없는 낚싯바늘로 낚시를 하는 것과 똑같았다. 선거자금은 세 배나 쓰고 나서 무소속 후보로 출마한 옥천 후보한테 지고 나니까 눈앞에 보이는 것이 없었다.

젠장, 선거자금의 삼 분의 일만 써도 유정회 국회의원 자리는 은는 건데…… 아녀. 당장 시방이라도 돈 보따리를 싸 들고 박광호 의원을 만나 봐? 아녀, 유정회로 나갔다가 지역구를 완전히 뺏기게 되기 십상이지. 아녀, 유정회믄 워뗘. 국회의원 빼찌를 달고 있으믄 다 같은 국회의원이잖여. 아녀, 한번 유정회 맛을 들이믄 지역구 관리하기가 귀찮아질 거잖여. 젠장, 내가 시방 먼 생각을 하고 있는 거여. 내가 유정회 의원이 되고 싶다고 되는 것도 아니잖여…… 시방쯤 73명의 후보와 14명의 예비후보 최종점검을 하고 계시거나, 이미 작업을 끝냈을지도 모르잖여.

정확한 정보에 의하면 3월 5일쯤에 대통령이 추천을 한 73명의 국회의원 명단과 14명의 예비후보 명단이 각 지역의 통일주체국민회의로 넘어가게 되어 있다. 7일에 전국 각 지역의 통일주체국민회의에서 무기명 투표로 국회의원을 선출하게 되어 있지만 결과는 뻔하다. 전국적으로

2,359명의 대의원이 있고, 충북에도 127명의 대의원들이 선거를 해서 과반수가 넘으면 당선이 확정되는 것이다.

"의원님, 인삼차 한잔 올릴까요?"

송미향이 문을 조심스럽게 노크를 하고 들어와서 물었다.

"인삼차보다 술이나 한잔할까?"

"술은 냉장고에 몇 병 있어요? 소주 아니면 맥주……."

"차 보좌관 밖에 있남?"

"선거비용 정산 때문에 선거관리위원회 가셨어요."

"사무장은?"

"사무장님은 옥천하고 보은 사무실 정리하는 건 때문에 오늘 그쪽으로 출근했어요."

"그럼, 우리 둘이 마시는 수벅에 없구먼. 간단하게 소주나 한잔할까?"

"안주로 통닭을 사 올까요?"

"그러던지……."

이동하는 길게 하품을 하며 일어섰다. 응접탁자에 펴져 있는 신문을 끌어당겼다. 습관처럼 정치면을 훑어보기 시작했다.

'공화당, 대도시 크게 진출'이라는 헤드라인 기사 아래 146명을 뽑은 2・27 선거에서 '공화 73・신민 52・통일 2 확실'이라고 나왔다. 무소속도 20석에 가까운 의석을 차지했다는 기사를 읽는 순간 울화통이 치밀어 올랐다. 옥천에서도 무소속이 당선되었다는 점이 생각났기 때문이다.

이번 선거의 특징으로 정계의 원로들이 대거 탈락한 반면 양당 중심제를 촉진하는 투표 성향을 보인다고 평했다. 왼쪽에는 전국 투표구별로 후보자와 당선자 명단이 나와 있다. 아침부터 몇 번이나 본 기사지만 시선을 옮길 수가 없었다. 충북의 보은, 옥천, 영동란에 이동하가 22,917 표를 얻었고, 옥천에서 무소속으로 나온 홍영기는 23,483 표를 얻어 당선의 영광을 얻었다. 1등인 44,845표보다 무려 21,928표 뒤진다. 하지만 567표만 얻었으면 1표 차이로 당선되는 것이고, 570표만 얻어도 충분히 당선권에 진입할 수 있었다는 것을 생각하면 너무 분해서 피가 끓었다.

망할 놈의 오백칠십 표!

이동하는 신문을 박박 찢어서 뚤뚤 뭉쳐 쓰레기통에 던져 버리고 벌떡 일어섰다. 창문 앞으로 가서 거리를 바라봤다. 성원에 감사한다는 당선자의 현수막이 한눈에 들어온다. 생각 같아서는 낫으로 현수막을 찢어 버리고 싶었다. 하지만 끈 떨어진 연 신세다. 선거 결과가 나오니까 목숨까지 바쳐 충성할 것처럼 보이는 작자들도 고생했다는 말 한마디 없이 파장 끝처럼 사라졌다.

아녀, 전화위복이라는 말이 있잖여. 선거는 앞으로 육 년 후에 치러질 거잖여. 육 년 동안 시방처름 속만 끓이고 있다가는 제명에 못 살고 북망산천으로 갈지도 몰라. 대책! 차분하게 대책을 세움서 세월을 지달려야 하는 거여!

창문 앞에서 돌아서면서 주먹으로 손바닥을 치는 순간 정신이 번뜻 드는 것을 느꼈다. 국회의원은 허무하게 포기하기에는 너무 황홀한 자리다. 이번의 실패를 거울삼아서 다음에는 틀림없이 당선되려면 만반의 준비를 하고 있어야 된다는 생각이 들면서 주먹에 힘이 들어갔다.

"의원님, 아까보다 기분이 좋아 보이네요"

송미향이 소주와 통닭을 담은 접시를 들고 와서 말했다.

"선거에서 떨어졌고, 선거는 앞으로 육 년이나 남았고……"

송미향이 소주를 따라 주고 나서 통닭을 찢었다. 이동하가 닭다리를 받으며 혼잣말로 중얼거렸다.

"어머, 그럼 이 사무실 문 닫는 거예요?"

"그랬으믄 좋겠어?"

이동하가 송미향의 잔에 소주를 따르면서 물었다.

"하긴…… 반 십 년이 넘는 육 년이라는 세월이 남았는데 그동안 사무장님하고 제 월급 주면서 사무실을 운영할 필요가 없겠죠……."

송미향은 이동하가 낙선했다는 비보를 접했을 때부터 막연하게 느끼고 있던 불안이 실체로 다가오는 것을 느끼며 힘없이 말했다.

"틀린 말은 아녀. 내가 월급을 줌서 델고 있기에는 좀 그렇지?"

"괜찮아요, 퇴직금은 주실 거죠?"

송미향이 두 손으로 술잔을 잡고 물었다.

"퇴직금은 건설 회사에서 줄 거여. 왜 그런 줄 알아?"

때로는 분노가 식욕을 자극하기도 한다. 이동하는 오랜만에 먹어 보는 통닭구이가 입에 착착 달라붙었다. 닭다리를 게걸스럽게 뜯으며 물었다.

"제가 건설 회사에 취직하게 되는 거예요?"

송미향이 술잔을 비우다 말고 들뜬 표정으로 이동하를 바라봤다.

"나는, 나를 믿고 따라 준 사람들을 필요에 따라서 내치는 사람이 아녀. 송 비서하고 사무장은 계속 있어줘야겠어. 하지만 월급은 건설 회사에서 받게 될 거여. 그렁께 날이라도 건설 회사에서 요구하는 서류들을 떼다 줘. 정식으로 건설 회사 총무과 직원이 되는 겅게."

"일은 여기서 하구요?"

"왜? 건설 회사에서 근무하고 싶남?"

"아, 아니에요. 의원님 너무 고마워요. 사무장님도 엄청 좋아하실 거예요. 은근히 걱정하던 눈치였는데……."

"나하고 일이 년 생활해 본 사람도 아닌데 쓸데없는 걱정하고 있었구먼. 저만 원하믄 내가 얼마든지 취직을 시켜 줄 수가 있어. 송 비서가 보기에 내가 국회의원 선거에서 떨어졌다고 해서 한물 간 사람으로 뵈이는 거여?"

"아, 아니에요. 육년만 쉬셨다가 다시 국회로 가실 분이시잖아요. 저만 그렇게 믿는 것이 아니고, 의원님께 표를 주신 분들은 모두 그렇게 믿고 있을 거예요. 의원님의 다음 선거 승리를 축하하며 건배!"

"이런, 내가 송 비서를 내쳤으믄 큰일 날뻔했구먼. 자, 건배하자구."

이동하는 오늘따라 송미향이 예쁘게 보였다. 술잔을 들고 건배를 하면서 자신도 모르게 술잔을 잡고 있는 그녀의 손을 잡았다.

"의원님……."

송미향은 기다리고 있었다는 얼굴로 손을 빼지 않았다. 고개를 숙이며 목소리를 흐렸다.

"일루 와 봐."

이동하는 술잔을 내려놓고 송미향의 손을 잡아끌었다. 송미향은 입술을 핥으면서 이동하가 원하는 대로 그의 무릎에 앉았다.

"안직도 남자가 없어?"

"누가 이혼한 여자를……."

"영동 남자들은 눈이 뻤구먼. 이렇게 아름다운 미인을 몰라보다니……."

이동하는 송미향의 블라우스 단추를 성급하게 땄다. 송미향은 몸을 비틀며 이동하가 블라우스 단추를 쉽게 딸 수 있는 자세를 취했다.

"누, 누가 오능개뷰."

이동하가 송미향의 란제리 속으로 손을 집어 넣어서 풍만한 젖가슴을 만지는 순간이었다. 열에 들뜬 표정으로 이동하를 바라보고 있던 송미향이 깜짝 놀라며 일어섰다. 서둘러 블라우스 단추를 잠그면서 이동하 반대편에 앉았다.

"문 안 잠갔어?"

"문을 잠글 수가 없잖아요. 누가 올지도 모르는데……."

"그렇구먼. 선거에서 떨어졌다고 사무실 문까지 잠그면 무슨 헛소문이 날지도 모르잖여."

이동하는 하필 이 순간에 어떤 놈이냐는 말을 입안으로 삼키면서 술을 서둘러 비우고 스스로 잔을 채웠다.

"의원님, 선거관리위원회에 가서 선거비용 정산서류 가져 왔습니다."

차승태가 문을 열고 들어와서 인사했다.

"수고했구먼. 앉아서 술 한잔햐. 차 보좌관은 앞으로 어떡할 생각여?"

"일단 선거가 끝났응게 제가 할 일은 끝마치겠습니다. 선거관리위원회에 보고 할 것은 보고하고, 비용 정산 받을 것은 받고, 서울 사무실을 정리하는 것까지는 제 임무라고 생각합니다."

차승태는 소파에 앉았다. 이동하가 내미는 술잔을 받으면서 차분한 목소리로 말하며 이동하를 바라봤다.

"그 후에는?"

이동하가 닭고기를 집으며 물었다.

"아직 결정을 못했습니다. 국회가 개회하기까지 이십일 정도 남았으니까, 그 안에 보좌관을 구하는 의원님들이 많이 계실 걸로 생각합니다. 부지런히 뛰어 보겠습니다."

"하긴, 차 보좌관의 꿈을 육 년 동안 썩힐 수는 없겠지. 원갑룡 의원님이 이번 선거에 살아남으셨으니까, 내가 부탁드리면 보좌관 자리 구하는 거 어렵지 않을 거여. 그렇게 맘 푹 놓고, 마무리나 잘해 줘."

"의원님, 정말 고맙습니다. 그리고 감동했습니다. 지금 마음이 많이 불편하실 텐데 제 앞일까지 챙겨 주시니…… 정말 이 은혜 잊지 않겠습니다."

차승태는 이동하의 또 다른 면을 보는 것 같았다. 송미향이 있든 말든 벌떡 일어나서 감격한 얼굴로 허리 숙여 인사를 했다.

"저하고 사무장님도 계속 근무하라고 하셨어요."

송미향도 새삼스럽게 감격했다는 얼굴로 말했다.

"난 달면 삼키고, 쓰면 뱉는 사람이 절대 아녀. 정치하는 사람은 오늘의 동지가 내일의 적이 된다고 하드만. 하지만 난 안 그려. 내가 정치를 그만두더라도 한번 인연을 맺은 사람은 죽을 때까지 같이 가는 사람이라는 것쯤만 알믄 틀림 읎을 겨."

이동하는 스스로 생각해도 말을 잘한 것 같았다. 그러나 갑자기 들례가 생각나서 쓴웃음을 지으며 빈 잔을 들어서 송미향 앞으로 내밀었다.

"이런, 술이 떨어졌네. 냉장고에 술 또 있거든요. 더 가져 올까요?"

이틀 전 잠정적인 선거 결과가 발표되기 전만 해도 사무실은 술병이 넘쳐나는 술집이었다. 낙선이 되고 나서는 선거운동원들이 썰물처럼 빠져나가고 마시고 남은 술병이며, 아직 뚜껑도 열지 않은 술, 한 잔만 마신 맥주며 소주병들이 난무했었다. 송미향은 불빛을 찾아 날아다니는 부나방 같은 선거꾼들에 비교하면 이동하는 법이 없어도 살아갈 천상 선량이라는 생각이 들어서, 정감이 가득한 눈빛으로 바라봤다.

"차 보좌관도 바쁜 거 없으믄 한잔하지."

"아닙니다. 농협에 계좌잔액증명 떼 놓으라고 한 것이 있어서 그것도 찾아와야 하고, 인쇄소 가서 영수증도 새로 만들어 와야 합니다. 술은 다음에 많이 사 주십시오."

차승태는 단 한 시간이라도 빨리 결산을 해야 서울로 빨리 올라갈 수 있다는 생각에 시간이 급했다. 이동하의 대답도 기다리지 않고 인사를 하며 일어섰다.

"그랴, 술 걱정은 하지 말고 어여 빨리 나가서 일 봐."

이동하는 차승태가 없는 것이 오히려 낫다는 생각에 손가락을 까닥거려 내보냈다. 송미향은 술을 가지러 나갔다. 혼자 탁자에 있는 술잔이며 기름기가 번들거리는 통닭이며, 살을 뜯어먹은 닭 뼈를 가만히 바라봤다. 자신도 모르게 길게 한숨을 내쉬며 담배를 입에 물고 있는데 송미향이 들어왔다.

"어머, 의원님 너무 외로우신가 봐."

송미향이 이동하 옆자리에 앉으며 연인에게 속삭이는 목소리로 말했다.

"내가 외롭게 뵈여?"

"네, 너무 외롭게 보여서 제가 눈물이 날 거 같아요."

"참말?"

"제게 큰오빠 같은 의원님이신데 왜 거짓말을……."

송미향이 금방이라도 눈물을 흘릴 것처럼 슬픈 표정을 짓는 순간 이동하는 그녀를 와락 껴안았다.

"의, 의원님……."

송미향은 기다렸다는 얼굴로 눈을 감으며 이동하의 혀를 길게 받아 주었다. 하지만 이내 이동하에게서 빠져나가려고 몸을 비틀며 가슴을 밀었다.

"왜? 왜 그라는 거여?"

송미향의 뜨거운 입술에 빠져 있던 이동하가 숨찬 목소리로 물었다.

"여, 여기서는……."

"그, 그렇지. 하지만 만져 볼 수는 있잖여. 옷은 벗지 말고……."

이동하는 문득 총각 때 영동에서 하숙을 하면서 만났던 수많은 여자들의 얼굴이 흐릿하게 스쳐가는 것을 느끼며 송미향의 스커트 속으로 손을 집어넣었다.

"제, 제가 못 견뎌요. 바, 밤에……."

"밤에? 여기서?"

이동하가 두 번째 손가락으로 바닥을 연신 가리키며 숨찬 목소리로 물었다. 송미향이 얼른 이동하 옆에서 떨어져 나가며 대답 대신 고개를 끄덕거렸다.

— 3부 9권에 계속 —

대하장편소설 **금강** 제8권

초판 1쇄 발행 2014년 6월 30일

지 은 이 한만수

펴 낸 이 최종숙
펴 낸 곳 글누림출판사

책임편집 이태곤
편      집 박주희 권분옥 이소희 박선주 이양이
디 자 인 이홍주 안혜진
마 케 팅 박태훈 안현진
관      리 이덕성

주  소 서울시 서초구 동광로46길 6-6(반포4동 577-25) 문창빌딩 2층(우137-807)
전  화 02-3409-2055(대표), 2058(영업), 2060(편집)
팩  스 02-3409-2059
전자메일 nurim3888@hanmail.net
홈페이지 www.geulnurim.co.kr
등록번호 제303-2005-000038호(2005.10.5)

정  가 13,000원
ISBN 978-89-6327-245-0 04810
       978-89-6327-237-5(전15권)

표지 디자인·디자인밥 출력/인쇄·성환C&P 제책·동신제책사 용지·에스에이치페이퍼

* 이 도서의 국립중앙도서관 출판시도서목록(CIP)은 서지정보유통지원시스템 홈페이지(http://seoji.nl.go.kr)와
  국가자료공동목록시스템(http://www.nl.go.kr/kolisnet)에서 이용하실 수 있습니다.(CIP제어번호: 2014017939)